中國語言文字研究輯刊

二 三 編

許 學 仁 主編

第 9 冊

古代漢語詞語新探

王閏吉、魏啟君 著

花木蘭文化事業有限公司

國家圖書館出版品預行編目資料

古代漢語詞語新探／王閏吉、魏啟君 著 -- 初版 -- 新北市：

花木蘭文化事業有限公司，2022〔民 111〕

目 4+270 面；21×29.7 公分

（中國語言文字研究輯刊　二三編；第 9 冊）

ISBN 978-626-344-023-4（精裝）

1.CST：漢語 2.CST：詞彙學 3.CST：古代

802.08　　　　　　　　　　　　　　　　111010176

ISBN-978-626-344-023-4

9 786263 440234

中國語言文字研究輯刊

二三編　第九冊　　　　　　ISBN：978-626-344-023-4

古代漢語詞語新探

作　　者	王閏吉、魏啟君
主　　編	許學仁
總 編 輯	杜潔祥
副總編輯	楊嘉樂
編輯主任	許郁翎
編　　輯	張雅淋、潘玟靜、劉子瑄　美術編輯　陳逸婷
出　　版	花木蘭文化事業有限公司
發 行 人	高小娟
聯絡地址	235 新北市中和區中安街七二號十三樓
	電話：02-2923-1455／傳真：02-2923-1452
網　　址	http://www.huamulan.tw 信箱 service@huamulans.com
印　　刷	普羅文化出版廣告事業
初　　版	2022 年 9 月
定　　價	二三編 28 冊（精裝）新台幣 96,000 元

古代漢語詞語新探

王閏吉、魏啟君　著

作者簡介

　　王閏吉，博士，教授，研究生導師。浙江省優秀教師暨高校優秀教師、浙江省社科聯入庫專家、浙江省語言學會理事，麗水學院學術委員會委員、優秀學術帶頭人。在學術期刊發表論文 100 多篇，其中權威期刊《中國語文》4 篇，CSSCI 核心期刊 30 餘篇，出版學術專著、主編和副主編詞典 10 多部，合作編纂《處州文獻集成》《浙江通志‧民族卷》以及浙江省十八鄉鎮民族志 300 餘冊。主持國家社科基金項目 2 項、教育部人文社科基金項目 1 項以及其他各類項目 40 餘項。兩次獲浙江省哲學社會科學優秀成果獎，10 餘次獲麗水市優秀社會科學成果獎。

　　魏啟君，博士，教授，研究生導師，雲南省語委專家庫成員之一。在學術期刊發表論文 40 餘篇，其中權威期刊《中國語文》2 篇，CSSCI 核心期刊 20 餘篇，出版學術專著 3 部、參與主編《大學語文》教材 1 本。主持國家語委項目 1 項、教育部人文社科基金項目 1 項，以及其他各類項目 5 項，參與國家社科基金、教育部人文社科基金項目 3 項。獲雲南省哲學社會科學優秀成果獎一等獎、二等獎各一次。

提　要

　　本書是作者近二十年來在閱讀古代文獻時，碰到疑難語詞的研究心得。幾乎每個朝代的文獻都有，從先秦甲金文詞語到清代《紅樓夢》《子弟書》詞語等，都有做具體的考釋。在吸收前人研究成果的基礎上，有一定新的探索。如「日」「月」一般都認為是太陽月亮的象形，作者提出男根女陰說；「餓其體膚」的「膚」，一般都說是皮膚，作者認為是「臚」的古今字，肚子的意思；楚辭的「吳戈」，一般解釋為吳地的戈，作者認為是連綿字，不能分釋；夸父「道渴而死」其實沒有死亡，「死」同「尸」，躺下了休息而已；《漢書》中的「日行」不是表距離單位詞，還沒有成詞，「X＋日行」，其實等於「行＋X日」，動量短語放在動詞之前而已；《壇經》裏的「獦獠」，指語音不正的人……如此等等，都從實證出發，實事求是，無證不信，大膽假設，小心求證。力求在建立在廣泛研究基礎上，用事實說話，合乎邏輯規律地推導，科學地求證。

本書為國家社科基金項目
「中國歷代禪錄日本訓釋材料數字化
整理與研究」（21BYY030）階段性成果之一

目次

第一章　先秦詞語研究

一、甲金文詞語研究

「日」「月」形義新探 [註1]

「日」和「月」為典型的象形字，許慎給「象形」下定義就以「日」「月」為例，但歷來對「日」「月」中的黑點的說解，則眾說紛紜，莫衷一是。段注以為「日」字，「○」像其輪廓，「—」像其中不虧。王筠《說文句讀》指出「不虧對月缺而言」，既然如此，何以「月」中也有一點？又有許多學者認為「日」「月」中點表神話中金烏和蟾蜍。這恐是無視造字時代原始人思維實際的無稽之談。所以王筠在《說文句讀》中指出：「日中有踆烏乃附會之詞。」還有人認為日中點為太陽黑子，這更加不可思議，太陽黑子的發現還只是近代的事，中國古人不至於「先進」到如此地步。

太陽的特徵主要在於其光芒四射，若只是圓形的輪廓根本不能代表太陽，因為圓的事物太多，所以原始人造太陽的象形字最有可能造成光芒四射的形狀。世界上許多民族都曾用十字或類十字（如米、卍、卐）等符號，象徵太陽照射的四面八方。中國古代岩畫中太陽圖案也是這樣，有十字形、米字形、卍字形，也有「⊗」「⊗」等形狀。東巴象形文字表示太陽的「日」字就寫作「⊕」。

〔註1〕原題《「日」「月」形義新證》，發表在《西北民族研究》，2006 年第 2 期，有改動。

　　月本無缺(哈尼人仿漢字造字就改成「🜨」,武則天則為「月」另造新字「🜂」),即使不知此理,也知月有陰晴圓缺,為什麼只有缺月而無圓月?

　　由於在現今所見的典籍中,「日」「月」的基本意義都與「太陽」和「月亮」有關,所以人們對二字為「太陽」和「月亮」的象形都深信不疑。但此說既然不能圓通地解釋二字的「形中之義」,所以一些學者也不得不試著另覓新解。何崝在上個世紀90年代初撰文指出,甲古文的「日」字取象商器夔紋的目形,卜辭中的「日」字表示祭名,是人頭祭,「月」則有可能是環形玉佩。〔註2〕此說頗有新意,但漢人的民本思想由來已久,大規模的「人頭祭」恐怕不太可能。而「日」「月」分別源於男根女陰,則可得到字形、字義、方言、外族語及神話文化等多方面的證明。

　　甲金文「日」字作「☉」「𝍠」等形,倘沒有「像太陽之形」的觀念在我們頭腦中根深蒂固的話,憑直觀也能看出它是男根的摹寫符號:「☉」為其橫截面,「𝍠」為其縱截面。甲文「日」字有時寫作「◎」拾八‧八,中間點變成了小圓圈,更能看出其為男根中空之形。中世紀煉金術士使用的男性生殖器象徵用了「☉」「♂」等符號,現代生物學用「♂」來標誌男性,和中國古人造的「☉」字可謂不謀而後合。「且」為男根象形,自從郭沫若證明以後,基本上已得到公認。甲文「且」寫成「𝍝」殷墟書契前編九六,甲文「日」寫成「𝍝」粹七〇五,真是難辨細微。甲骨卜辭中有不少諸如「出日」「賓日」「納日」「入日」等記載,何崝認為「人頭祭」,〔註3〕我們雖不敢苟同,但「男根祭」則很有可能,而且還有可能是模擬的男根,近年考古發現了許多新石器時代陶祖、石祖和木祖就可以為證。

　　甲金文「月」字作「𝈻」,「𝈺」等形,也可以看出其為女陰象形,其中點為陰蒂,趙國華在《生殖崇拜文化論》一書中詳細論證了遠古人類對陰蒂的特殊重視。這與中國及世界上其他一些民族都用魚形、花瓣形、蛙形等象徵女性的生殖器也頗為類似。中國古代岩畫多用動物蹄印象徵女性生殖器,蹄印都是一半邊圓,一半邊開口,形如𝈻、⌒、𝈆、𝈻等,這也與古人造「月」字大同小異。中國古代岩畫還有用圓柱形的小凹穴象徵女性的生殖器,而要在文字上體

〔註2〕何崝:《日字構形與商代日神崇拜及人頭祭》,《四川大學學》報(哲學社會科學版),
　　　　1993年第3期,第81~96頁。
〔註3〕何崝:《日字構形與商代日神崇拜及人頭祭》,第81~96頁。

現這一特徵，也只有用這樣的彎月形來表示。

今天仍有不少地區將男子或雄性動物的性行為稱作「日」，如陝西人罵人經常用「驢日的」，山東人罵人常用「日他奶奶的」，湖南有些地方罵人常用「狗日的」。蔣介石罵人的口頭禪「娘西匹」，浙江寧波、奉化等地方言「匹」是女性器，「西」「日」音近而變讀，其他地方也有「西」「日」音近不分的情況，如納西族有的自稱「納西」，有的自稱「納日」，新中國成立後才統一定名為納西。晉語中許多「日」字綴的詞，如「日怪」「日能」「日惡」「日急慌忙」「日嗦」「日鬼」「日弄」「日幹」「日踏」「日蹦」「日晃」「日八」「日天」「日攮」「日鬼」等詞中的「日」都與性行為有關。表示性行為的詞在元雜劇裏寫作「入」，如孫仲章《勘頭巾》有「那入娘的」之語；在《水滸傳》裏「日」「入」「直」通用，該書中魯智深罵人語就有「亂人入的賊母狗」「這日娘賊」「直娘賊」等。「入」和「日」字，上古聲母都是日母字，都是入聲韻母，開口三等，「直」字與「入」字，職輯通轉，定日同屬舌音，準旁紐，今湖南永州方言「直」和「日」讀音完全相同；在凌濛初的話本小說裏也寫作「入」，而在《金瓶梅》裏則另造新字，寫作「㒲」，讀如「日」。

古籍中男子性器多稱為「勢」，「勢」「日」韻部質月旁轉，聲母審日旁紐，音近而義通。《說文》「日，實也」，用的就是聲訓。南方不少地區「實」「勢」「日」至今仍讀音相同。可見，「勢」為男器源於「日」。同樣，古籍中同性戀性交隱語曰「對食」亦源於「日」。「對食」最早見於《漢書・外戚趙皇后傳》：「房（宮女名）與宮（宮女名）對食。」東漢人應劭解釋說：「宮人自相與為夫婦名對食。」《詩經》中《王風・丘中有麻》的「其將來食」，聞一多指出：「古謂性的行為曰食」〔註4〕，又有「其將來施」，聞一多認為「古書說『天施地生』，又說『陽施陰化』，就是這施字的正解。」〔註5〕郭沫若、聞一多都將《穀梁傳》中的「尸女」釋為「通淫」，這在語音上也是有據的，「尸」，脂部審母，「日」，質部日母，韻部對轉，聲母旁紐。男根俗稱「鳥」「卵」「朊」、或「屌」等，與「日」一樣都是舌音，所以也可能源於「日」字。

「月」為女陰象形。現代湘方言仍稱陰道為「月口」，月經為「月口水」或

〔註4〕聞一多：《詩經通義》，長春：時代文藝出版社，1996年，第125頁。

〔註5〕聞一多：《聞一多全集》第4卷，北京：生活・讀書・新知三聯書店，1982年，第462頁。

「月水」。婦女剛生完小孩，為了保護生殖健康需要「坐月子」，根據各地風俗不同，分別是 40 天、60 天和 100 天不等，這裏的「月」與月份和月亮關係應該不大，與性器關係則更密切。又「蛙」和「月」上古聲母分別是影母和疑母，喉牙音鄰紐；「蛙」屬魚部，「月」為月部，魚月通轉，音近義通，所以「月口」又稱「蛙口」。許慎《說文》云：「也，女陰也。」段玉裁注《說文》，也認定此「本無可疑者，而淺人妄疑之。許在當時必有所受之，不容以少見多怪之心測之也」。章炳麟、陸宗達等人也論證許氏說法不誤。「月」與「也」，聲母喉牙音鄰紐，韻母月魚通轉。二者亦可互為參證。

「月」「肉」甲文無異。「肉」甲文作「𖡡」一期甲—八二三，「脒」甲文作「𖡡」屯乙八‧七一二，單獨成字或作偏旁都與「月」不分（「月」甲文也有作「𖡡」）。「月」「肉」，上古一為疑母，一為日母，鄰紐。現在漢語不少方言「月」「肉」聲韻仍頗為相近，如客家方言中西河讀「肉」為 niuk7，讀「月」為 niɛt8；清溪讀「肉」為 ŋiuk8，讀「月」為 ŋiat8；讀「肉」為 niuk7，清平讀「月」為 niɛt8；吳方言中麗水讀「肉」為 ʥiuʔ3，讀「月」為 ʥyeʔ3；紹興讀「肉」為 ŋyoʔ〔23〕，讀「月」為 ɦyoʔ〔23〕等。典籍「月」「肉」通用亦頗多，如，漢桓譚《新論‧琴道》：「骨月成泥。」《樂府詩集‧相和歌辭十三‧孤兒行》：「拔斷蒺藜，腸月中愴欲悲。」《古樂府》卷五作「肉」。清方苞《宣左人哀辭》：「與二三骨月兄弟之友相後先。」一本作「肉」。九華山的「肉身寶殿」也叫「月身寶殿」，趙樸初題的匾額就是「月身寶殿」。現在簡化字肉月旁不分，又回到了原來的情形。漢語的親屬語言侗臺語族，月肉同源的情況，則更為明顯，參見下表：

	水語	佯黃語	泰語	錦語	傣語	侗語	老撾語	臨高語	毛南語	莫語
肉	naùn⁴	naùn⁴	nɯə⁴	naùn⁴	nə⁴	ʔak⁷	nɯə⁴	nan⁴	naùn⁴	məm⁶
月	njen²	njeùn¹	duən²	niùn²	dən¹	ʔaùn¹	duən¹'	niùn²	njen²	niùn²

「肉」也與女陰有關，「肉」的古文寫作「宍」，形體很像後起的義為「女陰」的「屍」字。「孕」，古文既可以從「肉」，又可從「女」，古「孕」字，《玉篇》作「朋」，《集韻》作「𡜶」。漢語至今仍叫妓女賣淫為「賣肉」，雅一點叫「出賣肉體」，後起的表示性行為的會意字「肏」更能說明這一情況。湘方言永州話稱「肉」為「菜」，一個妓女叫「一坨菜」，賣淫叫做「賣菜」，嫖娼叫做「釣菜」。從「肉月」旁的字與女私有關的更多，「肶，膣，脾，脛，膿，朕，胲」

等都是不同地區對女陰的稱呼〔註6〕。

　　郭沫若在《釋祖妣》一文中曾詳細證明了許多表尊稱的字都與生育和性器有關。「祖」初文為「且」，陽具象形，「後」像婦人產子形，「士」「王」「皇」「帝」等也都與性器有關。〔註7〕「日」「月」和上述諸字一樣可用於尊稱，如古代常用「日月」稱皇帝皇后。由此，亦可推測「日」「月」一樣與性器有關。保定南鄉出土的三商勾刀一銘曰：「祖日乙，太父日癸，大父日癸，仲父日癸，父日癸，父日辛，父日已。」其中人名「日乙」「日辛」等和卜辭常見人名「帝乙」「帝辛」，「祖乙」「祖辛」何其相似乃爾。亦可見「日」與「祖」「帝」等的相通之處。實際上張舜徽先生早就證明了「帝」「日」二字同源〔註8〕。

　　「日」和「月」用於尊稱在漢語中還可表父親和母親的意思。據清卓亭子《新刻江湖切要》的解釋，「日宮」，「月宮」，「日月」，「月下部」「日上部」，「日下才」等稱呼中的「日」，「月」都分別指父親和母親。西安方言現在仍有把「日」叫「爺」，保定方言叫月為「老母」。這些用法也是與「日」「月」的生殖義有關。

　　在生殖崇拜的影響下，用生殖器的名稱指代父母是順理成章的事。埃及象形文字中「父親」寫成「🔧」，就是用陽具來代父親。納西文「🔧」就是用女陰象形表示陰道和母親的意思。蒙古語男性生殖器名稱**ojoyo**與表示父親的**ecige**同源。通古斯諸語（鄂倫春、鄂溫克）裏 matug 一詞既表示女陰，又引申出「婦女」「婦人」「女性」「姑娘」等多種義項〔註9〕。英語 woman（女人）就是由 womb（子宮）和 man（人）合併而成的。漢語有些地區方言對母親和女私稱呼語音相同，叫母親為「媽」，稱女陰為「麻」。

　　原始社會人口生產的高死亡率和初民極低的平均壽命的特點決定了生殖問題是關係到人類社會能否延續的根本大事。所以我們現在羞於說出口的字眼，在原始社會卻得到了崇敬。隨著社會的發展，生育地位的逐漸降低，許多象徵生殖器的文字的原義已經消失，但作為尊稱仍保留下來了。

〔註6〕 戴維清：《漢語音轉學》，北京：中國友誼出版社，1986 年，第 376 頁。

〔註7〕 郭沫若：《釋祖妣》，《郭沫若全集·考古編》第 1 卷，北京：科學出版社，1982 年，第 19～65 頁。

〔註8〕 張舜徽：《解釋帝字受義的根源答友人問》，張君和選編《張舜徽學術論著選》，武漢：華中師範大學出版社，1997 年，第 148～151 頁。

〔註9〕 斯欽朝克圖：《生殖器名稱與原始宗教圖騰崇拜——以蒙古語為例》，《民族語文》，1999 年第 6 期，第 47～57 頁。

　　中國古代的創世神話，不管伏羲開天闢地還是女媧摶黃土為人，都是生殖崇拜演化而成的。伏羲本是蜥，是日，女媧本是蛙，是月。漢代的伏羲女媧交尾圖實際就是象徵男女性器的日月交合。受漢族文化影響的獨龍族神話就直接說成遠古日月交配生出萬物。後「日」「月」由男根女陰借為「太陽」和「月亮」，伏羲和女媧亦演變成日神和月神。至於「羲和浴日」「常羲浴月」「夸父逐日」，「后羿射日」及「嫦娥奔月」等神話，它們與漢族和其他民族的感日月而孕之類的感生神話一樣，其實也都是中國古代誕生或再生神話，實際上都是感生殖器象徵的「日」「月」而化生萬物的神話。

　　許多從「日」的字的說解至今仍懸而未決，弄清「日」的原始語義就迎刃而解。

　　「昏」，本是「婚」的初文。康殷《文字源流淺說釋例篇》云：「昏，[字形]甲釋昏，用人俯身以提日之狀，表示日已落地下，天色已昏黑，昏暗之意。」俯身以提太陽簡直是天方夜譚。如果理解為俯身以提男根，就言之成理，並且也能真正表達出「昏」（即「婚」）的本義，因此事多發生在昏黑之時，故又有「昏黑」之意。

　　「公」：[字形]邾公華鐘，[字形]文公鼎，[字形]鵬公劍，有人考證「公」就是陽具象形，正確與否，姑且不管，但至少可由其從陽具之形「⊙」而推知其表示男性。

　　「晉」，「箭」的初文，在許多原始民族中，箭都曾視為男器象徵，故從「日」從雙矢。

　　「春」，「推也」，催生萬物。古人催生萬物與人類生育活動有著超自然的互滲聯繫。中美洲，爪畦和恩波依納等一些地方，作物生長不好，農民和妻子就在作物旁性交，以促進作物生長，這和「春」的形體，驚人的相似：春，從艸，從屯（難的意思），從日。《周禮》也記載了類似的習俗：「中春之月，令會男女。於是時也，奔者不禁，司男女無家者而合之。」農作物生長之關鍵時刻，不但夫妻做愛為令行之事，而且曠男怨女之非法交合亦得到允許和鼓勵，目的就是為了催生萬物。

　　「朝」，古文「[字形]」，康殷認為是「潮」的初文，我們認為這正是「高潮」的「潮」的本字，「日」在草中暗示野合，右邊是水銲示精液射出。歐洲土著人性高潮表達為「ipipisimomona」，意思是「精液射出」，和漢語「朝」造字不謀而合。

　　昆，為「日下二人」；眾，為「日下三人」，古文都像一群人抬著陽具遊行或跳舞。古埃及和古希臘等都有抬著大陽具遊行活動，許多民族至今還保留這一習俗。日本「豐田祭」、泰國的「鬼節」都有抬著大大小小的木制陽具遊行，以陽具象徵有生命力。考古發現中國也曾盛行過生殖崇拜，中國古代的岩畫也表現了類似的情形。

　　白，金文作「ᕼ」，有學者視為「米粒」象形，商承祚認為是日始出之形，郭沫若則認為是大拇指之形，引申為「伯」。我們認為引申為「伯」不錯，「大」的意思，但不是像大拇指，而是像男根勃起之形。後世「白」仍有「勃起」義，如《金瓶梅詞話》第七十三回：「（西門慶）睡下不多時，向他腰間摸那話，弄了一回白不起，原來西門慶與春梅才行房不久，那話綿軟，急切弄不起來。」句中「白」字就是「勃起」的意思。

　　人體的性器官何以變成了天體的「日」「月」？原因很簡單，古人對天地山川等自然的認識，多是從人體認識出發。楊泉《物理論》：「言天者必擬之於人，故自脈以下，人之陰也；自極以北，天之陰也。」戴東原《法象論》：「日月者，成象之男女也。」章炳麟曰：「天地本人體之名，天即頭頂，地即人陰。」都是說明古人從人體的認識出發來認識自然的。《老子》曰：「穀神不死，是謂玄牝，玄牝之門，是謂天地之根。」「穀」古音讀「浴」，浴月一聲之轉，此語道出了月神與生殖陰門之關係。八卦的二爻，「—」，日也，「— —」，月也，章太炎、郭沫若等都認為「—」「— —」分別為男根女陰，也可以看出日月源於性器。英文 sun（太陽）原始語義為生殖者。阿爾貢魁語 kesuk（太陽）來自「給以生命」的動詞，埃及的太陽神 Osiris 象徵著男性的生殖原理，月神 Isis 象徵著女性生殖原理。

　　中國古代和世界其他民族一樣都盛行過生殖崇拜和日月崇拜，依照人類多從認識自身出發來認識自然的思維結構，應該先有生殖崇拜，後有日月崇拜。日本學者幸德秋水也說「太陽崇拜和生殖器崇拜的信仰……從它的單純而且容易被我們接受的角度看來，生殖器崇拜應該發生在先。」〔註10〕即使是在後的日月崇拜，也沒有不伴隨著生殖崇拜的，應該還是生殖崇拜的延續，所以不少民族祭太陽抬出男根載歌載舞，「跳月」之後是歡快的男女交合。正如幸德秋水

〔註10〕幸德秋水：《基督何許人也──基督抹煞論》，北京：商務印書館，1997 年，第52 頁。

所說，「除了朱庇特（Jupiter）、奧西里斯（Osiris）、美斯拉（Mithra）以外，還有撒坦（Suturn）、巴克科斯（Bachus）、阿多尼斯（Adonis）、狄俄尼索斯（Dionysius）、阿波羅（Apollo）、赫拉克勒斯（Hercules）、赫耳墨斯（Hermes）、忒彌斯（Thammuz）、耶和華（Johovah）、爪奥（Jao）、摩格克（Molock）、巴爾（Baal）、阿舍（Asher）、馬哈特瓦（Mahadeva）、梵天（Brahma）、毗濕奴（Vishnu）、伯拉斯（Belus）等印度、埃及、希臘、羅馬、赫尼西亞，亞述等的諸神，也都是生命授與者的異名，他們都是和地對立的天，和黑暗對立的太陽，和女性對立的男性，是生生之力的神格化，是造物主、是生殖器。」〔註11〕所以，日月源於男根女陰是符合人類的認知規律的。

世界著名的心理學家榮格 1906 年在精神病院觀察到的一個病人的幻覺，病人看到太陽垂下了一根管子，並把它叫做「太陽陰莖」。幾年之後，榮格在一本記錄中世紀密斯拉教派的祈禱文的小冊子中發現了和這個病人的描述驚人的相似的段落。日本漫畫家丸尾末廣在《風的成因》一詩中也說：「當看見令我擠起眼上來的太陽，／看見太陽陰莖的我，／把頭一晃，／太陽的陰莖亦隨著搖盪，／這就是風的成因。」這種潛意識地把太陽和陰莖聯繫起來的心理活動估計也是與太陽的生殖本源相關。

民間禁忌也是原始民族心理、民族思維的反映。漢人和中國境內的其他民族有不少禁忌，如，不能朝著太陽、月亮往水裏撒尿；太陽將落山時忌見到人打椿；迎親喜車須在落日前趕到；孕婦忌諱看見月蝕、月暈等月亮異常現象；小孩不能用手指月亮；不能日落後收尿片等禁忌似乎都與性、婚姻、生殖等有關，都應該是日月的生殖或生殖器象徵意義在原始心理思維中的反映。

其實，許慎也沒有說「日月」就是現在的太陽月亮。他所說的「太陽」「太陰」是個短語，指最高程度的陽氣或陰氣，男根女陰當之無愧。《說文》訓「日」為「實」，恐就是指男之性器「勢」。「日」的得聲，有可能源於性交合的摩擦聲，從日諧聲的字如「馹」「涅」「衵」「翻」「颰」都有「相黏」「相連」的意思，也似乎與性交合的特徵相關。《說文》訓月為「闕」也是與女陰有關。周祖謨證明了從「月」諧聲的字皆有斷缺義。〔註12〕孫雍長指出，湖南永州方言把物體凹

〔註11〕幸德秋水：《基督何許人也──基督抹煞論》，第 48 頁。

〔註12〕周祖謨：《〈釋名廣義〉釋例》，《王力先生紀念論文集》編委會編《王力先生紀念論文集》，北京：商務印書館，1990 年，第 294～306 頁。

陷變形仍叫「月」〔註13〕。可見古人造「月」字與最近在岳陽發現的 7300 年前岩畫中女陰象徵的小凹穴的思路不謀而合。西方學者也有類似的理解，按照弗洛伊德、拉崗等人的觀點，女性性徵的建立總是以男性作為參照物，男性性徵以陽具（phallus）為標誌，而女性則被定義為「缺乏」（lack）。男性擁有陽具（havingthephallus），類似許慎所說的「實」；女性缺乏陽具，而想成為陽具（beingthephallus），類似許慎所說的「闕」。

總之，日月為男根女陰之象形，並非筆者向壁虛構，確有古今中外大量語言事實為根據，可謂「信而有徵」。

二、《周易》詞語研究

「與時」類四字短語源流新探〔註14〕

1. 最早出現在《周易》中

「與時」類四字短語頗多，比較常見的如「與時變化」「與時不爭」「與時呈瑞」「與時泛浮」「與時浮沉」「與時俯仰」「與時寡合」「與時俱進」「與時俱行」「與時流轉」「與時遷徙」「與時屈申」「與時日異」「與時推移」「與時息消」「與時消息」「與時偕行」「與時抑揚」「與時造句」等，都表達隨著時間變化而變化類似的意思。其最初形式至遲可追溯到先秦時代，最早出現在《周易》一書中。試看下面例子：

（1）日中則昃，月盈則食，天地盈虛，**與時消息**。（《豐卦‧象辭》）

（2）損益盈虛，**與時偕行**。《損卦‧象辭》

（3）終日乾乾，**與時偕行**。……亢龍有悔，**與時偕極**。（《乾卦‧文言》）

（4）天施地生，其益無方。凡益之道，**與時偕行**。（《益卦‧象辭》）

上述 4 例，例（1）中的「與時消息」本意是指天地自然界中的盈滿和虧缺

〔註13〕孫雍長：《訓詁原理》，北京：語文出版社，1997 年，第 248 頁。

〔註14〕原題《「與時」類四字短語源流淺探》，發表在《廣西社會科學》，2005 年第 2 期，有改動。

的相互轉化，都是隨著時間的變化而發生的。該短語在許多詞典裏都視為成語。意指事物隨時間的變化而生滅、盛衰。也指人根據時勢，決定進退。如《隋書·楊約傳》：「自古賢人君子，莫不與時消息以避禍患。」例（3）中的「與時偕極」意指隨著時間的推移而發展到終極。例（2）（3）（4）中的「與時偕行」意思是說，隨時令進行，把握時機辦事。三條短語的意義相近，形式上也都有「與時」二字，其中「與時偕行」從正面表達，「與時偕極」從反面表達，「與時消息」從正反兩方面來綜合概括。此三條短語應該是最早的「與時」類短語。

中華民族開拓進取，這種隨時而變的思想源遠流長，最早似乎可追溯到文字尚未產生的神話傳說時代。「夸父逐日」中的夸父就是一個與時間賽跑，緊跟時代步伐，勇於挑戰，鬥爭不息的神話形象。而華夏民族的祖先，有巢氏鑽燧取火、神農氏嘗百草、軒轅氏造舟車、建房屋、製衣裳、蒼頡造文字等實踐活動無不體現了開拓創新、與時俱進的精神。殷商時代的甲骨卜辭中就有多處「出日」「入日」的記載。據現代人考證，殷人「出日」「入日」的祭祀活動就屬於測度四方，殷正四時的科技活動，它是殷人適時行事的政治原則的始基。而據《韓詩外傳》引孔子的話說，周公「一人之身能三變者，所以應時也」，周公就是一個應時而變的典範。

2.「與時」類四字短語大量出現

《周易》之後出現了許多「與時」類四字短語，它們都是分別從「與時消息」「與時偕行」和「與時偕極」三短語發展變化而來。

「與時消息」中的「消」和「息」意義相反，「消」，指衰退，「息」，指生長，合而言之指變化。後世也有許多替代形式。用兩個意義相對或相反的字替代「消」和「息」，其表達的意義微別。如：

（5）言己之光美，擬於禹舜，參於天地，非誇誕也，**與時屈伸**，柔從若蒲葦，非懾怯也。（《荀子》）

（6）世治，則竭誠本朝；世亂，則足以匡濟，**與時進退**，此萬全之策也.若不早圖，後悔無及。（漢·司馬光《資治通鑒》）

（7）其為術也，因陰陽之大順，採儒墨之善，撮名法之要，**與時遷移**，應物變化，立俗施事，無所不宜，指約而易操，事少而功多。（漢·司馬遷《史記·太史公自序》）

（8）昔人謂文章**與時高下**，質而不俚。必曰：「先秦西漢此書殆其一也。」（漢‧劉向《新語》）

（9）（黎乾）尋遷京兆尹，以嚴肅為理，人頗便之，而因緣附會，**與時上下**。（後晉‧沈昫等《舊唐書》）

（10）職近日月，宜居三臺上丞郎之位，與南宮相亞，歷代辨論，**與時輕重**。（唐‧權德輿《權載之文集》）

（11）陷在危邦，**與時僵仰**，不廢其道。（唐‧柳宗元撰、童宗說注釋、張敦頤音辯、潘緯音義《增廣注釋音辯唐柳先生集》）

（12）不分物黑白，但**與時沉浮**，朝飧夕安寢。（唐‧白居易《白氏長慶集》）

（13）故不求聞達，避榮樂道，**與時浮沉**，終成都府。（唐‧白居易《白氏長慶集》）

（14）興廢隨時，存亡有運。以心齊物，則得喪俱忘；以物齊心，則毀譽更起。宜信業報，**與時推移**，去蒙對語，或存軀命大族。（唐‧玄奘《大唐西域記》）

（15）嗚呼！不虛美，不隱惡，盡師固亦稱史也。要之人文，**與時升降**。（唐‧劉知幾《史通》）

（16）日中則移，月滿則虧，進退贏縮，**與時變化**，聖人之道也。（宋‧司馬光《資治通鑒》）

（17）丁丑，京陵元公王渾薨。九月，以尚書右僕射王戎為司徒太子，太師何劭為尚書左僕射。戎為三公，**與時浮沉**，無所匡救。（宋‧司馬光《資治通鑒》。）

（18）魏元忠自端州還為相，不復強諫，惟**與時俯仰**。（宋‧司馬光《資治通鑒》）

（19）萬物轉薄，吾真長存。止水不波，浮雲無根。**與時盈虛**，委質乾坤。倚伏相軋，吉凶同源。物各自爾，予欲無言。優哉遊哉，聊以窮年。（金‧郭長倩《昆侖集》）

例（5）至例（19）中的「與時」類短語，都是後兩個字不同，而這後兩個字都是對事物相對或相反的兩個方面的概括，是中國傳統文化陰陽之道的具體體現。如「上」「下」是物體位置的兩種狀態，「進」「退」是事物位置變化的兩種狀態，「浮」「沉」是液體中物體的兩種狀態等。「變」「化」看起來是一對同義詞，其實它們的意義在古代也是相反的，是所有事物變化的兩種狀態。《易・繫辭傳》「變化之道。」虞注：「在陽稱變，在陰稱化，四時變化。」荀注：「春夏為變，秋冬為化，坤化為物。」這些意義相對或相反兩字，合而言之都如「與時消息」的「消息」一樣指變化。所以這類「與時」類短語在文中都有隨時勢而變化的意思，且均無貶義。今天的用法則有的用於褒義，如「與時推移」「與時遷移」等用於褒義，表示「隨時代或情勢的變化而隨機應變」的意思；有的用於貶義，如「與時沉浮」「與時浮沉」「與時俯仰」「與時傴仰」等用於貶義，形容不辨是非或沒有主見的隨波逐流；有的用於中性，如「與時進退」「與時升降」等，意為「根據時勢而決定進退升降」。

有時也可用「世」替代「時」。如：

（20）聖人不凝滯於物，而能**與世推移**。《楚辭・漁父》

（21）與時遷徙，**與世傴仰**。」（《荀子・非相》）

（22）故言道而不言事，則無以**與世浮沉**；言事而不言道，則無以與化遊息。（漢・《淮南子》）

（23）豈若俾倫儕俗，**與世沉浮**而取榮名哉？（《史記・遊俠列傳》）。

（24）夫婦之道以恒為貴，而物之所居不可以恒，宜**與世升降**，有時而避也。（魏・王弼《周易注》）

（25）又不能**與世俯仰**，故從仕數困（《宋史・米芾傳》）

（26）務農興學，慎罰薄斂，**與世休息**，迄於丕平。（宋・歐陽修撰，宋徐無黨注《新校本新五代史》）

（27）苟騰霧有骸之物，而得**與世進退**。（南朝齊、梁・陶弘景《真誥》）

用「世」替代「時」意義完全一樣，因「世」和「時」都有「時代」的意

思，所以辭書收入這類詞一般可考慮作為「與時××」的變體。

「與時偕極」也有許多的變化形式。

以「皆」替代「偕」的，如：

（28）變化消息，**與時皆極**。（元·揭傒斯《揭文安公全集》）

（29）嗚呼！榮問素業，**與時皆逝**，可稱也，而不可追也。（金·郭長倩《昆侖集》）

「皆」和「偕」同義。例（28），「與時皆極」可以算是「與時偕極」的變體；例（29），「與時皆逝」可以算是「與時俱逝」「與時偕逝」等的變體。

以「俱」替代「偕」的，如：

（30）若夫乘道德而浮游則不然，無譽無訾，一龍一蛇，**與時俱化**，而無肯專為。（《莊子》）

（31）時既極，則處時者亦極。君子能**與時俱退**也。（宋·李衡《周易義海撮要》卷一）

（32）其在遠識宏度，進德不怠，**與時俱休**。（宋·黃庭堅《山谷集別集》卷十八）

（33）大抵時當止，則**與時俱止**；時當行，則**與時俱行**。（宋·俞琰《周易集說》）

（34）是宜沮喪湮滅，**與時俱亡**，泯然無所見於世矣。（宋·張耒《柯山集》）

（35）囊曰括，**與時俱閉**之事。（明·錢一本《像象管見》）

（36）**與時俱逝**而不違。（明·胡廣等《性理大全書》）

例（30）至（36）也都有「隨時勢而變」的意思，只不過意在隨時勢而退讓、隱蔽、消失等消極、反面的意義。例（30），「與時俱化」歸為此類，主要考慮到「化」是相對「變」而言，今「變」和「化」無異。例（31），意為「隨時勢變化而退讓」。例（32）（33），「休」和「止」義同，都是「停」的意思；例（34），「亡」是「滅亡」的意思；例（35），「閉」是「閉藏」的意思；例（36），「逝」是「往」的意思。此類短語還有很多，如最後一字是「窮」「隱」「損」「否」等。

只是後一字改變的，如：

（37）彼大人之達觀，**與時偕止**；納天地於毫髮，喻萬物於一

指。（清・乾隆《平南縣志》卷七《藝文》）

這一類短語也頗多，如：「與時偕晦」「與時偕化」「與時偕藏」「與時偕逝」等等，與「與時俱止」「與時俱晦」「與時俱化」「與時俱藏」「與時俱逝」等相同。

「與時偕行」的變化發展形式更多。主要是以「年」「日」替換「時」，以「俱」「皆」「並」等替換「偕」，以「進」「增」等字替換「行」。意義的區別處主要在最後一字。下面我們按其與「與時俱進」形體差別程度將其歸類。

兩字之差的，如：

（38）但願朝陽之暉，**與時並明**耳。（南朝宋・劉義慶《世說新

語》）

（39）方斂福以錫民，**與時皆行**。（宋・朱松《韋齋集》

（40）**與時皆昌**，垂子孫而不替。（宋・王珪《華陽集》）

（41）惟是山斗崇仰之心，**與日俱積**而不自禁。（宋・陳亮《與

章德茂侍郎書》）

（42）立政伊始，**與時皆新**。（元・蘇天爵《國朝文類》）

（43）自倉庫出數**與日俱增**，便思量出以為入，入如其量猶可

至。（明・查繼佐《罪惟錄》）

（44）天麻而永固，**與時偕亨**。（清・《欽定大清會典則例》卷六

十三）

兩字之差的，以「與時偕×」最多，如，「與時偕樂」「與時偕逢」「與時偕通」「與時偕揚」「與時偕盛」「與時偕長」「與時偕宜」「與時偕清」「與時偕永」等等，與「與時俱×」義同。

一字之差的，我們又把它分為三類。

第二字不同的，如：

（45）如干將發硎，莫敢觸其鋒。文章學問，**與日俱進**。如水湧

山積，莫敢窺其突。（元・余闕《青陽先生集》）

（46）文章之道，**與年俱進**。故曹植自言其文必隨時改定，每

見名家文稿多晚年自訂或生徒編輯，往往有與初本絕不相類者。故凡其人見存者，文皆不錄。（清‧方苞《方望溪先生全集集外文》）

「與年俱進」「與日俱進」和「與時俱進」同，「進」，「增進」的意思，與「增」同義。其意義皆同於「與日俱增」「與日俱積」「與時俱增」等。劉潔修《漢語成語考釋詞典》和唐樞主編的《中華成語熟語辭海》等都把「與年俱進」「與日俱進」「與日俱積」置於「與日俱增」同條下。

第三字不同的，如：

（47）自少有大志，讀書餘杭山中，築室以居。扁之曰林泉書舍。謝絕人事，篤志問學，期有為於世。由是貢之邑庠，升之成均，遂擢侍從，掌帝之制者十有餘年，出為僉憲風紀，用清再佐方伯庶政，克舉國號重器，人推老成，敦大光明，**與時偕進**。豈吾所謂培之而能若是者耶？（明初王洪《毅齋集》）

現在還有「與時並進」「與時共進」的用例，如，毛澤東主席曾於 1947 年 10 月 18 日讓任弼時同志給白雲山廟會送去的一塊錦旗就寫有「與時並進」四個大字，這和例（47）的「與時偕行」一樣與「與時俱進」同義。

最後一字不同的，如：

（48）戴良為刺史，又遣陳時代燮為交趾太守，岱留南海，良**與時俱行**。（《三國志‧吳志》）

（49）申呂則曠代無聞，呂霍則**與時俱盛**。（唐‧令狐德棻《周書》）

（50）柔之能升也，蓋亦如此而已矣！何也？**與時俱升**故也。（宋‧王宗傳《童溪易傳》）

（51）然岩花澗草，**與時俱芳**者，或阻於遠而邈不接也。（宋‧黃震《黃氏日抄》）

（52）戀戀之心，**與時俱積**。（宋‧周必大《文忠集》）

（53）逖違謦言，又見冬仲，惟是企仰，**與時俱增**。（宋‧周必大《文忠集》）

（54）與天俱久，**與時俱新**。（宋‧趙孟堅《彝齋文編》）

（55）若**與時俱亢**，則招損而悔。（元・趙汸《周易文詮》）

（56）時何以晦，尊養而晦，非**與時**而晦也；時何以純熙，用大介而純熙，非**與時俱顯**也。（清・顧鎮《虞東學詩》）

（57）執柔守中，安靜以俟治化之成德**與時俱隆**。（清・傅恒等《御纂周易述義》）

（58）心與仁常不相離，庶幾**與時俱永**者矣。（清・喇沙裏陳廷敬等《日講四書解義》）

這類短語的意義區別也在最後一字。例（51）（52）的「與時俱增」「與時俱積」同「與日俱增」。這類短語還有很多，如，「與時俱靈」「與時俱生」「與時俱昌」「與時俱暢」「與時俱息」「與時俱奮樂」「與時俱泰」「與時俱高」「與時俱昂」「與時俱競」「與時俱切」等，不一一例舉。

3. 關於「與時俱進」

有一篇來源於 2003 年 2 月 5 日的新華網文章提到：「山西大學中文系教授康金聲指出，『與時俱進』一詞並非成語，從漢語源學上找不到根據。」《理論學習與探索》2003 年第 1 期中一篇短文《「與時俱進」考》認為「其似應從『與時俱增』發展而來」。《國家圖書館學刊》2002 年第 3 期《「與時俱進」的出典》認為其「意典當出於司馬談的《論六家要指》」中的「與時遷移」。《文彙報》2004 年 1 月 13 日李君如一篇理論隨筆指出：「『與時俱進』是今人創造的語言……『與時俱進』主要是從『與日俱新』『與日俱增』這兩個成語脫胎而來的。」《黨政論壇》2003 年第 9 月期《「與時俱進」的由來及傳統內涵》一文認為：「『與時俱進』一詞大約源於《易經》的『與時消息』。」《思想理論教育導刊》2002 年第 6 期《從「與時俱化」到「與時俱進」》一文則認為源於「與時俱化」。《求是》2002 年第 13 期《主張創新、與時俱進是中華民族的優良傳統》一文指出：「『與時俱進』一詞，源於《周易》的『與時偕行』『與時消息』。」其實「與時俱進」四字較早的出處，最遲在明代已出現。如明許天贈《詩經正義》：

（59）日斯邁，月斯征，總是**與時俱進**之意。

又如明方學漸（1540～1615）《東遊紀・東林會言》：

（60）立身行道，日精日熟，**與時俱進**，至耳順從心之年，其志

未嘗少懈。

又如明楊梧《禮記說義纂訂》：

（61）四時分舉者，示其功不可驟而**與時俱進**，亦順之之意也。

清代的例子更多，如清姚鼐《惜抱軒詩文集‧謝蘊山詩集序》：

（62）十餘年來，先生之所造，**與時俱進**。今者觀察河淮，自定

其詩，集成若干卷。而往時宏篇麗制，人所驚歎，以謂不可逮者，

先生固已多所擯去矣。

此處的「與時俱進」是說謝蘊山的寫作水準隨著時間的增長不斷提高，以
至於他自編詩集時，往時「人所驚歎」不及的「宏篇麗制」，他自己都覺得不好
了，「已多所擯去」。

又如：

（63）顯則日新昭明發揚，**與時俱進**，盛德於此而著，故曰日

新之謂盛德。（清‧牛運震《周易解》）

（64）此格致一傳，所以為**與時俱進**之根要。（清‧王植《四書

參注》）

（65）亦以一時之心思所用，不欲棄去，且驗將來之功力**與時

俱進**與否？是亦自勉之一助也。（清‧《弘曉明善堂詩文集》）

（66）意匠經營，極絢爛之，工而歸之平淡，其有**與時俱進**者

耶！（清‧王弘《砥齋集》）

（67）至於其人已歿，其文彌珍，使天稍假之年，**與時俱進**，所

造益精，當亦蘄至於古之立言者不難。（清‧敖式楣修，清‧梁安甸

纂《光緒信宜縣志》）

清代以後，用例減少，主要在一些地方志上用例多一些，一些口號或報刊
上也偶爾有人使用，如經亨頤 1913 年主政浙江省立第一師範學校期間，提出
「與時俱進」辦學方針，李大釗 1917 年 10 月 10 日，寫的《此日》一信中就有
說，「月異歲新，與時俱進，頁頁聯綴，永續無窮」一語。1920 年開始在《益世
報》連載的濯纓《新新外史》也有「這變之一字總是與時俱進，沒有停止的，
時間就是進化的軌道，不過有遲緩的不同。」一語。從 20 世紀 80 年代到 2001
年 7 月在海量大數據庫中，也只能夠檢索到數十條用例。2001 年 7 月 1 日之

後，「與時俱進」才大行其道，用字頻率大增。「與時俱進」不見於《詞源》《大漢和辭典》《漢語大詞典》《中文大辭典》等大型辭書。2002 年 1 月以後，《新華成語詞典》（商務印書館 2002 年 1 月版）、《現代漢語詞典》（商務印書館 2002 年 5 月增補本）、《現代漢語成語規範詞典》（長春出版社 2002 年 6 月版）、《新華新詞語詞典》（商務印書館 2003 年 1 月版）、《漢語成語小詞典》（商務印書館 2003 年 1 月版）等才開始相繼把「與時俱進」編入詞典。由於這幾部詞典重在規範和實用，沒有追溯源流，所以我們很有必要作一番探源工作，有助於今後的辭書編撰。

可見，確定一個短語的成語地位除了具備劉叔新先生所說的「表意的雙層性」，或周薦先生所說的「經典性」外，運用的廣泛性也至關重要。其實歷來給成語下定義時都涉及到這一點，如宋人洪邁說：「世俗引成語，往往慣用為常，反不知其所自處。」《辭海（修訂本）·語言文字分冊》（上海辭書出版社 1978 年版）說成語是「慣用定型的片語或短句」。《現代漢語詞典》（商務印書館 1978 年版）說成語是「人們長期以來慣用的、簡潔精闢的定型片語或短句」。本文所列的「與時」類短語，粘合性都較強，尺度放寬一點，都視為成語也未嘗不可。已經入成語典的有「與時消息」「與時偕行」「與時推移」「與日俱積」「與日俱增」「與年俱進」「與日俱進」「與時浮沉」「與時沉浮」「與世浮沉」「與世沉浮」「與時俯仰」「與世推移」「與世偃仰」等十餘條，很大一部分「與時」類短語沒有收入成語詞典。儘管不能說沒有收入成語詞典的短語不是成語，但至少可以說其運用的廣泛性還不夠，成語地位尚未確定。

4. 小結及餘論

所有「與時」類短語都有共同的來源，即源於《周易》中的形義相互關聯的「與時消息」「與時偕行」和「與時偕極」三短語。

「與時消息」類短語的後兩字是由意義相對或相反的兩語素組成的複合詞，這類短語選入成語詞典的最多，因為這類短語最能體現「一陰一陽謂之道」的中國傳統文化特徵。「與時偕極」和「與時偕行」類短語又等於把「與時消息」類短語分開來表述，分別從相反相對的兩方面表達隨時而變的意思。

「與時消息」類短語因其後兩字異體都是對事物相對或相反的兩個方面的概括，合言之皆可指變化，故意義相差甚微，發展到以後才有褒貶中性之分。

此類短語後兩字等義的可視為同一短語的異體。「與時偕極」和「與時偕行」類短語的意義差別主要在最後一字，最後一字同義的也可視為同一短語的異體。

「與時」類短語，只是第二字的差別，即以「年」「日」「世」等代「時」的，可視為同一短語的異體；只是第三字的差別，即以「皆」「俱」「並」「共」代「偕」的，也可視為同一短語的異體。

在「與時俱進」短語之先出現的「與時」類短語，都可能會影響其產生，其最早的源頭應該是《周易》中的三短語，特別是「與時偕行」，因為「偕行」與「俱進」義最相近。《說文》:「偕，一曰俱也。」「行，人之步趨也。」《廣韻》:「進，前也。」「與時俱進」最遲在明代已經出現。

「與時」類短語，表達意義，幾乎都表達隨時而變的意思。這與中華民族開拓進取，與時俱進密切相關。此意義來源最早似乎可追溯到文字尚未產生的神話傳說時代。「夸父追日」中的夸父就是一個與時間賽跑，緊跟時代步伐，勇於挑戰，鬥爭不息的神話形象。而華夏民族的祖先，有巢氏鑽燧取火、神農氏嘗百草、軒轅氏造舟車、建房屋、製衣裳、蒼頡造文字等實踐活動無不體現了開拓創新、與時俱進的精神。殷商時代的甲骨卜辭中就有多處「出日」「入日」的記載。據現代人考證，殷人「出日」「入日」的祭祀活動就屬於測度四方，殷正四時的科技活動，它是殷人適時行事的政治原則的始基。而據《韓詩外傳》引孔子的話說，周公「一人之身能三變者，所以應時也」，周公就是一個應時而變的典範。

同「與時俱進」的結構句式相同的短語，在《尚書》和《詩經》時代已經出現。《尚書‧太甲下》云:「與治同道，罔不興；與亂同事，罔不亡。」《尚書‧微子之命》又云:「作賓於王家，與國咸休，永世無窮。」而《詩經》中「與子偕行」「與子偕作」之類的句式則更多。這些四字短語都是「與」字開頭，第三字「同」「咸」「偕」都是「俱」的同義詞。儘管這類短語的第二字在《尚書》和《詩經》時代尚未出現「時」「日」等詞，但《尚書‧湯誓》有「時日曷喪，予及汝偕亡」語，當是「與日偕亡」的淵源。

「與時俱進」一直到 2001 年 7 月以後才被確定為成語，與其被廣泛運用息息相關，體現了成語廣用性的特徵。

三、《楚辭》詞語研究

「吳戈」新探〔註15〕

《國殤》是屈原《九歌》中一首取材凝重、極具特色的、充滿愛國主義情感的不朽詩篇。該詩開頭「操吳戈兮披犀甲，車錯轂兮短兵接」，現行出版的各類語文教材幾乎都將「吳戈」釋為「吳國製造的戈」。而其實歷來對此句的解釋就眾說紛紜，從無定論。

現存最早的《楚辭》注本東漢王逸的《楚辭章句》注曰：「戈，戟也。甲，鎧也。言國殤始從軍之時，手持吳戟，身被犀鎧而行也。或曰：操吾科。吾科，楯之名也。」此後，歷來的注家大都採取較為謹慎的態度保留二說，如一向很有主見的朱熹在其《楚辭集注》中亦引「一本作『吾科』」。

姜亮夫《楚辭通故》則云：「吳戈或作吳科，非也。執戈被甲對文。若被甲又執楯，楯為禦器而非兵器，臨陣以兵為重，不以楯為重也。洪補引《考工記》：『吳粵之劍』，又曰『吳粵之金錫』以釋『吳』，是也。」〔註16〕馬茂元在《楚辭選》中也說：「戰士身上所配備的武裝，一般地說來，必然包括有進攻和防禦的兩個部分。『吳戈』和『犀甲』相對成文，戈，用以進攻；甲，用以防禦。」「假如把『吳戈』說成盾牌，那就和犀甲在意義上重複了。」〔註17〕李一氓也有這樣的觀點，他說「第一節一句『操吳戈兮被犀甲』，原來的『吳戈』就好，不必定要穿鑿改成『吳科』作盾牌解。」「盾牌是一個防禦的武器，犀甲又是一個防禦的軍服。絕沒有一個戰士既執防禦之武器，又穿防禦之服裝，而不使用一件進攻的武器的。」〔註18〕

郭沫若卻譯《國殤》第一句為「藤牌手中拿，身披犀牛甲」。並注曰：「原作『操吳科兮披犀甲』，吳科是盾的別名，『科』或作『戈』，當是後人不解吳科之義而妄改。」〔註19〕聞一多《楚辭校補》也說：「案下文『車錯轂兮短兵接』，注曰『短兵，刀劍也。』既係短兵相接，而戈乃長兵，則所操亦非吳戈明甚。

〔註15〕原題《「吳戈」新解》，發表在《理論界》，2006 年第 4 期，有改動。

〔註16〕姜亮夫：《楚辭通故》，濟南：齊魯書社，1985 年。

〔註17〕馬茂元：《楚辭選》，北京：人民文學出版社，1958 年。

〔註18〕李一氓：《讀國殤今繹——評〈屈原九歌今繹〉的一章》，《人民文學》，1951 年第 4 期。

〔註19〕郭沫若：《郭沫若全集》，北京：人民文學出版社，1984 年。

且刀劍戈戟，亦並無操之理，此自當以作『吾科』為得」。〔註20〕

陳子展則認為「吳戈不是吾科或吳魁」，「倘讀為吾科或吳科，又讀為吳魁，說是『本出於吳，為魁帥者所持』。而釋它為楯，即盾……那麼，它和犀甲同是防護武器，未免多此一舉了。而且全不準備遭攻，只準備捶打嗎？決無是理。」〔註21〕

以上幾種說法，有一點是相同的，即他們都認為「吳戈」「吾科」「吳魁」三者中肯定有一個或兩個有誤：王逸拿不定主意，故存兩說，以示謹慎；姜亮夫、馬茂元、李一氓等以為「吾科」有誤；郭沫若、聞一多等以為「吳戈」有誤，陳子展則認為「吾科」「吳魁」皆有誤。但他們都有一個共同的問題沒法解釋清楚，即「吳戈」或「吾科」「吳魁」是如何弄錯的？王逸《楚辭章句》注「操吳戈兮披犀甲」云：「或曰：操吾科。吾科，楯之名也。」表明它至少看到了兩種不同的的本子，而這兩種不同的本子將「吳戈」或「吾科」抄錯的可能性也不大，因為它們形體相差懸殊。郭沫若說「當是後人不解吳科之義而妄改。」恐也有點主觀，歷代的楚辭注本大都對「吾科」或「吳戈」有明白的解釋，怎能說不解其義呢？所以，很有可能「吳戈」「吾科」都沒有錯，它們是同一個聯綿詞。

說「吳戈」為連綿詞的一個重要的原因，是其字形不定，像其他的連綿詞一樣，有多種書寫形式。「吳戈」除了寫作「吾科」外，還可寫作「吳魁」「吳科」等。漢劉熙《釋名・釋兵》云：「（盾）大而平者曰吳魁。」王念孫《廣雅疏證》云：「吾科與吳魁同，科魁聲相近，故《後漢書》謂科頭為魁頭。」《太平御覽》引《釋名》中的「吳魁」作「吳科」。「吳」「吾」同音，「戈」「科」見溪旁紐，歌部疊韻，「科」「魁」溪匣旁紐，歌微旁轉，「戈」「魁」見匣旁紐，歌微旁轉。「吳戈」「吳魁」「吾科」「吳科」聲近義通。

說「吳戈」為連綿詞的另一個重要的原因是，將「吳戈」分釋為「吳國製造的戈」，許多問題沒法解釋清楚，而若像「吳魁」「吾科」「吳科」一樣都釋為「盾」，卻頗為合理。

第一，吳國的兵器固然頗為有名，但主要恐怕是指吳國的寶劍。吳國製造

〔註20〕聞一多：《楚辭校補》，成都：巴蜀書社，2003年。
〔註21〕陳子展：《楚辭直解》，南京：江蘇古籍出版社，1988年，第500～501頁。

的戈，是否有很有名，尚需要進一步考證。如果是很有名，為什麼先秦除了《國殤》裏出現了「吳戈」外，至今還未找到第二例？一九七八年湖北隨縣出土戰國曾侯乙墓竹簡記隨葬武器有「楚甲」「秦弓」等，也唯獨沒有「吳戈」。而且，即使吳國造的戈很有名，但大量出口楚國也令人生疑。原因是吳國未亡時，吳楚就非「友邦」，吳楚江淮之戰就達近百年，有史料記載的大仗就有二十餘次。即便是「友邦」，也和現在一樣，其精銳的武器也不是輕易出口的。《史記·吳世家》就記載有這樣的事。春秋時代吳王壽夢四子季札出訪「友邦」徐國，徐國國君十分喜愛季札身上的佩劍，希望季札以此寶劍相贈，季札也明白徐君的心思，可當時還是沒有相贈，一個重要原因恐怕就是兵器並非一般禮物，不能隨意贈於他國。

　　第二，《國殤》所記應是屈原在世時的秦楚之間的戰爭，其時吳國已亡，吳越等地鐵產不若楚國之豐，楚人冶鑄之術飛速進步，楚之鐵兵已超越吳越而著稱於世。《商君書·弱民》和《荀子·議兵篇》都謂楚「宛鉅鐵蛇，慘若蜂蠆」。《史記·范雎傳》記秦昭王語曰：「吾國楚之鐵劍利，鐵劍利則士勇。」楚兵器之精良由此可見一斑。因此，像《國殤》這樣的愛國主義詩篇，做為楚國人的屈原卻不言當時製造最為精良的「楚戈」，而言吳國製造的戈，令人難以置信。而且同一句中與之並列的「犀甲」就是指的是楚國「犀甲」，有《荀子·議兵篇》中的「楚人鮫革犀兕以為甲，鞈如金石」和《商君書·弱民》中的「楚國之民……脅蛟犀兕，堅若金石」等語為證。至於詩中提到的「秦弓」固然是指秦國造的弓，但不是楚軍裝備的兵器，而是在戰鬥中繳獲秦軍兵器或者是阻止敵人進攻拼死搶過秦軍的兵器。從所用的動詞「挾」字，而不是一般的「持」字可以看出。楚軍臨死前「不獨自己不繳械投降，還把敵將手裏的武器挾著，可以表示殺敵致果的重要意義」。〔註22〕

　　第三，從全詩的內容來分析，緊接「操吳戈兮披犀甲」的一句是「車錯轂兮短兵接」，正像聞一多所分析的那樣，「刀劍戈戟，亦無並操之理」，而且既係短兵相接，而戈乃長兵，將「吳戈」理解為「吳地製造的戈」豈不前後矛盾？現在也有論者為了證明其為「吳地製造的戈」不誤，而將戈視為短兵，亦謬矣！《考工記》載「戈柄六尺有六寸」，先秦 1 尺約 0.23 米，則此戈柄亦約有 1.52

〔註22〕譚介甫：《屈賦新編》，北京：中華書局，1978 年。

米。長沙出土的戰國時全戈，也有 1.45 米長。〔註23〕哪有這麼長的短兵？而且，全詩涉及到的兵器頗多，如「短兵」（刀劍）、「長劍」「秦弓」等，並非只有防禦性的武器，不必硬要作者在「操吳戈兮被犀甲」一句中把進攻和防禦的武器都提到。我們再把「操吳戈兮披犀甲」和「帶長劍兮挾秦弓」聯繫起來看，後者並列兩種進攻性武器，前者則更有可能並列兩種防禦性的裝備。」

　　第四，古代犀甲固然堅固，但並非就牢不可破，不需操盾了。先秦時甲衣分為犀甲、兕甲、合甲三種。《考工記》說：「犀甲壽百年，兕甲壽二百年，合甲壽三百年。」比較起來，犀甲是其中堅固度最次的一種，而且犀甲一般只遮住前胸和後背，所以，僅靠犀甲防禦還不夠，操盾又披甲並不重複，反而更能顯示出敵人的強大，戰爭的殘酷，更能反映出楚軍自衛性質，從而更好地表現了愛國主義的主題。從我國出土的戰國「水陸攻戰圖銅鑒」拓圖中可以看到，握短兵器者手中差不多都持有盾〔註24〕。所以，「披犀甲」又持盾牌並非陳子展所謂的「多此一舉」，「全不準備遭攻，只準備捱打」。近年考古學家還在江陵天星一號楚墓發現了漆木盾，「吳戈」估計就屬此類。

　　連綿詞二字語音上往往或雙聲或疊韻，也有既非雙聲又非疊韻的，但即便如此，其語音上仍有一定的聯繫。「吳戈」非雙聲又非疊韻，但語音上也有一定的聯繫，「吳」魚部疑母，「戈」歌部見母，魚歌通轉，疑見旁紐；「吾科」「吳科」，「吾」或「吳」皆魚部疑母，「科」歌部溪母，魚歌通轉，疑溪旁紐；「吳魁」，聲部疑匣旁紐。

　　「吳」字構成聯綿詞確實也容易讓人望文生義。如「吳公」（多寫成「蜈蚣」）、「吳儂」「句吳」「吳羊」「吳榜」「吳丘」「吳干」等詞都應是聯綿字，可在一般的聯綿詞典裏都找不到它們。怪不得即使有些學者也意識到了「吳戈」釋為「吳國製造的戈」不妥，但又以為是抄錯或者引《方言》釋「吳」為「大」，還有更聰明的辦法，雖釋「吳」為「吳國」，但又指出其並非實指。不管怎樣，都仍然是犯了分釋聯綿詞的錯誤。

　　其實，說「吳戈」為聯綿詞並非筆者標新立異。大型詞典《辭源》可能就視「吳戈」為連綿詞。《辭源》「吳戈」條云：「吳戈，盾名。一說為戟。《楚辭》

〔註23〕范文瀾：《中國通史簡編》，石家莊：河北教育出版社，2000 年。
〔註24〕范文瀾：《中國通史簡編》。

屈原《九歌・國殤》：『操吳戈兮披犀甲。』《廣雅・釋器》作吳魁。」《辭源》「吳魁」條云：「吳魁，大而平的盾。本出於吳，為魁帥所持。見《釋名・釋兵》。參見吳戈。」另外，陳獨秀也很明確地把「吳戈」收入其語言學著作《連語類編》中〔註25〕。遺憾的是，儘管《連語類編》在上個世紀三十年代初已經寫就，但因種種原因未能出版，一直到2001年，中華書局才將其收入《陳獨秀音韻學論文集》出版，所以陳獨秀這一真知灼見未能引起我們的重視。又由於《連語類編》是一部辭書性質的著作，陳獨秀先生對「吳戈」何以為聯綿詞，為何不能釋為「吳地製造的戈」語焉不詳，所以我們這裏詳加證明，以就教於方家。

四、《山海經》詞語研究

「道渴而死」之「死」新探〔註26〕

「夸父逐日」的神話最早見於《山海經》。《山海經・海外北經》記載：「夸父與日逐走。入日，渴欲得飲，飲於河渭；河渭不足，北飲大澤，未至，道渴而死。棄其杖，化為鄧林。」〔註27〕海內外學者對文中的「入日」「逐走」等語的訓詁做了許多有益的工作，但對文中極為關鍵的句子「道渴而死」的意義卻鮮有人作深入地研究，可能認為其意義頗為顯豁，不值得作進一步探討，以致學術界對此語幾乎都毫無例外地理解為「（夸父）在半途上就渴死了」。但這樣的解釋至少存在以下幾個問題：

第一，夸父既然已經渴死，為什麼《山海經》兩處提到應龍殺夸父？《山海經・大荒北經》道：「應龍已殺蚩尤，又殺夸父，乃去南方處之，故南方多雨。」〔註28〕又《山海經・大荒東經》道：「大荒東北隅中，有山名曰凶犁土丘。應龍處南極，殺蚩尤與夸父，不得復上。故下數旱，旱而為應龍之狀，乃得大雨。」〔註29〕對夸父之死，同一本書卻有兩種說法，豈不自相矛盾？儘管後人也做出了種種假說，但都難以自圓其說。如郭璞說是「死無定名，觸事

〔註25〕陳獨秀：《陳獨秀音韻學論文集》，北京：中華書局，2001年。
〔註26〕原題《夸父「道渴而死」新解》，發表在《廣西民族師範學院學報》，2012年第5期，有改動。
〔註27〕袁珂：《山海經校譯》，上海：上海古籍出版社，1985年，第201頁。
〔註28〕袁珂：《山海經校譯》，第248頁。
〔註29〕袁珂：《山海經校譯》，第286頁。

而寄，明其變化無方，不可揆測。」〔註30〕這正如袁珂所指出的那樣「郭以玄理釋神話，未免失之。」袁珂認為：「蓋夸父乃古巨人族名，非一人之名也。」〔註31〕這固然有理，但即便是一個族的不同人，《山海經》也應該區別清楚，更何況在《大荒北經》裏夸父追日而「死」與「應龍已殺蚩尤，又殺夸父」是前後相連的兩句話。至於朱芳圃所謂「至云應龍殺夸父者，蓋應龍蓄水，夸父渴死，故曰應龍殺夸父。」〔註32〕恐更是牽強。

第二，夸父乃一巨人神人，能夠與太陽賽跑，並且已經喝乾黃河渭水，還如此輕易地渴死了，也讓人覺得不可思議。注《山海經》的郭璞早就有此疑問，他說：「夸父者，蓋神人之名也；其能及日景而傾河渭，豈以走飲哉，寄用於走飲耳。幾乎不疾而速，不行而至矣。此以一體為萬殊，存亡代謝，寄鄧林而遁形，惡得尋其靈化哉！」〔註33〕他用玄學來解釋，仍不得要領。

第三，我們在開頭所引的夸父「道渴而死。棄其杖，化為鄧林」，如果這裏的「道渴而死」的「死」是「死亡」的意思，那為什麼接下去夸父還能「棄其杖」？注意這裏是「棄其杖」，而不是「所棄杖」，前者表明動作發出者「夸父」此時還有行為能力，後者則表示動作發出者「夸父」在有行為能力時的行為結果，此時可以有行為能力，也可以沒有行為能力。《山海經·大荒南經》寫蚩尤時就用的就是後者句式：「蚩尤所棄其桎梏，是為楓木。」〔註34〕「棄其杖」跟「所棄杖」的區別是顯而易見的，但後來的釋注者卻有意無意地將夸父「道渴而死」之後的「棄其杖」理解為「所棄杖」。

出現這些問題的關鍵原因是我們對「道渴而死」的「死」字的理解過於簡單，只是憑直覺，沒有作深入地分析。既然這裏的「死」字解釋為「死亡」不能自圓其說，那我們就得考慮另求新解。

「死」，古多通作「尸」與「屍」。《呂氏春秋·離謂篇》：「鄭之富人有溺者，人得共死者。」又云：「得死者患之。」《意林》皆引「死」作「尸」。所以畢沅此句校注曰：「死，與尸同。」《漢書·陳湯傳》：「漢遣使三輩至康居求穀吉等

〔註30〕袁珂：《山海經校譯》，第488頁。
〔註31〕袁珂：《山海經校譯》，第488頁。
〔註32〕朱芳圃：《中國古代神話與史實》，鄭州：中州書畫社，1982年，第110頁。
〔註33〕畢沅：《山海經集解》，上海：廣益書局，1926年，第146頁。
〔註34〕袁珂：《山海經校譯》，上海：上海古籍出版社，1985年，第260頁

死。」顏師古注:「死,尸也。」《墨子‧大取》:「其類在死也。」于省吾《雙劍誃諸子新證》:「死應讀作尸。」《墨子‧號令》:「死上目行。」孫詒讓《墨子閒詁》:「死與尸聲近義通。」「死」通作「屍」的例子更多。《說文》:「殯,死在棺,將遷葬柩,賓遇之。」王筠《句讀》:「死,常作屍。」《史記‧魯周公世家》:「不如殺以其屍與之。」司馬貞索隱:「屍,亦作死字。」《睡虎地秦墓竹簡》「尸」或「屍」多寫作「死」。劉心源《奇觚室金文述》卷二:「(盂鼎)叔為屍省,即尸字,主也。」胡光煒《說文古文考》:「死既通屍,亦通為尸。卜辭之死字,以文義求之,皆為尸。」楊樹達《積微居小學金石論叢》:「蓋死本謂屍,後為生死之義所奪,故復造從生死之屍。」馬敘倫《說文解字六書疏證》卷八:「死是屍之初文。」高鴻縉《中國字例二篇》:「死為屍體之屍之初文。」清饒炯《說文部首訂》:「死即尸之或體。」可見,「死」「尸」「屍」三字上古通用,在較早的文獻中多寫作「死」。

「道渴而死」的「死」字應該與「尸」字通用。《說文‧尸部》:「尸,陳也,象臥之形。」《爾雅‧釋詁》:「職,尸,主也。」「陳」「主」之義的「尸」古文獻寫作「死」的也不罕見。《晏子春秋‧內篇諫上五》:「死三日而畢。」于省吾云:「死、尸古字通,金文及古籍斯例習見。按主管其事曰尸……此云尸三日而畢,言其職尸之事,三日而畢也。」又《墨子‧大取》:「一愛相若,其類在死也。」于省吾《新證》:「死應讀作尸……尸之通詁訓主……言無論兼愛一愛,均以他為主,而非為我也。」《全上古三代文》卷十三:《師毀毀銘》:「女右佳小子,余令女死我家。」清嚴可均釋:「死,借為『尸』,主也。」又《卯毀銘》:「飤(嗣)乃先且(祖)考,死嗣艾公家。」嚴可均釋:「死,借為『尸』,死嗣(司),主治也。」《墨子‧號令》:「凡戮人於市,死上目行。」孫詒讓《墨子‧閒詁》云:「此句有誤,疑當作『死三日徇』。徇、徇古今字,死與尸聲近義通。謂陳尸於市三日,以徇眾也。」

古籍中用「尸」表「陳」意的例子頗多,如《詩‧小雅‧祈父》「有母之尸饔」,《左傳‧莊公四年》:「楚武王荊尸」,《左傳‧宣公十六年》:「荊尸而舉」,《國語‧晉語》:「殺三郤而尸諸朝」等皆為「陳」之義。《論語‧鄉黨》:「寢不尸,居不容。」魏‧何晏的《集解》:「偃臥四體布展手足似死人」,宋‧邢昺疏云:「言人偃臥四體布展手足似死人」,宋‧朱熹《集注》亦稱:「尸謂偃臥似死

人也」，儘管與「尸首」仍有聯繫，但無疑已經是動詞「陳」或「偃臥」之義了。偃臥是很舒適的歇息方式，所以《釋名・釋喪制》說：「尸，舒也，骨節解舒也，不能復自勝斂也。」孔子不以追求舒適為目的，他追求的是德行美儀，所以他說「寢不尸」，而夸父因為口渴和勞累，無疑更需要放鬆，所以他要「道渴而死（尸）」，即要停下來躺下歇息一下。

　　世界上其他民族類似「夸父逐日」的神話幾乎都有一個共同的地方，那就是逐日者都因勞累、灼熱或饑渴等原因中途停下來歇息。

　　古巴比倫的《吉爾伽美什》敘述的吉爾伽美什循日之道尋求永生奧秘的故事，有點類似於中國的「夸父逐日」。吉爾伽美什因為發現他最勇敢和最喜歡的同伴恩奇杜出乎意料地死亡而十分傷心。他想到了自己終有一天也會跟朋友一樣死掉。於是，吉爾伽美什踏上了尋找永恆生命的旅程。他沿著太陽神沙瑪什行進的路線前行，途中先後遇到蠍、太陽神、拿水罐的婦女以及古代的船夫等的勸阻，歷經艱險，多次因疲勞而沉沉睡去，最久的一次睡了七天七夜。終於在死亡之海找到了生命樹，並帶走了一根樹枝，可就在準備在返回時，再次因為疲勞而睡去，神奇的樹枝被蛇偷走。〔註35〕這一故事與「夸父逐日」有許多類似之處：吉爾伽美什是循日之道，夸父是「與日逐走」；吉爾伽美什是找生命樹，夸父是「化為鄧林」；吉爾伽美什仙藥被蛇偷走，夸父則是「珥兩黃蛇，把兩黃蛇」；吉爾伽美什結局是徒勞無益，夸父結局則是「不自量力」等等。《吉爾伽美什》是人類歷史上第一部史詩，其原始形式是民間口頭流傳的文學，史詩的基本內容於西元前 3000 年代的蘇美爾──阿卡德時期已形成雛形，所以很有可能是「夸父逐日」故事的最早源頭。如果是這樣，那麼，「夸父逐日」的故事承襲吉爾伽美什的因疲勞而停下來休息睡覺的情節，則是很有可能的。

　　另一個故事也可能跟「夸父逐日」有淵源關係，那就是是印度《本生經》中的敏捷鵝的故事。這個故事說有二隻幼鵝鳥欲與太陽比速度，於是向菩薩表白。菩薩反對，說：「太陽之速，實為疾速，汝青年等與太陽比速，非汝等所能。汝等必於中途死去，決不可往。」二隻幼鵝鳥又二度三度請求菩薩許可，菩薩三度加以阻止。二鵝鳥索性不讓菩薩知道，於太陽尚未升起之前就出發。不久，太陽升起，二隻鵝鳥飛起與太陽共同奔馳，沒多久，一鵝鳥於晨朝之時就已經

―――――――――――――――――――
〔註35〕趙樂甡：《世界第一部史詩──吉爾伽美什》，瀋陽：遼寧人民出版社，1981 年。

飛行疲倦，翼根之處感覺如火燃之熱，便向菩薩求救。菩薩卷取該鵝鳥，攜歸心峰山歇息。另一隻鵝鳥於近午之時，與太陽比疾而疲勞，翼根之處感覺如火燃之熱，也向菩薩求救，菩薩也帶它回心峰山歇息。菩薩認為與太陽比速，實無用處，有欠熟慮。〔註36〕

顯然，這個故事與「夸父逐日」有更多相似之處，肯定有一定的淵源關係，但到底誰是源，誰是流，恐怕一時難以確定。這兩隻與太陽賽跑的天鵝，與前所述吉爾伽美什循日前行的結果一樣，都弄得精疲力竭，最後只得返回歇息，也同樣類似於夸父「道渴而死」。

我國其他少數民族也有類似的神話，很有可能就是受漢族神話「夸父逐日」的影響演變而成的。如拉祜族「扎魯樹」神話說：大山裏九兄弟共同討了一個名叫波梭的媳婦。波梭一天到晚，來回不停地奔忙著，誰也沒料到她還餓著肚子。夕陽西下了，波梭精疲力盡了。她拉著一根蘆葦杆還在忙著，走著走著，來到了木尼芒羅江畔，見到晶瑩的江水，就一股勁地喝呀喝，一口氣喝乾了半條江，倒下就睡著了。波梭一覺睡了三年，等她醒來時，發現自己變成了一個貓頭鷹，她那拄著走路的蘆葦杆，在江邊長成了一棵巨大的扎魯樹，那樹根粗枝壯，遮天蔽日。〔註37〕這個扎魯樹神話與夸父逐日神話驚人的相似。值得注意的是，這位從日出到日落不停奔忙的波梭也因疲勞饑渴，停了下來，倒下一睡就是三年，也頗類似於夸父「道渴而死」。

河南靈寶縣有夸父山，北臨黃河、渭水。山的形狀就像一位正在休息的巨人躺在靈湖峪和池峪之間，現在還可以清晰的辨認出巨人的頭、肩、腹和腿。據當地的民間傳說，夸父是因為只見過日出，卻沒見過日落，便追日想看過究竟，追到夸父峪口，口焦渴難忍，便飲水，飲完水便睡了一覺，等他醒來，太陽已偏西，再也追不上了。〔註38〕儘管故事的結尾還是說夸父氣死了，但與夸父「道渴而死」對應的情節仍然是口渴和停下來睡了一覺。

「夸父逐日」神話又在全國各地衍生出各種版本的「二郎擔山趕日」的傳說，有趣的是也有類似的歇息的情節。如：內蒙古有傳說說二郎擔山趕日路經

〔註36〕漢譯南傳大藏經編譯委員會翻譯：《漢譯南傳大藏經·第37冊·小部經典·十二》，高雄：元享寺妙出版社，1990年。
〔註37〕雷波搜集整理：《拉祜族神話三則》，華夏地理，1988年，第3期，第40～47頁。
〔註38〕潛明茲：《中國神源》，重慶：重慶出版社，1999年，第131頁。

黃旗海歇息，隨手把鞋裏的塵土倒了出來，就成了如今的孤山；四川灌縣一扁擔形小山，傳說乃二郎所留之扁擔，另有兩小土堆，傳說二郎當時擔山趕日歇息時抖草鞋所落之鞋泥；青島靈山有一窟，僅能容伸進一隻手，內能感到有水，無論天旱天澇不減不溢，傳說當年二郎擔山趕日，走到此處，落擔休息，當再走時，將扁擔往靈山一插所致。如此等等，都可以證明我們對「道渴而死」的解釋並非向壁虛構。

中國南方不少地方也傳說有夸父的遺跡。這些傳說雖然都不可信，因為據《山海經》所載，這些地方並非夸父活動的區域，但既然存在就一定有其合理的地方。這個合理的地方，我們以為正是反映了夸父逐日中途因勞累饑渴等原因而停下來歇息的真實性。如《朝野僉載》卷五：「辰州東有三山，鼎足直上，各數千丈，故老傳曰：鄧夸父與日競走，至此煮飯。」《太平御覽》卷五六引《安定圖經》：「振履堆者，故老云：夸父逐日，振履於此，故名之。」這些敘述夸父歇息的細節，地點不一定真實，但情節則有一定的合理性。

以上我們討論的，看起來是一個很小的訓詁問題，但其意義卻不容忽視。它不僅能有助於解決我們在文章開頭所說關於夸父傳說理解的諸多自相矛盾的問題，而且也可以幫助我們較好地解決夸父神話研究中的一些長期爭論不休的問題。比如「夸父逐日」的原型、逐日的目的、意義，都可以在此基礎上做出更深入的研究。我們在敘述「夸父逐日」神話源流中已經隱含了一些對這些問題的探究，只是限於篇幅而未做具體的闡述。

五、《孟子》詞語研究

「餓其體膚」之「膚」新探〔註39〕

《孟子·告子下》曰：「天將降大任於是人也，必先苦其心志，勞其筋骨，餓其體膚，空乏其身，行拂亂其所為，所以動心忍性，曾益其所不能。」這一段應該是非常經典的段落，是人們經常引用的至理名言，選入了大學中文系的古代漢語教材，也選入了大學語文、中學語文教材。其中「餓其體膚」一句，頗值得斟酌。

前人對「餓其體膚」也有注釋。漢代趙岐注曰：「天將降下大事以任聖賢，

〔註39〕原題《「餓其體膚」之「膚」解》，發表在《語言研究》，2006 年第 1 期，有改動。

必先勤勞其身，餓其體而瘠其膚之於市，而以為相也。故天將降下大事，以任聖賢，必先勤勞其身，餓其體，而瘠其膚，使其身乏資耗糧，所行不從，拂戾而亂之者，所以動驚其心，堅忍其性，使不違仁，困而知勤，增益其素所不能行之者也。」宋人孫奭疏云：「天欲降其大任與之卿相之位於此六人也，必先所以如是苦楚其心志，劬勞其身已，餓其體使之焦枯，疫瘠其皮膚，又使其身空乏無資財。」清焦循《正義》：「餓則羸瘠，餓其身體，則瘠形於肌膚矣。」今人也大都譯為：「使他受饑餓，以致肌膚消瘦。」顯然都是視「膚」為「皮膚」「肌膚」的意思。這樣解釋，固然疏通了文意，但都犯了訓詁學上所謂「增字為訓」的大忌，難以自圓其說。依其字面意思，「餓他的身體皮膚」，這是什麼話？人之肌膚何饑餓之有？所以，此「膚字」大有重新考釋的必要。

考「膚」字，《說文》沒有單獨列出，只是作為「臚」的重文提及：「臚，皮也。從肉，盧聲。膚，籀文臚。」《字彙補》：「又淩如切，與臚同，《集韻》省作膚。」《古今正俗字詁》：「臚，皮也。從肉，盧聲。膚，籀文臚如此。今皮膚字盡從籀文作皮膚，臚乃假為官名鴻臚字，又假為臚列字，均讀如鹿。本義久之矣。自是，臚、膚竟析為兩字矣。」《正字通》：「《說文》：『臚，皮也。』籀文作膚，篆作臚。臚，從肉，盧聲。膚，從肉，虍聲。諧盧諧虍，音義並同。今膚臚分音合義，其為肌膚一也。舊注不考《說文》分為二，非。」《重訂六書通》：「膚，《說文》臚字重文，皮也，力居切。今依正韻音夫，再見從俗。」段玉裁《說文解字注》：「今字皮膚從籀文作膚，膚行而臚廢矣……（膚）經籍通用此字。」可見，「膚」「臚」本是一對古今字，最早是「膚」為古字，「臚」為今字，「膚」字重新流行，「臚」又變為古字。

不僅在「皮」這一意義上，古籍通用，其他意義也有通用的情況。如二字在「傳」的意義上也通用。《廣雅·釋詁》：「膚，傳也。」王念孫疏證：「膚，籀文臚字。《晉語》：『聽臚言於市。』韋昭注云：『臚，傳也。』」

「膚」還可同「臚」表達「腹前」的意思。《集韻》：「臚、膚，淩如切，《說文》皮也。一說腹前曰臚，籀省。或從皮。」《類篇》：「臚、膚，淩如切，《說文》皮也。一說腹前曰臚，籀省。」韋昭辨《釋名》：「腹前肥者曰臚。」《廣韻》：「腹前曰臚」《漢語大字典》：膚，「（二）lú《集韻》淩如切，平魚來。同『臚』，肚腹前部。」典籍中「膚」「臚」通用表達「腹前」意思的不乏其例。如：

（1）狼跋其胡，載疐其尾。公孫碩膚，赤舄幾幾。（《詩・豳風・狼跋》）

歐陽修《詩本義》說，「碩膚」即心寬體胖貌；馬瑞辰《毛詩傳箋通釋》說，「碩膚」就是大胖子；聞一多《匡齋尺牘》說，「碩膚」就是大肚子。余冠英《詩經選》也注云：「膚，古與臚同字，腹前部為臚。『碩膚』就是大肚子。」〔註40〕從詩意來看，「狼跋其胡，載疐其尾。」是起興句，意指狼懸肉如袋，舉步維艱。儘管有人認為，起興句與下文沒有聯繫，但從一般做文章、做詩的道理上來講，既然是開端、發端，當然要和下文有所聯繫，而且已經有人把《詩經》中的興作了歸納統計，認為《詩經》大部分興都和被起興的事物有比較緊密的意義上的聯繫。所以，「碩膚」譯成「大肚子」是最切詩意的。

（2）平脅曼膚，何以肥之？（屈原《天問》）

宋人洪興祖《楚辭補注》云：「平脅曼膚，何以肥之？言紂為無道，諸侯背畔，天下乖離，當懷憂瘦，而反形體曼澤，獨何以能平脅肥盛乎？」何新注云：「平脅，平讀如龐。曼，漫，散漫。膚，腹也。曼膚，即垂腹……朱熹《集注》：『平脅曼膚，肥澤之貌。』或說此句言刑天／蚩尤胸腹肥胖，『何以肥之』吃食什麼而這樣肥胖？」〔註41〕何新注「膚」為「腹」，應該不錯，但為何注「腹」卻語焉不詳，其實這個「膚」字就是「臚」字。聞一多指出：「此『曼膚』猶『碩膚』，亦謂大腹也。」〔註42〕

（3）膚脹……腹脹身皆大，大與膚脹等也。色蒼黃，腹筋起，此其候也。（《黃帝內經・靈樞・水脹篇》

《黃帝內經》一書，只有「膚脹」而無「臚脹」，「膚」字即古「臚」字。慧琳《一切經音義卷五十五》云：「臚脹，力豬反，腹前曰臚，言所以養心齋也。臚亦膚也。下又作痕，同。豬亮反，腹滿也。」《黃帝內經》指出「膚脹」的症狀說：「黃帝曰：膚脹何以候之？岐伯曰：膚脹者……腹大，身盡腫，皮厚，按其腹，窅而不起，腹色不變，此其候也。」

「膚」字另有部分義項如肉、大、肥、美等義項，也是由此引申而來的。腹前最肥，肉最多，故「膚」有肥義、有肉義：《廣雅・釋器》「膚，肉也。」

〔註40〕余冠英：《詩經選》，北京：人民文學出版社，1979 年，第 167 頁。
〔註41〕何新：《宇宙之問：〈天問〉新考》，北京：中國民主法制出版社，2008 年，第 66 頁。
〔註42〕聞一多：《聞一多全集・四・詩經編》，長沙：湖南人民出版社，1994 年，第 367 頁。

肚腹大又是肥胖的最顯著的標誌，故「膚」又有大義：《詩‧小雅‧六月》「以奏膚功」，毛傳「膚，大。公，功也。」古人崇尚大而肥，「羊大為美」，故「膚」又有美義：《廣韻‧虞韻》：「膚，美也。」《禮記》中就有「膚」和「胖」混用的實例。《禮記正義》：「脯羹、兔醢、麋膚、魚醢、魚膾、芥醬、麋腥、醢醬、桃諸、梅諸、卵鹽。膚，切肉也。膚或為胖……胖音判。」

我們再來追溯孟子所說的「天將降大任於是人也，必先苦其心志，勞其筋骨，餓其體膚，空乏其身，行拂亂其所為，所以動心忍性，曾益其所不能」一句的淵源。此語是老子所說的，「是以聖人之治：虛其心，實其腹，弱其志，強其骨。常使民無知無欲，使夫智者不敢為也」的反動。老子主張無為，讓所有人吃飽飯就夠了，不要幹任何有作為的事。孟子則主張不但要有作為，而且要經受磨練。兩人的觀點可謂針鋒相對：老子說，「虛其心」「弱其志」，孟子則說，「苦其心志」；老子說，「強其骨」，孟子則說，「勞其筋骨」；老子說，「實其腹」，孟子則說，「餓其體膚」。亦可見，孟子所說的「膚」的意思實際就是老子所說的「腹」。

其實，楊伯峻先生早就意識到「餓其體膚」的「膚」作「皮膚、肌膚」解的不妥之處，他在其著作《孟子譯注》就將此句譯為「饑餓他的腸胃」，儘管他也可能沒意識「膚」有「腹前臚」的意思。現在也有不少人採用他的翻譯，如徐洪興的《孟子直解》〔註43〕等。所以我們建議，「餓其體膚」應該這樣注釋：「餓其體膚（lú），意思是使他的肚腸挨受饑餓。膚，同『臚』，肚腹的前部。」

六、《荀子》詞語研究

《荀子》聲訓新探〔註44〕

聲訓探源說，似乎已得到大部分學者的認同。荀子主張約定俗成，這也是學術界一致的看法。二者並不矛盾，語言符號任意性並不排斥語言符號理據性。荀子雖然在《正名篇》提出了語言的社會本質是「約定俗成」，但同時也在該篇中極力鼓吹語言的理據性，為聲訓造勢。他所說的「王者制名」，是說制名不是

〔註43〕徐洪興：《孟子直解》，上海：復旦大學出版社，2004年，第頁。

〔註44〕原題《淺論《荀子》中的聲訓》和《論〈荀子〉對〈釋名〉的影響》，發表在《麗水學院學報》2006年第1期和《淮北煤炭師範學院學報（哲學社會科學版）》，2007年第4期，有改動。

隨意為之，應遵從語言的繼承性、廣泛性和理據性，最後由王者制定。其中「散名之在人者」則主要從理據性入手來制名：叫做「性」是因其源於「生」，即「生之所以然者謂之性」；叫做「智」是因其源於「知」，即「知有所合謂之智」；叫做「能」是因其源於「本能」的「能」，即「能有所合謂之能」。他所說的「緣天官」，是說命名的生理基礎，命名的依據，是說依據人的天生感官來區別事物名稱異同，亦即根據事物不同特徵給事物命名。他所說的「名有固善」，則是說名稱有它本然之善美，某些名、實之間，還是有一定的聯繫存在，那些直截了當而又理據顯然的，叫做「善名」〔註45〕。而他所說的「推而共之」「推而別之」則牽涉到單音詞和複音詞的構詞理據問題。在《儒效》中更清楚明白地舉了個說明詞的命名理據的範例：「風之所以為不逐者，取是以節之也，小雅之所以為小雅者，取是而文之也，大雅之所以為大雅者，取是而光之也，頌之所以為至者，取是而通之也。」

從聲訓的始作俑者孔子開始，聲訓就一直是儒家正名的重要手段，發展到先秦儒家最後一位大師荀子，其書存有大量的聲訓，應是很自然的事。有些訓詁學家早就注意到《荀子》的聲訓，但至今仍鮮有人對其加以研究。其實，對《荀子》的聲訓進行研究，不但無損於荀子的偉大，而且還可挖掘出荀子更多的語言學成就。

梁啟超說：「荀子之學，專以名物制度訓詁為重。」〔註46〕此話不虛，所以荀書正文裏的訓詁材料之豐富的確是前所未有。《荀子》聲訓訓詁術語主要有以下幾種。

用得最多的術語是「……者，……也」，有時省略「者」或省略「也」。如：

（1）書（魚審）者，正事（之床）之紀也。（《勸學》）

（2）言而當（陽端）、知（支端）也。（《非十二子》）

（3）繩（蒸神）者，直（職定）之至。（《禮論》）

例（1），「書」「事」魚之旁轉，審床鄰紐；例（2）「當」「知」陽支旁對轉，

〔註45〕「徑易而不拂」，楊倞注：「徑疾平易而不違拂。謂易曉之名也。即謂呼其名，遂曉其意，不待訓解者。」王力《中國語言學史》也說：「如果說出來，人們很容易知道它的意義，那就是好的名稱。」（第一章第一節「語言研究的萌芽」）理據顯然，當然就能呼其名，不待訓解，而曉其意。

〔註46〕梁啟超：《梁啟超全集》第1卷，北京：北京出版社，1999年，第264頁。

端部雙聲；例（3）「繩」「直」蒸職對轉，神定鄰紐。

下面的例子應該也屬於這種形式，只不過在中間多了一個問（「何也？」）和答（「曰」）而已。

> （4）道者，何也？曰：君之所道也。（《君道》）

> （5）君（文見）者，何也？曰：能群（文群）也。（《君道》）

例（4）「道」字本字訓，例（5），「君」「群」文部疊韻，見群旁紐。

也有不少地方用「……曰某」的形式。如：

> （6）傷（陽審）良曰讒（談床）。（《修身》）

> （7）少而理（之來）曰治（支定）。（《修身》）

例（6）「傷」「讒」陽談旁對轉，審床鄰紐；例（7）「理」「治」之支旁轉，來定旁紐。

還有用「……謂某」「……之謂某」「……，某之謂也」的形式。如：

> （8）生之所以然者謂性。（《正名》）

> （9）君子之所謂知者，非能遍知人之所知之謂也。（《儒效》）

例（8），「生」「性」耕部疊韻，山心準雙聲；例（9）「知」字本字訓。

不符合上述訓詁形式的，一般是不能歸為聲訓的。如，「肉腐出蟲，魚枯生蠹」（《勸學》）中的「蟲」與「蠹」，「積善成德，而神明自得」（《勸學》）中「德」與「得」等互文互韻形式，雖都音近義通，不能算是聲訓。至於「名，無固宜，約之以命」「名，無固實，約之以命實」（《正名》）以及「致明而約，甚順而體，請歸之禮」（《賦篇》）有點像是訓詁，其中的「名」與「命」，「體」與「禮」也音近義通，但不是上述訓詁體例，也從嚴不將其算為聲訓。

當然更重要的是從內容上去判斷，不能只看形式。如「順者不可勝數也」（《勸學》）、「知之曰知之」（《儒效》）等雖然有上述形式，但由於並非是訓釋術語，所以是不能歸為聲訓的。

其次，它必須是釋句中的核心字。所謂的核心字，不僅與被釋字音義相關，而且還應是釋句中的意義的支撐點。可以從以下幾個方面尋找核心字。

《荀子》顯性的聲訓，如A者B也，A、B皆為單字的，數量不多，共22例。如：

> （10）君者，儀（歌疑）也。（《君道》）

（11）老（幽來）者，休（幽曉）也。（《正論》）

（12）樂（沃疑）者、樂（沃來）也。（《樂論》）

（13）志（之照）也者，臧（陽從）也。（《解蔽篇》）

（14）咸（侵匣），感（侵見）也。（《大略》）

例（10）～（14），「君」「儀」文歌旁對轉，見疑旁紐；老、休幽部疊韻，來曉鄰紐；「樂」「樂」疊韻，疑來鄰紐；「志」「臧」之陽旁對轉，照從鄰紐；「咸」「感」疊韻，見匣旁紐。

下面的 AB 者，AC 也，A、B、C 都是單字，也是顯性聲訓。

（15）趣舍無定（耕定）謂之無常（陽禪）。（《修身》）

例（15）「定」「常」耕陽旁轉，定禪鄰紐。

《荀子》中的訓詁多是對政治、經濟、道德、倫理、哲學等專業術語進行解釋，如果只有聲訓，這些術語就不會被解釋得清楚明白，有時還會使人產生誤解，所以《荀子》在聲訓之後一般還有進一步的義訓，如上例（13）後還有義訓，「老（幽來）者、休（幽曉）也，休猶有安樂恬愉如是者乎？」或他處另有義訓，「老者，不堪其勞而休也。」上例（14）後也還有義訓，「樂者，樂也，君子樂得其道，小人樂得其欲。」或他處另有義訓，「樂者，聖人之所樂也。」為了避免語言繁雜，《荀子》更多情況簡化聲訓，使用包含於義訓之中的隱性聲訓。這類聲訓數量頗多，共 189 例。確定其聲訓字也有一定的難度。

方法一，考釋聲訓字在釋句中的意義。除了音同音近外，聲訓字在釋句中的意義得與被釋字意義最相近，但若為本字訓，其意義就不能完全相同，因為同一字的同一意義相訓等於沒訓。如：

（16）詩者，中（侵端）聲（耕審）之（之照）所（魚山）止（之照）也。（《勸學》）

（17）心慮（魚來）而能為（歌匣）之動謂之偽（歌疑）。（《正名》）

（18）信信，信也。（《非十二子》）

（19）道者，非天之道，非地之道，人之所以道也，君子之所道也。（《儒效》）

例（16），釋句中有「中」（侵端）、「聲」（耕審）、「之」（之照）、「所（魚

山）」「止」（之照）五字，與「詩」（之審）聲韻俱近的，但只有「聲」與「詩」意義最相近。「詩」指《詩經》，「聲」指「樂章」，《詩經》的「風」「雅」「頌」都是音樂形式。此與該句前一句「書者，政事之紀也」聲訓字的位置一樣（可參見本文的第 1 例）。而「之」和「所」在釋句中用作虛詞，「中」和「止」與「詩」義相差很遠，所以，我們確定其聲訓字為「聲」。（《釋名·釋典藝》：「詩，之也，志之所之也。」其聲訓字為「之」，與該句中的「之」意義截然不同。）

例（17），「偽」「為」在王力《同源字典》中都是同源字，但在這裏，「為」不能算是「偽」聲訓字，因為這裏的「為」在句中只是一個介詞，與表示「人為」之義的「偽」相差甚遠。本句的聲訓字應是「慮」。「慮」意為「思慮」，魚部來母，「偽」歌部疑母，歌魚通轉，來疑邊音鼻音鄰紐。

例（18）（19）皆為本字訓。例（18）中的第一個「信」字才是聲訓字，第二個「信」字與被訓字完全同義，不能算聲訓字。同樣，例（19）中最後兩個「道」是聲訓字，第二、第三個「道」不是。

方法二，通過見於荀書他處的同一被訓字的釋句比較，找出聲訓字。如：

（20）禮者，節（質精）之准也。（《致仕》）

（21）禮，節（質精）也，故成。（《大略》）

（22）君者，民之原（元疑）也。（《君道》）

（23）君者，文理之原（元疑）也。（《禮論》）

將例（20）與例（21）比較，就很明顯看出「節」是「禮」的聲訓字。「禮」「節」歌質旁對轉，來精舌齒音鄰紐。將例（22）跟（23）比較很容易發現，「原」是「君」的聲訓字，「原」「君」元文旁轉，疑見旁紐。

方法三，少數被釋詞為雙音節詞，首先需要確定其訓釋的重點字，再確定其聲訓字。如：

（24）君子者，法之原。（《君道》）

（25）古之所謂處士者，……能靜者也。（《非十二子》）

（26）國（職見）家（魚見）者，士民之所居（魚見）也。（《致仕》）

例（24）訓釋的重點是「君」字，其聲訓字是「原」，「君」「原」文元旁轉，見疑旁紐；例（25）訓釋的重點是「處」字，其聲訓字是「靜」，《說文》「處，

止也。」「靜」亦有「止」義，「處」「靜」魚耕旁對轉，穿從舌齒音鄰紐。例（26），「國」和「家」都是訓釋的重點，「家」和「居」二字同音，《同源字典》視其為一組同源字，「居」是「家」的聲訓字，同時也是「國」的聲訓字，「國」「居」魚職旁對轉，見部雙聲。這裏可看出古人國就是家的觀念。

當然還有更為重要的依據，那就是聲義相通。關於荀書聲訓的語音語義關係我們下面有具體分析，這裏恕不贅述。

聲訓的一字數訓，學者批評得頗多，其實一字數訓也是可以理解的，因為許多字同源的現象也是極為普遍的。荀書中一字數訓現象也頗為突出，我們姑且不討論荀書一字數訓是否合理，只想通過其對「君」和「禮」的數訓來具體分析其聲訓的語音關係。

第一，聲同韻同，如：

（27）禮（脂來）者，人之所履（脂來）也。（《大略》）

第二，聲近韻同，如：

（28）君（文見）者，善群（文群）也。（《王制》）

（29）君者，何也？曰：能群（文群）也。（《君道》）

第三，聲同韻近，如：

（30）而人君者，所以管（元見）分之樞要也。（《富國》）

（31）請問為人君？曰：……均（真見）遍而不偏。（《君道》）

（32）君者，國（職見）之隆也。（《致仕》）

（33）禮（脂來）者，……類（物來）之綱紀也。（《勸學》）

第四，聲近韻近，如：

（34）君子者，法之原（寒疑）也。（《君道》）

（35）君者，民之原也（《君道》）

（36）君子者，治之原也。（《君道》）

（37）君者，文理之原也。（《禮論》）

（38）君者，儀（歌疑）也。（《君論》）

（39）禮者，節（質精）之准也。（《致仕》）

（40）禮者，政之挽（元明）也。（《大略》）

第五，聲同，如：

（41）禮也者，理（之來）之不易者也。（《樂論》）

第六，韻同，如：

（42）請問為人君？曰：以禮分（幫文）施，均遍而不偏。（《君道》）

第七，聲近。

（43）君者，盂（魚匣）也。（《君道》）

（44）故禮者，養（陽餘）也。（《禮論》）

第八，韻近，如：

（45）禮者，謹（文見）於治生死者也。（《禮論》

（46）禮者，謹於吉凶不相厭者也。（《禮論》）

從求源的角度看，同源字必須是韻部和聲母都相同或相近。按常理，聲訓字也應這樣，所以我們在討論荀書的聲訓時，一般都是指第一至第四類情況。但我們以為荀書中某些屬於第五至第八類情況的，似乎也可以考慮。如：

（47）仁（真日）者，愛（物影）人，義（歌疑）者，循理（之來）。（《議兵》）

（48）仁，愛也，故親。（《大略》）

（49）仁者使人愛己……仁者愛人……仁者自愛。（《子道》）

（50）義，理也，故行（陽匣）。（《大略》）

（51）禮也者，理之不可易者也。（《樂論篇》）

從《禮記》開始明確地將「人」作為「仁」的聲訓字，現在的學者也是這樣認為。不過從荀書來看，卻並非如此。我們將例（47）（48）（49）比較發現「愛」很可能是「仁」的聲訓字：「愛」「仁」物真旁對轉，聲母影日相差稍遠。同樣將例（47）（50）（51）比較發現，「義」也極有可能是「理」的聲訓字。

從聲訓意義關係看，荀書本字訓 23 例（重複的本字訓聲訓，因其義訓部分大多不同，故每一處記一例，如「知」字本字訓計 5 例，「道」字本字訓計 3 例，「樂」字本字訓計 4 例），如：

（52）社，祭社也。稷，祭稷也。（《禮論》

（53）樂者，樂也。（《樂論》）

（54）易者，以一易一。（《正名》）

（55）行也者，行禮之謂也。（《大略》）

（56）能有所合謂之能。（《正名》）

通假通用字訓 21 例，如：

（57）不以夫一害此一，壹也。（《解蔽》）

（58）知有所合謂之智。（《正名》）

（59）友者，所以相有也。（《大略》）

（60）生之所以然之謂性。（《正名》）

「一」與「壹」「知」與「智」「友」與「有」「生」與「性」等皆為典籍通假通用字。

其他各種意義關係的，如：

意義相同相近的：

（61）享（陽曉），獻（寒曉）也。（《大略》）

（62）忠（侵端）者，惇（文透）慎此者也。（《君子》）

（63）易忘（陽明）曰漏（侯來）。（《修身》）

（64）力（職來）者，德之役（錫餘）也。（《富國》）

例（61）「享」「獻」都是「祭獻，上供」的意思；例（62）「忠」「惇」都有「忠厚、敦厚」的意思；例（63）「忘」和「漏」都有「失」的意思；（64）「力」和「役」都有「使力氣」的意思。

意義相關相及的：

（65）惇（文透），誕（寒定）也。（《哀公》）

（66）蔽（月幫）公者謂之昧（物明）。（《大略》）

（67）匿（職泥）行曰詐（鐸莊）。（《修身》）

（68）易言（寒泥）曰誕（寒定）。（《修身》）

（69）衡（陽匣）者，平（耕並）之至。（《禮論》）

（70）彼兵（陽幫）者所以禁暴（藥並）除害也。（《議兵》）

例（65），「啍」，話多；誕，說大話。例（66），「蔽」，遮蔽；「昧」，日不明。例（67）「匿」，藏；「詐」，欺。例（68），「言」，說話；「誕」，說大話。例（69），「衡」，稱，用以權衡，與「平」也相關。例（70），「兵」，械也，用以制暴。

荀書聲訓對後世訓詁學也有頗大的影響，首先是對緯書聲訓的影響。董仲舒的「深察名號」「名存於真」與荀子的「所為有名，不可不察也」「名有固善」一脈相承。荀書的聲訓也直接影響了兩漢時期包含大量聲訓的一些政治、哲學方面的著作，如《白虎通》《春秋繁露》等以及各類緯書的產生。我們從其對「君」訓釋就可看出。我們在上文舉到荀子訓「君」為「群」、為「原」、為「管」、為「儀」等例子，我們再看緯書的例子。

（71）從之成群曰君。《周書·諡法》

（72）君者，不失其群者也。《春秋繁露·滅國篇》

（73）君者，元也。君者，原也。君者，權也。君者，溫也。君者，群也。（《深察名號篇》）

（74）君者，何也？曰：群也。為天下萬物而除其害者謂之君。（《韓詩外傳·五》）

（75）君者，群也。理物為雄，優劣相決，以期興將。（《孝經鉤命決》）

（76）君之為言群也。（《白虎通·號篇》）

（77）君，群也。群天下之所歸心也。（《白虎通·三綱六紀篇》）

從以上例句可看出，荀書對它們的影響主要在兩個方面，一是借聲訓兜售自己的政治主張，被訓字多為政治術語，且多一字而數訓；二是沿用相同的聲訓字。

其次，對《說文》也有重要影響。我們從上文的分析可以看到，《荀子》的聲訓多含於義訓之中。《說文》的聲訓也是這樣，這很有可能就是受《荀子》的影響，因為許慎以前似乎沒有一部著作，其訓詁中義訓包含有如此豐富的聲訓。而且，《說文》選擇聲訓詞與《荀子》相同的也不乏其例。如：

（78）《說文·示部》：禮者，履也，所以事神致福也。（按《荀

子・大略》：禮者，人之所履也。）

（79）《說文・玉部》：理，治玉也。（按《荀子・修身》：少而理
曰治）。

（80）《說文・宀部》：家，居也。（按《荀子・致士》：國家者，
士民之所居也。）

（81）《說文・亯部》：亯，獻也。（按《荀子・大略》：享，獻
也。）

另外，《說文》一些聲訓雖未採用《荀子》，但能看出荀子影響的痕跡。如：

（82）《說文・王部》：王，天下所歸往也。（按《荀子・王霸》：
天下歸之之謂王。）

（83）《說文・人部》：仁，親也。（按《荀子・大略》：仁，愛也，
故親。）

對《釋名》的影響則更大。荀子的語言觀對劉熙有直接的影響，劉熙在《釋名・序》所表述的語言學思想在荀子《正名篇》裏幾乎都能找到依據。荀子的名實觀和「待天官而薄其類」的思想直接啟發了劉熙的「名之於實，各有義類」的理論的誕生。下面是《釋名・釋言語》一些聲訓，王先謙在《釋名疏證補》明確指出了其受荀書聲訓的影響。

（84）友，有也，相保有也。（王先謙《釋名疏證補》引王先慎
語曰：「《荀子・大略》：友者，所以相有也。楊注『友』與『有』同
義。」）

（85）名，明也，名實分明也。（王先謙曰「《荀子・正名篇》：
制名以指實，上以明貴賤，下以辨同異。是名訓為明之義也。」）

其他如《釋名》的「智者，知也」「易者，易也」無疑也有荀子影響。

《釋名》最基本的訓釋條例：「被釋詞＋聲訓詞＋包含聲訓的義訓」，最早也可追溯到荀子「樂者，樂也，君子樂得其道，小人樂得其欲。」之類的訓詁。

當然，《荀子》聲訓對後世訓詁的影響遠非這一些，其對漢以來的訓詁家都有不同程度的影響。限於篇幅，在此恕不多談。

第二章　漢代詞語研究

一、《漢書》詞語研究

所謂單位詞「日行」新探〔註1〕

《中國語文》2017 年第 4 期刊登了《計量單位詞「日行」「日程」與時長表距離式的發展》一文（以下簡稱《計量》），認為最早出現在《漢書》中，「日行」已經用作表距離單位詞，舉有以下幾例，如：

（1）大月氏國，東至都護治所四千七百四十里，西至安息四十九日行，南與罽賓接。（《漢書·卷九十六》）

（2）烏弋山離國，東北至都護治所六十日行。東與罽賓、北與撲挑、西與犂靬、條支接。（《漢書·卷九十六》）

（3）臣聞古者師日行三十里，吉行五十里。（《漢書·卷七十二》）

（4）大月氏國，西至安息四十九日行。（《漢書·卷九十六》

並認為「日行」是用以翻譯梵語「yojana」，作距離計量單位詞，經過結構逆語法化和辭彙替換操作，失去了計量單位詞用法，導致了漢語時長表距離式的產生與發展。但我們通過反復拜讀《計量》一文，發現文中例句的理解還有

〔註1〕原題《〈計量單位詞「日行」「日程」與時長表距離式的發展〉商榷》，發表在《中國語文》，2018 年第 6 期，有改動。

可商之處,故認為「日行」是表距離單位詞這一結論尚需進一步的證明。

　　1.「日行三十里」的「日行」

　　《計量》一文對上面所舉例(3)中的「日行」的理解,有最為明顯的硬傷。《計量》認為,「該例的『吉行』是詞,《漢語大詞典》有收錄;『吉行』與『日行』對文,故『日行』也是詞」;這是「《漢書》對『日行』的長度」的「明確定義」,「在時長為一日的情況下,可表示長度兼速度,是歧義句。這種歧義結構是嗣後『日行』發生逆語法化的原因之一」。《計量》不去理解句義,僅根據形式上的對應下此結論,恐有失武斷。

　　其實,「吉行」與「日行」並非對文,「吉行」與「凶行」「師行」才算是對文,如:

　　　　(5)曾子曰:「師行三十里,吉行五十里,奔喪百里。」(漢班固《白虎通·喪服篇》)

　　　　(6)吾凶行日三十里,吉行五十里,鑾輿在前,屬車在後,吾獨乘千里馬將安之?(唐劉昫《舊唐書·第二十一》)

　　「吉行五十里」其實是「吉日行五十里」「吉行日五十里」所省,如:

　　　　(7)鸞旗在前,屬車在後,吉日行五十里,馬獨先焉往?(漢皇甫謐《帝王世紀》,又唐徐堅《初學記》卷九)

　　　　(8)鸞旗在前,屬車在後,吉行日五十里,師行三十里,朕乘千里之馬,獨先安之?(漢班固《漢書》卷六十四下)

　　　　(9)吾吉行日三十,凶行日五十,鑾輿在前,屬車在後,吾獨乘千里馬,將安之乎?(唐魏徵《貞觀政要·納諫》)

　　例(3)「吉行五十里」承前「師日行三十里」省略「日」;同樣例(8)「師行三十里」也可以承前「吉行日五十里」省略「日」;例(5)「師行三十里」「吉行五十里」據文意都省略「日」,而「奔喪百里」據文意則省略「日行」。《春秋穀梁傳注疏》卷十九曰:「奔喪之制,日行百里,故傳言急,所以申匍匐之情也。」這裏的「日」的意思應該很明顯是「每日」的意思,時間名詞「日」用作狀語,表示頻率,先秦以來的古代漢語都十分常見,例(3)的「日行」無疑就是「每日行進」的意思,應該還沒有成詞,在「吉」「凶」「師」「奔喪」等不同情況下,「日行」的里程也不相同,所以不可能是「《漢書》對『日行』的長度」的「明

確定義」。例（3）的「日行」也不是「歧義結構」，其意義很明確，只表速度，不表長度，當然也談不上是「嗣後『日行』發生逆語法化的原因之一」。

　2. IV 型句中的「日行」

　我們再看下一個例句：

　　　（10）由焉耆西北七日行，得南庭；北八日行，得北庭。（宋宋

　　　祁等《新唐書》卷二百一十五）

　《計量》說此例，「由焉耆西北七日行」和「北八日行」為IV型，即是「（由／自／從）＋起點＋（方位詞）＋數詞＋日行＋終點」型，「北八日行」省略了介詞與其起點賓語。《計量》對這種句型的概括，在「終點」前漏掉了一個重要的表到達某地義的動詞，例（10）的兩個「得」都是「到達」的意思。《漢語大詞典》：「得：到，抵達。唐杜甫《宿花石戍》詩：『午辭空靈嶺，夕得花石戍。』」[註2] 他處多用「至」替換「得」，如：

　　　（11）自焉耆國西北七日行，至其南庭；又正北八日行，至其北

　　　庭。（唐劉昫《舊唐書》第一百四十四下）

　　　（12）自焉耆國西北七日行，至其南庭；自南庭又正北八日行，

　　　至其北庭。（唐杜佑《通典》卷一百九十九）

　例（10）所引《新唐書》是承襲例（11）所引《舊唐書》而來，它將介詞「自」改為「由」，將表到達義的動詞「至」改為「得」。例（12）補充「北八日行」省略的介詞與其起點賓語。二例「起點」前，除了例（11）「北八日行」承前有省略外，都有介紹動作行為的起始點的介詞，「終點」前都有表到達義的動詞。

　例（10）「由焉耆西北七日行，得南庭」，起點是什麼？無疑應該是「焉耆」。介詞的基本功能是與所帶的名詞、代詞或名詞性短語組成介賓結構修飾動詞，這在古今漢語是相同的，不同的，只是語序略有不同。所以，如果這裏的「日行」是表距離的計量單位詞，起點應該是「焉耆西北七日行（處）」，介詞「由」跟「焉耆西北七日行（處）」組成介賓結構，修飾表到達義的動詞「得」，我們假設一「日行」等於一百里，那麼「由焉耆西北七日行，得南庭」的意思就是，

〔註2〕漢語大詞典編輯委員會：《漢語大詞典》，上海：漢語大詞典出版社，1993 年，第 988頁。

從焉耆西北七百里處到達南庭，這顯然不是此語所要表達的意思，因為焉耆西北七百里處就是南庭，介詞「由」以及到達義的動詞「得」都用得無理。這中間缺了一個從起點到終點的過程，這個過程就是行進了多少路程。可見，到達義的動詞「得」前還得有一個表位置移動的動詞，這個動詞很明顯就是「行」。這樣，「由焉耆西北七日行，得南庭」的意思就很清楚了，即：從焉耆西北行進七天的路程，就到達了南庭。

上古漢語幾乎沒有數詞加動量詞的數量短語，中古以後，動量短語可以放在動詞之前，如唐《大唐大慈恩寺三藏法師傳》卷第四「如是往復數番」；也可以放在動詞之後，如《華嚴經傳記》卷第一「羅什與賢，數番往復」。當然中古漢語動量短語主要是放在動詞之後，但放在動詞之前的用例也並不罕見。如：

（13）從此南三里行，到一山，名難足。（晉法顯《佛國記》）

（14）彼便多打，以是白佛，佛言：「應三通打。」（南北朝佛陀什、竺道生等譯《五分律》卷第十八）

（15）前後數度規取彭城，勢連青克。（南北朝魏收《魏書·尉元傳》）

（16）馳鳳闕，拜鶯殿，天子一日一回見。（《全唐詩》卷二百六十五）

（17）雲雨三年別，風波萬里行。（《全唐詩》卷四百四十三）

（18）使者銜中旨，崎嶇萬里行。（唐《羅昭諫集》）

（19）三巡呷了便顛狂，不怕閻羅兼獄卒。（《敦煌變文集·佛說阿彌陀經講經文》）

（20）三度來和尚身邊侍立。（唐靜、筠《祖堂集》卷一四）

（21）僧繇一筆劃成，志公露出草稿。（宋普濟《五燈會元》卷第二十）

典籍中動量短語放在動詞之前的，以「X 日行」和「X 里行」為最多。特別是「X 里行」句式，我們無論如何，不會將「里行」當作表距離的計量單位詞。現代漢語諸如「質量萬里行」「寶島七日行」之類的句式估計就是中古漢語「X 日行」「X 里行」的孑遺。當然，隨著「X 日行」大量的運用，通過重新分

析，「行」也可能理解為「行程」的意思。

我們看後人對《舊唐書》引用，就更能明白，「七日行」其實就是「行七日」，如：

（22）《唐史》：自焉耆西北七日行，至沙缽羅南庭，又正北行八日，至其北庭鏃曷山，是也。（清顧祖禹《讀史方輿紀要》卷六十五）

（23）劉昫曰：自焉耆西北行，至其南庭，又正北行八日，至北庭。（清顧祖禹《讀史方輿紀要》卷四十五）

例（22）前面說「七日行」，後面說「行八日」，兩相對照，「行」應該動詞；例（23）「自焉耆西北七日行」省略「七日」，「行」的動詞義更為顯豁。

《計量》稱為IV型句的，「行」置於動量詞前的更為常見，如：

（24）自安西行十五日，至撥換城。（唐劉昫《舊唐書》第五十四）

（25）百濟自西行三日，至貊國云。（唐魏徵《隋書》卷八十一）

可見，IV型句中，「行」作「動詞」應是唯一正解。《計量》中所引全部IV句型，都應作如是解方可，限於篇幅，恕不一一例說。

3. V型句中的「日行」

我們來看另一例句，如：

（26）阿熱牙至回鶻牙所，橐它四十日行。（宋宋祁等《新唐書》卷二百一十七）

《計量》將這類「起點＋至＋終點＋交通方式＋數詞＋日行」命名為V型句，並指出例（26）中的「橐它」為交通工具駱駝，其他交通形式有「馬行」「海行」「水行」「陸行」等。《計量》中為「馬行」「海行」「水行」「陸行」等其他交通形式的V型句，沒有舉例，個中原因估計是找不到合適的例子。因為這類V型句，數詞後面幾乎都是「日」或「里」，如：

（27）治南城，南至於闐，馬行十五日。（南北朝酈道元《水經注》卷二）

（28）西南至汀州水路屈曲一千五百里。（唐李吉甫《元和郡縣圖志》卷三十）

（29）西北至象州陸路二百一十里。（唐李吉甫《元和郡縣圖志》卷三十八）

（30）東北到羣海郡泛海行五百里。（唐杜佑《通典》卷一百八十二）

（31）自澠至洛循轂水行百餘里。（宋司馬光《傳家集》）

如果例（26）的「日行」是計量單位詞，「橐它四十日行」成立，只有兩種可能，一是「四十日行」活用作動詞，一種是省略了動詞。但不管是活用還是省略，都似乎要補出一個動詞「行」，而這裏本來就有一個「行」，應該不需要多此一舉另補出一個動詞「行」。宋人的引用直接將「行」置於數量詞前，如：

（32）其君長曰阿熱，建牙青山，去回鶻牙，橐駝行四十日。

（宋司馬光《資治通鑒》卷二百四十六）

宋《通鑒紀事本末》所引與之同。所以，V 型句似乎也不好將「日行」理解為計量單位詞。

4. 所謂「日行」語義分化和衰落

《計量》所舉全部例子，幾乎都可以將「日行」的「行」理解為動詞。《計量》其實也有意識到「日行」作計量單位詞解釋不圓通之處，如《漢書》卷九十六「烏弋山離國，東北至都護治所六十日行」，同句中也有「行可百餘日」；《法顯傳》「從此東下五日行」後續句接著有「自此東行七日」「復東行二日」結構等。但《計量》似乎又強作別解，說是「日行」「語義的分化和衰落」的表現之一，原因是「由於距離單位詞『日行』用法不大為人所知，『行』被理解為位移動詞的還是占大多數」。

不同結構出現在同一句上下文中，又是比較早的用例，而且還是作者認為「『日行』作為距離單位詞」「最早出現」的《漢書》裏，很是讓人疑惑。才出現，就說其語義「分化和衰落」了，無論如何解釋不通。說是「距離單位詞『日行』用法不大為人所知」，如果是說讀者不太熟悉這種用法，那使用者在同書中使用兩種不同結構，更讓讀者模棱兩可；如果是說使用者不太熟悉這種用法，那他們怎麼會熟練使用甚至創造這種用法？《計量》不是說撰《漢書》的「班固曾出征匈奴，親自到達過西域的一些地方，自身可能學習過『日行』類的術語」，怎麼會不熟悉？

5.「日行」的「日」脫落

《計量》認為「『日』可以脫落，發生在唐代」，但事實上所謂的「脫落」並沒有出現一處「數詞＋行」的結構，只有「數詞＋月行」的結構，而且發生時代也比《計量》舉的《新唐書》《釋迦方志》2 例早，《隋書》有 2 例，《北史》就出現了 3 例，如「其國境，東西五月行，南北三月行」（唐《隋書》卷八十一），「國界，東西四月行，南北四十五日行」（唐《北史》卷九十五）。

「月行」的出現，似乎也給《計量》認定「日行」為計量單位詞帶來了困惑。《計量》解釋說：「字面上『月行』為詞，實處於『（數詞＋月）＋日行』結構之中。一方面，『月行』的長度不是額定的，不存在『月行』的距離單位；另一方面，有人明確指出『月行』仍以『日行』計長。」可是，「X 月日行」沒有比「X 月行」出現時間早，用頻也比「X 月行」低得多，《計量》所列舉的《漢書》到《新唐書》十部正史中，「X 月行」出現了 34 例，而「X 月日行」僅出現了 3 例。怎麼能說是「日」的脫落？若如此，為什麼只有「X 月日行」才有脫落？

事實上，「月日行」中，「月日」是連在一起的，是偏義複詞，古漢語常用「月日」偏指「月」，如：

（33）而彼諸將，並列州鎮，至無所獲，定由晚一月日故也。
（南北朝魏收《魏書·列傳》第四十二）

（34）汝一月日自用不可過三十萬，若能省此，益美。（南北朝沈約《宋書》卷六十一）

（35）經一月日，又夢前人。（唐道世《法苑珠林》卷四十七）

（36）小兒生下五個月日，上至七歲，有結癖在腹成塊，如梅核大，來去或似卵大，常叫疼痛不住者，亦分數類。（宋劉昉《幼幼新書》卷十）

所以，即使是說「日」可以脫落，也只能說是偏義複詞「月日」脫落「日」，根本不是計量單位詞「日行」脫落「日」。

的確，「『月行』的長度不是額定的，不存在『月行』的距離單位」，但「日行」的長度就額定了嗎？讀完《計量》全文，似乎也沒有確定的概念。

《計量》所舉的「夷人不知里數，但計以『日』」（唐《隋書》卷八十一，唐

《北史》卷九十四）例，並非是「有人明確指出『月行』仍以『日行』計長」，而恰恰說明了「日行」並非計量單位，只是沒法丈量或測量路程，只得用走了多長時間來估量。下面的例子，可以看得更清楚，如：

（37）東北到折羅漫山三百四十里，其山北有大川入回紀界，馬行三十日，無里數。（唐杜佑《通典》卷一百七十四）

（38）又南水行十日，陸行一月日，至邪馬臺國。夷人不知里數，但計以日。（宋王欽若等《冊府元龜》卷九百五十七）

兩例中「行」都是動詞，「計以日」，而沒有說「計以日行」，說明「日」才是單位詞，當然是時間單位詞，「日行」不是單位詞。「無里數」，「不知里數」，說明這裏沒有用表距離計量單位詞。

《計量》還認為「行」也可以脫落，但仍然不是表距離單位詞「日行」脫落「行」變成表距離單位詞「日」，而是承前省略動詞「行」。「行」在數量詞前面的承前省略也很常見，如：

（39）復西行三日，至缽盂城，三日至不可依山，其處甚寒，冬夏積雪。（南北朝楊衒之《洛陽伽藍記》卷五）

如此等等，不一一例說。

6. 最像里程單位的「日行」

「日行」唯一看起來像是里程單位的是下一例，如：

（40）又從摩臘國西北三日行（彼百里為一日行），至契吒國（南印度），周三千餘里。（唐道宣《釋迦方志》下《遺跡篇》）

「百里為一日行」，如果「日行」不是里程單位，「行」按動詞解，似乎很難講通〔註3〕。但其實也不然，此語即便按現代人的語感，「一百里就是走一天」，也沒有什麼不通的。況且漢《論衡·感虛》「如謂舍為度，三度亦三日行也」例，就與「百里為一日行」句式相同。《漢語大字典》中「行」的「行程」義項就舉

〔註3〕此處疑問承蒙《中國語文》匿名審稿人指出，特此鳴謝。匿名審稿人還指出唐《釋迦方志》中的「可兩月行，便入蜀之西界」，是原作者認為「日行」簡化為「行」的例子，「可」是修飾數量單位的約數副詞，如果「行」不是一種里程單位的簡化，「可兩月」修飾動詞「行」，似乎不符合古漢語規則。我們認為，「可兩月行」其實就是「行可兩月」的變換形式，不是「可兩月」修飾動詞「行」，而是「可兩月」作「行」的補語。《漢書》卷九十六上《西域傳》「行可百餘日，乃至條支」，《南海寄歸內法傳》卷一「是蜀川西南，行可一月於便達斯嶺」等，可以為證。

有此例〔註4〕。我們前面也提到，「X 日行」大量的運用，不排除通過重新分析，「行」也可以理解為「行程」的意思。當然仍然沒有產生里程單位詞，因為「X」始終跟「日」結合得很緊密，用行進多少日來計量路程，也始終沒有固定為一個確定的量，例（40）出行一日為一百里或一百多里（下例將提及），而漢《論衡‧感虛》說「三度亦三日行也」，出行一日則為三十里，「古代軍行三十里為一舍」〔註5〕。

還可以從下面的例子看出「西北三日行」的「日行」不是里程單位詞，如：

（41）從摩臘婆國西北行三日，至契吒國（南印度境）。（唐玄奘《大唐西域記》卷十一）

（42）自此西北行三日，至契吒國（南印度境）。（唐慧立本、彥悰《大唐大慈恩寺三藏法師傳》卷第四）

例（41）中高麗本的「行三日」，磧砂本、徑山本作「行三百餘里」，金陵本作「行三百里」。道宣的《釋迦方志》是受玄奘《大唐西域記》影響而寫成的，這在《釋迦方志》自序裏說得很明白。特別是其中的《遺跡篇》，就「類似《大唐西域記》的節本」〔註6〕。《釋迦方志》的「三日行」無疑就是從唐《大唐西域記》的「行三日」「行三百里」或「行三百餘里」變換而來的。例（42）中的「行三日」，我們查了宋本、元本、明本、宮本、甲本、高麗藏本以及日本承元四年（1210）抄本皆無異文。《大唐西域記》作者玄奘到過西域，《釋迦方志》作者道宣沒到過西域，道宣應該是會尊重玄奘的記載。也可能是道宣看到了「行三日」「行三百餘里」「行三百里」等不同記載，所以才加一注釋「彼百里為一日行」。總之，例（41）「西北三日行」中的「日行」不是里程單位詞。既然如此，那解釋它的「彼百里為一日行」中的「日行」也無疑不是里程單位詞。

7. 餘論

用行進多少日來計量路程，是很不可靠的，是不得已而為之，這就是這種方法多「適用於四周偏遠區域」的原因。古代的學者也是儘量避免用此法計程。

〔註4〕漢語大字典編輯委員會：《漢語大字典》第 2 版，武漢：湖北長江出版集團，2010年，第 873 頁。
〔註5〕《漢語大字典》，第 3138 頁。
〔註6〕范祥雍：《釋迦方志‧前言》，〔唐〕道宣撰，范祥雍校注《釋迦方志》，上海：上海古籍出版社，2011 年，第 1～2 頁。

據賀昌群研究,《法顯傳》記自長安發跡,到達北天竺的弗樓沙都有此法計程,過弗樓沙以後,便用天竺的里程名稱「由延」(又譯作「逾繕那」,梵文作 yojana)計算〔註7〕。短距離的場合,常用里、步、丈、尺計算。玄奘的《西域記》則不用行進多少日來計量路程,而用里和逾繕那。因為逾繕那有極為嚴格制定和換算標準。「窮微之數,分一逾繕那為八拘盧舍。拘盧舍者,謂大牛鳴聲所極聞,稱拘盧舍。分一拘盧舍為五百弓,分一弓為四肘,分一肘為二十四指,分一指節為七宿麥,乃至虱、蟣、隙塵、牛毛、羊毛、兔毫、銅水,次第七分,以至細塵。細塵七分,為極細塵。極細塵者,不可復析,析即歸空,故曰極微也。」(《大唐西域記》卷二)所以,很難將所謂的「日行」與「逾繕那」混為一談。

judgment某個語言成分是否是計量單位詞,我們以為首先應該確定它是否成詞,其次要確定它的量是否有一個基本的標準,第三,看它的來源是否可靠。「日行」是否成詞還需要進一步證明。我們認為「行」仍是動詞,「日」跟其前面的數詞組成動量短語,中古漢語動量短語可以放在動詞之前,也可以放在動詞之後。「日行」的量是否有一個基本的標準,誰也說不清楚,不同的人,不同的交通方式,其量的標準也不一樣,有時甚至是天壤之別。「日行」的來源,作者自己也說「尚無確鑿證據」。所以,「日行」是否是表距離的計量單位詞,需要解決上述三個問題。

二、《釋名》詞語研究

(一)《釋名》語詞理據新探〔註8〕

《釋名》,作者劉熙,字成國,北海(今山東省壽光、高密一帶)人,約生活於東漢桓帝、靈帝之世,事蹟不詳。全書 8 卷,分為釋天、地、山、水、丘、道、州國、形體、姿容、長幼、親屬、言語、飲食、綵帛、首飾、衣服、宮室、床帳、書契、典藝、用器、樂器、兵、車、船、疾病、喪制等 27 篇,是繼《爾雅》《方言》《說文》之後具有頗高學術價值的語言文字學著作。

〔註7〕 賀昌群:《偉大的旅行家偉大的文化使者——論玄奘的西行在古代中國與西域諸國文化交流上的影響》,《賀昌群文集》(第 1 卷),北京:商務印書館,2003 年,第 488~519 頁。
〔註8〕 原題《論〈釋名〉的科學性》和《〈釋名〉的理據類型分析》,發表在《麗水師範專科學校學報》,2003 年第 1 期和《南京社會科學》,2002 年第 6 期,有改動。

1. 關於《釋名》的性質

《釋名》一書性質的爭議由來已久，宋代就有兩種不同的意見。《中興館閣書目》曰：「《釋名》，漢征士北海劉熙字成國撰，推揆事源，釋名號，致意精微」（據《玉海》四十四所引）《崇文總目》則曰：「釋名八卷，原題劉熙，即物名以釋義，凡二十七篇」。前者視《釋名》為推源之書，後者則視之為釋義之書。清代也基本上是這兩種看法。《四庫全書總目提要》云：「其書以同聲相諧，推論稱名辨物之意」，把《釋名》看成推源書；而王先謙等人則把《釋名》看成闡釋經義的訓詁書，他在《釋名疏證補·序》中說：「逮成國之《釋名》出，以聲為書，遂為經說之歸墟，實亦儒門之奧鍵」。現代學者對《釋名》一書的性質也眾說紛紜，歸納起來有以下幾種意見：第一是認為《釋名》是一部聲訓專著，如濮之珍〔註9〕、祝敏徹〔註10、盧烈紅〔註11〕、李茂康〔註12〕等；第二是認為是同源詞研究專著，如路廣正〔註13〕等；第三是認為是語源、詞源或字源學著作，如黃典誠〔註14〕、孫德宣〔註15〕、吳辛丑〔註16〕、陸宗達〔註17〕等。第四是認為《釋名》是義書，如黃侃〔註18〕在列出「十種根柢書」時把《釋名》歸入義書一類，李開〔註19〕也持此觀點；第五是認為《釋名》是「探索詞的理據的鴻篇巨制」，是「帶試探性的理據詞典」如，黎良軍〔註20〕，符准青〔註21〕等。如此等等，仍是宋以來推源和釋義之爭，第一、第二、第三和第五種看法比較接近，我們看法傾向於第五種。主要理由如下：

　　首先《釋名》不完全是「聲訓專著」。第一，《釋名》雖為漢代聲訓集大成之作，但《釋名》的宗旨，作者在《釋名·序》裏說得很明白；是要探求語詞

〔註9〕濮之珍：《中國語言學史》，上海：上海古籍出版社，1987年。

〔註10〕祝敏徹：《釋名聲訓與漢代音系》，《湖北大學學報》，1988年第1期。

〔註11〕盧烈紅：《釋名語言學價值新論》，《武漢大學學報》，1991年第2期。

〔註12〕李茂康：《試論釋名中可取的聲訓》，《西南師大學報》，1997年第6期。

〔註13〕路廣正：《訓詁學通論》，天津：天津古籍出版社，1996年。

〔註14〕黃典誠：《訓詁學概論》，福州：福建人民出版社，1958年。

〔註15〕孫德宣：《劉熙和他的〈釋名〉》，《中國語文》，1956年第11期。

〔註16〕吳辛丑：《〈釋名〉訓釋條例略說──兼談與「聲訓」有關的幾個問題》，《華南師範大學學報》（社會科學版），1998年，第5期。

〔註17〕陸宗達：《訓詁方法論》，北京：中國社科出版社，1983年。

〔註18〕黃侃：《文字聲韻訓詁筆說》，上海：上海古籍出版社，1983年。

〔註19〕李開：《〈釋名〉論》，《南開大學學報》，1989年第6期。

〔註20〕黎良軍：《漢語辭彙語義學論稿》，桂林：廣西師大出版社，1993年。

〔註21〕符准青：《漢語詞彙學史》，合肥：安徽文教育出版社，1996年。

命名的「所以之意」，聲訓是作者探求詞的理據的一個手段，但不是唯一的手段。《釋名》有 418 個複音詞，絕大多數沒有運用聲訓。第二聲訓的性質，目前的學術界也不是很明確。目前訓詁學界給「聲訓」下的定義有三種：一種把「聲訓」界定在「推原」範圍內，第二種只強調「聲訓」是「音同或音近的字相釋」，第三種認為「聲訓」即是「因聲求義」之訓詁方法。三種定義都有一定的影響，很難確定一個公認的定義。用一個不確定的概念來界定《釋名》一書的性質，同樣也有不妥之處。

其次，《釋名》也不是嚴格意義的詞源詞典。「詞源」，一名「語源」（陸宗達所說的「字源」也是同一概念）。《中國大百科全書・語言文字》「詞源學」條：「詞源學，研究詞的形式和意義的來源的學科」。詞源，無疑就是詞的形式和意義的來源。張志毅在《詞的理據》一文中給理據下的定義是：「詞的理據（motivation），是指用某個詞稱呼或事物的理由和根據，即某事物為什麼獲得這個名稱的原因。」〔註 22〕詞源和理據的區別至少表現在以下幾方面：第一，詞源重在來源，而理據重在原因。詞源重在探明詞的音義的最初形式，而理據主要說明事物得名的原因和根據；第二，理據的範圍比詞源要大。詞源必須要是詞的音義來源，而理據可以是詞的音的來源，也可以是詞的意義來源，例如一些摹聲詞，即以事物具有的特徵性的聲音作為取名依據的詞，可以說它們有音的來源，而其義似無來源可言，比如貓、雞、鴨等由其叫聲而得名，這些只是詞的音的來源；漢語另有許多詞，其意義就是原詞意義引申而來的，如《釋名》中多數本字為訓的詞，這些只是詞的意義來源。這兩種情況只能算理據，而不能算是詞源。所以，符淮青說：「《釋名》也不是嚴格的詞源詞典，因為它沒有說明詞的音和義的最初形式。」〔註 23〕

此外，說《釋名》為同源詞典，也不妥。因為雖然《釋名》的許多聲訓顯示了和被釋詞同源關係，但仍有較大比例的聲訓不能顯示這種關係的，如本字訓、通假通用的等。而且《釋名》尚有一部分詞沒有聲訓，沒有顯示同源關係。更重要的是，即使部分聲訓顯示了與被釋詞同源關係，但這不是《釋名》的目的，《釋名》的目的是通過同源關係來揭示事物的得名之由。

最後，更為重要的是，劉熙《釋名・序》提及編撰宗旨，很明白的表示《釋

〔註22〕張志毅：《詞的理據》，《語言教學與研究》，1990 年，第 3 期。
〔註23〕符淮青：《漢語詞彙學史》，合肥：安徽文教育出版社，1996 年。

名》是一部理據詞典。劉熙云：

> 熙以為，自古造化制器立象，有物以來，迄於近代，或典禮所制，或出自民庶，名號雅俗，各方名殊。聖人於時就而弗改，以成其器。著於既往，哲夫巧士，以為之名。故興於其用而不易其舊，所以崇易簡，省事功也。夫名之於實，各有義類，百稱日稱而不知其所以之意。故撰天地、陰陽、四時、邦國、都鄙、車服、喪紀化下及民庶應用之器，論敘指歸，謂之釋名。

劉熙認為事物的名稱「或典禮所制」或「出自民庶」，但「典禮」或「民庶」為什麼給事物命這樣一個名字，劉熙又認為這是有一定的原因的，只是「百姓日稱而不知其所以之意」，百姓天天叫各種事物的名稱，卻又不懂得叫這個名字的原因。劉熙寫作《釋名》的目的就是要解決這個問題，即要「論敘指歸」，揭示用語言來給事物命名的「所以之意」，就是我們現在所說的「理據」。

《釋名》全書的實踐上看，《釋名》所訓釋的 1852 條物名或語詞（異名同實和複音詞中的異字為訓的都單獨計為一條），幾乎每一條都有理據的說明。為了認識這一點，我們不妨瞭解一下《釋名》的訓釋條例。《釋名》的訓釋條例大致可以歸納為以下幾項：

A. 被釋詞十聲訓詞十理據說明（即聲訓詞與被釋詞意義聯繫的說明），如：

　　（1）月，闕也，滿則闕也。（《釋天》）

　　（2）疾，久也，久在體中也。（《釋疾病》）

　　（3）墓，慕也，孝子思慕之處也。（《釋喪制》）

　　（4）契，刻也，刻識其數也。（《釋書契》）

　　（5）畫，繪也，以五色繪物象也。（《釋姿容》）

　　（6）戴，載也，載之於頭也。（《釋姿容》）

以上是《釋名》的常見的條例，其他皆可以看成此條的變例。其中（1）（2）（3）中的聲訓詞與被釋詞在含義上有較大區別（但也相通，只是略遠些），（4）（5）（6）的聲訓詞與被釋詞音義皆通。二類都是為了後面的聲訓詞與被釋詞意義聯繫的說明，即說明理據。

B. 被釋詞十理據說明，例如：

　　（1）兗州，取兗水以為名也。（《釋州國》）

（2）河南，在河之南。（同上）

（3）中衣，言在小衣之外，大衣之中也（《釋衣服》）

C. 義訓＋被釋詞＋聲訓＋理據說明，例如：

（1）注溝曰澮，澮，會也，小溝之所聚會也。（《釋水》）

（2）死於水者曰溺。溺，弱也，不能自勝之言也。（《釋喪制》）

（3）下殺上曰弒。弒，伺也，伺間而施也。（同上）

（4）舅謂妳妹之子曰甥，甥亦生也，出配他男而生，故其制字男傍作生也。（《釋親屬》）

（5）錦，金也，作之用功重，其價如金，故其制字從帛與金也（《釋綵帛》）

（6）老而不死曰仙，仙，遷也，遷入山也，故其制字人傍作山也。（釋長幼）

D. 義訓＋被釋詞＋理據說明，例如：

（1）妾謂夫之嫡妻曰女君。夫為男君，故名其妻曰女君也。（《釋親屬》）

（2）下而有水曰澤，言潤澤也。（《釋地》）

（3）不得埋曰棄，謂棄之於野也。（《釋喪制》）

E. 被釋詞＋聲訓，如：

（1）伏，覆也。（《釋姿容》）

（2）據，居也。（同上）

（3）敗，潰也。（《釋言語》）

從以上訓釋條例可以看出，《釋名》幾乎全部被訓釋詞都有理據說明。（二）（四）無聲訓，據我們統計，約有619例，（五）有聲訓無理據說明，據統計只約有25例。只有聲訓而無理據說明，是怎麼回事？蘇輿認為諸如此類的「空陳其聲」者，疑有奪文。《釋名》之例在於假聲以定義，此類「空陳其聲」者與《釋名》的體例不合。而且清代以前沒有人為《釋名》作注釋，傳寫既久，訛字脫文也是在所難免的。蘇輿之說，是頗有道理的。我們注意到這25例，被訓釋詞和聲訓詞不僅音近而且義同，恐是當時公認的同源詞，作者或抄者有意省略理

據說明也有可能。

總之，不管怎樣，《釋名》全書都是以說明理據為宗旨的。所以，更準確的說，《釋名》是一部理據詞典。

2.《釋名》理據類型

《釋名》作為理據詞典，它所揭示的理據類型，據筆者研究主要有以下幾種：摹聲性理據，借貸性理據，同源性理據和合成性理據。下面我們分別加以分析。

摹聲性理據

各種語言裏都有一部分詞是人們根據自然界的某種聲音創造出來的。這類詞的理據是摹聲性的。《釋名》揭示此類理據約 85 條。

A. 摹擬自然現象的聲音代表這種自然現象。如：

（1）雪，綏也。水下遇寒氣而凝綏綏然也。（《釋天》）

（2）雷，硍也。如轉物有所硍雷之聲也。（《釋天》）

例（1）「雪」「綏」雙聲心母，《廣雅疏證》卷三下：「雪之言刷也。」「雪」「刷」疊韻，「雪」「綏」「刷」三字音近，據此「雪」讀為「綏」或「刷」或「沙」或「颯」極可能是風吹或雪落地時的聲音的摹擬。例（2）「雷」「硍」雙聲，「硍」，《御覽》音「郎」。《說文》：「硍，石聲也，從石朗聲。」雷聲類似動石聲，「雷」就是對這種聲音的摹擬。

B. 摹擬樂器發出的聲音代表這種樂器。如：

（3）塤，喧也，聲濁喧喧然也。（《釋樂器》）

（4）簫，肅也，其聲肅肅然清也。（同上）

上例中，例（3）「塤」「喧」雙聲，「塤」《說文》作「壎」，云：「樂器也，以土為之，六孔，從土熏聲。」《樂書》亦云：「壎者，喧也。」例（4）「簫」，《白虎通》：「簫者中呂之氣也，萬物生於無聲，見於無形。孷也，肅也。」《公羊疏》引宋均云：「簫之言肅也。」「簫」幽部心母，「肅」覺部心母，陰入對轉。

C. 摹擬人生理發聲以代表該種行為。如：

（5）欠，欽也，開張其口脣欽欽然也。（《釋姿容》）

（6）嚏，疐也，聲作疐然而出也。（同上）

上述例中，（5）《說文》：「欽，欠貌。」《廣雅·釋訓》：「欽，欽聲也。」《山海經·西山經》音如欽。」郭璞注：「欽亦吟音假音。」「欽」「欠」雙聲，同屬溪母，「欽」侵部，「欠」淡部，侵談旁轉，音近義通，皆為模擬呵氣之聲。（6）毛詩《終風》云：「願言則疐。」鄭箋云：「疐讀為不敢嚔欬之嚔。」《說文》云：「疐，礙不行也，氣欲出而有礙，則噴湧而出有聲。」可知此為模擬噴嚔之聲。

D. 模擬人體某一器官的音或某一器官物體流動的聲音來代表該器官或該器官流動的物體。如：

（7）鼻，嘒也，出氣嘒嘒也。（《釋形體》）

（8）血，濊也，出於肉，流而濊濊也。（《釋形體》）

上述三例，（7）《說文》「鼻」下云：「引氣自畀也，從自畀也，從自畀。」又「嘒」下云：「小聲也，嘒嘒者，氣徐出有聲。」王先慎曰：「畀嘒聲近。」可知此為模擬鼻子呼氣吸氣的聲音。例（8）《詩·碩人》：「施罟濊濊。」《釋文》：「水多貌，從水歲聲。水多故流也。」「血」質部母，「濊」月部影母，質月旁轉，影曉鄰紐，「血」「濊」都是對血液或水液流動聲的直接摹擬。

E. 其他對勞動工具，動作和物體擊拍爆破等聲響的摹擬。如：

（9）銍，獲禾鐵也，銍銍斷禾穗聲也。（《釋用器》）

（10）天子曰崩，崩，硼聲也。（《釋喪制》）

上述三例，（9）「銍」疊本字，摹擬「斷禾穗聲」以代這種勞動工具，（10）「崩」「硼」音同，分別是對山塌聲和擊瓦聲的摹仿。

借貸性理據

這種理據是來自非漢語的詞的理據。漢語的外來概念或詞素，在漢語內部是沒法找到理據，其理據必須到貸方語言中去尋找，《釋名》中這樣借貸性理據不多，我們找到的只有以下 4 條。如：

（1）枇杷，本出於胡中馬上所鼓也，推手前曰枇，引手卻曰杷，象其鼓時，因以為名也。（《釋樂器》）

（2）靴，跨也，兩足各以一跨騎也，本胡服趙武靈王服之。（《釋衣服》）

（3）鞾鞮，靴之缺前雝者，胡中所名也。鞾鞮，猶速獨，足直前之言也。（《釋衣服》）

（4）穿耳施珠曰璫，此本出於蠻夷所為也。蠻夷婦女輕浮好走，

故以此璫錘之也，今中國人效之耳。（《釋首飾》）

上述例中，（1）劉熙的意思是，枇杷一詞最初出於胡人在馬上所鼓的樂器，在胡人語中，枇杷是一個擬聲詞，推手前（發出的聲響）曰枇，引手卻（發出的聲響）曰杷，（枇杷一名）像其鼓時（所發出的聲響），因以為名也。例（4）劉熙的意思是說，穿耳施珠叫做璫，「璫」最初出蠻夷所為，「璫」是譯音，在蠻夷的作用本是防蠻夷婦人輕浮好走，以此璫錘之也，而今中原人效之成為首飾了。例（2）（3）都是胡人服名，在胡人語中，「靴」是「跨」的意思，「鞬鞮」是音譯兼意譯「速獨，足直前」的意思。

同源性理據

同源性理據是指音義互通的詞相互轉化，構造新詞的一種理據類型。雖然同源不等於理據，但二者密切相關，絕大多數同源關係為揭示理據提供了線索。這類理據是說「它們在原始的時候本是一個詞，完全同音，後來分化為兩個以上的讀音，才產生細微的意義差別」〔註24〕。劉熙去古不遠，比我們現代人的想像應該要合理一點。《釋名》這了類理據所占比例最大，據我們研究統計，合理的約有 1169 條，合理率達 83.4%（劉興均認為達 90%以上）〔註25〕。我們準備分別加以具體分析。

從理據訓釋詞和被訓釋詞字音關係來看，主要有以下幾種情況：

A. 雙聲疊韻。如：

（1）銘，名也，記名其功也。（《釋言語》）

（2）子，孳也。陽氣始萌，孳生於下也。（《釋天》）

所謂「同音」，主要指聲和韻都相同，一般不考慮聲調，當然是指古音。例 1)「銘」「名」都是耕部明母，「銘」「名」本一字，「銘」後出而已。例 3)「子」「孳」，王力《同源字典》認為是同源字。

B. 雙聲準疊韻。如：

（3）銷，削也，有所穿削也。（《釋用器》）

（4）又謂之鄰。鄰，連也，相接連也。（《釋州國》）

〔註24〕王力：《同源辭典》，商務印書館，1982 年。
〔註25〕劉興均：《對〈釋名〉的重新認識與評價》，《南都學壇》，1996 年第 1 期。

例（3）「銷」「削」皆為心母，「銷」是霄部，「削」為藥部，霄藥對轉。從「肖」得聲的字多有「減消」或「小」之意。例（4）「鄰」「連」均為來母，「鄰」，真部，「連」，元部。真元旁轉。「鄰」是五家相連。《說文・邑部》：「鄰，五家為鄰。」「連」本指人拉之車，人車相連，二字義通。

C. 雙聲。如：

（5）星，散也，列位布散也。（《釋天》）

（6）喪祭日奠。奠，停也，言停久也。（《釋喪制》）

上述三例中，例（5）「星」為耕部心母，「徙」為支部心母，雙聲。「星」有陳列布散之義，同「散」義通。例（6）「奠」「停」二字定母，「奠」文部，「停」耕部，「奠」義是停棺供祭，《考工記・匠人》：「凡人奠水。」奠有停滯義，同停留之「停」義通。

D. 疊韻準雙聲。如：

（7）曲，局也，相近局也。（《釋方語》）

（8）目生膚入眸子曰浸。浸，侵也，言侵明也。（《釋疾病》）

以上三例，例（7），「曲」「局」均為屋部，「曲」，溪母，「局」群母，準雙聲，二字，王力《同源字典》列為同源字。例（8），「浸」為精母、侵部，「侵」為清母侵部，準雙聲疊韻。「浸」，目生膚漸入目，與「侵入」之「侵」義通。

E. 疊韻。如：

（9）目匡陷急曰眇，眇，小也。（《釋疾病》）

（10）靜，整也。（《釋言語》）

以上三例中，例（9），眇為明母。霄部，小為心母霄部，「眇」「小」義亦相通。例（10），「靜」「整」皆為耕部，「靜」，從母，「整」，章母。《說文》：「整，從正，正亦聲。」「整」有「正」義，《禮・月令》注：「整，正列也。」《莊子・人間世》：「正則靜。」《史記・老子列傳》，「清靜自正。」二字義通，皆有「正」義。

F. 準雙聲或準疊韻或準雙聲準疊韻。如：

（11）楚，辛也。其地蠻多，而人性急。數有戰爭，相爭相害，辛楚之禍也。（《釋州國》）

（12）甘，含也，人所含也。（《釋言語》）

例（11）「楚」為初母、魚部，「辛」為心母真部，初心皆為齒音，準雙聲，「辛楚」或言「楚辛」乃常語，二字皆有「苦」義。例（12）「甘」為見母、談部，「含」為匣母侵部，見匣為牙喉音，談侵旁轉，二字準雙聲準疊韻。《說文》「甘，美也，從口含一」隱含著「含」的意思。從「甘」得聲字多有「夾含」的意思。

從被訓釋詞和理據訓釋詞詞意義關係來看，大致有以下一些情形：

A. 動作詞的理據在該動作之工具。如：

（1）佐，左也，在左右也。（《釋言語》）

（2）識，幟也，有章幟可按視也。（《釋言語》）

上例（1）「佐」用左手助人，「左」是左手。「左」是「佐」的憑藉物。例（2）「識」為識記，識認之義，「幟」，旌旗之類的軍事標誌，「幟」是「識」的憑藉物。

B. 動作詞的理據在其動作之對象。如：

（3）蹈，道也，以足踐之，如道路也。（《釋姿容》）

（4）盟，明也，告其事於神明也。（《釋言語》）

上例（3），「蹈」是「踐踏」意思，「道」是其對象。例（4）「盟」是「告事於神明」，「明」是「神明」，「明」是「盟」的對象。《周禮·司盟》：「北面詔明神，既盟則貳之」可資旁證。

C. 名物詞的理據在該事物的性質或作用。如：

（5）帽，冒也。（《釋首飾》）

（6），橫也，橫馬頸上也。（《釋車》）

例（5）「帽」本作「冃」《說文》「冃，小兒蠻夷頭衣也。」又作「冒」《漢書·雋不疑傳》：「著黃冒」。師古曰：「冒，所以覆冒其首。」覆冒之「冒」是衣帽之「帽」的性質作用。例（6），《說文》：「衡，牛觸，枝木也，箸其角。」又為權衡的衡。《禮記經解》：「猶衡之於輕重也。」注「衡，稱也」，《莊子·胠篋》：「為之權衡以稱之」朱駿聲曰：「按，懸者曰枝，橫者曰衡。」橫放之「橫」是權衡之「衡」的性質。

D. 一事一物之名的理據在與其相似之別一事別一物。例如：

（7）槨，廓也，廓落在表之言也。（《釋喪制》）

（8）祲，侵也，赤黑之氣相侵也。（《釋天》）

例（7）說文：「槨，葬有木郭也。」又「郭，外域也。」《周禮・地官・閭師》「不樹者無槨」注，「槨，周棺也」。外棺之槨和外表之「廓」具有共性。例（8）《廣雅・釋言)》：「侵，凌也。」《國語・楚語》下：「無相侵瀆。」注：「侵，犯也。」《左傳・昭公十五年》：「吾見赤黑之祲。」疏引鄭玄：「祲，陰陽氣相侵。」二字也具共性。

E. 特指詞的理據在通指詞。如：

（9）山夾水曰澗。澗，間也，言在兩山之間也（《釋水》）

（10）水注谷曰溝，田間之水亦曰溝。溝，構也，縱橫交構也。

（《釋水》）

例（9）《說文》：「澗，山夾水也。」《爾雅・釋山》：「山夾水，澗。」「李注：「山間有水者曰澗。」《廣韻》：「間，中間。」《論語・先進》：「千國之乘，攝乎大國之間。」《管子・內業》「充攝之間」注：「間，猶中也。」由中間之「間」特指兩山中間的水的「澗」。例（10）《考工記・匠人》：「井間廣四尺，深四尺謂之溝。」《說文》：「枸，交積材也，象對交之形。」以縱橫交構的「構」特指田中之交錯縱橫的「溝」。

F. 指人名詞的理據在其所能所事，如：

（11）男，任也，典任事也。(《釋長幼》)

例（11）畢沅曰：「《白虎通・嫁娶篇》云：『男者，任也，任功業也。』《說文》：『男，丈夫也，從田力，言男用力於田也。』用力於田，出典任事之義也。」皮錫瑞曰：「案《尚書》：『二百里男邦』《史記》作『任國』，《白虎通》書『侯甸男衛』為『侯甸任衛』。男任字通。」「男」是「任」的行為者。

G. 具體的動作詞理據在抽象的行為狀態，如：

（12）超，卓也，舉腳有所卓越也。(《釋姿容》)

（13）演，延也，言蔓延而廣也。(《釋言語》)

例（12），《說文》「超，跳也。」《九思・傷時》「超五嶺兮嵯峨」注：「超，越也。」《莊子・秋水》「吾以一足趻卓而行」《釋文》：「卓，本亦作踔。」《蔡邕傳》：「踔宇宙而遺俗兮。」注：「踔，猶越也。」《文選・班固西都賦》：「卓躒諸夏。」注：「卓躒，猶超絕也。」例（13），《說文》：「演，長流也。」《說文》：「延，長行也。」《爾雅・釋詁》：「延，長也。」「長流」的「演」具體，

「延長」的「延」，抽象。

　　H. 事態詞的理據在原因，事象詞的理據在結果，如：

　　　　（14）福，富也，其中多品如富者也。（《釋言語》）

　　　　（15）怯，脅也，見敵恐脅也。（《釋言語》）

　　例（14），《說文》：「福，佑也。」《禮記·效特性》：「富也者，福也。」古人認為人有福是神保佑的，凡神所佑者則富也，可見「福」與「富」存在因果關係。例（15）《廣雅·釋詁》：「脅，協也。」《公羊》劉兆注：「脅，畏迫也。」《淮南本經訓》高注：「脅恐也。」因見敵恐脅而怯。

　　I. 抽象動作詞理據在現象，或現象詞理據在性質。如：

　　　　（16）死，澌也，就消澌也。（《釋喪制》）

　　　　（17）孝，好也，受好父母，如所悅好也。（《釋言語》）

　　例（17），《說文》：「死，澌也，人所離也。」《曲禮》：「庶人曰死。」鄭注：「死之言澌也，精神漸盡也。」「澌滅」是一種現象，借助它訓解代表某種結果的「死」。例（18）《爾雅》：「善父母為孝。」甲金文「孝」字從「老」（省）從「子」，「好」字從「女」從「子」，皆寓長幼相互歡愛之意，「孝」「好」古同音（皆曉紐幽韻）「孝」是「好」的一種現象。

　　J. 器物之名理據在原料。如：

　　　　（18）築以竹鼓之，筑柲之也。（《釋樂器》）

　　例（18）《說文》：「築以竹為五弦之樂也，從竹筑，筑，持之也，竹亦聲。」《說文》：「竹，冬生草也。」《禮記·樂記》：「金古絲竹，樂之器也。」「竹」是「築」的原料。

　　L. 一物之名的理據在別一與之相似之物。如：

　　　　（19）足後曰跟，在下方，著地，一體任之，象木根也。（《釋形體》）

　　　　（20）肢，枝也，似木之枝格也。（《釋形體》

　　以上三例中，例（19），《說文》：「根，木株也。」又云：「跟，足踵也。」王力《同源字典》認為「跟」「根」同源，腳根像樹根。例（20）《說文》：「肢，體四肢也，肢或從支。」又：「枝，木別生條也。」《周書武順》：「左右手各握五，左右足各履五、曰四肢。」注：「四肢，手足。」四肢像樹枝。

M. 物名的理據在該物內部之數量關係，例如：

（21）五家為伍，以五為名也。（《釋州國》）

例（21），《廣韻》：「五，數也。」「伍，行伍。」《管子小匡》：「五人為伍。」《易繫辭》上：「參伍以變。」疏：「伍，五也。」《國語・齊語》：「參其國而伍其鄙。」注：「伍，五也。」由數「五」到戶口五家「伍」。

N. 一物之名的理據在其物之顏色，如：

（22）清，青也。去濁遠穢，色如青也。（《釋言語》）

（23）海，晦也。主承穢濁，其色黑而晦也。（《釋水》）

例（22），《說文》：「清，朗也，澄水之貌。」又「澄，清也。」「青，東方色也。」《呂覽》：「序意青荓。」《水經注》六引作「清荓」。例（23），《爾雅・釋言》：「晦，冥也。」《釋名・釋綵帛》：「黑，晦也，如晦冥時色也。」《爾雅・釋地》：「海之言晦，晦闇於禮義也。」《詩小雅・蓼蕭・序》：「蓼蕭，澤及四海也。」《釋文》：「海，晦也，言其去中國險遠，稟政教昏昧也。」故叫做「海」，是因其晦黑昏暗也。

O. 行為名之理據在該行為之結果。如

（24）入，內也，內使還也。（《釋言語》）

（25）教，效與，下所法效也。（《釋言語》）

例（24），《說文》：「入，內也。」又「內，入也，從門入自外而入也。」按「內」就是「納」。《周禮・地官・媒氏》：「凡嫁子取妻，入幣純帛，無過五兩。」《國語・吳語》：「其臣箴諫以不入。」《戰國策》：「入其社稷之臣於秦。」這些「入」字都是「納」講。入，進入，內（納），使入。例（25），《說文》：「教，上所施，下所效也。」《春秋元命苞》：「教，效也，言上為而下效也。」效，效法，教，使效法。

P. 一物之名的理據在該物之用。例如：

（26）觀，觀也，於上觀望也（《秋宮室》）

（27）約，約束之也。（《釋書契》）

例（26），《爾雅・釋宮》：「觀，謂之闕。」《詩・子衿》《正義》引孫炎注：「宮門雙闕，舊章懸雪，使民觀之，因謂之觀。」由觀望之「觀」引申到宮門前兩邊的望樓之「觀」，例（27），《周禮・秋官》：「有司約。」鄭注。「約，言

語之約束。」《論語・正罕》：「夫子循循然善誘人，博我以文，約我以禮。」《禮・學記》：「大信不約。」由約束之「約」（一肖反）引申到約法之「約」（一虐反）。

合成性理據

合成詞由兩個或兩個以上的字構成，其理據義是合成性的。意思是說，合成詞中每個字各自都能以自身的字義提供詞義的理據詞義，是其中各字義的各種不同方式的綜合、合成。《釋名》所釋合成詞共約 408 例，幾乎都合理的揭示了其理據。正確性如此高，主要是因為它們的理據大多是透明的。

A. 類聚性合成詞的合成性理據。類聚性合成詞的兩個字義在意義上有共同的語義特徵，它們或相同，或相近，或相反，或類義，或上下義，因此對類聚性合成詞的理據，可從相同、相近、相反、類義、上下義幾個方面加以分析。

a. 同義合成。相同義合成理據是指由語音相同、意義相同、字形也相同的兩個字（《釋名》主要是兩個字的合成詞，雖也有極少數多字合成詞，這裏都不加考慮，下同）構成合成詞的理據類型。《釋名》僅有一例。如：

（1）枷……或曰了了，以杖轉於頭，故以名之也。（《釋用器》）

上例「了了」中的二字，形同音同義同，畢沅曰「了了，正言用時柄頭旋轉之形。」

近義合成。相近義合成理據是由兩個意義相近的字互限合成的理據類型。《釋名》中此類理據如：

（2）二達曰歧旁，物兩為歧，在邊曰旁，此道並通出似之也。
（《釋道路》）

（3）疾病，疾，疾也，客氣中人爭疾也；病，並也，與正氣並
在膚體中也。（《釋疾病》）

上兩例中，例（2），「歧」和「旁」近義，兩字聯合構成「歧旁」。例（3），「疾病」和「病」義近，二字互相限制合成「疾病」。

b. 反義合成。相反義合成理據是由兩個存在反義關係的字，通過字義概括合成的理據，《釋名》中的例子，如：

（4）鉤鑲，兩頭曰鉤，中央曰鑲，或推鑲或鉤引用之之宜也。
（《釋兵》）

（5）老死曰壽終。壽，久也，終盡也。生死久遠氣終盡也。（《釋

喪制》)

上例，(4)「鉤」和「鑲」字義相對，「鉤鑲」是對二字義的概括。例5)「壽」「終」字義相反，概括合成「壽終」。

c. 類義合成。類義合成理據由存在類義關係的兩個字通過相互補充而合成的理據。如：

（6）柷敔，柷，狀如漆桶，敔，狀如伏虎……（《釋樂器》）

（7）春秋，言春秋冬夏終而成歲，舉春秋則冬夏可知也。春秋書人事卒歲而究備春秋溫涼中家政和也。故舉以為名也。(《釋典藝》)

上例（6）「柷」「敔」本是兩種形狀不同的樂器，相互補充合成新的樂器。例（7）「春秋」表示「歲月」的意思。可以說是春夏秋冬的簡縮。但這裏是釋作為典藝的《春秋》，理據是後一句話：「春秋書人事卒歲而究備春秋溫涼中像政和也，故舉以為名也。即以「春」「秋」兩種典型季節相互補充而合成一種新的典型，記歲月史事的《春秋》。

d.上下義合成。上下義合成理據是兩個存在有上下義關係的字，上義指示類屬，下義顯示詞義而合成的理據。如：

（8）兗州，取兗水以為名也。(《釋州國》)

（9）彗星，光梢似彗也。(《釋天》)

上兩例中，例（8），上義「州」指示類屬，下義「兗」就是「兗州」的意思。例（9）上義「星」指示類屬，下義「彗」就是「彗星」的意思。上下義合成的詞，上義字可省略，《釋名》就有「豫司兗冀」說法，「兗」就是指「兗州」。

B. 相關性合成詞的合成性理據。相關性合成詞中的兩個字沒有共同的語義特徵，它們分別從不同方面提示詞義，從而形成合成詞的理據。這類理據《釋名》最多，也最複雜，我們從以下幾個方面舉例說明。

a. 性狀相關。性狀相關是指構成合成詞兩字，一字義是另一字義的性狀。如：

（10）苦酒，淳毒甚者，酢苦也。(《釋飲食》)

（11）水從河出曰雍沛，言在河崖限內雍出沛然也。(《釋水》)

例（10），「苦」是「酒」是性質，例（11）「沛」是「雍」的狀態。

b. 形狀相關。形狀相關是指構成合成詞的兩字，一字義是另一字義的形狀。

如：

（12）圓丘、方丘就其方圓名之也。（《釋丘》）

（13）前高曰髦丘，如馬舉頭垂髦也。（《釋丘》）

上兩例「圓」「方」「髦」分別為「丘」的形狀。

c. 位置相關。位置相關是指構成合成詞的兩個字，一字義是另一字的方位。如：

（14）東海，海在其東也。（《釋州國》）

（15）濟南，濟水在其南也。（《釋州國》）

例（14），「東」是「海」的方位，例（15）「南」是「濟」的方位。

d. 大小相關。大小相關是指合成詞比兩個字，一字義表達另一字義的大小。如：

（16）九月曰大功，其布加大之功，不善治練之也。（《釋喪制》）

（17）五月曰小功，精細之功小有飾也。（《釋喪制》）

e. 質料相關。質料相關是指合成詞的兩個字，一字義是另一字義的質料。如：

（18）以犀皮作之曰犀盾，以木作之曰木盾，皆因所用為名也。

（《釋兵》）

f. 功用相關。功能相關是指構成合成詞的兩字，一字義表達另一字義的功能作用。如：

（19）金鼓，金，禁也，為進退之禁也。（《釋兵》）

（20）獵車，所乘以畋獵也。（《釋車》）

例（19）「金鼓」是禁進退之鼓，「金」表達「鼓」的作用，例（20）「獵車」是畋獵所乘的車，「獵」表達「車」的作用。

g. 來源、產地相關。來源、產地相關是指構成合成詞的兩字，一字義標明另一字義的產地或來源。如：

（21）韓羊、韓兔、韓雞，本法出韓國所為也。（《釋飲食》）

（22）隆者曰滇盾，本出於蜀，蜀滇所持也。或曰羌盾，言出於

羌也。（《釋兵》）

上兩例，韓羊、韓兔、韓雞，滇盾、羌盾等詞都是前一字義是後一字義的

產地。

h. 行為方式相關。行為、方式相關是指構成合成詞的二字，一字義是另一字義的行為或方式。如：

（23）卦賣，卦，掛也，自掛於市而自賣邊，自可無愧色，言此似之也。（《釋姿容》）

（24）眸子明而不正曰通視，言通達目匡一方也。又謂之麗視，麗，離也，言一目視天，一目視地，目明分離，所視不同也。（《釋疾病》）

例（23），「卦」是「賣」的方式，例（24），「通」「麗」分別是「視」的方式。

i. 數量相關。數量相關理據是指構成合成詞的二字，一字義表示另字義的數目。如：

（25）五行者，五氣也，於其方各施行也（《釋天》）

（26）三墳，墳，分也。論三方分天地人之始，其體有三也。（《釋典藝》）

j. 因果相關。因果相關合成理據是構成合成詞的二字，一字義表原因，一字義表結果。如：

（27）步搖，上有重珠，步則擺動也。（《釋首飾》）

上例，「步」是原因，「搖」是「步」的結果。

k. 物動相關。物動相關是指構成合成詞的二字一字義表事物，一字義表動作，事物和運動的聯繫多種多樣，事物可以是運動的施事、受事、繫事、工具、成果、目標處所等。如：

（28）承塵，施於上以承塵土也。（《釋床帳》）

（29）或曰充耳。充，塞也，塞耳亦所以止聽也。（《釋首飾》）

（30）漢以來謂死為物故，言其諸物皆就朽故也。（《釋喪制》）

上三例中，「承塵」「充耳」中前一字表動作，後一字表事物，事物「塵」「耳」分別是動作「承」「充」的受事。「物故」是動作「故」的施事。

此外，還有比喻相關合成理據，因其可以分別歸入性狀或形狀相關合成理據中去，在此不另加討論了。

C. 字義關係模糊的合成詞的合成性理據。有些合成詞的字義關係難以看出來，其原因或是合成詞的某個字義虛化或是截取古語構成合成詞，或是合成詞聯綿化等等。根據《釋名》的實際，我們這裏主要討論字義虛化和合成詞聯綿化。有些合成詞，最初也看不出字義關係，即聯綿字合成化也放在此一併討論。

a. 含有字義虛化的合成性理據。構成合成詞的二字，其中一字義虛化，使另一字義成分也得以改變，從而形成整個詞義，這就是含有字義虛化的合成性理據。如：

（31）童子，童，重也。膚幕相裹重也。子，小稱也，主謂其精明者也。或曰牟子，牟，冒也，相裹冒也。（《釋形體》）

（32）綃頭，綃，鈔也，髮使上鈔也。或謂之陌頭，其縱、後橫陌而前也。（《釋首飾》）

劉熙時代，上兩例中的「子」和「頭」雖未完全虛化，但虛化程度已比較高了。人後面可加「子」，物後面同樣也可加「子」。《釋名》所釋「子，小稱也」主要也是從語體意義成分或情緒意義成分方面予以考慮的。

b.聯綿詞合成化及合成詞聯綿化。從辭彙發展的歷史看，聯綿詞和合成詞都不是孤立不變的，在一定條件下聯綿詞可轉化成合成詞，合成詞也同樣可轉化為聯綿詞。如「鳳凰」「狼狽」本來是聯綿詞，現在變成合成詞了，我們現在可說「鳳求凰」「狼和狽」。而「蚯蚓」最初是個合成詞，（據俞敏考證源於「屈伸」）現在卻成了聯綿詞。對於由合成詞變成了聯綿詞的詞，我們尋求理據的辦法就是要找回它原來的合成詞形式。對於由聯綿詞變成合成詞的詞，由於俚俗語源的作用，這個詞不僅詞形變了，而且意義也改變了，那麼，我們尋求它的理據，找回它最初的聯綿詞形式反而與詞義相差太遠，最好的辦法就是根據現有的形式來解釋。《釋名》對部分詞的訓釋，正反映了這兩種情況。

——原來是合成詞，現變成單純詞的。如：

（33）匍匐，小兒時也。匍猶捕也，藉索可執取之言。匐，伏也，伏地行也。人雖長大，及其求事，用力之勤，猶亦稱之。詩曰「凡民有喪，匍匐救之。」是也。（《釋姿容》）

（34）裲襠，其一當胸，其一當背。（《釋衣服》）

例（33），「匍匐」有多種寫法，如「匐伏」「扶服」「捕伏」「扶伏」「蒲服」

等，其意思是兒時伏地而行狀。「匍匐」現在的形式是個聯綿詞，其最初的形式估計是個合成詞「捕伏」，正如劉熙所釋的那樣。畢沅曰：「小兒初學步，時其蹟跌，必以帶圍繞其胸腋，而結於背後，乃曳之以行，故曰藉索可取。」此俗現在有許多農村地區仍流行。例（34），「裲襠」的最初形式就是一個合成詞「兩當」。

——原本是單純詞，現在成合成詞的。如：

（35）或曰不借，言賤易有宜，各自蓄之不假借人也。（《釋衣服》）

例（35），葉德炯曰：「不借，屨之合聲，此如《爾雅》『不來謂之筆』之例，下云搏臘，則不借之轉讀，此皆方言轉變之故。」他認為：「不借」最初是個單純詞，以後才變成合成詞的。這固然很有道理，但為什麼「屨」或「搏臘」轉成「不借」，而不是其他的同音詞形式，肯定也是有理據的，《釋名》所釋就是這一理據。《古今注》曰：「不借者，草履也，以其輕賤易得，故人人自有，不假借於人，故名不借也。」

綜合《釋名》理據類型分析可知：《釋名》揭示了合理摹聲性或借貸性理據約 38 條，合理的同源性理據約 1169 條，合理的合成性理據 408 條，共 1615 條，約占《釋名》全部訓釋詞 1852 條的 87.2%。

總之，《釋名》理據的可取之處是很多的，成就是巨大的，同時缺陷也有不少，失敗的地方也是較為明顯的。《釋名》理據的缺陷主要表現為「間涉穿鑿」。以往的學者幾乎都認識到《釋名》理據有穿鑿之處，只是分寸不同而已。王力說是「隨心所欲」，周祖謨說「多出於臆測」，《四庫全書總目提要》云「頗傷於穿鑿」，劉師培說：「間涉穿鑿」。由此可見，《釋名》此缺陷是頗明顯的，無法否定的，但也不能偏激，從上面的分析可知，劉師培的說法是頗為公正的。

儘管《釋名》理據存在此缺陷，但仍是瑕不掩瑜，《釋名》探索詞的理據的開創之功，以及它為後人找到了大量的詞的理據的功勞，是無法埋沒的。《釋名》是一部值得信賴的理據詞典。

（二）《同源字典》對《釋名》的引用 [註26]

王力的《同源字典》（以下簡稱《字典》）對同源字考釋精審，大量引用了古人的訓詁來證明個人的推斷，其中不乏作者存有偏見的《釋名》的訓詁的引

〔註26〕原題《〈同源字典〉對〈釋名〉的引用》，發表在《麗水師範專科學校學報》，2003年第 6 期，有改動。

用。據筆者統計，《字典》共 174 處引用《釋名》。下面，我們擬就《字典》對《釋名》的引用情況作一闡述。

　　《釋名》是中國第一部理據詞典，雖不能簡單的看成同源字典，但它較大部分理據屬於同源性的理據，即通過聲訓顯示同源關係，從而揭示其理據。因此，一般說來，引用《釋名》的聲訓顯示同源關係，應該是比較簡便易行的辦法，但《釋名》的聲訓向來褒貶不一，而王力對它歷來就存有偏見，所以，《字典》引用《釋名》的方式，既有採用《釋名》的聲訓作為同源字，又有採用《釋名》訓詁見義，通過結合其他的訓詁以見互訓、同訓等。現分述如下：

　　A.《字典》採用《釋名》的聲訓作為被訓字同源字，共 97 例。

　　a. 完整的引用《釋名》，共 80 例。如：

　　　　（1）82～83 頁「基、根、跟」條引《釋名·釋形體》：「足後曰跟，在下方著地，一體任之，象木根也。」

　　　　（2）106 頁「解、懈」條引《釋名·釋疾病》：「懈，解也，骨節解緩也。」

　　　　（3）314 頁「陵、隴、隆、魯」條引「《釋名·釋山》：大阜曰陵。陵，隆也，體隆高也。」

　　以上《字典》所引《釋名》之訓，既引其聲訓，也引其理據說明，有義訓的，義訓一併引用。《釋名》的義訓，歷來就無異議，應該都是可信的，如例（3）所引「大阜曰陵」，就是沿襲《爾雅》的解釋。但《釋名》的聲訓和理據說明，卻向來頗有爭論。不過，《字典》所引《釋名》上述訓釋，應該是可信的，如例（1）「跟」「根」，例（2）「懈」「解」和例（3）「陵」「隆」都分別是一組同源字，且源流和理據的揭示都是合理的。《字典》可以不分源流，只要同源就可。《釋名》是探求事物得名之由的，除了聲訓顯示同源關係，還要求分清源流，揭示得名之由，因而我們還可以從《字典》這類引用中進一步找到語源線索。

　　b. 只引聲訓，共 10 例。如：

　　　　（4）109 頁「智、知」條引《釋名·釋言語》：「智，知也。」

　　　　（5）244～245 頁「抱、保、褓、孵、孚、伏」條引《釋名·釋姿容》：「伏，覆也。」

　　　　（6）535 頁「人、仁」條引《釋名·釋形體》：「人，仁也。」

只引聲訓的，主要是兩種情況。一是《釋名》本身只有聲訓，如例（5）；一是作者認為《釋名》的義訓或理據說明不可取，如例（4）的《釋名》原文是「智，知也，無所不知也。」例（5）的《釋名》原文是「人，仁也。仁生物也。故易曰：立人之道曰仁與義。」有宣傳封建迷信和封建禮教的思想的嫌疑，故不取。

　　c. 引用雙音節詞見其中一字同源關係，共 3 例。如：

　　　　（7）353 頁「當、襠、擋」條引《釋名・釋衣服》：「裲襠，其一當胸，其一當背也。」

　　　　（8）359 頁「兩、輛、緉、裲」條引《釋名・釋衣服》：「裲襠，其一當胸，其一當背也。」

　　上述兩例，引用同一個雙音節詞分別見其中一字同源，「襠」「當」同源，「裲」「兩」同源。

　　d. 只引義訓，見義訓中聲訓與被訓字同源，共 2 例。如：

　　　　（9）154 頁「渚、沚、阯、洲」條引《釋名・釋水》：「小洲曰渚。」

　　　　（10）196 頁「走、趨」條引《釋名・釋姿容》：「疾趨曰走。」

　　例（9）（10）釋名原文分別是「疾趨曰走。走，奏也，促有所奏至也」；「小洲曰渚。渚，遮也，體高能遮水使從旁回也」。只有義訓中的聲訓可取。

　　e.《釋名》同一條訓釋中，兩名同一聲訓，《字典》引之，以這兩名為同源字。共 2 例。如：

　　　　（11）253～254 頁「陟、登、騰、乘、升、陞、昇、隥、駘」條引《釋名・釋姿容》：「乘，升也。登亦如之也。」

　　　　（12）605～606 頁「含、唅、琀、銜」條引《釋名・釋飲食》：「含，合也，合口亭之也。銜，亦然也。」

　　上兩例是《釋名》同訓的一種。例（11），兩名「乘」「登」和聲訓詞「升」一起視為同源；例（12），兩名「含」「銜」同源，聲訓詞「合」排除在外。

　　B. 以《釋名》訓詁見義，結合其他的訓詁以見互訓、同訓等，共 77 例。為節省篇幅，舉例時，其他訓詁恕不引用。

　　a. 聲訓、義訓和理據說明皆為見義，52 例。

見被釋字義，共 38 例。其中異字訓的 26 例，本字訓的 12 例。如：

（13）298 頁「蓐、褥」條引《釋名・釋床帳》：「褥，辱也，人所坐褻辱也。」

（14）436 頁「唾、吐」條引《釋名・釋疾病》：「吐，瀉也。故揚豫以東謂瀉為吐。」

（15）446 頁「皮、被、披、帔」條引《釋名・釋形體》：「被，被也，所以被覆人也。」

以上所引《釋名》聲訓，（13）（14）為異字訓，（15）為本字訓，皆為見被釋字義。之所以這樣引，一是認為《釋名》的聲訓有誤，《字典》全書只有例（9）一例明確指出，「《釋名》以辱釋褥是錯誤的」。二是認為《釋名》的聲訓是否同源尚不確定，寧缺勿濫。此類比例頗多。三是本字訓只能用來見義，本字同源沒有列出之必要。

見聲訓字義，共 1 例。如：

（16）169～170 頁「寫、瀉」條引《釋名・釋疾病》：「吐，瀉也。故揚豫以東謂瀉為吐。」

上例就是以被釋字「吐」為聲訓字「瀉」之義。

見異名中的一字義或通過異名見被釋字義，共 2 例。

（17）606 頁「頜、頤」條引《釋名・釋形體》：「頤，或曰頜車。」

（18）531 頁「填、窴、瑱」條引《釋名・釋首飾》：「瑱，或曰充耳。充，塞也，塞耳亦所以止聽也。」

例（17）以被釋字「頤」見異名「頜車」中的「頜」之義；例（18）以異名「充耳」中的「充」見被釋字「瑱」之義。

見理據說明中一字義，共 1 例。

（19）241～242 頁「搔、瘙」條引《釋名》：「疥，齘也。癢搔之，齒相切齘也。」

上例以被釋字「疥」見理據說明中的「搔」字義。

見雙音節詞中的一字義，共 10 例。如：

（20）123 頁「紆、迂、委、逶、冤、宛、蜿、婉、夗、琬、腕」條引《釋名・釋首飾》：「委貌，冠形有委曲之貌，上大下小也。」

　　（21）192 頁「屚、漏、霤、廇、留、流」條引《釋名·釋宮室》：

「西北隅曰屋漏。禮：每有親死者，輒徹屋之西北隅薪以爨灶煮沐，

供諸喪用。時若直雨則漏，遂以名之也。」

　　以上兩例，例（20），見雙音節詞「委貌」的「委」義；例（21）見雙音節詞「屋漏」的「漏」義。

　　b. 只引義訓，17 例。如：

　　　　（22）146 也「雨、雯」條引《釋名·釋天》：「雨，水從雲下也。」

　　　　（23）154 頁「渚、沚、阯、洲」條引《釋名·釋水》：「水中可

居者曰洲。」

　　以上兩例《釋名》原文分別是「水從雲下曰雨。雨，羽也，如鳥羽動則散也」和「水中可居者曰洲。洲，聚也，人及鳥物所聚息之處也」。其聲訓和理據說明頗為牽強。

　　c. 只引聲訓見義，共 4 例。如：

　　　　（24）244～245 頁「抱、保、褓、孵、孚、伏」條引《釋名·

釋姿容》：「伏，覆也。」

　　　　（25）608 頁「終、冬」條引《釋名·釋喪制》：「終，盡也。」

　　這裏只引聲訓，也主要是兩種情況：一是《釋名》本身只有聲訓，如例（24）；一是《釋名》的理據說明不可取，如例（25），《釋名》原文的理據說明「生已久遠，氣終盡也」不科學，故不取。

　　從上文引用方式的分析可知，《字典》對《釋名》的態度跟以往一樣極為謹慎，但比以前已有些微改變。作者在《中國語言學史》一書中說：「劉熙之聲訓，和前人一樣是唯心主義的，他隨心所欲的隨便抓一個同音字（或音近字）來解釋，已達到荒唐地步。」〔註27〕而他在《同源字論》中說「聲訓多數是唯心主義的，其中還有許多宣揚封建禮教的，應該予以排斥。但是，也有一些聲訓是符合同源字的，不能一概抹殺。」態度顯然溫和多了。從《字典》對《釋名》的引用也可以看出這些變化。《字典》共引用《釋名》共 174 處，引用率雖然不高，但是《字典》和《釋名》都不是完備的字典，正如它們各自的序言中所說，《字典》是「想到什麼就寫什麼，遺漏一定很多」，而《釋名》「事類未能究備，凡

〔註27〕王力：《中國語言學史》，太原：陝西人民出版社，1981 年。

所不載，亦欲智者以類求之」。兩部書都只有 1000 多組條目，交叉的地方本來就不多，能有這麼多的引用，就很不錯了。而且，以《釋名》的聲訓為同源字的有 97 例，這 97 例中絕大部分是完全引用的。因此，可以肯定，《字典》比以往要重視《釋名》。

儘管如此，《字典》引用《釋名》還有一些值得商榷或有待深入的地方。

第一，《字典》對《釋名》的性質的認識還有點模糊。

作者在《同源字論》上說：「從前有人研究過同源字，但是都沒有成功。首先要提到的是東漢劉熙，他費了很大的力氣寫了一部《釋名》，企圖尋找漢語的語源。」顯然是把《釋名》看成同源或語源性質的字典。其實，從《釋名·序》所指出的寫作宗旨和全書的實踐上看，把《釋名》看成同源或語源性質的字典是不準確的，準確的說《釋名》應是一部理據詞典。同源性理據，即通過聲訓顯示同源關係，以揭示其理據，只是《釋名》理據類型的一種。〔註 28〕因為是理據詞典，所以《釋名》本字訓、異體字訓反而更能準確的反映詞的引申關係，正確的揭示詞的理據。《字典》引用《釋名》這類訓詁以見義，固然很好，如上例（15）「被」字本字訓，下例（26）異體字訓。但以之為同源，就混淆同源和理據的概念，不妥當了。如：

> （26）355 頁「湯、盪（蕩）」條引：《釋名·釋言語》：「蕩，盪也，排盪去穢垢也。」

> （27）119 頁「汙、洿、窊、窪、穢」條引：《釋名·釋言語》：「汙，洿也，如洿泥也。」

例（27），《正字通·水部》：「汙、汚、汙、洿同。本作汙。」《漢語大字典·異體字表》也以此四字為異體字。《字典》以之為同源，不妥。作者自己也在《同源字論》上說，「異體字不是同源字」，偏偏要在《字典》裏系聯了不少異體同源字，原因還在於作者對異體字的概念仍較模糊。異體字是讀音和意義完全相同，在任何情況下都可以通用的兩個或兩個以上不同形體的字。《字典》似乎不這樣認為。如例（26）引用《釋名》以見「盪（蕩）」的「滌器」義時視為異體字，用括弧括起來。而在 357 頁「盪、蕩、動」條，在「動」這個意義上未視為異體字，沒用括弧括起來，而視為同源字。

〔註28〕王閏吉：《〈釋名〉的理據類型分析》，南京社會科學，2002 年第 6 期。

第二，引用《釋名》聲訓以見義的，仍有不少實為同源。如：

  （28）222 頁「銷、消、鑠、燋」條引《釋名‧釋言語》：「消，削也，言減削也。」

  （29）211 頁「超、迢、遼、遙、卓、倬、逴、踔、趠、逴」條引《釋名‧釋車》：「遙，遠也。」

  （30）160 頁「輿、舁」條引《釋名‧釋車》：「輿，舉也。」

  （31）203～204 頁「么、幼」條引《釋名‧釋長幼》：「幼，少也，言生日少也。」

例（28），《說文》：「消，盡也。」《廣雅釋詁》「消，減也。」《字彙刀部》：「削，弱也。」《廣雅釋詁》「削，減也。」消，心母宵部，削，心母沃部。心母雙聲，宵沃對轉。

例（29），《方言》：「遙，遠也。」《廣雅釋詁》：「遙，遠也。」又《釋訓》「遙遙，遠也。」《說文》：「遠，遼也。」《爾雅‧釋詁》：「遠，遐也。」遙、遠喻匣鄰紐。

例（30），《一切經音義》引《說文》：「輿，車輿也。一曰車無輪曰輿也。」王筠曰：「按，無輪則人舁之矣。」《集韻》：「輿，舁車也。」《廣雅‧釋詁》：「輿，舉也。」《說文》：「舁，對舉也。」段注：「按，輿即舁，轉寫改之。《左傳》『使五人與褏從己』舁之假借也。舁者，共舉也。共者，非一人之辭也。舉之義亦或訓為舁，俗別作舉，屬入《說文》，音以諸切，非古也。」《廣韻》：「舉，擎也。」興舉同屬魚部。

例（31），《說文》：「幼，少也。」《廣雅‧釋詁》：「幼，少也。」《九章‧橘頌》：「嗟爾幼志。」注：「幼，小也。」《戰國策‧齊策》：「寡人少。」注：「少，小也。」《史記‧秦始皇本紀》：「少近官三郎。」索隱：「少，小也。」少幼宵幽旁轉。

以上數例已為許多訓詁學家所證明。《字典》不予承認，除了對《釋名》的研究還不夠深入的原因外，與它的語音標準過嚴也有關。

第三，《字典》視為同源，《釋名》也以之為聲訓，《字典》卻未引，約 30 例。如：

  （32）98～99 頁「子、籽、字、秄、孳、滋、嵫、囝」條未引

《釋名·釋天》:「子,孳也,陽氣始萌孳生於下也。於易為坎,坎,險也。」或《釋名·釋親屬》:「子,孳也,相生蕃孳也。」

（33）293～294頁「屋、幄」條未引《釋名·釋床帳》:「幄,屋也,以帛衣板施之形如屋也。」

（34）610頁「濃、釀、襛、穠、膿、醲、齈」未引《釋名·釋飲食》:「膿,醲也,汁醲厚也。」

（35）617頁「侵、襲、祲」未引《釋名·釋天》:「祲,侵也,赤黑之氣相侵也。」

（36）95頁「耳、珥、䎶」條《釋名·釋天》:「珥,氣在日兩旁之名也。珥,耳也,言似人耳之在面旁也。」

（37）236～237頁「柔、輮、鞣、燸、㮣、蒻、弱、肉」條未引《釋名·釋形體》:「肉,柔也,筋力也,肉中之力氣之元也,靳固於身形也。」

（38）483～484頁「契、鍥、豐、刻」條未引《釋名·釋書契》:「契,刻也,刻識其數也。」

以上數例,例（32）天干的「子」有陰陽五行、讖緯神學觀念,可以不引。《釋名·釋親屬》中的「子」條應該可引。例（33）（34）（37）（38）等,詞義、聲訓和理據說明都無什麼問題,作者引用了大量的訓詁,唯獨漏掉了《釋名》這部性質跟《字典》比較類似的訓詁。例（35）似乎有讖緯神學思想,但作者引用的大量的訓詁,與《釋名》完全相同,卻漏掉《釋名》的訓詁,就有點厚彼薄此了。例（36）,《字典》的「珥」是塞耳的裝飾品,《釋名》的「珥」是日兩旁的光暈,詞義不符,但同源無疑。《字典》若引此,可明「耳」不但與塞耳的裝飾品「珥」同源,而且與日兩旁的光暈之「珥」同源。

當然,我們也並非苛求《字典》一定要引《釋名》,但《釋名》顯見的可信的聲訓不引,表明作者對它有偏見或對它研究得不深入。

第四,對《釋名》探討同源詞的方法研究得不夠。

儘管《釋名》的缺點很明顯,但它的成就是很突出的。特別是《釋名》探討同源詞的方法對後世影響很大。歸納起來主要有兩點,一是義類說,這是《釋名》的一大創造,《釋名·序》云「名之於實,各有義類」,所謂義類,指稱詞

所概括的客觀事物的特徵意義，是同源詞血緣紐帶和最大公約數，是系聯同源詞必須探求和遵循的東西。〔註29〕一是開創了依據聲符線索推源。《釋名》依據聲符線索以推源的方法已運用的非常普遍，是右文說的淵源。《釋名》聲訓有聲符關係的共 393 條，其中母子訓的 80 條，子母訓的 120 條，同母訓的 193 條。絕大多數是同源關係。

《字典》沒有很好的研究這些方法，因而沒能很好的吸收《釋名》的已有的成果，從而造成一些同源詞當合而未合；大量的同源詞漏收，包括一些顯見的、甚至作者引用了的，都熟視無睹。例如《釋名》以「蔭、翳」為義類的訓詁有：

> （39）陰，蔭也，氣在內奧蔭也。（《釋天》）
>
> （40）陰，蔭也，言所在蔭翳也。（《釋形體》）
>
> （41）陰，蔭也，橫側車前，所以蔭翳也。（《釋車》）
>
> （42）陰而風曰曀。曀，翳也，言掩翳日光使不明也。（《釋天》）
>
> （43）殪，翳也，就隱翳也。（《釋喪制》）
>
> （44）假葬於道側曰。殔，翳也。（《釋喪制》）
>
> （45）檼，隱也，所以隱桷也。（《釋宮室》）

例（39）～（45），陰陽的陰，男陰女陰的陰，車前遮陽擋雨的陰，表天氣的曀，表喪葬的殪和殔，表建築構件的檼等都有共同的義類「蔭、翳」。其聲韻也比較接近。因此，這一組同源字應包括以上的被訓字和聲訓字。但《字典》分成了四組，466～467 頁「一、壹、殪」一組；467～468 頁「曀、翳」一組；449～450「優、靉、薆、曖、薈、翳、隱」一組；602～603「暗、闇、晻、黯、窨、陰、蔭、隱」等字為一組。這四組似乎可合成一組。漏收的「殔」「檼」也可歸為這一組。

《釋名》依據聲符線索推源的例子，如：

> （46）水直波曰涇。涇，徑也，言為道徑也。（《釋水》）
>
> （47）徑，經也，人所經由也。（《釋道路》）
>
> （48）脛，莖也，直而長似物莖也。（《釋形體》）

〔註29〕侯占虎：《對同源字典的一點看法》，《古籍整理研究學刊》，1996 年第 1 期。

（49）頸，俓也，俓挺而長也。（《釋形體》）

（50）經，徑也。常典也，如徑路無所不通可常用也。（《釋典藝》）

以上「涇」「徑」「經」「脛」「莖」「頸」「俓」有共同的聲符「巠」，從「巠」諧聲的字都有「直」「通」義，應該是同出一源。《字典》320～321「經、綱」一組，321～322「頸、亢、項、剄、莖、脛」一組。也可合成一組。漏收了「涇」「徑」「俓」等字以及其他《釋名》未引的從「巠」諧聲的字。

此外，《字典》對《釋名》引用還存在其他一些問題。一是引用不一致。《字典》對《釋名》引用一般標明書名和篇目名，如，160 頁「輿、舁」條引：「釋名釋車：『輿，舉也。』」但也有 12 處只標明書名，沒標明篇目名（其中有 4 處標明了轉引自他書），如：131 頁「鼓、鼓、鼖」條引：「《釋名》：『鼖，鼓也，瞑瞑然平合如鼓皮也。』」二是不準確，如，211 頁「超、迢、遼、遙、卓、倬、逴、踔、趠、逖」條引：「《釋名‧釋舟車》：『遙，遠也。』」《釋名》無《釋舟車》，應是《釋車》；《釋車》中也無解釋「遙」字，應是「軺，遙也，遠也。」第三，《字典》對《釋名》的連綿詞的處理也有不當之處，如，406 頁「崔、嵯、崒」條引《釋名‧釋山》：「土戴石曰崔嵬，因形名之也。」以《釋名》的連綿詞「崔嵬」見「崔」之義，等於是分釋連綿詞。第四，《字典》一字數義可能有不同的同源字，但卻引用同一條《釋名》聲訓。如，244～245 頁「伏」表示「孵卵」義時與「抱」「保」「褓」「孵」「孚」等同源；表示「俯伏」義時與「踣」「僕」「覆」等同源。兩組都引《釋名‧釋姿容》：「伏，覆也。」似乎《釋名》一條解釋能表示兩種意義。此類錯誤還有不少。以上也許有點吹毛求疵，但作為工具書，這些很顯見的錯誤應當避免。此可從一側面反映出《字典》研究《釋名》仍然不夠。

總之，儘管《字典》對《釋名》態度比以往已有些微改變，但其對《釋名》的研究還有待進一步深入。僅就系聯同源詞來說，雖然王力的標準過於嚴格，但劉鈞傑完全按照他的標準，其《同源字典補》和《同源字典續補》就揭示了更多的《釋名》可信的聲訓。可以相信，隨著我們對《釋名》的研究進一步深入，《釋名》的價值將越來越多的被揭示出來。

（三）陳獨秀對《釋名》聯綿字研究〔註30〕

前言。陳獨秀不僅是一個了不起的思想家、革命家而且還是個在學術上許多領域都頗有造詣的大學問家，特別在語言文字學領域，其成就更為突出，撰有約100萬字的論著，涉及到文字、音韻、訓詁各方面。包惠僧說陳獨秀的語言文字學功底不在國學大師章太炎以下，郭沫若也說陳獨秀在語言文字學方面是行家。除了1971年梁實秋將陳獨秀文字學專著《小學識字教本》改名《文字新詮》在臺灣出版之外，1995年巴蜀出版社影印出版了《小學識字教本——漢語同源詞研究》，2001年《陳獨秀音韻學論文集》也已經由中華書局出版。收入《陳獨秀音韻學論文集》的《連語類編》是陳獨秀聯綿字研究專著。此稿於上個世紀三十年代在獄中寫就，時未出版，隨作者輾轉遷徙到江津，後因北大同學會資助其晚年生活費，陳獨秀於1941年春取出此稿，書短序贈北大以報答，但因戰時困難，仍未出版。《類編》是一部非常有價值的聯綿字字典，引用典籍特別豐富，頗有研究的價值。

陳獨秀聯綿字觀。陳獨秀在《連語類編·自序》中開門見山道出撰寫此稿目的是「辟華語單音節之說」，是為了證明「華語之非單音節」，也是為了證明「華語由單音節發展為複音節之說亦非也」。〔註31〕作者認為中國古代語音有複聲母，他說，「人類語言之起源，或由於驚呼感歎，或由於擬物之音，日漸演變孳乳，遂成語言。驚呼感歎多演為韻及韻母，擬物之音多演為複聲母。」但「單音象形字固定以後，無法以一字表現複聲母，而在實際語言中，複聲母則仍然存在，於是乃以聯綿字濟其窮」〔註32〕，所以，此稿同時也是為「古代有複聲母說」提供證據的。

陳獨秀研究聯綿字之最終目的，乃為推動中國拼音文字的推廣。作者說：「中國拼音文字之難行，單音及方言為二大障礙，古今語皆多複音之義明，拼音文字之障礙去其一矣。故此書非徒以考古。」〔註33〕我們知道，在中國現代語言學史上，陳獨秀不僅是五四白話文運動的旗手，同時也是中文拼音運動的

〔註30〕原題《論陳獨秀的聯綿字觀》和《陳獨秀對〈釋名〉聯綿字的研究》，發表在《漢字文化》，2007年第2期和《麗水學院學報》，2007年第1期，有改動。

〔註31〕陳獨秀：《連語類編》，《陳獨秀音韻學論文集》，北京：中華書局，2001年。

〔註32〕陳獨秀：《中國古代語音有複聲母說》，《陳獨秀音韻學論文集》，北京：中華書局，2001年。

〔註33〕陳獨秀：《連語類編》，《陳獨秀音韻學論文集》，北京：中華書局，2001年。

急先鋒。陳獨秀於 1929 年 3 月寫就了《中國拼音文字草案》一稿，並在該稿的《自序》中指出，中國文字長期以來被官僚文人用來作八股文，還「不能使多數人識字寫字」，「加造新字很不自由」，而注音字母還不如日本的假名便當，所以他希望更多的人參與討論，「使最近的將來，中國真有一種拼音文字出現」。〔註 34〕陳獨秀為推行拼音文字做過許多努力，他也希望胡適「拿出當年提倡白話文的勇氣，登高一呼」。〔註 35〕遺憾的事，由於種種原因，他的《拼音文字草案》始終未能出版。但他並沒灰心，他作《連語類編》仍是為此目的而做出的不懈努力。陳獨秀這種著眼於實用、立足於提高整過民族文化素質的學術精神，的確值得大力提倡。

　　學術界對聯綿字的由來，至今沒有定論。古代的注釋家和語言學家大都迷信漢語詞是單音節的。一直到現在，認為連綿詞由單音詞發展而來的仍是一種較為普遍的觀點。周薦說：「從近人符定一所纂《聯綿字典》（中華書局 1954 年，北京）看，連綿詞絕大多數產生於六朝前，最根本的原因，可能與漢語的詞由單音節向複音節發展有較大的關係眾所周知，漢語遠古到上古時代的詞，以單音節為主；複音節詞是中古開始為適應語言的需要才大量產生的。在由單音節詞向複音節詞過渡中，古人最先選擇的不是一個詞位由多個語素構成的合成形式，而是一個詞位由一個多音節的語素構成的單純形式。在語素與詞基本重合的上古尤其是遠古時代，要由單音節詞發展出複音節詞，較為適宜的當然不是多語素的辭彙形式，而是單語素的辭彙形式。因為在由單音節詞向複音節詞發展的轉型期，單語素的形式，無論它是幾個音節，都易為人們目為詞；而多語素的形式，自然就容易被人視作片語。」〔註 36〕陳獨秀極力反對聯綿詞是單音詞發展而來的觀點，他寫《連語類編》的目的就是要駁斥這種說法，「華語之非單音節，不獨可以以今語證之，古語之有複音遺留其痕跡於書籍者，今日尚可得而考焉；此可證華語由單音節發展為複音節之說亦非也。」〔註 37〕那麼，連綿詞到底是怎麼產生的呢？陳獨秀認為是「複聲母所演化」，如「土螻、地螻、大螻、逪樓、燭龍、䰢龍、螭龍皆一物一名，皆複聲母 d'l 所演化之聯綿字」，

〔註 34〕陳獨秀：《中國拼音文字草案》，手稿。

〔註 35〕胡適：《胡適來往書信選》，北京：中華書局，1979 年。

〔註 36〕周薦：《連綿詞問題零拾》，《語文建設》，2001 年第 2 期。

〔註 37〕陳獨秀：《連語類編》，《陳獨秀音韻學論文集》，北京：中華書局，2001 年。

因為複聲母無法用單音漢字準確記錄，故「以聯綿字濟其窮」。〔註38〕儘管複聲母在上古漢語是否存在恐怕難以確證了，但漢藏語系中的許多語言都有複輔音以及漢語聯綿字在上古甚或更早就存在則是不爭的事實。孫常敘在甲骨卜辭裏就發現了聯綿字。聯綿字記錄複聲母和我們現在用多個漢字譯西語複輔音（如將英語人名「Green」譯成「格林」）也是同一道理。因此陳獨秀的說法有一定的可信度。

陳獨秀在《連語類編・自序》說：「其山川氏族之為外族語音譯而華化者，此編亦或錄之。」〔註39〕可見陳獨秀也將外族語譯音看成聯綿字的來源，這也與複聲母相關。在陳的著作裏外族語譯音有兩種情況。一種是完全從外族傳入的譯音，如《連語類編》收錄干支異名，他還專門寫了一篇題為《干支為字母說》的論文，認為「《爾雅》所載干支之異名，概為複音字，其義絕不可解」，它與漢字不同，乃外族傳入的譯音；〔註40〕一種是源自漢語，輸入到外族語後再轉譯成漢語，如陳獨秀在《中國古代語音有複聲母說》一文中證明了「khan之為可汗」，「其語源當為中國皇字之譯音」。〔註41〕

不少學者將所謂的「切腳語」也視為聯綿字的來源，而在陳獨秀看來這是本末倒置。他說：「東漢末，應劭以來之反切，（反切之名雖始於應劭，而《考工記》終葵首注：齊人謂槌為終葵；僖二十五年《左傳》寺人勃鞮注云：即寺人披；此皆遠在應劭以前之反切法也。）雖上下二字，不盡共韻，其法必脫胎於聯綿字，否則其時梵書字母猶未入中國，勢難絕無所承而自生，容齋三筆所謂切腳語……實皆二聲共一韻之聯綿字，世或不信古有複聲母之說，並聯綿字而亦謂為切語，實為顛倒見。」〔註42〕陳說不無見地。

陳獨秀對什麼是聯綿字，似乎沒有做出具體的界定，但他對這個概念卻是十分明確的。

〔註38〕陳獨秀：《中國古代語音有複聲母說》，《陳獨秀音韻學論文集》，北京：中華書局，2001年。

〔註39〕陳獨秀：《連語類編》，《陳獨秀音韻學論文集》，北京：中華書局，2001年。

〔註40〕陳獨秀：《干支為字母說》，手稿。

〔註41〕陳獨秀：《中國古代語音有複聲母說》，《陳獨秀音韻學論文集》，北京：中華書局，2001年。

〔註42〕陳獨秀：《中國古代語音有複聲母說》，《陳獨秀音韻學論文集》，北京：中華書局，2001年。

　　名稱。聯綿字的名稱頗多，有謰語、連語、駢字、雙聲疊韻、聯字、雙聲假借字、聯綿詞、聯綿字、連綿字等，陳獨秀在《中國古代語音有複聲母說》一文中用的是「聯綿字」，在《連語類編》中用的是「連語」。這兩個名稱能體現出聯綿字的本質特點：所謂「聯綿」，就是上下聯綿，不可分釋；所謂「連語」，明代方以智作「謰語」，釋為「語連謱也」，「連謱」即聯綿不解之意。陳獨秀應該是不贊同用「雙聲疊韻」之類的名稱，因為雙聲疊韻的並非都是聯綿字，聯綿字也並非全是雙聲疊韻。他批評「自張有以至章太炎之視連語，皆與雙聲疊韻並為一談」。〔註43〕

　　特徵。聯綿字主要有三大特點，一是不可分釋；二是字形不定；三是有語音上的聯繫。其中第一點是聯綿字的本質特徵。王念孫是較早意識到聯綿字的「不可分訓」的特點的，可惜他又說是「上下同訓」，又背離了聯綿字的本質。陳獨秀認為「明確認識連語一字而複音者，則章太炎先生也」，遺憾的是章也和以往的學者一樣，「皆與雙聲疊韻並為一談」。〔註44〕陳獨秀是對這一本質特徵認識得最透徹的學者。他把聯綿字看成是一個不能拆分的整體，他明確指出：「連語雖有全屬借音或一字有音餘為借音之別，則其為複音語則一也。」〔註45〕陳獨秀對第二個特點的認識也是頗為深刻的，其《連語類編》所收聯綿字什九有多個形體，他認為聯綿字的多個形體「皆一物一名」。〔註46〕不過作者有時卻過於拘泥於「一物一名」，把本該歸於同一源的聯綿字分屬了兩類，如《連語類編》分為兩條的「侏儒、朱儒」和「椓儒、都盧」完全可以並為一條。對第三個特點的認識陳獨秀也比前人全面，他承認有語音聯繫，但又不局限於雙聲疊韻，他的《連語類編》「所錄連語，雙聲疊韻固多，非雙聲疊韻亦不少」。〔註47〕

　　範圍。關於聯綿字的範圍，學術界一直未能統一意見。分歧主要表現在以下幾個方面：是否一定是雙聲疊韻？超過兩字的算不算？疊音字、譯音字能否納入？在《連語類編》裏陳的答案很明確。我們在上面談到過陳認為聯綿字不一定全是雙聲疊韻和古漢語譯音字也可以納入，這裏不再贅述。陳的《連語類

〔註43〕陳獨秀：《連語類編》，《陳獨秀音韻學論文集》，北京：中華書局，2001年。

〔註44〕陳獨秀：《連語類編》，《陳獨秀音韻學論文集》，北京：中華書局，2001年。

〔註45〕陳獨秀：《連語類編》，《陳獨秀音韻學論文集》，北京：中華書局，2001年。

〔註46〕陳獨秀：《中國古代語音有複聲母說》，《陳獨秀音韻學論文集》，北京：中華書局，2001年。

〔註47〕陳獨秀：《連語類編》，《陳獨秀音韻學論文集》，北京：中華書局，2001年。

編》還收有三字聯綿字 15 個，4 字聯綿字 1 個。周薦說「連綿詞既然是單語素多音節的辭彙形式，那麼，從理論上說，這音節數量並不限於兩個，而也可以是三個，甚至四個。」但他又指出「然而，有的學者所舉出的由三個字甚至四個字構成的「聯綿詞」，卻非真正的連綿詞。」他說王樹楠為《聯綿字典》所作的「敘」中所舉的「聯綿詞」如「儀式刑」「謔浪笑傲」「子子孫孫」等，「都非由一個語素構成，其實並不是連綿詞，而是合成詞，甚至是片語。」〔註48〕而陳獨秀所收的三字四字聯綿字，如：「阿得脂」「惡來革」「醫無閭」「鉤輈格磔」等卻很難否定它是真正的聯綿字。疊音字陳獨秀則不歸入聯綿字。原因作者沒有提及，估計疊音字是一個模糊的概念，也叫重言，有一部分是單純詞，有一部分是合成詞，從實踐上難以操作，即使是單純詞的疊音字，雖然仍然不能分釋，但由於其兩個音節書寫形式完全一樣，還是可以理解為「上下同義」，這可能與陳獨秀的嚴格的聯綿字概念有點衝突。

音節語素化問題。新中國成立以來，比較早地注意到聯綿字音節的語素化問題的是著名語言學家林漢達先生。他把詞性為名詞的連綿字稱作「整體的複音名詞」他認為這類詞「音節不能拆開的，即使被迫拆開，至少有一個音節是不能獨用的」。〔註49〕也就是說這類詞中有一個音節語素化了。陳獨秀則在上個世紀 30 年代就意識到此問題。他說的「連語雖有全屬借音或一字有義餘為借音之別，則其為複音語則一也」一語所表達的意思就包含有某些連綿字某個音節可被獨立出來，這獨立出來音節只能是構成這個連綿字中的某一個，而不能同時是兩個或幾個，獨立出來的音節也只能代表原所構成的連綿字的意義，且最終並影響其為聯綿字。《類編》「梲儒、都盧」條陳獨秀按「柱上梲即梁上短柱，亦即侏儒柱，語轉而為梲儒或都盧，單舉一音，則或曰梲或曰都櫨，非取都盧國人善援高之義。」〔註50〕這樣的例子《類編》中有好幾例。

陳獨秀對聯綿字的認識基本上代表了語言學界對聯綿字研究的努力方向，他的許多真知灼見也逐漸被語言學界所認同。正是基於他對聯綿字較為客觀科學的認識，他的《連語類編》收的連綿詞最為純正，在它之前的聯綿字典從宋

〔註48〕周薦：《連綿詞問題零拾》，《語文建設》，2001 年第 2 期。
〔註49〕林漢達：《漢語的詞兒和拼號法》，北京：中華書局，1957 年。
〔註50〕陳獨秀：《連語類編》，《陳獨秀音韻學論文集》，北京：中華書局，2001 年。

張有的《復古編‧聯綿字》到明代朱謀瑋的《駢雅》、明朝方以智的《通雅》、近代王國維《聯綿字譜》都是合成詞占大多數，就是在它之後寫定《聯綿字典》也是如此。

限於篇幅，本文僅就其引用的《釋名》的聯綿字作一膚淺的探討。

研究現狀。《釋名》的聯綿字，一直沒有人進行過系統的研究，在陳獨秀之前提及《釋名》聯綿字的人都很少。即使像王國維這樣的大家，閱書無數，其《聯綿字譜》每詞下均注明出處，引書 30 餘部，共引述出處數千次，其中引用《說文》492 次，《方言》194 次，《爾雅》179 次，而對《釋名》竟無一處引用。現代一些學者在訓詁學著作或論文中也偶爾提到《釋名》的聯綿字，主要是在論及《釋名》的缺陷時，往往會舉其一二例分釋聯綿字的例子。不過近來也有學者提到了《釋名》幾例可取可信的聯綿字訓釋，如王衛峰舉了《釋名》的「窶數」「椶儒」「摩娑」「裘裓」等 4 例為證〔註 51〕。

陳獨秀儘管沒有對《釋名》寫過專門的論文，但可以肯定他對《釋名》有過較為深入的鑽研。在語音研究上，他把《釋名》作為某些音古今音變的分水嶺，他在給魏建功的信中指出：「守溫字母曉母不讀ㄒ，曾如今音南方之讀匣，顎化之舌腹音，至早不過始於漢末魏初劉熙作《釋名》時。」〔註 52〕如果沒有對《釋名》做過研究，是很難得出這種結論的。在詞彙學上，早在上個世紀三十年代就已寫就的《連語類編》，其引用《釋名》的聯綿字之多，更是前無古人，後無來者。

引用統計。《類編》共引用《釋名》40 個聯綿字，依次是：霡霖（《釋天》）、崑崙（《釋丘》）、崔嵬（《釋山》）、辟歷（《釋天》）、膀胱（《釋形體》）、廖牢（《釋形體》）、嬰婗（《釋長幼》）、睥睨（《釋宮室》）、罘罳（《釋宮室》）、灡汋（《釋宮室》）、椶儒（《釋宮室》）、侏儒（《釋宮室》）、都盧（《釋宮室》）、侯頭（《釋衣服》）、不借（《釋衣服》）、搏臘（《釋衣服》）、鞶鞸（《釋衣服》）、裘裓（《釋床帳》）、榻登（《釋床帳》）、牟追（《釋首飾》）、委貌（《釋首飾》）、軮薄（《釋車》）、笭突（《釋船》）、軥輒（《釋車》）、仇矛（《釋用器》）、彭排（《釋兵》）、旁排（《釋兵》）、吳魁（《釋兵》）、箜篌（《釋樂器》）、枇杷（《釋樂器》）、霹靂

〔註 51〕王衛峰：《試論《釋名》的語源學價值》，2000 年第 1 期。

〔註 52〕陳獨秀：《古音陰陽入互用例表‧附錄》，《陳獨秀音韻學論文集》，北京：中華書局，2001 年，第 90 頁。

《釋天》、彌歷（《釋言語》）、殿邉（《釋形體》）、殿鄂（《釋言語》）、汪郎（《釋飲食》）、雷硠（《釋天》）、摩娑（《釋姿容》）、末殺（《釋姿容》）、望佯（《釋姿容》）、仿佯（《釋言語》）等。其中出自《釋宮室》6 個，《釋天》、《釋衣服》4 個，《釋形體》、《釋兵》、《釋言語》和《釋姿容》各 3 個，《釋樂器》、《釋床帳》、《釋首飾》和《釋車》各 2 個，《釋船》、《釋用器》、《釋飲食》、《釋丘》、《釋山》和《釋長幼》各 1 個。既有《釋名》被釋語中的聯綿字，也有《釋名》釋語中的聯綿字，其中被釋語占了 29 條，釋語 11 條。

　　語音關係。陳獨秀在《類編》中對有的聯綿字明確指出了其語音關係，如辟歷、嬰婗、霝霳、仇矛、彌歷等明確指出其為疊韻連語，枇杷、雷硠、箜篌等明確指出其為雙聲連語。按陳視為雙聲的「箜」「篌」二字，現代學者如王力等擬定其古音一為溪母，一為匣母，只是旁紐；陳視為疊韻的「仇」「矛」二字。下面我們按王力等人的擬音，將這些聯綿字內部語音關係分為四類，一是雙聲疊韻，如：廖牟；二是雙聲非疊韻，如：霝霳、枇杷、彭排、旁排、雷硠等；三是疊韻非雙聲，如：崑崙、崔嵬、辟歷、膀胱、侏儒、嬰婗、睥睨、罘罳、都盧、侯頭、轙輨、**轒輼**、摩娑、彌歷、汪郎、末殺、望佯、仿佯、仇矛、霝霳等；四是非雙聲非疊韻，如：瀾汙、棳儒、不借、搏臘、鞁輨、裵褬、楊登、牟追、委貌、等突、吳魁、殿邉、殿鄂、箜篌等。可見，陳獨秀收錄的《釋名》聯綿字中有雙聲疊韻關係的固然占大多數，但非雙聲非疊韻關係的也佔有較大的比例。

　　未引《釋名》例。《釋名》還有些聯綿字，《連語類編》也收錄了，卻未引用《釋名》，如：蝃蝀（《釋天》）、窶數（《釋姿容》）、恇忪（《釋親屬》）、匍匐（《釋姿容》）、捷業（《釋樂器》）、鹿盧（《釋典藝》）、囹圄（《釋宮室》）等。原因可能是有更早的引證，不再重複引證，如「蝃蝀」引了《詩》，「窶數」引了《漢書》，「鹿盧」引了《檀弓》，「幢容」引了《周禮‧巾車》，「匍匐」引了《毛詩‧生民》和《谷風》。但也有引更晚的用例，而未引《釋名》的，如「恇忪」引《玉篇》卻漏引更早的《釋名》，這可能是版本原因，《釋名》今本「恇忪」作「恇忡」，陳獨秀可能看的是今本。

　　漏收《釋名》例。《類編》收了「斯彌」卻漏收《釋名‧釋用器》的「鐁彌」，收了「童容」卻漏收《釋名‧釋床帳》的「幢容」，收了「葳蕤」卻漏收《釋名‧

釋言語》「萎蕤」。漏收「鐁彌」，可能是認為《釋名》有誤，王啟原曰：「斯彌，
蓋有二義，一為小蟲，一為離析之義，然字皆作斯彌，無金旁。」其實，聯綿
字字形不定，常出現根據字義改動偏旁或添加偏旁的情況，所以，「鐁彌」和「斯
彌」也是字形不同的同一聯綿字。漏收「幢容」也是同樣的原因，畢沅曰：「『童
容』加『巾』旁，俗字也。」按此也是據聯綿字義添加了偏旁，實一物一名。
漏收「萎蕤」則可能是作者過於拘泥於「一物一名」，以為「萎蕤」與「葳蕤」
義不相同，其實二義雖不相同，但義相通：「葳蕤」形容草木茂盛，枝葉下垂貌；
「萎蕤」，葉德炯引韋昭注曰：「柔貌也。」都有「柔」義。《聯綿類編》一個最
大的特色是系聯了許多同源的聯綿字，所以漏收了上述聯綿字應該也是其美中
不足之處。

　　當然《釋名》中的聯綿字，《聯綿類編》可能還漏收了不少，如「艨衝」（《釋
船》）、「皋韜」（《釋親屬》）、「陂陁」（《釋山》）、「繾綣」（《釋宮室》）、「鬱術」
（《釋水》）等，這可能是作者的疏忽，也有可能作者理解這些字是可以分釋的。
確實，聯綿字的斷定不是那麼容易的事，這些是否是聯綿字，的確還需要更深
入的研究。

　　修改《釋名》例。《類編》收聯綿字「雷碾」，先引「《吳都賦》：拉攞雷碾」，
次引「《釋名·釋天》：雷，碾也，如轉物有所雷碾之聲也。」最後作按語曰：
「《釋名》之雷碾，即《吳都賦》之雷碾，雙聲連語，今本《釋名》或訛作碾雷，
或訛作雷碾。」考現存的《釋名》最早版本——明嘉靖三年（西元 1524 年）呂
柟翻刻南宋臨安府陳道人書鋪本，該本作「雷，碾也，如轉物有所碾雷之聲也。」
《四部叢刊》本也作「碾雷」，《廣漢魏叢書》本、畢沅《釋名疏證》和王先謙
《釋名疏證補》皆作「碾雷」，古今諸本全無作「雷碾」。可見，此處「雷碾」
是陳獨秀據《吳都賦》改。由於即使是現存最早的《釋名》版本，也距劉熙生
活的時代有一千多年了，所以傳世的《釋名》諸本不可避免有許多訛誤，陳獨
秀據古籍而加以修改，亦可見其治學嚴謹，不盲從他人的態度。不過，因為古
代聯綿字也有逆序之例，此處「碾雷」是否真是「雷碾」之誤，還需要進一步
確證。

　　引用錯誤例。「昆侖、崑崙」條：「《爾雅·釋名》、《水經注》：均作崑崙。」
按《爾雅》並無《釋名》篇，應是「《爾雅》、《釋名》、《水經注》：均作崑崙。」

「嫛婗、嫛倪、鷖彌、嬰兒」條:「《釋文》云:嬰兒或曰嫛婗。嫛,是也,言是人也;婗,其啼聲也。故因以名之也。」按《釋文》並無此語,當是《釋名》。同樣,「霹歷、彌歷」條:「《釋文·釋天》云:霢霂,小雨也,言裁霹歷沾漬如人沐頭。」也應是「《釋名·釋天》」。「鞈鞥」條引《釋名》寫成「鞈薄」。如此這般,都是微不足道的錯誤,可能是筆誤,也有可能是出版社排版錯誤。

對釋名的態度。陳獨秀對《釋名》這部語言學著作應該是非常重視的,對《釋名》的聯綿字作如此全面深入的研究,他應是第一人。但他對《釋名》的聲訓採取的是一種比較謹慎的態度。他引用《釋名》多引用其義訓,有時甚至只標明「《釋名》作某某」,很少引用其聲訓,有幾處還明確指出《釋名》分釋連綿詞的「穿鑿」和「望文生義」。不過作者也提供了我們一些認識《釋名》聲訓的新思路,如「彭排、旁排」條引《釋名·釋兵》云:「彭排,彭,旁也。」作者似乎是認同這種聲訓,沒有把它視作分釋聯綿字,因為「彭,旁也」可以理解為「彭也有寫作旁的」。正如劉熙對「枇杷」一詞聲訓一樣,《釋名·釋樂器》云:「枇杷,本出於胡中馬上所鼓也,推手前曰枇,引手卻曰杷,象其鼓時,因以為名也。」這裏也並非分釋聯綿字,因為所謂的「推手前曰枇,引手卻曰杷」劉熙要表達的意思是枇杷是一個擬聲詞,推手前發出的聲響曰「枇」,引手卻發出的聲響曰「杷」而已。

成就與不足。陳獨秀《聯綿類編》對《釋名》聯綿字的大量引用大大豐富了《釋名》詞彙學研究內容,是古漢語複音字特別是聯綿字研究的重要資料。《類編》所引《釋名》聯綿字及其書寫形式不少都是《釋名》最早保留下來的,如「辟歷」「膀胱」「廖牢」「睥睨」「罘罳」「棳儒」「侯頭」「搏臘」「鞈鞥」「裘瘦」「楊登」「牟追」「委貌」「筓突」「轒輼」「仇矛」「彭排」「吳魁」「箜篌」「霹歷」「彌歷」「殿遝」「殿鄂」「汪郎」「摩娑」「末殺」「望佯」「仿佯」等聯綿字字形,作者引的最早例證就是《釋名》,且大部分只引了《釋名》。在辭書編纂上,它不僅是至今為止最純正的聯綿字典,而且還可以彌補現代大型詞典包括《漢語大詞典》在內的收詞不足。《漢語大詞典》是目前收詞最多、義項最全面的語文詞典,但上述聯綿字仍有漏收,如未收「搏臘」、鐁彌」「辟歷」等詞,也有引證錯誤或滯後,如「鞈鞥」,《大詞典》引用最早的例證是《急就篇》:「旃裘鞈鞥蠻夷民」,陳獨秀「鞈鞥」條云:「按《說文》此二字均無,即《急就篇》

之索擇」，據考陳獨秀所言為實。《大詞典》此條接下去不引《釋名》，卻引晚了數百年的唐以後的文獻。陳獨秀對《釋名》聯綿字的探求還可以幫助我們解決一些歷來懸而未決的辭彙問題，如屈原《九歌·國殤》首句「操吳戈兮披犀甲，車錯轂兮短兵接」中的「吳戈」一本作「吾科」，到底是「吳戈」隊，還是「吾科」對，歷來就爭論不休，從無定論。陳獨秀據《釋名》考定「吳魁」「吾科」「吳科」、「吳戈」是「一物一名」的聯綿字，則對錯問題就可以渙然冰釋。

不過，《類篇》畢竟不是陳獨秀專門對《釋名》進行的研究，所以它不可能窮盡《釋名》所有的聯綿字，還留有一些空白有待於我們進一步研究。由於編排體例和過於拘泥於「一物一名」的原因，他把《釋名》中的被釋語和釋語中的聯綿字本同源的分成了兩組，如《類編》分為兩條的「侏儒、朱儒」和「椎儒、都盧」完全可以並為一條。另外，它所收入的《釋名》聯綿字也有個別值得商榷。

第三章　魏晉南北朝詞語研究

一、漢譯佛典詞語研究

（一）「盧獦」新探〔註1〕

「盧獦」一詞不見於《望月佛教大辭典》《佛光大辭典》、丁福保的《佛學大辭典》、任繼愈的《佛教大辭典》等大型的佛教辭典，大型語文辭典《中文大辭典》《國語辭典》也未見收錄。《漢語大詞典》收有該詞，釋曰：「佛教語。指地獄中用以懲治罪人的猛獸。明徐復祚《一文錢》第三齣：『我聞閉財之人，要入盧獦地獄，久之當作餓鬼。』又第六齣：『止因塵緣未盡，謫降下方，竟被銅臭昏迷，幾入盧獦地獄。』」〔註2〕另《中國古代名物大典》收有「盧獦地獄」一語，釋曰：「佛教所稱的由一種狀似狼狗的猛獸懲治罪人的地獄。」〔註3〕舉例也同《漢語大詞典》。無疑二書的解釋都是分釋「盧獦」二字而來的。盧，獵犬也。《詩・齊風・盧令》：「盧令令，其人美且仁。」毛傳：「盧，田犬。」漢劉向《說苑・善說》：「韓氏之盧，天下疾狗也。」獦，獦狚也。《玉篇・犬部》：

〔註1〕原題《漢譯佛典中的兩個地獄名釋義辨正》，發表在《漢語史研究集刊》，2015 年第 2 期，有改動。

〔註2〕漢語大詞典編委會：《漢語大詞典》，上海：漢語大詞典出版社，2001 年，第 1471 頁。

〔註3〕華夫：《中國古代名物大典》，濟南出版社，1993 年，第 713 頁。

「獨，獨狙，獸名。」《廣韻》：「獨，獨狙，獸名，似狼而赤，出《山海經》。」僅從兩部辭書所引的的例句來看，似乎沒什麼問題。可是讓人難以理解的是，兩部辭書都說「盧獨」是佛教語，却偏偏不引漢譯佛經裏的例句。

其實，「盧獨」一詞最早見於西晉的漢譯佛經，比《漢語大詞典》所引的例句早一千多年。如：

> 佛告比丘：有大鐵圍山，更復有第二大鐵圍山，中間窈窈冥冥，其日月大尊神，光明不能及照。其中有八大泥犁，一泥犁者，有十六部。第一大泥犁名想，第二大泥犁名黑耳，第三大泥犁名僧乾，第四大泥犁名盧獨，第五大泥犁名嗷曬，第六大泥犁名燒炙，第七大泥犁名釜煮，第八大泥犁名阿鼻摩呵。（西晉法立、法炬譯《大樓炭經》卷二，據《大正藏》第 1 冊，第 283 頁）

上引例句中「盧獨」，宋本明本又寫成「樓獨」。同書又寫作「樓獵」。如：

> 佛言：「何以故名樓獵泥犁？其有人墮樓獵中者，泥犁旁各各取人著鐵銚中，人大喚呼，大毒大痛，是故名為樓獵。」（西晉法立、法炬譯《大樓炭經》卷二，據《大正藏》第 1 冊，第 285 頁）

又作「盧獵」，如：

> 若有謗毀而不信者，六萬歲中在於盧獵泥犁受罪。（元魏天竺三藏吉迦夜譯《佛說稱揚諸佛功德經》卷上，據《大正藏》第 14 冊，第 89 頁）

又作「盧臘」。如：

> 今於此身，業報已盡。却後七日，身壞命終，當生盧臘地獄。（北涼天竺沙門浮陀跋摩共道泰等譯《阿毘曇毘婆沙論》卷五一，據《大正藏》第 28 冊，第 377 頁）

「樓」與「盧」音近而通用，而「獨」與「獵」「臘」在敦煌文獻中通用更是常見。漢譯佛經對「盧獨」這一地獄描述頗為簡單，但仍然能大致看出它是怎樣一個地獄：

> 佛告王曰：墮於盧獨地獄之中，數千萬歲受眾苦痛，從地獄中出當墮餓鬼，晝夜饑渴身常火燃，百千萬歲初不曾聞水谷之名。王聞佛說心驚毛豎，悲泣哽咽不能自勝。（失譯人名今附東晉錄《佛說

菩薩本行經》卷上，據《大正藏》第 3 冊，第 109 頁）

　　墮於此地獄之人，痛苦不堪、饑渴難忍，《漢語大詞典》所引明徐復祚《一文錢》「要入盧犢地獄，久之當作餓鬼。」無疑就來源於此。

　　佛經裏所有提到此地獄的地方，都沒涉及什麼猛獸，看來《漢語大詞典》《中國古代名物大典》等是望文生義了。疑為梁代僧寶唱所作《翻梵語》下面兩條，給我們提供一條「盧犢」為譯音字的綫索：

　　　　盧臘地獄，應云盧羅婆，譯曰可畏聲也。

　　　　摩呵盧犢地獄，譯曰大動。（《翻梵語》卷七，據《大正藏》第 54

　　　冊，第 1033 頁）

「摩訶盧犢地獄」見於北凉天竺三藏曇無讖譯的《悲華經》：

　　　　所說炙地獄、摩訶盧犢地獄、逼迫地獄、黑繩地獄、想地獄，及

　　　種種畜生、餓鬼、貧窮、夜叉、拘盤、茶毗、舍遮、阿修羅、迦樓

　　　羅等，皆亦如是。（北凉天竺三藏曇無讖譯《悲華經》卷七，據《大

　　　正藏》第 3 冊，第 212 頁）

　　《悲華經》是今存的梵文佛典中較為完整的數十部經典之一，上引經文的梵文為：evaṁ santāpane mahāraurave saṅghāte kālasūtre saṁjīvane，evaṁ nānāvidhā tiryagyonirvācyāḥ，evaṁ yamaloke vaktavyaḥ，evaṁ yakṣadāridre vaktavyaṁ，evaṁ kumbhāṇḍapiśācāsuragaruḍā vācyāḥ。對應於「摩訶盧犢地獄」的梵文原文是 mahāraurave，「摩訶」是詞根 mahā 的譯音，巨大的意思，「盧犢」是梵語 raurava 的譯音，叫喚的意思，巴利語作 roruva。隋天竺三藏闍那崛多等譯的《起世經》譯為「呼呼婆」，唐不空《蕤呬耶經》譯為「嚕羅婆」，唐玄奘《阿毗達磨大毗婆沙論》意譯為「嘷叫地獄」，東晉罽賓三藏瞿曇僧伽提婆《增壹阿含經》意譯為「啼哭地獄」、唐義淨《根本說一切有部尼陀那》意譯為「號叫地獄」。後秦弘始年佛陀耶舍共竺佛念《長阿含經》譯為「叫喚地獄」，并對此地獄描述甚詳：

　　　　佛告比丘：叫喚大地獄有十六小地獄，周匝圍繞，各各縱廣五

　　　百由旬。何故名為叫喚地獄？其諸獄卒捉彼罪人擲大鑊中，熱湯涌

　　　沸，煮彼罪人，號咷叫喚，苦痛辛酸，萬毒並至，餘罪未畢，故使

　　　不死，故名叫喚地獄。（後秦佛陀耶舍共竺佛念譯《佛說長阿含經》

　　　卷第十九，據《大正藏》第 1 冊，第 123 頁）

綜上所述，我們對「盧犵」可以作出這樣的解釋：盧犵，佛教地獄名，梵語 raurava 的譯音，又譯作「嚕羅婆」「呼呼婆」等，意譯作「啼哭」「號叫」「嘷叫」「叫喚」等。佛經謂墮於此地獄之人，痛苦不堪，號泣叫喚，故名。

（二）「沸屎」新探〔註4〕

漢譯佛典裏多次出現「沸屎地獄」。「沸屎」或「沸屎地獄」，大型語文辭書未收。唐代知玄在《慈悲水懺法》卷下《隨聞錄》對「沸屎」有解釋：

> 沸屎，滾沸之屎。氣熱且臭，苦惱迷悶。由其生平以公威勢力
> 富貴逼人。既受臭名，又氣悶報。(《慈悲水懺法》卷下，據《續藏
> 經》第 74 冊，第 715 頁)

明代佛教辭書《三藏法數》釋「沸屎地獄」曰：

> 沸屎地獄，謂沸屎鐵丸，自然滿前，驅逼罪人，使抱鐵丸，燒其
> 身手；復使撮著口中，從咽至腹，通徹下過，無不燋爛。有鐵嘴蟲，
> 唼肉達髓，苦毒無量，久受苦已，方出此獄，復到鐵釘地獄。」(據
> 《永樂北藏》第 182 冊，第 829 頁)

《佛光大辭典》解釋說：

> 沸屎地獄，指以沸屎苛治罪人之地獄。……據《觀佛三昧海經》
> 卷五載，此地獄上有鐵網，縱廣八十由旬，有十八鐵城；每一鐵城
> 十八鬲，一一鬲中有四壁，皆有百億萬之劍樹。地如刀刃，刃厚三
> 尺，刃上有百千蒺梨，又蒺梨與劍樹間有無數鐵蟲，每一鐵蟲有百
> 千頭，一頭有百千嘴，一嘴頭皆有百千蚘（蚘）蟲，口吐熱屎，沸
> 如融銅，遍布鐵城之內。〔註5〕

無疑，目前的解釋都視「沸」為「熱滾」的意思，這和《漢語大詞典》「沸」的第二個義項「液體燒滾的狀態」接近。

不過我們還是懷疑這種解釋的可靠性，懷疑的原因是我們在研究的過程中發現了「沸屎」來源上的可靠綫索。因為我們解釋詞語，不只是簡單地看它內容描述什麼，更重要是探求其來源，才有可能避免望文生義。就如「胡言亂語」一詞，如果我們只是從內容入手，當然就會很輕易地得出「胡」是「胡亂」的

〔註4〕原題《漢譯佛典中的兩個地獄名釋義辨正》，發表在《漢語史研究集刊》，2015 年第 2 期，有改動。

〔註5〕慈怡：《佛光大辭典》，臺灣：佛光文化事業有限公司，1988 年，第 3332 頁。

意思，若要尋根究底，就會發現它是從「胡言漢語」變化發展而來，「胡」指的是「胡人」〔註6〕。「沸屎」一詞，也同樣值得我們作這樣的尋根究底的工作。

「沸屎」這類詞語來源於佛經，是通過漢譯佛經翻譯過來的，既然如此，那麼弄清其含義最好的辦法就是「把它同梵語、巴利語等經典、或者其他譯者的譯語比較對照」〔註7〕。「沸屎」的梵文原文是 kuNapa〔註8〕，《梵文、泰米爾語、巴列維語詞典》（Sanskrit，Tamil and Pahlavi Dictionaries）釋為 a dead body（死屍）或 dung（糞屎）等。出現於稱友（Yaśomitra）的梵文著作《俱舍釋》中的 kuNapa，日本學者山田龍城引荻原雲來注譯作「屍糞，死屍園」〔註9〕。「沸屎地獄」在中阿含經系巴利文經典 Devadūta sutta（《天使經》）原文為 Gūthaniraya，我們查閱了馬來西亞大馬比丘提供的網上免費下載的《巴漢詞典》，詞根 Gūtha 意為「排泄物，糞，大便」，niraya 意為「地獄」。中阿含經系《天使經》，前秦時期北印度人僧伽提婆譯為「糞屎大地獄」。長阿含經系《起世經》共有四種漢譯本，除了西晉沙門法立與法炬兩人合譯的《大樓炭經》，因為譯筆趨簡，未見有譯之外，其他三種譯法微異。北印度迦濕彌羅國的沙門佛陀耶舍和竺佛念兩人共同翻譯《世紀經》譯為「沸屎地獄」，隋朝時北天竺沙門闍那崛多所譯《起世經》譯為「糞屎尼地獄」，隋朝時天竺沙門達摩笈多所譯的《起因經本經》譯為「糞屎泥地獄」。我們查看了日本平安時代表現中國隋代的闍那崛多譯《起世經》中的十六小地獄的「詞書」配畫的地獄草紙，發現其「詞書」上寫的則是「屎糞所」。英譯佛經多將「沸屎地獄」翻譯為 excrement hell 或 hell of excrement（糞屎地獄）。顯然，這裏「沸屎」之「沸」與「熱滾」的意思沒什麼聯繫，它對應的是「糞」，「沸屎」就是「糞屎」。

以上的「沸屎」「糞屎」是指地獄名。十八世紀的禪學大家日本僧人無著道忠還解釋了「沸屎」另一意義，即作蟲名。無著道忠在其著作《五家正宗贊助桀》對《五家正宗贊》「贊之者拔舌泥犁，毀之者洋銅沸屎。」一句注云：

> 《俱舍頌疏・世間品四》曰：「十六增者，八捺落迦，四面門外，

〔註6〕 袁賓：《近代漢語概論》，上海教育出版社，1992 年，第 102 頁。

〔註7〕 〔日〕辛嶋靜志：《漢譯佛典的語言研究》，《俗語言研究》，1998 年第 5 期，第 47～57 頁。

〔註8〕 宋一夫：《大藏經索引》（第二冊），長春：吉林文史出版社，1987 年，第 160 頁。

〔註9〕 〔日〕山田龍城、許洋主譯：《梵語佛典導論》，臺灣：華宇出版社，1988 年，第 323 頁。

各有四所。一塘煨增……二屎糞增。謂此增內，屎糞泥滿於其中。多有娘矩咤蟲，嘴利如針，身白頭黑。有情游彼，皆為此蟲鑽皮破骨，咂食其髓。」今『沸屎』謂此也。〔註10〕

無獨有偶，無著道忠所解釋的「沸屎」在唐釋玄應《一切經音義》的注釋中叫「糞屎蟲」。《一切經音義》云：

娘矩咤，女良反，下俱禹反。此云糞屎蟲。有觜如針，亦名針口蟲。穿骨食髓者也。(《一切經音義》卷七〇，據《大正藏》第 54 冊，第 765 頁）

「娘矩咤蟲」是梵文 nyańkuţa 的譯音〔註11〕，《梵和大辭典》釋為「漢譯〔蟲の名〕糞屎蟲，針口蟲，蟲嘴快利者。音寫娘矩咤（蟲）。」〔註12〕無著對「沸屎蟲」的解釋以及《一切經音義》對「糞屎蟲」的解釋足以看出「沸屎」與「糞屎」沒麼區別。在無著道忠另一著作《禪林方語》表達得更為明確：「屎沸坑，罵人為糞所也。」〔註13〕

《說文》云：「沸，畢沸，濫泉。」從「沸」的本義為「畢沸（泉涌貌）」來看，「沸」似乎很難與「糞」產生意義上的聯繫，所以極有可能「沸」「糞」是通假借用。「沸」「糞」中古音同屬非母，聲母相同；「沸」中古韻母屬微部，「糞」屬文部，微文對轉。上古文部和微部就是同類，《周禮 · 冢宰》假「匪」為「分」，《易林》以「悲」協「門」，現在方言裏文部和微部字文白异讀的現象也頗為常見，如山東博山方言「門」文讀mə̃˥，白讀mei˥；本文讀pə̃˥，白讀pei˥；悶文讀mə̃˨˩˦，白讀mei˨˩˦；忿文讀fə̃˨˩˦，白讀fei˨˩˦；們文讀mə̃˧，白讀 mei˥。江藍生據此在《說「麼」與「們」同源》一文中證明近代漢語表複數「每」和「門」組的音轉而同源的關係〔註14〕。該文收入《著名中年語言學家自選集 · 江藍生卷》中時，作者又補記了河東話〔ei〕分屬北京話〔ei〕和〔ən〕的不少例子。大量的語言事實應該足以證明中古漢語「沸」「糞」通假借用在語音上是沒有問題的。方言裏不少地區仍把

〔註10〕〔日〕無著道忠：《五家正宗贊助桀》(附索引)，禪文化研究所，1991 年，第 20 頁。

〔註11〕宋一夫：《大藏經索引》(第二冊)，長春：吉林文史出版社，1987 年，第 31 頁。

〔註12〕〔日〕荻原雲來：《漢譯對照梵和大辭典》，臺灣：新文豐出版社，1979 年，第 716 頁。

〔註13〕〔日〕無著道忠：《禪語辭書類聚 · 禪林方語》，禪文化研究所，1991 年，第 8 頁。

〔註14〕江藍生：《說「麼」與「門」同源》，《中國語文》，1995 年，第 3 期，第 180～190 頁。又江藍生：《說「麼」與「門」同源》，《著名中年語言學家自選集 · 江藍生卷》，合肥：安徽教育出版社，2002 年，第 21～22 頁。

「糞」叫做「肥」。如閩語把「糞」就叫做「肥」，「糞坑」叫做「肥缸」「肥池」「肥桶」等；四川諺語「燒香不怕路途遠，舐肥不怕勾子深」，這裏的「勾子」指臀部，「肥」就是糞，也就是屎。「肥」和「沸」在普通話和不少方言裏都聲韻相同，可能是因為「肥」和「糞」存在意義上的聯繫，所以方言裏都記作「肥」。

所以，我們認為漢譯佛典裏「沸屎」其實就是「糞屎」，「沸」與「糞」通假通用，「沸屎」的「沸」并非是「熱滾」的意思。

二、六朝小說詞彙研究

「芳判」新探〔註15〕

六朝小說《觀世音應驗記（三種）・係觀世音應驗記》二一：「夏便自覺無復鎖械，即穿出檻，檻外牆上大有芳判，見道人在芳上行。夏因上就之。比出獄，已曉，亦失向道人。」其中「芳判」及「芳」頗難理解。《觀世音應驗記（三種）》中其他故事在《法苑珠林》《法華傳記》《觀音義疏》《辨正論》《高僧傳》《太平廣記》等資料中多有參見，而此故事毫無參見資料。日本學者佐野誠子注「牆上大有芳判」說：「牆，底本作『墟』，牧田亦錄作『墟』。芳判，不詳。恐是指腳印之類的東西。」〔註16〕陶智《「芳判」「芳」考辨》〔註17〕一文（以下簡稱「陶文」），在孫昌武〔註18〕、董志翹〔註19〕、方一新和王雲路〔註20〕、楊琳〔註21〕、秦公和劉大新〔註22〕、黃征〔註23〕、李格非〔註24〕等人研究的基礎上，

〔註15〕原題《「芳判」之「芳」再辨》，發表在《中國語文》，2020 年第 6 期，有改動。
〔註16〕〔日〕佐野誠子：《陸杲〈係觀世音應驗記〉譯注稿》（2），《名古屋大學中國語學文學論集》，2017 年第 30 號。
原文作：「底本は「墟」のようにも讀める。牧田書は「墟」ととる。芳判＝不詳。足跡のようなものを指すか。」底本，指日本青蓮院所藏本；牧田，指牧田諦亮（1971）著《六朝古逸〈觀世音應驗記〉研究》。
〔註17〕陶智：《「芳判」「芳」考辨》，《中國語文》，2017 年第 6 期
〔註18〕孫昌武：《觀世音應驗記（三種）》，北京：中華書局，1994 年，第 33 頁。
〔註19〕董志翹：《〈觀世音應驗記三種〉譯注》，南京：江蘇古籍出版社，2002 年，第 106 頁。
〔註20〕方一新、王雲路：《中古漢語讀本（修訂本）》，上海：上海教育出版社，2006 年，第 142 頁。
〔註21〕楊琳：《〈觀世音應驗記三種譯注〉獻疑》，《漢語史學報》（第 8 輯），上海：上海教育出版社，2010 年。
〔註22〕秦公、劉大新：《碑別字新編（修訂本）》，北京：文物出版社，2016 年，第 82 頁。
〔註23〕黃征：《敦煌俗字典》，上海：上海教育出版社，2005 年，第 66 頁。
〔註24〕李格非：《釋芳棘》，《武漢大學學報》（社會科學版），1984 年第 4 期。

對「芳判」做出了最為詳盡的考釋，認為「芳」為「艻」之誤字，「艻」即「棘」，「判」為「刺」字之訛字。我們讀後頗受啟發，我們認為「判」為「刺」之訛當係確證，「刺（刾）」與「判」字形極似，古籍中有大量的語言事實可以證明，而且《觀世音應驗記（三種）》中「判」與「刺」也有混用，如《觀世音應驗記（三種）·係觀世音應驗記》卷四〇：「於時文龍必欲殺子喬，判無復冀，唯至心誦經，得百有餘遍。」《大正藏》第 51 冊《法華傳記》卷六「判」作「刺」。但我們同時也認為，「芳」決不是「艻」字之訛，當為「茅」之誤字。以下是我們的例證，以就教於方家及陶文作者。

1.「芳」為「艻」之誤幾無可能

首先，陶文搜盡中國古籍都找不到一處「芳」為「艻」之誤字的確切例證。陶文認為《敦煌變文校注·大目乾連冥間救母變文》「劍樹千尋以芳撥」中的「芳撥」為「艻發」之誤，明顯理據不足。袁賓〔註25〕、黃征和張湧泉〔註26〕、趙家棟和付義琴〔註27〕等人都曾對「芳撥」做過研究，雖說是眾說紛紜，莫衷一是，但他們都從「劍樹千尋芳撥，針刺相揩；刀山萬仞橫連，讒巉巖亂倒」對仗互文去理解的思路無疑都是正確的。自從張湧泉（2015）新見敦煌變文羽 71 號《大目乾連冥間救母變文》殘卷，發現此處「芳撥」作「傍掇（綴）」後，「芳撥」與「傍掇（綴）」音近而通，「傍綴」對「橫連」，又極為工整，所以，「芳撥」通「傍綴」，應該是板上釘釘，無須再來爭論。陶文因為找不到確切例證，只能繞來繞去，證以「力」「方」相混例，但這樣的例子再多，都只能是旁證，不可能成為確證，因為倘這樣就可以證明，那我們也可以說「芳」是「芒」之訛字，因為「方」「亡」混用也頗常見，如《離騷》「鯀婞直以亡身兮」中的「亡」，《文選》五臣本作「方」，而且「芳」「芒」音也相近，「芒刺」似乎更合理一些。但這都只能算是推測。

其次，「艻」和「刺」連在一起，也幾乎找不到例證。陶文找到了一個晚了近千年孤例，即明代朱橚《普濟方》卷二四二：「去艻刺及莖」，也僅見於四庫全書本，現存明永樂刻本殘卷、明抄本殘卷都不見，所以人民衛生出版社出版

〔註25〕袁賓：《〈敦煌變文集〉詞語拾零》，北京：《語文研究》，1985 年第 3 期。
〔註26〕黃征、張湧泉：《敦煌變文校注》，北京：中華書局，1997 年，第 1046 頁。
〔註27〕趙家棟、付義琴：《敦煌變文識讀語詞散記》，《中國語文》，2008 年第 3 期。

的，據四庫抄本排印、採用二種四庫抄本互校，並核對明永樂殘刻本和明抄殘卷的《普濟方》，作「去刺及莖」〔註28〕。無論如何，「芀刺」用例既晚，又是孤例，是不足為據的。

再次，「芀」字罕見，無論在哪個時期，都算是難字，六朝小說《觀世音應驗記》沒有出現一次，收錄佛教藏經最全的電子佛典（CBETA2018）也僅出現8處。試想一下，如果「芀」同「棘」，六朝通俗小說的作者習慣用「芀」還是「棘」？很明顯會選用後者，因為很多作者恐怕連「芀」這個字都不認識。如果用「棘」，哪裡還有寫成「芀」的可能性？

最後，也是最重要的，「芀」的「棘」義，一直到宋代才有出現，即見於《資治通鑒・唐宣宗大中十二年》「樹芀木為柵」，我們反復查找古代典籍，也找不到更早的例子。宋以前「芀」的用例，都是表「香草名」和「零餘數」的意思。電子佛典（CBETA2018）出現的8處「芀」，7次出現於唐慧琳《一切經音義》、後晉可洪《新集藏經音義隨函錄》和宋處觀《紹興重雕大藏音》這三部音義書裏，其中有4次是解釋「羅勒」的「勒」或作「芀」，1次釋草部「芀」為「力音」，1次解釋唐玄應《一切經音義》中的「乙芥反」，有版本或作「乙芀反」，還有1次解釋「若帚」有版本作「芀帚」；有1次出現在明周永年《吳都法乘》二二中：「露晨知蕙吐，日午覺葵傾。磵覆叢生芀，渠陰樹列檉。藥闌蜂恣繞，蘚砌蟻難征。風籟吟雙徑，天花雨兩楹。炊香馴鴿戀，屢響睡彪驚。」這裏的「芀」有點像是「棘」義，但明顯時代偏晚。而且，從詩意來看還是表「香草名」，因為不但上下文都是寫芳香，而且「磵覆叢生芀」，明姚廣孝《逃虛子集》（清鈔本）卷六、明毛晉輯《明僧弘秀集》（明崇禎十六年毛氏汲古閣刻本）皆作「磵馥叢生芀」，「芀」的「香草名」義更顯豁。既然這樣，六朝時人怎麼會使用「芀」來表「棘」義呢？如果沒有使用「芀」表「棘」義，又怎麼會誤作「芀」呢？

2.「芀」乃「茅」的訛字

一個字跟另一個字容易互混，一般來說是不需要挖空心思去找例證的。容易相混的字，往往都有大量例證。「芀」其實是「茅」的訛字，「芀」「茅」相混

〔註28〕〔明〕朱橚：《普濟方》第6冊《諸疾》，北京：人民衛生出版社，1960年，第3925頁。

事例非常多。我們不妨列舉幾例如下：

之一，《鹽鐵論》卷七：「昔商鞅之任秦也，刑人若刈菅芳，用師若彈丸；從軍者暴骨長城，戍漕者輦車相望，生而往，死而旋，彼獨非人子耶？」其中「菅芳」二字，當為「菅茅」。王先謙曰：「案《治要》『芳』作『茅』，『芳』『茅』形近而誤。」俞樾曰：「『芳』疑『茅』字之誤，《詩經·東門之池·釋文》：『茅已漚為菅。』故『菅茅』得連言之。」〔註29〕

之二，《後漢書·馮岑賈列傳》：「時赤眉雖降，眾寇猶盛：延岑據藍田，王歆據下邽，芳丹據新豐，蔣震據霸陵……」李賢注：「《續漢書》『芳』作『茅』。」《冊府元龜》卷三四八《將帥部·立功》「芳丹據新豐」下注「『芳』作『茅』」。

之三，晉潘岳《藉田賦》：「思樂甸畿，薄采其茅。」袁本「茅」作「芳」，云善作「茅」。茶陵本云五臣作「芳」，《晉書》亦作「芳」。奎章閣本、廣都本、明州本俱作「芳」〔註30〕。

之四，宋鄧名世《古今姓氏書辯證》卷一四：「《風俗通》漢有幽州刺史芳華敷。按：華，《廣韻》作乘，《通志》作垂。謹按《後漢·馮異傳》有賊『芳丹據新豐』，《續漢書》芳作茅。」

之五，擇是居叢書景宋刻本宋范成大《紹定吳郡志》：「第十二葉陰一行『結芳避世』，俗舊鈔本『芳』作『茅』。」

之六，唐元季川《泉上雨後作》：「養葛為我衣，種芋為我蔬。」「芋」，《御定全唐詩》夾註云：「一作芳，一作茅。」唐許渾《經李給事舊居》：「楓葉暗時迷舊宅，芳花落處認荒墳。」唐孟郊《石淙》其十：「曾是結芳誠，遠茲勉流倦。」唐盧綸《送吉中孚校書歸楚州舊山》：「藉芳臨紫陌，回首憶滄波。」以上「芳」，《御定全唐詩》皆夾註云：「一作茅。」

「茅」「芳」字形相近。茅，唐歐陽詢作「茅」，唐王勃作「茅」〔註31〕；芳，北宋黃庭堅作「芳」，唐月儀帖作「芳」，明宋克作「芳」〔註32〕，的確難辨細微。

〔註29〕王利器：《鹽鐵論校注》10卷，上海：上海古典文學出版社，1958年，第280頁。
〔註30〕〔清〕胡克家：《〈文選〉考異》，王雲五主編，蕭統選，李善注《萬有文庫·第一集一千種·0784文選》，北京：商務印書館，1985年，第3～4頁。
〔註31〕〔日〕二玄社編：《大書源》，日本：二玄社，2007年，第2272頁。
〔註32〕〔日〕二玄社編：《大書源》，第2259頁。

3.「芳判」為「茅剌」的更有力的證據

後晉可洪《新集藏經音義隨函錄》卷一一有一段對「籃芳剌」的解釋文字：

> 籃芳剌：上古街反，似芒而無莖稈者也，山南「茅」，關西呼為
> 「籃」也；中莫交反，正作「茅」也；下七賜反，正作「剌」也。
> 「藍茅」一物異名，其物初出土時，如針鋒刺人，甚毒也。又《經
> 音義》作「菅茅」：上古顏反，亦「茅」也；籃，力甘反，應借用爾；
> 芳，撫亡反，誤。（據《高麗大藏經》第 34 冊）

可洪的這段解釋文字，是對《瑜伽師地論》「菅茅剌」的注釋：

> 彼又於此起染、起著，廣生毀犯，由是因緣，雖住空寂阿練若
> 處，而受現行追悔所起尋思之苦，如菅茅剌傷害其足。（據《大正藏》
> 第 30 冊）

毫無疑問，「籃芳剌」就是「菅茅剌」。「剌」是「刺」的異體，寫成「剌」特別容易與「判」相混。可洪看到的《瑜伽師地論》的版本「茅」寫成了「芳」，「菅」寫成了「藍」，關西人「菅」「藍」不分，「菅」呼為「籃」。「菅茅剌」就是「茅剌」，因為「菅」就是「山南『茅』」。《說文》也說：「茅，菅也；菅，茅也。」可洪的解釋更像是給《係觀世音應驗記》二一中「芳判」作注解。上引可洪《新集藏經音義隨函錄》形容茅剌：「如針鋒刺人，甚毒也。」《係觀世音應驗記》二一說「見道人在芳（茅）上行」，正顯示出道人（即觀世音菩薩）法力無邊。上引《瑜伽師地論》所說「受現行追悔所起尋思之苦，如菅茅剌傷害其足」，「傷害其足」與《係觀世音應驗記》二一「芳（茅）上行」也相吻合，「尋思之苦」正體現是佛教小說的宗旨，佛法的目的就是化解眾生內心的痛苦與煩惱。

所以，六朝小說《觀世音應驗記（三種）‧係觀世音應驗記》二一：「檻外牆上大有芳判，見道人在芳上行」中的兩個「芳」字皆「茅」字之訛，應該更為可信。

第四章　唐五代詞語研究

一、《壇經》詞語研究

「獦獠」詞義新探〔註1〕

1.「獦獠」一詞的較早出處

「獦獠」一詞首見於唐代慧能的《六祖壇經》。敦煌本《六祖壇經》記載：

（1）弘忍和尚問惠能曰：「汝何方人？來此山禮拜吾，汝今向吾邊復求何物？」惠能答曰：「弟子是嶺南人，新州百姓，今故遠來禮拜和尚，不求餘物，唯求作佛。」大師遂責惠能曰：「汝是嶺南人，又是獦獠，若為堪作佛？」惠能答曰：「人即有南北，佛性即無南北，獦獠身與和尚不同，佛性有何差別！」大師欲更共語，見左右在旁邊，大師更不言，遂發遣惠能令隨眾作務。時有一行者，遂遣惠能於碓房，踏碓八個餘月。（敦煌新本《六祖壇經》）

湮沒了近千年，在本世紀初被日本學者在韓國發現的唐五代靜、筠二禪師編撰的《祖堂集》也有記載：

（2）不經一月餘日，則到黃梅縣東馮母山，禮拜五祖。五祖問：「汝從何方而來？有何所求？」惠能云：「從新州來，來求作佛。」

〔註1〕原題《「獦獠」的詞義及其宗教學意義》，發表在《漢語史學報》，2013 年第 13 期，有改動。

師云：「汝嶺南人，無佛性也。」對云：「人即有南北，佛性即無南北。」師曰：「新州乃獦獠，寧有佛性耶？」對曰：「如來藏性遍於螻蟻，豈獨於獦獠而無哉？」師云：「汝既有佛性，何求我意旨？」深奇其言，不復更問。自此得之心印。既承衣法，遂辭慈容。後隱四會、懷集之間，首尾四年。（《祖堂集》卷二《惠能和尚》）

「獦獠」這個詞絕對是一個極為重要、極為關鍵的詞語，因為該詞不僅關係到佛教中國化的始祖慧能的身世，也關係到五祖弘忍當時對慧能的態度，而且也關聯到當時重大的宗教理論問題，甚至還有可能涉及到民族、民俗等重大問題，因此也引起了學界教界的極大興趣。

2.「獦獠」詞義研究狀況

不少學者、大師都探求了「獦獠」的詞義，歸納起來，起碼有數十種看法。我們姑且選擇數種影響比較大的觀點，根據學者對「獠」字的不同解釋，將前人的研究歸為「泛稱說」「族稱說」「賤稱說」三類。

第一類為泛稱說，將「獠」解釋為「獠人」「獠民」「夷」等。日本江戶時代的無著道忠在其著作《五家正宗贊助桀》最早作了探討，他引證了中國古代大量的史籍及字書、韻書資料，認為「獦」為短喙犬，「獠」為西南夷〔註2〕。日本學者桂洲道倫等的《諸錄俗語解》將「獦獠」釋為：「處於嶺表海外吞噬蟲鼠的獠人。」（原文為：嶺表ノ左右コワルヱヒス人也虫鼠ナトテ食フ。）〔註3〕丁福保是較早對「獦獠」加以解釋的中國學者，他在上個世紀初期著的《〈六祖壇經〉箋注》裏解釋說：「獦音葛，獸名。獠音聊，稱西南夷之謂也。」〔註4〕美國著名漢學家薛愛華（EdwardH.Schafer1967）在上個世紀六十年代撰文認為被稱為「獦獠」的慧能極可能就是嶺南新州的土著獠人，把「獦獠」理解為嶺南土著獠人〔註5〕。中國學者方立天〔註6〕、楊曾文〔註7〕等也持類似的觀點。潘

〔註2〕〔日〕無著道忠：《五家正宗贊助桀》（附索引），日本：禪文化研究所，1991年。

〔註3〕〔日〕桂洲道倫、湛堂令椿他：《諸錄俗語解》（芳澤勝弘編注），日本：禪文化研究所，1999年。

〔註4〕丁福保：《〈六祖壇經〉箋注》（第二版），台灣：新文豐出版公司，1984年。

〔註5〕Edward H. Schafer 1967 The Vermilion Bird: T'ang Imagines of the South, University of California Press.

〔註6〕方立天：《魏晉南北朝佛教論叢》，北京：中華書局，1982年。

〔註7〕楊曾文：《唐五代禪宗史》，北京：中國社會科學出版社，1999年。

重規在《敦煌寫本〈六祖壇經〉中的「獦獠」》一文中指出「獦獠」一詞，惟見於寫本之《六祖壇經》，不見於諸史之記載，而在敦煌寫卷《父母恩重經》《正名要錄》等中「獵」都寫成「獦」，「獦獠」就是「獵獠」，即田獵之獠夷〔註8〕。張新民《敦煌寫本〈壇經〉「獦獠」辭義新解》一文也認為「獦獠」仍當讀為「獵獠」，並從獠人長期存在的獵取人頭以祭祀神靈的文化習俗的角度證明「獦獠」是「獵頭獠人」〔註9〕。鄧文寬《敦煌本〈六祖壇經〉「獦獠」芻議》一文，則認為「獦獠」是古代漢人對崇狗重狗的西南「獠」民的貶稱〔註10〕。駱禮剛《〈壇經〉中「獦獠」詞義之我見》一文認為「獦獠」一詞的本義正是「犬獠」，指崇拜祖先（犬首人身圖騰）的獠民〔註11〕。

　　第二類為族稱說，將「獠」解釋為「少數民族」。馮友蘭以「少數民族」四字釋「獦獠」〔註12〕，郭朋認為「獦獠」是「對攜犬行獵為生的南方少數民族的侮稱」〔註13〕。《漢語大詞典》釋為：「古代對南方少數民族的稱呼。亦以泛指南方人。」〔註14〕袁賓《禪宗詞典》釋為：「唐代南方少數民族之稱。與今南方仫佬等少數民族有淵源關係。」〔註15〕《辭源續編》〔註16〕、《中國禪宗大全》〔註17〕等都視「獦獠」為仡佬。蒙默發表《〈壇經〉中「獦獠」一詞的讀法——與潘重規先生商榷》一文，他認為獠人遲至晚唐五代尚無打獵習俗，「獦獠」不能讀作「獵獠」，「獦獠」應是「仡佬」的異寫〔註18〕。侯外廬認為「獠」是唐代漢人歧視嶺南少數民族的稱謂。很可能惠能母親是瑤人，所以惠能說他「身與和尚不同」〔註19〕。姜永興撰文認為「獦獠」慧能是越族人〔註20〕。

〔註8〕潘重規：《敦煌寫本六祖壇經中的「獦獠」》，《中國文化》，1994 年第 9 期。
〔註9〕張新民：《敦煌寫本〈壇經〉「獦獠」辭義新解》，《貴州大學學報》，1997 年第 3 期。
〔註10〕鄧文寬：《敦煌吐魯番學耕耘錄》，台灣：新文豐出版公司，1996 年。
〔註11〕駱禮剛：《〈壇經〉中「獦獠」詞義之我見》，《肇慶論叢》，2007 年第 5 期。
〔註12〕馮友蘭：《中國哲學史新編》（第 4 冊），北京：人民出版社，1986 年。
〔註13〕郭朋：《〈壇經〉校釋》，北京：中華書局，1983 年。
〔註14〕漢語大詞典編纂委員會：《漢語大詞典》（第 5 卷），上海：漢語大詞典出版社，2001 年。
〔註15〕袁賓：《禪宗詞典》，武漢：湖北人民出版社，1994 年。
〔註16〕方毅：《辭源續編》，上海：商務印書館，1931 年。
〔註17〕李淼：《中國禪宗大全》，長春：長春出版社，1991 年。
〔註18〕蒙默：《〈壇經〉中「獦獠」一詞的讀法——與潘重規先生商榷》，《中國文化》，1995 年第 11 期。
〔註19〕侯外廬：《中國思想通史》（第四卷上），北京：人民出版社，1959 年。
〔註20〕姜永興：《禪宗六祖慧能是越族人》，廣州：《廣東社會科學》，1987 年第 2 期。

　　第三類是賤稱說，將「獠」解釋為侮稱、罵詈語。日本學者山田孝道《禪宗辭典》將「獦獠」解釋為：「相當於畜生的意思，罵人的話。」（原文為「二字にて『畜生』といふほどの意にて、人を罵る語なり。」）〔註21〕中國近現代學界大家陳寅恪認為，「獠之一名，後來頗普遍用之，竟成輕賤南人之詞」，「武曌之斥褚遂良」，「唐德宗之罵陸贄」，都是因為「二人俱為南人，遂加以獠名耳，實與種族問題無關也。」〔註22〕芮逸夫有多篇論文論及「獦獠」。他在 1948 年發表的《僚為仡佬試證》一文中認為「獠」的古讀音為〔tlͻg〕，聲母是個複輔音，「獦獠」「葛獠」「犵狫」「猪獠」等都同「獠」，「獦」「葛」「犵」「猪」只是「獠」〔tlͻg〕的前一音素的記音符號，沒有意義。《六祖壇經》裏的「獦獠」是「五祖賤視六祖之詞，不是說六祖是『獦獠』族。但是，這是由唐人常以『獠』為詈南方人而來。」〔註23〕《中文大辭典》釋「獦獠」為「北方人鄙視南方人之語也」〔註24〕。

　　上面的分類並不科學，只是為了敘述上的方便。因為學者對「獠」的解釋大同小異，沒有根本上的分歧：第一類泛稱說與第二類族稱說區別只在於前者沒做進一步解釋，後者進一步解釋為少數民族，有的還進一步落實到某一個具體的族名，而且這兩類與第三類賤稱說也有交叉。

　　當然，我們也可以根據對「獦」字的不同解釋將前人的研究分成以下三類：第一類「犬獠說」，即將「獦」解釋為「犬」，如無著道忠、丁福保、郭朋、鄧文寬等；第二類「獵獠說」，即將「獦」視為「獵」的俗寫，如潘重規、張新民等；第三類「○獠說」，即將「獦」視為無意義的記音音素，如芮逸夫、蒙默等。這樣的分類，比按「獠」的解釋分類要界限分明得多，亦可見學者對「獦獠」眾說紛紜的解釋中的根本區別在於對「獦」字的不同理解。

　　「獦」字在字典上的解釋，無著道忠、丁福保等早就指出了是「短喙犬」的意思，但「短喙犬獠」卻又似乎扞格難通，不辭之甚，所以無著道忠、丁福保等都並沒有解釋「獦」「獠」二字連綴成文的意義，丁福保的《佛學大辭典》也不收「獦獠」一詞，可見這兩位大家治學的嚴謹。儘管郭朋、鄧文寬、駱禮剛等人從歷史文化的角度找到了「犬」與「獦」的聯繫，但這種聯繫是否是「獦

〔註21〕〔日〕山田孝道：《禪宗辭典》，日本：光融館，1915 年。

〔註22〕陳寅恪：《金明館叢稿初編》，北京：三聯書店，2001 年。

〔註23〕芮逸夫：《僚為仡佬試證》，《國立中央研究院歷史語言研究所集刊》（第 20 冊），上海：商務印書館，1948 年。

〔註24〕中文大辭典編纂委員會：《中文大辭典》，台灣：中國文化研究所，1974 年。

獠」一詞的來歷就很難證明了。

「獵獠說」經過潘重規這樣的大家嚴謹地考證，引用的材料又是文獻價值極高的敦煌文獻，所以「獵獠說」也有一定的可信度。不過將「獦獠」中的「獦」視為「獵」的俗寫還有一些比較關鍵的問題沒法解釋清楚：

一是「獦獠」比「獵獠」出現早，出現頻率也高。駒澤大學禪宗史研究會編著的《慧能研究》彙集了眾多的慧能研究資料，石井本《神會語錄》、敦煌本《壇經》《宋高僧傳》、興聖寺本《壇經》、德異本《壇經》、金澤文庫本《壇經》都用「獦獠」，大乘寺本《壇經》用「獵獠」，《祖堂集》和宗寶本《壇經》「獦獠」「獵獠」同現〔註25〕。藍吉富主編的《禪宗全書》也收集了非常豐富的《壇經》資料，他收集的是十多種版本都用的是「獦獠」〔註26〕。「獵獠」明顯比「獦獠」用的少且晚出。這到底是「獦」為「獵」的俗寫，還是「獵」為「獦」的俗寫，恐怕很難簡單判斷。

二是「獦」字早見於漢代文獻，古代文獻中也有明顯是「獦」字卻寫成「獵」的例子。饒宗頤在《敦煌俗字研究序》中說：「壇經獦獠一詞，近時潘石禪教授舉敦煌本佛乘，力證獦當為獵的俗寫，不知武威漢簡，《泰（大）射》獵獲正作獦獲。余所見建初四年簡有獦君，未必果為俗體，獦字早見於漢代文獻，知此類異文，非局於敦煌寫本，事實更有其遠源也。」在這段文字的註腳中饒宗頤又說：「又見漢熹平石經《儀禮·既夕》鬣作葛，漢簡作鬍，具見曷、鼠通用。」〔註27〕饒宗頤的意思是說「獦」字早就有了，「曷」旁和「鼠」旁字本來就常通用，不能輕易斷定「獦」和「獵」誰俗誰正。而且，我們也找到了明顯是「獦」字卻寫成「獵」的例子，如《文選·潘岳〈笙賦〉》：「駢田獦攎，鮧鯨參差。」李善注：「獦攎，不齊也。獦，一本作獵。」李善的注表明這裏的「獦」字別的本子也有寫成「獵」字的，他選「獦」字而不選「獵」，說明在李善看來這裏的「獦」字本是正體。現代漢語關中方言仍有「獦攎」一詞，「獦」音 gé。「獦攎」也是不平齊的意思。「常與同義詞『疙瘩』組成『獦攎疙瘩』一詞，意思不變。」〔註28〕可證李善的選擇不誤。又如「獦狙」，出《山海經》，本字作「獦」應無異

〔註25〕〔日〕駒澤大學禪宗史研究會：《慧能研究》，日本：大修館書店，1978 年。

〔註26〕藍吉富：《禪宗全書》（第 37～38 冊），台灣：文殊出版社，1988 年。

〔註27〕饒宗頤：《敦煌俗字研究序》，《中國文化》，1995 年第 11 期。

〔註28〕景爾強：《關中方言詞語彙釋》，西安：陝西人民出版社，2000 年。

議，但鉅宋《廣韻》、古逸叢書覆宋本重修《廣韻》皆作「獵狙」，釋為：「獸名，似狼。」寧波明州述古堂影宋鈔本《集韻》、潭州宋刻本《集韻》釋「狙」為：「獸名，獵狙也。」所以《顏氏家訓·書證篇》所云「獵化為獦」固然不誤，但《廣韻·葉韻》說「獦，戎姓，俗寫田獵字」也是事實。因此將「獦獠」的「獦」視為「獵」的俗寫，仍然是理據不充分。

「獦」為記音音素之說經過芮逸夫的多篇文章數十萬字的詳細而嚴謹的考證，應該是很有說服力的。不過說「獦」為複輔音的前一音素的記音符號之說，還值得商榷，因為學界對古漢語有無複輔音至今仍有爭論，這無疑影響了芮逸夫的觀點可信度。蒙默認為「獦獠」是「仡佬」的異寫，似乎有點源流倒置，因為「仡佬」一詞出現的時間要晚得多，宋元才出現。

我們再回過頭看「獠」的解釋，前面提到三種大同小異的解釋都多是從《集韻》的「西南夷謂之獠」申發而來的。這些解釋應該不錯，但用在慧能身上則有個最大的問題就是與六祖慧能的真實身份不相符合。據《壇經》記載：「惠能慈父，本官范陽，左降流嶺南，作新州百姓。」無著道忠說：「廣東道韶州新州（肇慶府），本非南蠻種類，又非獦獠，況六祖是盧氏左降為新州人……又按《唐書·地理志》，嶺南道諸蠻州九十二，韶州新州等不與焉。」〔註29〕儘管無著自己也是釋「獠」為西南夷，但既然慧能、新州均與西南夷、南蠻無關，那六祖是西南夷或南方少數民族等說法就很難站得住腳了。陳寅恪、芮逸夫等人早就意識到此問題，他們說獦獠「與種族問題無關」，是「五祖賤視六祖之詞」，不無道理。這從「獦獠」二字形旁以及弘忍等人說此話時的語氣都可以看出：二字皆為「犬」字旁，漢字「犬」旁字多含貶義；敦煌本《壇經》指出五祖說慧能是「獦獠」時是「責惠能」，而《壇經》的其他不少版本中還有五祖言慧能「這獦獠根性大利」，童子說慧能「爾這獦獠不知」，其賤視語氣非常明顯。而且視「獦獠」為侮詞，也是絕大部分學者的意見。所以我們的任務就是重點弄清「獦獠」究竟是怎樣的「賤視六祖之詞」。

3.「佛性問答」公案以外的「獦獠」詞義

這麼多的大家考釋了「獦獠」的詞義，卻至今仍無定論，這表明本文開頭所引「佛性問答」公案中的「獦獠」的詞義的確是難於索考了。不過，公案之

〔註29〕〔日〕無著道忠：《五家正宗贊助桀》（附索引），日本：禪文化研究所，1991年。

外的「獦獠」的詞義倒是比較顯豁的。我們不妨看看下面的例子：

（3）濁港江頭夢未回，黃梅峰頂白蓮開。傳衣只作小兒戲，勾得新州獦獠來。（《了庵和尚語錄》卷五，《續藏經》71 冊第 352 頁）

（4）來時有約，生處難稽。莫道無姓，還渠自知。黃梅果熟任風吹，一卷金剛成露布。惹得獦獠便授衣。（《永覺和尚廣錄》卷二十，《續藏經》72 冊第 497 頁）

這兩個例子裏的「獦獠」很明顯是指六祖慧能，禪籍裏類似的例子還有很多。很顯然，「獦獠」指代慧能這一意義的來源途徑是通過隱喻引申而來的，而指代人的隱喻又多是通過人的生理、外貌等特徵實現的，「西南夷」或某少數民族等族群特徵引申指代個人就比較罕見，所以《壇經》裏的「獦獠」指人的生理外貌等特徵的可能性極大。

下面的例句似乎能給我們進一步啟示：

（5）上堂。五峰門下，百種全無。僧床迫窄，堂供蕭疏。腳下踏著底破磚頭、碎瓦礫，面前撞見底王獦獠、李麻胡。恁麼薄福住山，真個辜負老胡。雖然如是，更點分明。（《佛鑒禪師語錄》卷二，《續藏經》70 冊第 243 頁）

（6）粵僧問：「涅盤心易曉，差別智難明。如何是差別智？」師云：「蜀僧蕘茸，廣僧獦獠。」（《天童弘覺忞禪師語錄》卷一〇，《乾隆大藏經》155 冊第 223 頁）

（7）宜林佛殿小，禪堂窄，來底李莽大、張獦獠，參底老實禪，做底死工夫。（《天則禪師語錄》卷一，《嘉興藏》38 冊第 489 頁）

（8）離離奇奇，獦獦獠獠。顛酒愛吃，曹山恣情；放曠清波，喜弄船子。（《布水台集》卷一八，《嘉興藏》26 冊第 380 頁）

（9）煒煒煌煌，煥乎其有文章；獦獦獠獠，兀爾全無孔竅。（《布水台集》卷二〇，《嘉興藏》26 冊第 386 頁）

第一例「王獦獠」與「李麻胡」對舉，「破磚頭、碎瓦礫」又與「王獦獠、李麻胡」對舉。「麻胡」，《中文大辭典》釋為：「今以形狀醜駁，視不分明曰麻

胡。」〔註30〕《漢語大詞典》釋為:「謂貌醜而多鬚者。」〔註31〕兩書均舉有宋曾慥《高齋漫錄》之例:「毗陵有成郎中,宣和中為省官,貌不揚而多髭。再娶之夕,岳母陋之,曰:『我女如菩薩,乃嫁一麻胡。』」兩種辭書的解釋不盡相同,但都認為是醜陋的意思。第二例「獦獠」與「磊苴」對舉,「磊苴」,猶邋遢,不整潔的意思。與「蜀僧磊苴,廣僧獦獠」類似的句子,宋《叢林盛事》卷一作「川僧磊苴,浙僧瀟灑」(《續藏經》86 冊第 687 頁)。第三例「獦獠」與「莽大」對文,「莽大」有粗魯壯實的意思。最後兩例「獦獦獠獠」分別與「離離奇奇」和「煒煒煌煌」對舉,「離離奇奇」猶歪歪斜斜,「煒煒煌煌」本為光彩炫麗的樣子,這裏意為洋洋灑灑,很有文采。這裏例子都可以推知「獦獠」的生理或身體特徵義。「王獦獠、李麻胡」或「李莽大、張獦獠」有點類似於今人所說的王結巴、胡麻子、李胖子、張瞎子等,都以姓加生理或身體特徵泛稱某一類人。「獦獦獠獠」猶結結巴巴、吞吞吐吐。

禪籍「佛性問答」公案以外出現的「獦獠」一詞基本上就是以上兩種意義。這兩種意義都出現在《壇經》之後,肯定存在著一定的意義聯繫,它們要麼就是其本義,要麼就是其引申義。不管怎麼樣,都可以由此推知「獦獠」之本義。可見,「獦獠」的本義與民族、地域關係不大,應該與人的身體生理特徵關係密切。我們可以想像到,慧能第一次見五祖,肯定是沒有遞上一張填寫了個人資訊的表格,可五祖一見面就說慧能是「獦獠」,慧能給五祖的第一印象最大可能應是語言、行為、外貌等特徵,所以《宋高僧傳》有「忍師睹能氣貌不揚」語,這裏的「氣貌」意即氣度風貌,不只是指外貌,也包括言行。

4.「獦獠」的異形詞及詞義

「獦獠」又可寫成「猲獠」。禪籍中有不少用例,如:

(10) 孤鸞風舞玻璃鏡,長鯨月驟珊瑚林。缽盂猲獠人將云,幾夜春坊無碓音。(《宏智禪師廣錄》卷九,《大正藏》48 冊第 101 頁)

(11) 少林之燈未續兮,洛陽人腰齊雪庭;黃梅之衣欲傳兮,猲獠祖步移碓程。(《宏智禪師廣錄》卷九,《大正藏》48 冊第 101 頁)

〔註30〕中文大辭典編纂委員會:《中文大辭典》,台灣:中國文化研究所,1974 年。
〔註31〕漢語大詞典編纂委員會:《漢語大詞典》(第 5 卷),上海:漢語大詞典出版社,2001 年。

（12）雲行而用閒，電掣而機迅。猺獠人不惹塵埃，黃梅祖親傳屈眴。（《宏智禪師廣錄》卷九，《大正藏》48 冊第 101 頁）

（13）鼓籠四傳而至黃梅。有嶺南猺獠，密傳宵遁，七百僧悉皆追趁。（《月磵和尚語錄》，《續藏經》70 冊第 522 頁）

以上「猺獠」都指慧能。這個意義，禪籍多用「獦獠」表示，我們在前文已經論及。除了指慧能外，「猺獠」還有其他的用法。如：

（14）上堂。舉僧問雲門大師：「如何是超佛越祖之談？」門云：「胡餅。」師云：「雲門老子能施設，胡餅佛祖俱超越。哆哆和和兩片皮，猺猺獠獠三寸舌。不是特地展家風，也非投機應時節。生鐵鑄成無孔錘，忒圞圞分難下楔。諸禪德，且道：天童今日是下楔不下楔？明眼人辨取。」（《宏智禪師廣錄》卷四，《大正藏》48 冊第 047 頁）

（15）覺之微妙，未痕朕兆。徹造化之源，據生殺之要。至虛而獨存，當明而隱照。築築磕磕分鼻孔累垂，哆哆和和分舌頭猺獠。（《宏智禪師廣錄》卷七，《大正藏》48 冊第 079 頁）

（16）吃茶去語落諸方，聚首商量柄把長。相席是渠能打令，同塵輸爾解和光。舌頭猺獠明無骨，鼻孔累垂暗有香。盞橐成來圓此話，儂家受用恰平常。（《宏智禪師廣錄》卷八，《大正藏》48 冊第 084 頁）

（17）覺上座有頌：「丙丁童子來求火，南海波斯鼻孔大，猺獠舌頭會者難，直下而今照得破，照得破沒功過。知爾被底穿，曾與同床臥。廉纖脫盡舊時疑，杯影蛇弦留再坐。」（《宏智禪師廣錄》卷一，《大正藏》48 冊第 003 頁）

（18）咭嘹舌頭，話盡平生心事；累垂鼻孔，何妨摩觸家風。（《宏智禪師廣錄》卷五，《大正藏》48 冊第 071 頁）

「舌頭猺獠」多與「鼻孔累垂」對舉，「鼻孔累垂」即鼻子下垂、變長，「舌頭猺獠」則就有點類似於舌頭打結。「猺猺獠獠」與「哆哆和和」對舉，「哆哆和和」，《從容庵錄》釋之為「嬰兒言語不真貌」，《漢語大詞典》釋為「表達不清楚貌」，「猺猺獠獠」應也有近似的意思，與前文所舉「獦獦獠獠」之義應該

相同。「猞獠舌頭」又寫作「咭嘹舌頭」，除此之外，禪籍還有「吃嘹舌頭」「吉嘹舌頭」「吉獠舌頭」「犵獠舌頭」「吉了舌頭」「吉撩舌頭」「乞嘹舌頭」等多種寫法。何小宛〔註32〕和王閏吉〔註33〕都證明了「猞獠」「咭嘹」「吃嘹」「吉嘹」「犵獠」「吉獠」「吉了」「吉撩」「乞嘹」是一組異形詞，「獦」與「猞」中古都是見母，聲母相同，都是入聲字，韻母也相近，前者為曷部，後者為屑部，所以「獦獠」也與「猞獠」等為異形詞。

「猞獠」或「咭嘹」「吃嘹」等的意思，王閏吉在《〈禪錄詞語釋義商補〉商補》一文中作了詳盡的考釋，認為它們是「繳」的分音字，「猞獠舌頭」「吃嘹舌頭」等其實就是「繳其舌」，就是禪錄中常見的「縮卻舌頭」〔註34〕。宋代睦庵善卿編著的《祖庭事苑》早就做出了這樣解釋：「吉嘹：下音料。北人方言，合音為字。吉嘹，言繳。繳，斜戾也。繳其舌，猶縮卻舌頭也。如呼窟籠為孔，窟馳為窠也。」（《祖庭事苑》卷一，《續藏經》64 冊第 316 頁）今陝西、山西、內蒙、河北、河南等地方方言都把物體彎曲翹卷叫做「吉嘹」，大部分地方志或方言志都寫作「圪料」，侯精一、溫端政、邢向東、李藍等人都認為「圪料」是「翹」或「蹺」的分音詞，可資證明。

5.「佛性問答」公案「獦獠」詞義提示

我們又回到本文開頭引的兩段關於佛性問答的對話。五祖說慧能無佛性歸於兩個原因：一是嶺南人，二是獦獠。這在《壇經》裏用一個問題提出，即「汝是嶺南人，又是獦獠，若為堪作佛」；在《祖堂集》則用兩個問題提出，一是「汝嶺南人，無佛性也」，二是「新州乃獵獠（「獵」通「獦」），寧有佛性耶」。「嶺南人」和「獦獠」是被認為是阻礙慧能成佛的兩個重要因素，但慧能最終還是得到了五祖的傳衣，所以他後來也表達了對五祖拋棄偏見而傳法於他的謝意。宗寶本、德異本和曹溪原本《壇經》都說：「惠能生在邊方，語音不正，蒙師傳法，今已得悟，只合自性自度。」惠昕本（大乘寺本）、興聖寺本《壇經》「語音不正」作「語又不正」。這裏的「生在邊方」對應於「嶺南人」，「語音不正」或「語又不正」對應於「獦獠」，「獦獠」的意思似乎變得顯豁了。慧能當時說

〔註32〕何小宛：《禪錄詞語釋義商補》，《中國語文》，2009 年第 3 期。
〔註33〕王閏吉：《〈禪錄詞語釋義商補〉商補》，《中國語文》，2011 年第 5 期。
〔註34〕王閏吉：《〈禪錄詞語釋義商補〉商補》。

什麼語言，恐難以考證了，據專家推測他極有可能說的是粵語。正確與否，我們姑且不論，但中原人認為嶺南語言難懂卻是不爭的事實。柳宗元《與蕭翰林俛書》描述說：「楚越間聲音特異，訣舌啅噪。」《壇經》說慧能是「獦獠」，《祖堂集》則說「新州乃獵獠」，前者是說慧能一人語音不正，後者是說新州一個地方語音不正。所以，慧能的語音不正是屬於地域上的語音特徵。

唐宋時人們把語音不正稱為「獠」，應該也是由此而來。《宋朝事實類苑》卷六七：「關右人或作京師語音，俗謂之獠語，士大夫亦然。」同書引《青箱雜記》云：「劉昌言，泉州人。先仕陳洪進為幕客，歸朝，願補校官。舉進士，三上，始中第，後判審官院，未百日，為樞密副使。時有言其太驟者，太宗不聽。言者不已，乃謂：『昌言，閩人，語頗獠，恐奏恐奏對間陛下難會。』太宗怒曰：『我自會得！』其篤眷如此。」又蘇軾《聞正輔表兄將至以詩迎之》：「幾欲烹郁屈，固嘗饌鈎輈。舌音漸獠變，面汗嘗騂羞。」無疑，這裏的「獠」都是指語音不正。五祖第一次見惠能稱其為「獦獠」，正與孟子貶楚人「南蠻訣舌」、柳宗元議論南方人「訣舌啅噪」一樣，都是指責人的語音不正。

6.「獦獠」詞義的宗教學意義

五祖弘忍的提問有可能是試探性的，也許他本人並無此偏見，但的確反映出了中國長期存在的地域歧視和語言歧視即便在佛教界也不無影響。

中國的地域歧視主要是北人對南人的歧視。兩漢以來，南人登上高位的寥若晨星。陸機入晉，儘管出身不凡（祖父陸遜、父親陸抗皆三國時吳國名將），文才了得，但仍屢遭北人白眼。《世說新語·方正》載：「盧志於眾坐，問陸士衡：『陸遜陸抗，是君何物？』」北人盧志對南人陸機的態度很明顯帶著輕薄與戲弄。陸機反唇相譏，答曰：「如卿於盧毓、盧珽。」（盧毓、盧珽分別為盧志祖父和父親名）但就此埋下了禍根，後遭到盧志報復而死於非命。北魏《洛陽伽藍記》時有輕視南人的話。唐代儘管政治開明，但其實行的科舉制度也明顯有地域歧視，長安的錄取比例遠遠高於其他郡縣，當年柳宗元給落第考生臨別贈言裏就有這麼一句：「京兆尹歲貢秀才，常與百郡相抗。」唐代南人做上大官的更是微乎其微，比較的成功例子僅嶺南人張九齡一人而已，張九齡因此常自稱「嶺海孤賤」。所以，魯迅說：「北人的卑視南人，已經是一種傳統。」〔註35〕

〔註35〕魯迅：《花邊文學·北人與南人》，《魯迅全集》第 5 卷，人民文學出版社，1981 年。

早期的佛教也存在地域歧視現象。佛教傳統的觀點認為諸佛是不會生於「邊地」的，只出生於「中國」，即「三千大千世界百億日月之中心」，也就是佛教認為是天地中心的古印度，更準確地說是中印度。如：

（19）又處中國不生邊地者，依俗間釋，唯五印度名為中國。中國之人，具正行故。餘皆邊地，設少具行，多不具故。佛法所傳，唯中印度，名為中國。（《瑜伽師地論略纂》卷七，《大正藏》43 冊第106 頁）

（20）菩薩不生邊地，以其邊地人多頑鈍，無有根器，猶如痖羊而不能知善與不善言說之義，是故菩薩但生中國。（《方廣大莊嚴經》卷一，《大正藏》3 冊第 54 頁）

（21）迦毘羅衛國者，三千大千世界百億日月之中心也，三世諸佛皆在彼生。（《廣弘明集》卷一，《大正藏》52 冊第 98 頁）

（22）佛及轉輪聖王，皆生中方，不生邊地。（《四分律名義標釋》卷七，《續藏經》44 冊第 45 頁）

（23）釋迦牟尼佛，賢劫第四佛也。是年四月八日，示生於中天竺迦毘羅衛國，彼國乃三千世界之中，故佛生於彼也。（《釋氏通鑒》卷一，《續藏經》76 冊第 8 頁）

可見，佛經認為「邊地」之人是不具正行，愚昧遲鈍，沒有根器的，佛是不會生在「邊地」的。

中國佛教史上無疑也存在這種地域歧視，個中原因應該來自於我們上面分析的兩種原因，一是皇權統治下的北人卑視南人的傳統，二是佛教傳統的諸佛「不生邊地」的思想。所以，即使是給慧能作傳的唐代詩佛王維也不自覺地流露出對嶺南的偏見，其在《六祖能禪師碑銘》中說：

（24）修蛇雄虺，毒螫之氣銷；跳殳彎弓，猜悍之風變。畋漁悉罷，蠱酖知非，多絕羶腥，效桑門之食；悉棄罟網，襲稻田之衣。

（《全唐文》卷三二七）

這裏雖然是說嶺南人在慧能的感召下民風的改變，但從一方面也可以看出王維心目中的嶺南是一個環境惡劣、百姓猜忌兇悍、殺生吃葷、佛法不生的地方。唐代道世法師編纂的《法苑珠林》卷七〇說得更明白：「生在邊地，不知忠

孝仁義，不見三寶。」（《大正藏》53 冊第 817 頁）所以當代學者杜繼文、魏道儒也認為弘忍時代的確存在著成佛作祖只能籍在中原而不應是「邊方」之人的傳統佛教觀念以及南人被排斥在「華夏」圈之外的客觀現實〔註36〕。

　　慧能初見五祖時，五祖質問慧能是「嶺南人」，怎麼能成佛作祖，儘管不能就此證明弘忍本人當時也有地域歧視的偏見，但至少反映出中原地區佛教對嶺南等所謂「邊地」人成佛作祖的懷疑，正如邢東風所說，「這種質問本身就表現了身居佛教中心地區的佛教高僧對南方信眾的輕視」〔註37〕。在五祖傳法慧能時，慧能說：「能是南人，不堪傳授佛性。」（《曹溪大師別傳》卷一，《續藏經》86 冊第 50 頁）說「佛性無南北」的慧能，其推脫之辭竟然也是這種理由。至於王維《六祖慧能禪師碑銘》說「法無中邊」，無疑也是基於當時存在著「邊地」人不能成佛作祖觀念而特地加以強調的。

　　所以，慧能說自己雖「生在邊方」，最後還是得到了弘忍的傳法，這無疑從反面透露出了「邊地」人得到傳法的艱難性。五祖弘忍看到慧能的得法偈時，雖然覺得境界頗高，但卻將它擦掉，也不讚賞；慧能得到衣缽後，卻遭遇追殺，命若懸絲；雖然平息追殺，但仍然不能傳法，混跡於獵人中間十五年等等，都顯露出了南人成佛作祖之不被傳統佛教觀念所接受的事實。《菩提達摩南宗定是非論》：「和上云：『有人入房內伸手取袈裟。』其夜所是南北道俗並至和上房內，借問和上：『入來者是南人北人？』和上云：『唯見有人入來，亦不知是南人北人。』」僧人首先關注的是北人還是南人，這表明南北地域歧視已經根深蒂固，南宗發展起來以後也免不了反過來歧視起北人來了，當然慧能是無此偏見的，為了避免僧人產生分別心，明知是北人偷竊，也只得說「不知是南人北人」。

　　語言歧視在教界也是由來已久，梵語在古印度被認為是大梵天創造的「天界的語言」，是少數受傳統教育的人使用的宗教語言，最初佛經的傳誦還必須用梵語。所以「語音不正」也為傳統的佛教觀念所歧視。佛經上說：「若師與弟子，語俱不正，言歸依佛，不成受三歸。」（《善見律毘婆沙》卷十六，《大正藏》24 冊第 788 頁）又說：「佛弟子中，有種種性，種種國土人，種種郡縣人。言音不同，語既不正，皆壞佛正義。」（《毘尼母經》卷四，《大正藏》24 冊第 821 頁）《佛說毘奈耶經》卷一：「若呪師等誦呪之時，言音不正，字體遺漏，口乾生澀，

〔註36〕杜繼文、魏道儒：《中國禪宗通史》，南京：江蘇古籍出版社，1993 年。
〔註37〕邢東風：《禪宗與「禪學熱」》，北京：宗教文化出版社，2006 年。

常足聲欬，使其中間斷續呪音，身不清潔，當爾之時，即被毘那夜迦得便，諸天善神不為衛護，或復遇大患疾災難，法不成驗。」（《大正藏》18 冊第 773 頁）《毘尼母經》卷五：「六群比丘作歌音誦經歎佛，佛不聽也。作者有五種過：一者於此音中自生染著，二者生人染著，三者諸天不樂，四者言音不正，五者語義不了。」（《大正藏》24 冊第 828 頁）《法華經授手》卷七：「末世弘經，若語有不正，為禍亦甚。」（《續藏經》32 冊第 752 頁）

慧能說自己「語音不正」，是以中原人的語音為標準，是中性的說法。《壇經》裏弘忍以及童子說慧能是「獦獠」，也是以中原人的語音為標準，卻是貶義的說法。「語音不正」有生理原因，也有社會原因。慧能的語音不正，顯然是社會原因造成的，這從《祖堂集》裏說「新州乃獦獠」，說新州一個地區語音不正就可看出。社會原因包括地域原因，我們前面分析了中原人以自己為中心，把自己聽起來困難的語音歸結為「語音不正」，故把嶺南人稱為「獠」或者「獦獠」。當然，社會原因也包括經濟、文化原因，出生在嶺南地區，如果經濟條件好，文化程度高，他就有可能學好強勢的中原語音，就不會被看成語音不正了，如嶺南人張九齡似乎就沒有經受這種歧視。據《壇經》和其他禪籍記載，慧能，俗姓盧，祖籍河北范陽，其父名行瑫，唐武德間被流放到嶺南新州。慧能父親早逝，慧能賣柴奉養母親，生活窮困艱辛，沒有條件接受文化教育，是個目不識丁的文盲，《壇經》多處提到慧能不識字。所以，說慧能是「獦獠」，雖然是就其語音不正而言的，但其實也隱含有地域、文化等方面的因素。

其實，語言歧視往往跟地域、文化歧視密切相關的，所以五祖弘忍初次見到慧能時把影響其成佛作祖的原因歸為「嶺南人」和「獦獠」兩個因素。當然，這也並非是五祖的發明，佛經裏也常將「邊地」與「語音不正」等相提並論當作成佛的障礙。如：

（25）若生人中，乃在邊地，不生中國，不覩三尊道法之義，或復聾盲瘖瘂，身形不正，不解善法、惡法之趣。（《增壹阿含經》卷四四，《大正藏》2 冊 828 頁）

（26）聾盲瘖啞，諸根閉塞；生於邊地，癡騃無智。（《佛說未曾有因緣經》卷上，《大正藏》17 冊第 578 頁）

（27）聾盲瘖瘂，不值正法；恒處邊地，智慧乏少。（《妙法聖念

處經》卷三，《大正藏》17 冊第 426 頁）

「聾盲瘖瘂」就包括了語音不正，與之相提並論的就是「生於邊地」。所以「獦獠」的詞義不僅揭示了佛教傳播過程中的語言歧視，而且隱含了與之相關的地域歧視以及經濟文化的歧視，由此可以看出慧能對佛性問題的回答，具有樹立南人宗教領袖的理論權威和爭取地域平等、語言、經濟文化平等地位的革命性的意義。慧能的佛性人人平等、不立語言文字的兩個重大的禪宗理論也正是在打破地域、語言、經濟文化偏見的基礎上產生的。

「語音不正」固然是慧能的一大缺陷，但同時也是禪宗向南方蓬勃發展，深入到中下階層，使禪宗爆發出前所未有的影響力的極為有利的條件。從世界範圍來看，佛教的傳播是不斷地由佛教中心向四周擴散，佛教在中國的傳播也應如此。唐代即使可能存在著共同語，但由於歷史的原因也不可能廣泛地推行開來，所以佛教要向南廣泛傳播就不可避免地面臨一個語言問題。中原人認為嶺南人「語音不正」，但對嶺南人來說，中原語音反而是「語音不正」，他們聽不懂中原語音，而慧能的語言恰是最便於交流的語言。五祖也許早就有禪宗向南傳播的想法，因為他傳教的地方已經不在中國佛教的中心地帶，而是稍有南移，在湖北黃梅縣東山，所以五祖把佛教南傳希望寄託在慧能身上，這從其臨別囑咐慧能向南傳法就可隱約看出：敦煌本《壇經》說「汝去，努力將法向南」，《神會語錄》說「汝緣在嶺南」，《歷代法寶記》說「佛法流過嶺南」（《大正藏》51 冊第 182 頁）。可能是五祖一直苦於沒有找到一個能與南方廣大的中下層交流的人，慧能的到來正好促成了這一想法的實現，所以他排除萬難而傳法於慧能。可見，從宗教傳播學的角度來看，「獦獠」的詞義的揭示，意義更為重大。

我們前面分析了，「獦獠」的詞義指「語音不正」，這又與經濟文化相關，「獦獠」又象徵著經濟水準的低下與文化程度的低下，所以「獦獠」又是貧民與文盲的代名詞。六祖出身貧困，一字不識，所以一切繁瑣的教義、教規，在他那裏都得到了簡化，不立文字，直指人心，見性成佛，中國佛教從此開闢了一條嶄新的寬廣的發展道路，慧能因此成為禪宗真正的創始人，標誌著佛教完全意義的中國化。

7. 結語

綜上所述，慧能既非西南夷又非南蠻，慧能說自己「語音不正」，並非讓人完全聽不懂，表明其說的是漢語，而不是少數民族語言，所以說「獦獠」慧能是西南夷或南方少數民族等與客觀實際不相符合。禪錄中「佛性問答」公案外的「獦獠」的詞義清楚地表明「獦獠」主要包括了兩個義項：一是指代慧能，二是指某一身體或生理特徵。大量的語言事實證明，「獦獠」及其異文「猲獠」「咭嘹」「吃嘹」「吉嘹」「吉獠」「吉了」「乞嘹」等皆為舌頭扭轉彎曲的意思，宋代禪宗詞典《祖庭事苑》說「咭嘹」是「繳」的分音詞並非向壁虛構。在《壇經》不少版本裏，慧能明確地把對應於「獦獠」的話說成「語音不正」，更進一步證明了所謂舌頭扭轉彎曲其實就是指的「語音不正」，不過這並不是說慧能是「大舌頭」，發音不清楚，而是說他的方言與中原語音有些不同，讓人難以聽懂，這是以生理特徵的語音缺陷隱喻地域特徵的語音差別。可見這裏的「語音不正」也並非真正的語音缺陷，而是操強勢的中原語音的人強加給嶺南人的語言歧視。「語音不正」與地域、經濟、文化都密切相關，所以「獦獠」的詞義的揭示具有重大的宗教學意義。「獦獠」可能也有族群意義，因為區分族別一個重要標誌就是語言，但這應該是後起的意義，因為總是先有某些族群的特徵之後，再確定其為某一族群。

二、杜詩詞語研究

「越凌亂」新探〔註38〕

黎錦熙、劉世儒〔註39〕、呂叔湘〔註40〕、邢福義〔註41〕、陳群（1999）、劉楚群〔註42〕、高育花〔註43〕等都對「越來越……」進行了研究，在前人研究的基礎上，龍國富將其置於構式語法化的有關理論框架中，從歷時的角度探討了「越

〔註38〕原題《近代漢語幾個語法問題考辨》，發表在《漢語史學報》，2015 年第 15 期，有改動。

〔註39〕黎錦熙、劉世儒：《漢語語法教材・第二編：詞類和構詞法》，北京：商務印書館，1959 年，第 421 頁。

〔註40〕呂叔湘：《現代漢語八百詞》，北京：商務印書館，1980 年，第 639 頁。

〔註41〕邢福義：《「越 x，越 Y」句式》，《中國語文》，1985 年第 3 期。

〔註42〕劉楚群：《論「越 V 越 A」——兼論從「越 V 越 A」到「越來越 A」的語義虛化過程》，《河北師範大學學報》，2004 年第 4 期。

〔註43〕高育花：《遞進表達的歷時演變與興替》《人民論壇・學術前沿》，2009 年第 3 期。

來越……」構式語法化過程、機制以及動因〔註44〕。該文理論前瞻，頗有啟發意義。但其所舉例證仍有可商之處。如其所舉「唐代，『越』出現與表性質的謂詞性賓語相搭配的情況」唯一例子：

高壁抵嶔崟，洪濤越凌亂。（杜甫《白沙渡》）

龍文認為「『洪濤越凌亂』應理解為洪濤超過了凌亂（的程度）」，恐怕有誤。據清代仇兆鰲的注釋，此句詩意是寫詩人「舍舟而陸行」，「抵嶔崟，到山頂也；越凌亂，逾急流也」〔註45〕。可見，此處「越」和「抵」的賓語都不是謂詞性賓語，「抵」是「到達」的意思，「越」是「越過、渡過」的意思，後面都應跟表處所的體詞性賓語。這裏是出於押韻和句子重心平衡的需要，運用了錯位的修辭手法，正常語序應該是「抵嶔崟高壁，越凌亂洪濤」，這從「洪濤越凌亂」語的出典於曹植《贈白馬王彪》「泛舟越洪濤，怨彼東路長」也可以看出。

三、《臨濟錄》詞語研究

「探頭」新探〔註46〕

雷漢卿《〈臨濟錄疏瀹〉獻疑》一文（以下簡為「《疑》文」）對日本江戶時代最偉大的學術大師無著道忠的禪語考釋提出了不少的質疑〔註47〕，都頗有見地，讀後很有啟發。但《疑》文對《臨濟錄》中「探頭」一詞的考釋，我們也有一點疑問，故不揣淺陋，以受教於方家。

先看《臨濟錄》原文，如：

（1）上堂，有僧出禮拜，師便喝。僧云：「老和尚莫探頭好。」

師云：「爾道落在什麼處？」僧便喝。（據《大正藏》第47冊）

无著道忠解釋說：

（2）老和尚莫探頭好：古德曰：言縱探也，探不得也。忠曰：

〔註44〕龍國富：《「越來越……」構式的語法化——從語法化的視角看語法構式的顯現》，《中國語文》，2013年第1期。

〔註45〕〔唐〕杜甫、〔清〕仇兆鰲注：《杜詩詳注》，北京：中華書局，1979年，第709頁。

〔註46〕原題《〈臨濟錄疏瀹〉獻疑》獻疑》，發表在《漢語史研究集刊》，2020年第2期，有改動。

〔註47〕雷漢卿：《〈臨濟錄疏瀹〉獻疑》，《漢語史研究集刊》，2016年第21輯，第257～272頁。

此僧見師喝為探竿影草。頭，助辭，如詐明頭、掠虛頭之類。可讀「多宇」，不可讀「知宇」。「知宇」時，加志良也，如「淨頭」「磨頭」之類。」（《臨濟錄疏瀹》第 50 頁）〔註48〕

　　例（2）的解釋解釋頗為詳細，是說「頭」有兩種用法，一種作助詞，讀作「多宇」（とう），一種作實詞，讀作「知宇」（ぢう）。「探頭」的「頭」跟意為胡說八道的「詐明頭」（そみんとう）、說大話，竊虛名的「掠虛頭」（らっきょとう）等詞中的「頭」一樣，都已經完全虛化，應該讀作「多宇」（とう tou），這是漢音，來自隋唐至宋前長安（今西安）地方讀音，屬北方系讀音。而不能如掌管清掃的「淨頭」（じんじゅう）、掌管研磨的「磨頭」（まじゅう）等詞中「頭」一樣讀作「知宇」（ぢう／じゅう ju-／ちゅう chu-／ちょう cho-），這些些詞中的「頭」還能看出頭目、首領的意思。這是唐（宋）音，來自明至清初中國南方地區讀音。頭，日語音讀作「知宇」時，與訓讀為「加志良」（かしら kasira）的「頭」詞義相同，都表示頭目、首領、首腦人物。看來，無著道忠是非常明白漢語「頭」的用法的，所以才特別指出要注意這裏「探頭」的「頭」的用法。《疑》文也承認唐宋時期「頭」已經完全語法化成為詞綴，且舉了大量例證，所以只要我們弄清「探頭」的意思，就能分辨出這裏的「頭」是否是助詞詞綴。

　　中國自唐宋以來幾乎沒有對「探頭」做出解釋，日人的解釋倒是挺多的，因為比較難見，我們不妨羅列如下，原文為日文的都翻譯為漢語：

　　（3）探頭，山云：「探水一般也，言來探覷你深淺好惡也。」「探頭太過」者，探覷過分外也。（《五燈拔萃》第 263 頁）〔註49〕

　　（4）探頭者，勘辨之義也。（《臨濟錄撮要鈔》第 34 頁）〔註50〕

　　（5）探頭者，勘驗也。探，《爾雅》：「試也。」頭，附字也。（《臨濟錄摘葉鈔》第 55 頁）〔註51〕

　　（6）探頭，指出義也。又肝過義。又試探也。或抄云：造次也。造次者，急遽也。古德著語云：果然中也。或抄云：此僧即知探竿

〔註48〕〔日〕無著道忠：《臨濟慧照禪師語錄疏瀹》，春光院，1726 年。
〔註49〕佚名：《五燈拔萃》，大德寺龍光院所藏，室町期。
〔註50〕〔日〕鉄崖道空：《臨濟錄撮要鈔》，柳田文庫，1691 年。
〔註51〕〔日〕耕雲子：《臨濟錄摘葉鈔》，柳田文庫，1698 年。

影草機云爾也。(《臨濟錄鈔》第 27 頁)〔註52〕

（7）探頭者，謂勘辨也。字面看。(《臨濟錄夾山鈔》第 34 頁)
〔註53〕

（8）護阜云：捆住前端就可以不用按住它了。探頭，捆住前端
之義。或首書云：莫造次。造次必於是云。注云：急遽也。莫探頭，
只上義，不可也。或抄云：探頭，指出義也。又肝過義。又探試。
云此僧即知探竿影草機云爾也。(《臨濟錄萬安抄》第 22 頁)〔註54〕

（9）和尚莫探頭好？下吾云：「驗人端的處，下口即知音」。弁
云：「即便要找和尚，也不該講手段。此僧有明眼。」《臨濟錄密參
請益錄》第 14 頁)〔註55〕

（10）老和尚莫探頭好：此僧殊勝作禮拜，不意被一喝喝破。
於是說道：「我只禮拜表敬意，別無異心。和尚難道不是似有所嫌疑
才試探我嗎？」越是藏機才越是居心巨測之人。探頭指試探、探聽。
頭，語助詞。(《臨濟錄贅辯》第 9 頁)〔註56〕

（11）探頭，見《虛堂·寶林語》……探頭一覷：日語『きる』，
即偷看。探頭，指從人家的門口往裏面偷看。《水滸》第三回：『一
個人探頭探腦，在那裡張望。』又四十一回：『宋江揭起賬，慢望裏
面，探身便鑽。』探字義可見。」(《諸錄俗語解·臨濟錄》「探頭」
條、《諸錄俗語解·虛堂錄》「探頭一覷」條)〔註57〕

（12）忠曰：此僧見師喝為探竿影草。頭，助辭。《爾雅》二（十
一丈）《釋言》曰：「探，試也。」注：「刺探嘗試。」(《葛藤語箋》
第 177 頁)〔註58〕

（13）探頭者，猶勘辨也。(《虛堂錄犁耕》第 353 頁)〔註59〕

〔註52〕〔日〕佚名：《臨濟錄鈔》，柳田文庫，1630 年。
〔註53〕〔日〕夾山：《臨濟錄夾山鈔》，柳田文庫，1654 年。
〔註54〕〔日〕万安英種：《臨濟錄萬安抄》，柳田文庫，1632 年。
〔註55〕〔日〕古帆周信：《臨濟錄密參請益錄》，柳田文庫，1570～1641 年。
〔註56〕〔日〕岡田自適：《臨濟錄贅辯》，柳田文庫，1925 年。
〔註57〕〔日〕桂洲道倫：《諸錄俗語解》，大藏院藏，江戶期。
〔註58〕〔日〕無著道忠：《葛藤語箋》，春光院藏，1744 年。
〔註59〕〔日〕無著道忠：《虛堂錄犁耕》，龍華院藏，1727 年。

日人的解釋只有例（11）《諸錄俗語解》以及例（8）《臨濟錄萬安抄》引護阜云，「頭」為實詞，但例（11）引《水滸傳》例證偏晚，例（8）明顯過於千強，都不足為信。其他都視「頭」為助詞。更重要的是，例（2）《五燈拔萃》引宋末元初的入日僧人一山一寧（1247～1317）的解釋也是釋「頭」為沒有實義的詞，應該有一定的可信度。例（12）（13）也是無著道忠的著作，也都視「頭」為助詞。

那麼，《臨濟錄》中的「探頭」到底是什麼意思？是《疑》文和《諸錄俗語解》解釋的「探身」「伸頭」義還是無著道忠和日本學者解釋的「勘辨」義？我們不妨再詳細證明一下。

首先，「探頭」常與「詐明頭」出現同樣的語境，如：

（14）又僧問：「乍離凝峯丈室，來坐般若道場。今日家風，請師一句。」師云：「虧汝什麼處？」學云：「恁麼即雷音震動乾坤地，人人無不盡霑恩。」師云：「幸然未會，且莫探頭。」（《景德傳燈錄》卷25，據《大正藏》第51冊）

（15）問：「見色便見心，露柱是色，如何是心？」師曰：「幸然未會，且莫詐明頭。」（《景德傳燈錄》卷24，據《大正藏》第51冊）

「明頭」，明白的人，「詐明頭」即欺騙明白的人，也即亂說、胡說。這雖然不能就此推斷「探頭」義同「詐明頭」，也是「亂說、胡說」義，但足以說明二詞語義有關係，或表達的態度、旨意相同。「探頭」與言說有關，也是可以證明的。且看下面的例子：

（16）這僧三問探頭太過也。（《萬松老人評唱天童覺和尚頌古從容庵錄》卷二，據《大正藏》第48冊）

（17）保福雲門，也垂鼻欺脣（探頭太過）。（《萬松老人評唱天童覺和尚頌古從容庵錄》卷五，據《大正藏》第48冊）

（18）師上堂，有僧出禮拜，師便喝。僧云：「老和尚莫探頭好。」（《人天眼目》卷一，據《大正藏》第48冊）

（19）雪老別鼇山，卓菴閩中坐，一日見僧來探頭：「道什麼？」（《禪宗頌古聯珠通集》卷二八，據《續藏經》第65冊）

（20）靈隱岳云：「五祖老人好語，只為探頭太過；香山有簡方

便，也要諸人共知。」（《宗門統要正續集》卷一九，據《永樂北藏》第 155 冊）

（21）生死事大，無常迅速。只者兩句探頭太過。（《大通禪師語錄》卷一，據《大正藏》第 81 冊）

（22）操尚書茶裏飯裏總不放過，無端下箇探頭，若不是這僧，幾乎口啞然。（《二隱謐禪師語錄》卷四，據《嘉興藏》第 28 冊）

（23）上堂：「佛法無人說，雖慧莫能曉。」遂喝一喝曰：「莫探頭好，有口且掛壁上。是法非思量分別之所能知。」（《五燈全書》卷 78，據《續藏經》第 82 冊）

例（16）「探頭太過」對應「三問」，例（17）「探頭太過」對應「垂鼻欺脣」，例（18）「莫探頭」對應「喝」，例（19）「探頭」對應「道什麼」，例（20）「探頭太過」對應「好語」，例（21）「探頭太過」對應「兩句」，例（22）「探頭」作「下箇」的賓語，而「下箇」的賓語一般是「斷語」「註腳」「評語」等，例（23）「莫探頭」對應「佛法無人說」，也對應「有口且掛壁上」，當然此句似乎也可以句讀作：「莫探頭好！有口且掛壁上，是法非思量分別之所能知。」但不管怎樣，「有口且掛壁上」都是承上啟下句。因為「莫探頭」與「是法非思量分別之所能知」都是針對「佛法無人說」句，這是可以肯定的，那麼這兩句中間的「有口且掛壁上」，承上啟下的作用就頗明顯了。我個人傾向於「有口且掛壁上」也用感歎號。末後句應該是引用佛祖釋迦牟尼的原話（參見《妙法蓮華經》卷一，據《大正藏》第 9 冊），單獨成句似乎更為合理。這樣例子，特別是與「喝問」之「喝」對應的例子，唐宋以來的禪錄特別多，不一一例舉。

禪錄中「探頭」與「亂道」常為異文，如：

（24）又僧問：「乍離凝峯丈室，來坐般若道場。今日家風，請師一句。」師云：「虧汝什麼處？」學云：「恁麼即雷音震動乾坤地，人人無不盡霑恩。」師云：「幸然未會，且莫探頭。」（《景德傳燈錄》卷 25，據《大正藏》第 51 冊）

（25）僧問：「鼓聲才動，大眾雲臻。向上宗乘，請師舉唱。」師曰：「虧汝什麼？」曰：「恁麼即人人盡霑恩去也。」師曰：「莫亂道。」（《景德傳燈錄》卷 26，據《大正藏》第 51 冊）

（26）僧問：「乍離凝峯丈室，來坐般若道場。今日家風，請師一句。」師曰：「虧汝甚麼處？」曰：「恁麼則雷音震動乾坤界，人人無不盡霑恩。」師曰：「幸然未會，且莫探頭。」（《五燈會元》卷10，據《續藏經》第80冊）

（27）僧問：「鼓聲纔罷，大眾雲臻。向上宗乘，請師舉唱。」師曰：「虧汝甚麼？」曰：「恁麼則人人盡霑恩去也。」師曰：「莫亂道。」（《五燈會元》卷10，據《續藏經》第80冊）

（28）僧問：「乍離凝峰丈室來，坐般若道場。今日家風，請師一句。」師曰：「虧汝甚麼處？」曰：「恁麼則雷音震動乾坤界，人人無不盡霑恩。」師曰：「幸然未會，且莫探頭。」（《五燈全書》卷18，據《續藏經》第81冊）

（29）僧問：「鼓聲纔罷，大眾雲臻。向上宗乘，請師舉唱。」師曰：「虧汝甚麼？」曰：「恁麼則人人盡霑恩去也。」師曰：「莫亂道。」（《五燈全書》卷20，據《續藏經》第81冊）

（30）僧問：「乍離凝峯丈室，來坐般若道場。今日家風，請師一句。」師曰：「虧汝甚麼處？」曰：「恁麼則雷音震動乾坤界，人人無不盡霑恩。」師曰：「幸然未會，且莫探頭。」（《五燈嚴統》卷10，據《續藏經》第81冊）

（31）僧問：「鼓聲纔罷，大眾雲臻。向上宗乘，請師舉唱。」師曰：「虧汝甚麼？」曰：「恁麼則人人盡霑恩去也。」師曰：「莫亂道。」（《五燈嚴統》卷10，據《續藏經》第81冊）

例（24）與例（25）、例（26）與例（27）、例（28）與例（29）、例（30）與例（31）兩兩比較，明顯可以看出，「探頭」與「亂道」意思相同。

「探頭」之所以有亂道、胡說的意思，還得從「臨濟四喝」說起。如：

（32）師問僧：「有時一喝如金剛王寶劍、有時一喝如踞地金毛師子、有時一喝如探竿影草、有時一喝不作一喝用，汝作麼生會？」僧擬議，師便喝。（《鎮州臨濟慧照禪師語錄》，據《大正藏》第47冊）

（33）垂示云：「會則途中受用，如龍得水，似虎靠山；不會則

世諦流布，羝羊觸藩，守株待兔。有時一句，如踞地獅子；有時一句，如金剛王寶劍；有時一句，坐斷天下人舌頭；有時一句，隨波逐浪。若也途中受用，遇知音別機宜，識休咎相共證明；若也世諦流布，具一隻眼，可以坐斷十方，壁立千仞。所以道，大用現前，不存軌則。有時將一莖草，作丈六金身用；有時將丈六金身，作一莖草用。且道，憑箇什麼道理？還委悉麼？」（《佛果圜悟禪師碧巖錄》卷 1，據《大正藏》第 48 冊）

臨濟之喝有四種作用，如金剛王寶劍、如踞地金毛獅子、如探竿影草、不作一喝用，是臨濟勘辨學人悟道之深淺的方法，截斷學人語路思路、促使祛除分別妄心的手段。臨濟這種勘辨學人、試探學人的方法手段，禪錄中稱為「探頭」。正如無著道忠等先賢所解釋那樣，「探」的本義就是試探。所以《佛光大辭典》「探頭」條解釋說：「原為刺探之意；於禪林中轉指師家之勘辨。」也可以說臨濟的「喝」就是「探頭」，如：

（34）上堂，僧問：「一人探頭，一人下喝，此二人相去幾何？」師云：「三更半夜。」（《薦福承古禪師語錄》，據《續藏經》第 73 冊）

「探頭」與「下喝」就如「三更」與「半夜」，彼此彼此。

「喝」是禪家尤其是臨濟宗接引學人常用的施設，但若不知其用而「喝」，則稱為「胡喝亂喝」。如：

（35）若不是作者，只是胡喝亂喝。所以古人道，有時一喝，不作一喝用；有時一喝，却作一喝用；有時一喝，如踞地獅子；有時一喝，如金剛王寶劍。興化道：我見爾諸人，東廊下也喝，西廊下也喝，且莫胡喝亂喝。直饒喝得興化，上三十三天，却撲下來，氣息一點也無，待我甦醒起來，向汝道未在。何故？興化未曾向紫羅帳裏撒真珠，與爾諸人在，只管胡喝亂喝作什麼？（《佛果圜悟禪師碧巖錄》卷 1，據《大正藏》第 48 冊）

禪家運用「棒喝」的施設，真很難掌握好分寸。就是臨濟本人，也有「探頭太過」之處。如：

（36）所以德山入門便棒，臨濟入門便喝，已是探頭太過，何更立語言哉？（《真心直說》，據《大正藏》第 48 冊）

（37）大道離言，如天普蓋。真機密運，似地普擎。眾生日用，不知諸聖。所以問出德山臨濟，探頭太過。（《洪山俞昭允汾禪師語錄》卷4，據《嘉興藏》第37冊）

所以例（1）僧說臨濟「莫探頭」，其實就是指責臨濟「探頭太過」，也就是說臨濟「胡喝亂喝」。

如此，「探頭」本指禪家「棒喝」之類勘辨學人的施設與手段，因為很難把握好分寸，常導致不知其用而用，故引申出有胡喝、亂道的意思。那麼「頭」字應該沒有實在的意義，是助詞詞綴還是有道理的。

四、《祖堂集》詞語研究

（一）「屄裏」新探〔註60〕

因高僧沖雨上堂，藥山笑曰：「汝來也？」高僧曰：「屄裏。」藥山云：「可殺濕。」高僧云：「不打與摩鼓笛。」雲巖云：「皮也無，打什摩鼓！」師云：「骨也無，打什摩皮？」藥山曰：「大好曲調。」（《祖堂集》卷五道吾和尚，第207頁）

「屄裏」一詞頗為難解，《禪籍俗語言研究會報》第4號列為「待質事項」。目前對此詞作出考釋的，唯有王鍈先生。不過，王鍈據《集韻·禡韻》「髂，股間也，或作屄」，釋「屄裏」為「兩股之間」〔註61〕，於文義似乎尚未解釋圓通。按「屄裏」，《虛堂集》引作「窊裏」，如：

舉高沙彌住庵，一日歸來值雨。（教休不肯休。）藥山云：「甚麼處來？」（不消詐問！）彌云：「窊裏來。」（我豈不知？）山云：「可殺濕！」（便恁麼來。）彌云：「不打這鼓笛。」（似有魂靈。）雲岩云：「皮也無，打甚麼鼓？」（承虛接響。）道吾云：「鼓也無，打甚麼皮？」（接響承虛。）山云：「一場好曲調。」（沒孔笛逢氈拍板。阿誰肯助采聲來？）（《林泉老人評唱丹霞淳禪師頌古虛堂集》卷二，

〔註60〕原題《〈祖堂集〉疑難語詞考校商補》，發表在《漢語史學報》，2016年第1期，有改動。

〔註61〕王鍈：《屄裏》，《俗語言研究》，1996年第3期。王鍈認為例句本意言兩股間均濕透，但話尚未說完，藥山便接著發問，「可殺」或作「可煞」，為疑問詞，猶可是、可否。（參《敦煌文獻語言詞典》185頁「可煞」條）故標點應為：「高僧曰：『裏……』藥山云：『可殺濕。』」

據《續藏經》67 冊）

「屄」，《集韻》：「枯化切。」「窊」，《集韻》：「烏化切。」二字韻同聲近。「屄」，溪母；「窊」，影母，牙喉音容易相混。漢臧語系親屬中的同源詞的詞根聲母影母溪母多對應，漢語借詞，溪母影母對譯的情況也頗為常見〔註 62〕。宋人《資治通鑒釋文》也有影母溪母混切現象〔註 63〕。諧聲字中影母溪母互諧的更多。韓語中不少影母溪母漢字讀音都是同一聲母，如影母「歐」「鷗」「甌」「毆」跟溪母「摳」「區」「彄」「嶇」「驅」「軀」等字，在韓語裏都對應為一個聲母 ku。可見，「屄」應該是「窊」字音近而混。「窊」，慧琳《一切經音義》注引《韻詮》云：「下濕地也。」藥山問高沙彌從什麼地方來，高沙彌說是從低窊處來。藥山是明知故問，所以在《祖堂集》《景德傳燈錄》《五燈會元》等禪錄中藥山的問都是招呼問「汝來也」「爾來也」或「你來也」。如：

> 師住庵後，雨裏來相看。藥云：「爾來也？」師曰：「是。」藥云：「可殺濕！」師曰：「不打遮箇鼓笛。」雲巖云：「皮也無，打什麼鼓？」道吾云：「鼓也無，打什麼皮？」藥云：「今日大好曲調。」（《景德傳燈錄》卷一四，據《大正藏》第 51 冊）

> 師住菴後，一日歸來值雨。山曰：「你來也？」師曰：「是。」山曰：「可煞濕！」師曰：「不打這箇鼓笛。」雲巖曰：「皮也無，打甚麼鼓？」道吾曰：「鼓也無，打甚麼皮？」山曰：「今日大好一場曲調。」（《五燈會元》卷五，據《續藏經》第 80 冊）

對這種招呼問，《景德傳燈錄》《五燈會元》等禪錄中，高沙彌都是以「是」來回答。而《祖堂集》中高沙彌的回答，則故意違背合作原則的量的準則，提供了多餘信息：「我是從低窊的泥水地裏走來的。」高沙彌本想借此炫耀此行不易，但卻因此留下了「拖泥帶水」的話柄。藥山接著說「可殺濕」，意思是「太濕了」（可殺，程度副詞，太），正是語帶雙關地批評高沙彌的「拖泥帶水」。後人針對此公案「可殺濕」句有詩注云「來也煞濕，帶水拖泥」，（《隱元禪師語錄》卷一〇，據《續藏經》第 27 冊）可以為證。禪宗「唯務單傳直指，不喜帶水拖泥」（《嘉泰普燈錄》卷二五，據《續藏經》第 79 冊），示機應機要乾脆爽利，

〔註 62〕潘悟雲：《喉音考》，《民族語文》，1997 年，第 5 期。
〔註 63〕陸華：《〈資治通鑒釋文〉音切反映的宋代音系——聲類的討論》，《柳州師專學報》，2004 年第 3 期。

切忌老婆心切，陷於言辭義理。所以，「屎裏」為「窟裏」之誤，從上下文語境和禪僧接引學人的方式看，也是頗為合理的。

從現有資料看，「汝來也」之類的招呼問可能最早見於《祖堂集》。《虛堂集》引作「甚麼處來」，這為我們探討這類招呼問的來源提供了線索。「甚麼處來」是禪錄中最常見的一個話頭，禪僧常借這樣的話頭來勘驗學人的根機與因緣。最初是真的想通過此問，了解學人曾雲遊了哪些地方，拜訪過什麼人，承嗣了誰的家風，以檢驗學人與自己是否投緣。後來只是想勘驗機緣，明明知道對方從哪裏來，也會明知故問。這樣，問處所的特指問「甚麼處來」，逐漸變成「汝來也」之類的招呼問。

（二）「雪仲」新探〔註64〕

> 問：「雪仲久思，為什摩相見無辭？」師云：「道且憑目擊，知音復是誰？」（卷一二禾山和尚，第465頁）

「雪仲」，張華徑改為「雪中」，并校注曰：「中：原本作『仲』。」〔註65〕孫昌武、衣川賢次、西口芳男校注曰：「『仲』『中』通。」〔註66〕張美蘭校注曰：「『仲』疑為『中』字。」〔註67〕恐皆未明此話頭的出典。

從答語「道且憑目擊」就明顯可以看出此處是以孔子見溫伯雪子的典故為禪宗話頭。該典故語出《莊子·田子方》：「仲尼見之而不言。子路曰：『吾子欲見溫伯雪子久矣，見之而不言，何邪？』仲尼曰：『若夫人者，目擊而道存矣，亦不可以容聲矣。』」成語「目擊道存」就來源於此。「雪仲久思」正對應「吾子欲見溫伯雪子久矣」，「相見無辭」正對應「見之而不言」。禪宗不立文字，以心傳心，禪師交流，目光相接，便心有靈犀，悟禪解道，正如孔子見溫伯雪子一樣，目擊道存，不在言說。唐宋禪錄常拈提這一典故，僅在《祖堂集》就有多處〔註68〕。

〔註64〕原題《〈祖堂集〉疑難語詞考校商補》，發表在《漢語史學報》，2016年第1期，有改動。

〔註65〕靜筠編、張華點校：《祖堂集》，鄭州：中州古籍出版社，2001年，第421頁。

〔註66〕靜筠編，孫昌武，衣川賢次，西口芳男點校：《祖堂集》，北京：中華書局，2007年，第560頁。

〔註67〕張美蘭編著：《祖堂集校注》，北京：商務印書館，2009年，第329頁。

〔註68〕如《祖堂集》卷八「雲居和尚」：「効赤水以求珠，踵溫生之目擊。」卷一〇「長慶和尚」：「目擊道存，不在言說。」卷一三「招慶和尚」：「古人相見，目擊道存。今時如何相見？」卷一三「福先招慶和尚」：「溫白夫子相見則且置，和尚作摩生相見？

所以，「雪仲」無疑是指溫伯雪子和孔仲尼，係分取二人名字中的一字簡稱而成。《祖堂集》人名簡稱常不固定，「曹山」可簡稱為「曹」，也可以簡稱為「山」；「洞山」可簡稱為「洞」，也可以簡稱為「山」〔註69〕。可能是由於「雪」「仲」這兩個簡稱有點特別，所以至今尚無校本正確出注。

（三）「未學」新探〔註70〕

　　汝所行道，勿輕未學。此人回志，便獲菩提，初心菩薩，與佛功

等。（卷二《慧可大師》，第106頁）

「未學」，《祖堂集》各校本皆據底本中作「未學」，唯孫昌武、衣川賢次、西口芳男點校的中華書局本《祖堂集》據《寶林傳》改成「末學」。但仍有學者認為中華書局本恰恰是將正確的改錯了〔註71〕。所以，此詞頗有考辨的必要。

其實，「勿輕未學」是有出典的。著名的佛教譯經人，三國時支謙翻譯的《維摩詰經》卷下記載：「佛告諸菩薩言：……『學法不懈，說教不忘，供事佛勤，所生不恐，具受不慢，不輕未學，不為塵埃，守真化生，欣樂受決。』」（據《大藏經》14冊）另一位著名的佛教譯經人，姚秦時期鳩摩羅什翻譯的《維摩詰所說經》卷三云：「佛告諸菩薩言：『……不輕未學，敬學如佛。』」（同上）後秦釋僧肇《注維摩詰經》卷九注曰：「未學當學，所以不輕；已學當成，故敬如佛。」（據《大藏經》38冊）「未學」與「已學」對舉，為「末學」的可能性幾乎沒有。又《維摩詰所說經》卷三：「時維摩詰問眾菩薩言：『諸仁者！誰能致彼佛飯？』以文殊師利威神力故，咸皆默然。維摩詰言：『仁此大眾，無乃可耻？』文殊師利曰：『如佛所言，勿輕未學。』」（據《大藏經》14冊）《注維摩詰經》卷九「勿

〔註69〕如《祖堂集》卷八「神山和尚」：「曹山問僧：『作摩生是大地一齊火發？』對曰：『近不得。』曹云：『近不得是火也，與摩時還存得寸絲也無？』對曰：『若有寸絲則不成大火。』」此處「曹山」簡稱為「曹」。卷一四「茗溪和尚」：「僧云：『一切眾生，還有此病也無？』曹山云：『人人盡有。』僧云：『一切眾生，為什摩不病？』山云：『眾生若病，則非眾生。』」此處「曹山」簡稱為「山」。卷一九「香嚴和尚」：「洞山却低頭後云：『實與摩也無？』對云：『實與摩。』洞云：『若也實與摩，研頭也無罪過。』」此處「洞山」簡稱為「洞」。卷一九「香嚴和尚」：「洞山問僧：『離什摩處來？』對云：『離香嚴來。』山云：『有什摩佛法因緣？』對云：『佛法因緣即多，只是愛說三等照。』山云：『舉看。』」此處「洞山」簡稱為「山」。

〔註70〕原題《〈祖堂集〉疑難語詞考校商補》，發表在《漢語史學報》，2016年第1期，有改動。

〔註71〕李艷琴：《中華本〈祖堂集〉點校辨正》，《暨南學報》，2011年第1期，第113～117頁。

輕未學」下注曰：「進始學也。」（據《大藏經》38 冊）《維摩經義記》卷四說得更清楚：「進於始行，學則便得，故不可輕也。」該書同卷「未學」又寫作「勿學」。（據《大藏經》85 冊）

　　查「未學」的梵文原詞作 aśikṣita，指「尚未學成者」〔註72〕。所以「未學」完全可以顧名思義，即未經學習、未有深學或尚未學成的意思，本指初入聖道的菩薩〔註73〕。有的譯經作「未學菩薩」。元魏瞿曇般若流支譯《不必定入定入印經》：「心不輕蔑未學菩薩。」（據《大藏經》15 冊）唐代義淨譯《入定不定印經》：「於未學菩薩不起慢心。」（同上）「勿輕未學」本是佛祖告誡諸菩薩的修行準則，所以文殊菩薩看到維摩詰出言不遜，要他記住佛祖所說的話，不要輕視這些「未學」。後比喻未成就道業的新學〔註74〕以及所有尚未學道修行之人〔註75〕。慧能《金剛經解義》：「心輕未學，此非清淨心也。自性常生智慧，行平等慈下心，恭敬一切眾生，是修行人清淨心也。」（據《續藏經》24 冊）《祖堂集》此處是菩提達摩傳法慧可後的叮囑，無疑也是暗引佛祖之言，要慧可一心弘法，普度眾生，不要輕蔑「未學」，對未成道業及所有尚未學成道業之人都要行恭敬平等慈愛之心。達摩緊接著說，「此人回志，便獲菩提；初心菩薩，與佛功等。」這應該是對「勿輕未學」進一步解釋，意思是說這些「未學」，一旦「回志」，發心修行，同樣能成佛作祖。其中的「回志」即「轉志」，「初心」指初發心而未經深行者〔註76〕，可以說又是對「未學」作的注腳。這一切都與指「淺薄之人」的「未學」關係不大。《寶林傳》是《祖堂集》的一個重要參照本子，「未」「末」形體又極為相似，在敦煌文獻中二字形似致訛頗為常見，所以將底本中的「未學」改回「未學」應該是依據充分，合情合理。

（四）「氣道」新探〔註77〕

　　　　師初出世時，未具方便，不得穩便，因此不說法。過得兩年後，

〔註72〕黃寶生：《梵漢對勘維摩詰所說經》，北京：中國社會科學出版社，2011 年，第 277 頁。

〔註73〕姜子夫主編：《維摩詰經》，北京：大眾文藝出版社，2005 年，第 175 頁。

〔註74〕姜子夫主編：《維摩詰經》，第 176 頁。

〔註75〕朱瑞玟：《佛家妙語》，北京：團結出版社，2007 年，第 149 頁。

〔註76〕慈怡：《佛光大辭典》，台灣：佛光文化事業有限公司，1988 年，第 2789 頁。

〔註77〕原題《〈祖堂集〉疑難語詞考校商補》，發表在《漢語史學報》，2016 年第 1 期，有改動。

忽然回心向徒弟曰：「我聞湖南石霜是作家知識。我一百來少師中，豈無靈利者？誰去彼中，勤學彼中氣道，轉來密救老漢？」（卷一九徑山和尚，第 712 頁）

便上潙山，具陳前事，并發明偈子呈似和尚。便上堂，令堂維那呈似大眾，大眾總賀。唯有仰山，出外未歸。仰山歸後，潙山向仰山說前件因緣，兼把偈子見似仰山。仰山見了，賀一切後，向和尚說：「雖則與摩發明，和尚還驗得他也無？」潙山云：「不驗他。」仰山便去香嚴處，賀喜一切後，便問：「前頭則有如是次第了也。然雖如此，不息眾人疑。」「作摩生疑聲？」「將謂預造，師兄已是發明了也，別是氣道造道將來。」香嚴便造偈對曰：「去年未是貧，今年始是貧；去年無卓錐之地，今年錐亦無。」仰山云：「師兄在知有如來禪，且不知有祖師禪。」（卷一九香嚴和尚，第 701 頁）

其僧才得個問頭，眼淚落。洞山云：「哭作什摩？」對云：「啟和尚，末代後生，伏蒙和尚垂方便。得這個氣道，一則喜不自勝，二則戀和尚法席，所以與摩淚下。」（卷一九香嚴和尚，第 704～705 頁）

張華注云：「氣道似指一種禪悟的境界。」[註78] 孫昌武、衣川賢次、西口芳男注云：「氣道：疑為『舉道』之訛，以『氣』與『舉』俗字『礿』『礿』相混致誤。」[註79]

「氣道」為「禪悟的境界」似乎與文意不符；為「舉道」之訛，《祖堂集》中三見皆訛，也有點可疑，且「舉道」用作名詞，唐宋禪籍及外典皆未見有用例。其實「氣道」一詞先秦就有，如《黃帝內經‧靈樞》第十八篇：「壯者之氣血盛，其肌肉滑，氣道通。」本指精氣運行之通道。禪法固密難入，不立文字，直指人心，見性成佛，但禪師慈悲為懷，以方便法門，打開一個通道，施以言句教說，引導學人領悟佛法真諦，讓學人有路可循。所以，禪宗用「氣道」來比喻接引學人的方便語句。這從下面的例句就可以看出：

黃檗和尚語云：「天下老和尚一氣道在我者裏，要放你也在我這

〔註78〕靜筠編、張華點校：《祖堂集》，鄭州：中州古籍出版社，2001 年，第 617 頁。
〔註79〕靜筠編，孫昌武，衣川賢次，西口芳男點校：《祖堂集》，北京：中華書局，2007 年，第 829 頁。

裏，要不放你也在我這裏。」僧便問：「如何是一氣道？」師云：「量才補職。」僧云：「如何是不放一氣道？」師云：「伏惟尚饗。」（《古尊宿語錄》卷六，據《續藏經》68 冊）

黃檗一日舉手作捏勢。云：「天下老和尚總在者裏，我若放一綫道，從汝七縱八橫；若不放過，不消一捏。」僧問：「放一綫道時如何？」檗云：「七縱八橫。」又問：「不放過不消一捏時如何？」檗云：「普。」（《雲門匡真禪師廣錄》卷中，據《大正藏》47 冊）

問：「如何是放一綫道？」師云？「量才補職。」又問：「如何是不放一綫道？」師云：「伏惟尚饗。」（《景德傳燈錄》卷一二，據《大正藏》47 冊）

僧問睦州：「如何是展演之言？」師云：「量才補職。」僧云：「如何是不展演之言？」師云：「伏惟尚饗。」（《大慧普覺禪師語錄》卷三，據《大正藏》47 冊）

四例中的「一氣道」「一綫道」「展演之言」可以互相替換，知其應為同義語。「一綫道」指禪家接引學人時施以言句教說的方便法門（參《禪宗大詞典》「放一綫道」「開一綫道」「通一綫道」條）〔註80〕，「展演之言」即宣展敷演之言，亦即方便法門的語句。毫無疑問，「一氣道」的意思也應如此。

《祖堂集》三例，第一例「勤學彼中氣道」意即勤學石霜和尚那裏方便語句，看石霜門下是如何問答商量的；第二例「別是氣道造道將來」，《聯燈會要》卷八作「更別說看」（據《續藏經》79 冊），《祖庭事苑》卷一作「別更說看」（據《續藏經》64 冊），意為仰山和尚希望香嚴和尚發明新的偈子，亦即希望香嚴道出有別於其初「發明偈子」的方便語句。第三例「得這個氣道」，即前面提到的「才得個問頭」，也是指方便語句。以上三例「氣道」的「方便語句」意，其實在上下文也都有諸如「未具方便」「垂方便」「知有如來禪，且不知有祖師禪」（如來禪，僅滯於義解名相；祖師禪主張以心印心，見性成佛。參《佛光大辭典》「如來禪」「祖師禪」條）等語提示。在禪宗看來，一切言句教說都是方便法門，都只是迫不得已的權宜教說，所以《碧岩錄》說：「為初機後學，未明心地，未見本性，不得已而立個方便語句。如祖師西來，單傳心印，直指人心，

〔註80〕袁賓、康健：《禪宗大詞典》，崇文書局，2010 年。

見性成佛，那裏如此葛藤？須是斬斷語言，格外見諦，透脫得去。」（據《大正藏》48 冊）

（五）「埦鳴聲」新探〔註81〕

> 僧拈問：「漳南既是千聖，為什麼不識？」答曰：「千聖是什麼埦鳴聲！」（卷四石頭和尚，150）

> 問：「目瞪口呿底人來，師如何擊發？」師云：「何處有與麼人？」學人云：「如今則無，忽有如何？」師云：「待有則得。」進曰：「終不道和尚不為人。」師云：「莫埦鳴聲。」（卷一三招慶和尚，485～486）

「埦」為「碗」的俗字，這應該毫無疑義，《祖堂集》「碗」皆寫作「埦」，在敦煌文獻裏「宛」旁字和「完」旁字也是常通用〔註82〕。關於「碗鳴聲」的解釋，至少在無著道忠（1653～1744）時代就存在著爭議。無著道忠在其著作《大慧普覺禪師書栲栳珠》中解釋「三乘十二分教是甚麼熱碗鳴聲」裏的「熱碗鳴聲」時云：「熱碗鳴聲，如耶須御器盛熱湯，有志利志利聲，徒有鳴聲而無義無用而已。今以此喻抑下大小乘經。舊解云：湯盛碗有聲，是非真沸，故以喻不實義。忠曰：此義非也。若又如說，則《碧岩》『屎沸』又如何取義？」〔註83〕古賀英彥的《禪語詞典》采用的就是無著道忠的解釋〔註84〕。項楚將「碗鳴聲」解釋為：「鬼物之聲。鬼物取食，不見形影，但聞碗鳴也。後因以指惡聲。禪宗話頭則以指可厭惡之事物。」〔註85〕江藍生、曹廣順編著的《唐五代語言詞典》也沿用此說法〔註86〕。劉瑞明則認為：「『碗鳴』也就是『瓶鳴』，也就是『半瓶子咣當』。」〔註87〕

比較起來，項楚和《唐五代語言詞典》的解釋更有道理，他們認為「碗鳴

〔註81〕原題《〈祖堂集〉疑難語詞考校商補》，發表在《漢語史學報》，2016 年第 1 期，有改動。

〔註82〕如 P.2299《太子成道經》：「見一人劣瘦至甚，藥梡在於頭邊。」P.3757《燕子賦》：「不問好惡，拔拳即權。左推右𢭏，剜耳摑腮。」「梡」「𢭏」分別為「碗」「剜」。

〔註83〕〔日〕無著道忠：《大慧普覺禪師書栲栳珠》，龍華院藏，1729 年，第 37 頁。

〔註84〕〔日〕古賀英彥：《禪語詞典》，思文閣出版，1992 年，第 498 頁。

〔註85〕項楚：《王梵志詩校注》，上海古籍出版社，1991 年，第 613 頁。

〔註86〕江藍生、曹廣順：《唐五代語言詞典》，上海教育出版社，1997 年，第 60 頁。

〔註87〕劉瑞明：《禪籍詞語校釋的再討論》，《俗語言研究》，1996 年第 3 期，第 152～164 頁。

「聲」指可厭惡之事物，無疑是正確的，這有大量的禪宗文獻材料可資證明，而且「碗鳴聲」在唐宋禪錄是個高頻詞，從其多與「屍沸」連用也可以證明（屍即肛門，《廣韻》：「豚，尾下竅也。或作屍，俗作后。」）。唯一感到遺憾的是，項楚沒有文獻確證「碗鳴聲」來源於「鬼物之聲」。所以「碗鳴聲」如何引申出「可厭惡之事物」還有待進一步的證明。

下面的例句似乎可以看出「碗鳴聲」與「碗鉢作聲」有淵源關係：

> 如未明得，等閒拈匙把箸，切忌熱碗鳴聲。（《林野奇禪師語錄》
> 卷一，據《嘉興藏》第 26 冊）

> 如未委悉，二時吃粥吃飯，切忌碗鉢作聲。（又）

唐代潙仰宗初祖潙山靈祐禪師（771 年～853 年）在《潙山警策》提到的禪林「軌則」或「威儀」，其中就有重要的一條：不能「碗鉢作聲」。如：

> 或大語高聲，出言無度；不敬上中下座，婆羅門聚會無殊；碗
> 鉢作聲，食畢先起；去就乖角，僧體全無；起坐怱諸，動他心念。
> 不存些些軌則、小小威儀，將何束斂後昆？（《禪門諸祖師偈頌·潙
> 山大圓禪師警策》，據《續藏經》第 66 冊）

個中原因，宋僧釋守遂《潙山警策注》解釋說「碗鉢作聲」會使「餓鬼咽中火起」：

> 碗是唐言，鉢是梵語，具云鉢多羅。此方云應量器。若作聲則
> 餓鬼咽中火起。（《潙山警策注》，據《續藏經》第 63 冊）

明釋道霈的對《潙山警策》的注釋還有更進一步解釋：

> 碗鉢作聲者，不念餓鬼苦也。食畢先起者，忽大眾也。（《佛祖
> 三經指南·潙山警策指南》卷下，據《續藏經》37 冊）

「碗鉢作聲」招來餓鬼，這是不顧念餓鬼的苦處的表現。清初書玉大師《沙彌要略述義》有更為詳細的解釋。他對明代蓮池大師著《沙彌律儀要略》中的「餓鬼聞碗鉢聲，則咽中火起，故午食尚宜寂靜，況過午乎」釋曰：

> 餓鬼者，饑渴所逼曰餓，希求名鬼，謂彼餓鬼。恒從他人希求
> 飲食，以活性命。由昔慳貪，不行布施，故墮餓鬼中。咽小如針，
> 腹大如鼓，常為饑渴所逼也。世尊在祇桓精舍，定中遙見地獄餓鬼
> 咽中火起，遍鐵圍城。問知其故，謂人間碗鉢作聲。故佛大慈，誡

諸弟子，凡於食時，應當寂靜，不得碗鉢作聲也。然午前尚宜寂靜，

況午後正當鬼食之時，豈忍碗鉢作聲。而令彼等聞聲火起，受燒然

之苦邪。蓋餓鬼因中，侵奪眾食，以自活命。令眾饑惱，謂在碗鉢

上造業故，即於碗鉢上受報也。（《沙彌律儀要略述義》卷上，據《續

藏經》60 冊）

餓鬼「咽細如針，腹大如鼓」，永遠都吃不飽。聽到「碗鉢作聲」就「咽中火起」，就得忍受「燒然之苦」。佛家慈悲為懷，當然不容忍「碗鉢作聲」而招來餓鬼，所以將其當作惡聲或可厭惡的事情而嚴加禁止。

「碗鉢作聲」會招來餓鬼，這種思想來源頗早，東晉人譯的佛經裏已經有「側鉢括取飯」以防發聲的戒律了。因為當時的翻譯趨於簡單，我們不妨結合後人的注解來看：

問：「比丘食飯欲盡，得側鉢括取飯不？」答：「得。」（《佛說目

連問戒律中五百輕重事經》卷下，據《大正藏》24 冊）

問：「（若）比丘食飯欲盡，得側鉢括取飯不？」

答：「得（比丘持鉢，當宜平正。食盡側括，恐失威儀，故問。

佛言不妨，故云得。律中但不得作聲，令餓鬼咽中火起，慎之，猶

當細行——《持鉢可離問》第五。（《佛說目連問戒律中五百輕重事

經略解》卷下，據《續藏經》44 冊）

只要不「碗鉢作聲」，食盡側括，失點威儀，佛家也是允許的，可見佛家對「碗鉢作聲」是多麼的反感。

「碗鉢作聲」會招來餓鬼的思想，在中外民間至今尚存。如黎族人就不准用筷子敲碗，認為稍有違反，鬼便會溜進家闖禍〔註88〕。日本人吃飯時禁忌敲飯碗，他們認為敲碗聲會招來餓鬼〔註89〕。

所以，「碗鳴聲」極有可能就源於佛教禪規裏的「碗鉢作聲」，因為「碗鉢作聲」會招來餓鬼，所以引申指可厭惡的事物。至於為何只用「碗鳴聲」而不用「鉢鳴聲」，原因也很簡單：「鉢」「碗」無別，但「鉢」是譯音，碗是華語，碗更常用。《溈山警策注》說：「碗是唐言，鉢是梵語，具云鉢多羅。此方云應

〔註88〕馬倡儀：《中國靈魂信仰》，上海：上海文藝出版社，2000 年，第 98 頁。
〔註89〕李振瀾、王樹英：《外國風俗事典》，成都：四川辭書出版社，1989 年，第 118 頁。

量器。」（據《續藏經》63 冊）又《盂蘭盆經折中疏科》云：「盆即是器，器即是盆，華梵義一，不必紛更，如東土用碗，西域用鉢，或盆，或盞，但可盛食，以供三寶者，即是耳。」（據《續藏經》63 冊）

（六）「綿卷子」新探〔註90〕

又時，侍者請和尚吃藥食。師曰：「不吃。」進曰：「為什摩不吃？」師曰：「消他不得。」進曰：「什摩人消得？」師曰：「不犯優婆夷者。」進曰：「和尚為什摩消他不得？」師拈起綿卷子曰：「爭奈這個何？」（《祖堂集》卷四，藥山和尚，第 177～178 頁）

「綿卷子」，馮淑儀將其跟「信子」「經案子」「偈子」「冊子」歸為文書類〔註91〕，恐非，應該是棉綫卷軸。綿，《玉篇・糸部》：「綿，與緜同。」《玉篇・糸部》：「緜，新絮也。」《廣韻・仙韻》：「綿，精曰絲，粗曰絮。」卷，卷成圓筒狀的東西。《淮南子・兵略訓》：「鼓不振塵，旗不解卷。」子，後綴。卷子即卷軸。《祖堂集》這則公案，宋代慧霞《洞山五位顯訣》引作：「云：『和尚為什麼消他底不得？』山拈起針綫卷子云：『爭奈者個何？」可見，「綿卷子」義同「針綫卷子」，即棉綫卷軸。今湘方言仍把棉綫卷軸叫「棉卷子」，可資證明。

（七）「指唱」新探〔註92〕

師年三十五而止石霜，更不他游。為洞上指唱，避不獲，乃旌法寺。（卷六《石霜和尚》，第 318 頁）

「指唱」未見任何詞典解釋，故有論者不明詞義，在「指」「唱」之間斷句，認為全句意思是：「為了洞達更高的宗旨，唱說回避眾人的話卻不能做到，於是建立法寺說法。」〔註93〕這裏起碼弄錯了好幾個詞的意義：第一，「為」不是「為了」的意思，而是「因為」的意思。第二，「洞上」并非「洞山上等的」之意，

〔註90〕原題《〈祖堂集〉疑難語詞考校商補》，發表在《漢語史學報》，2016 年第 1 期，有改動。

〔註91〕馮淑儀：《〈敦煌變文集〉和〈祖堂集〉詞綴研究》，見宋紹年《漢語史論文集》，武漢：武漢出版社，2002 年，第 179 頁。

〔註92〕原題《〈祖堂集〉疑難語詞考校商補》，發表在《漢語史學報》，2016 年第 1 期，有改動。

〔註93〕李艷琴：《中華本〈祖堂集〉點校辨正》，《暨南學報》，2011 年第 1 期，第 113～117 頁。

而是指曹洞宗,《佛光大辭典》「洞上」條釋曰:「乃洞山良價禪師所倡導之禪宗,亦用以指曹洞宗。因相對於末師末流而言,故稱洞上。」〔註94〕第三,「避」釋為「回避」也不妥,而是隱居的意思。《中文大辭典》:避,「隱遁也。《後漢書‧郅惲傳》:『避地教授。』注:『避地,謂隱遁也。』」〔註95〕而「指唱」實是一個詞,二字之間是不能斷開的。

「指唱」,「彈指唱善」或「彈指唱薩」之省,「唱薩」與「唱善」同,稱讚、贊揚的意思。唐玄應《一切經音義》卷十六:「唱薩,此言訛也,正言娑度。此譯云善哉。」(據《大藏經》54 冊)《佛光大辭典》「善哉」條:「梵語 sâdhu,巴利語同。音譯作沙度、娑度、薩。為契合我意之稱嘆語。又作好、善、善成、勝、完、正。」〔註96〕《高僧傳》卷一三:「每夕諷咏,輒聞暗中有彈指唱薩之聲。」(據《大藏經》50 冊)《續高僧傳》卷二三:「嘗讀最(元魏高僧曇無最)之所撰《大乘義章》,每彈指唱善,翻為梵字,寄傳大夏,彼方讀者皆東向禮之為聖人矣。」(同上)

「為洞上指唱,避不獲,乃旌法寺」的意思是:「因為曹洞宗僧人的稱讚,石霜慶諸禪師再也沒法隱居下去,這才建寺說法。」事實也確實是這樣,慶諸禪師於道吾禪師那裏悟道以後,有相當一段時間,混俗於長沙瀏陽陶家坊一帶,過著隱修的生活,後因為洞山良價禪師座下有位僧人向洞山舉慶諸禪師「出門便是草」一語,大獲洞山稱讚,這才開始開法接眾。這個歷史事實,不少禪籍都有記載。如《歷代編年釋氏通鑒》卷一〇:「石霜慶諸禪師,初參溈山,次參道吾悟旨,即隱瀏陽陶家坊。因僧旋洞山,舉師『出門便是草』語,洞山驚曰:『瀏陽有古佛耶!』自是僧多依之,乃成法席,號霜華山。」(據《續藏經》76冊)又如《林泉老人評唱投子青和尚頌古空谷集》卷一:「(石霜慶諸禪師)後避世混俗於瀏陽陶家坊,朝游夕處,人莫能識。後因答洞山『秋初夏末萬里無寸草處去』,云『出門便是草』之語,深蒙稱許,享大因緣。開法後……」(《續藏經》67 冊)7 冊)

〔註94〕慈怡:《佛光大辭典》,台灣:佛光文化事業有限公司,1988 年,第 3867 頁。

〔註95〕中文大辭典編纂委員會:《中文大辭典》,台灣:中國文化研究所,1974 年,第 240 頁。

〔註96〕慈怡:《佛光大辭典》,台灣:佛光文化事業有限公司,1988 年,第 4885 頁。

（八）「利婁」新探〔註97〕

0. 緣起

《祖堂集》卷一〇「鵝湖和尚」：「問：『利婁相擊，不側耳者如何？』云：『哲。』」其中「利婁」一詞頗為難解，《祖堂集》各種校本都無出注，唯孫昌武、衣川賢次、西口芳男點校的中華書局本徑改為「離婁」，並注曰：「離婁：原作『利婁』。《孟子・離婁上》曰：『孟子曰：「離婁之明，公輸子之巧，不以規矩，不能成方圓。」』趙岐注：『離婁者，古之明目者。』」〔註98〕衣川賢次（2007：465）在《〈祖堂集〉異文別字校正》中，舉《敦煌變文校注》所引《維摩詰經講經文》「魔王隊仗利天宮，欲惱聖人來下界」中的「離天宮」作「利天宮」為證〔註99〕。「利婁」為「離婁」之誤，應該頗有道理。但「離婁」是一人名，一個人如何「相擊」？「離婁」是「古之明目者」，下文為什麼說「不側耳者如何」？答語為什麼用「哲」回答？這一系列問題都必須解釋清楚，不然僅憑變文裏有一例「離」寫作「利」的例子來證明「利婁」為「離婁」之誤，是很難令人信服的。

1.「离婁」如何「相擊」

我們不妨先看第一個問題：「離婁」如何「相擊」？

1.1「离婁」的典故

「離婁」，作為傳說中的視力特強的人物，最早見於《孟子》。《孟子・離婁上》「離婁之明」漢代趙岐注曰：「離婁，古之明目者，黃帝時人也。黃帝亡其元珠，使離朱索之，離朱即離婁也，能視，於百步之外見秋毫之末。」又作「離朱」，焦循《孟子正義》：「離婁，古之明目者，黃帝時人也。黃帝亡其玄珠，使離朱索之。離朱，即離婁也，能視於百步之外，見秋毫之末。」《莊子・駢拇》：「是故駢於明者，亂五色，淫文章，青黃黼黻之煌煌非乎？而離朱是已。」陸德明釋文引司馬彪曰：「離朱，黃帝時人，百步見秋毫之末。一云見千里針鋒。《孟子》作離婁。」

〔註97〕原題《釋「利婁」》，發表在《語言學論叢》，2018 年第 1 期，有改動。

〔註98〕孫昌武、衣川賢次、西口芳男點校，靜、筠僧編：《祖堂集》，北京：中華書局，2007年，第 465 頁。

〔註99〕衣川賢次：《〈祖堂集〉異文別字校證——〈祖堂集〉中的音韻資料，日本：《東洋文化研究所紀要》第 157 輯，第 191～316 頁。

1.2 唐宋禪錄的拈提

唐宋禪錄拈提「離婁」典故非常多。如：

　　法師答淨書曰：近覽所報辛中舍人《折疑論》，詞義包舉，比喻超絕。璀璨眩離朱之目，鏗鏘駭師曠之耳。固以妙盡環中，詞殫辯囿，譬玉衡之齊七政，猶溟海之統百川。煥煥乎！魏魏乎！言過視聽之外，理出思議之表，足可以杜諸見之門，開得意之路者也。(《唐護法沙門法琳別傳》卷一，據《大正藏》第 50 冊）

　　離婁明不到，師曠聽亦訛。個中識賓主，日午下星河。(《禪宗頌古聯珠通集》卷二一，據《續藏經》第 65 冊）

　　上堂云：暗而忽明，逆曦光於海上。斷而復續，奏天樂於空中。師曠聽之不聞，離婁視之不見。唯有無神通菩薩，拍拍相高，願得東風齊著力，一時吹入我門來。擊禪床。下座。(《建中靖國續燈錄》卷二一，據《續藏經》第 78 冊）

　　洞見其顏，拈卻案山。影流心鑒，智入道環。師曠不聞，而其聲自普。離朱不辨，而其色非慳。(《宏智禪師廣錄》卷九，據《大正藏》第 48 冊）

　　今解淨名等者，荊溪云：勸舍執耳，用莊周言，托興假設，立此人名，名為罔象。意明罔象，乍可得珠，過若窮研，祇恐失寶。況復轉譬，誠有所憑。言罔象得珠者，《莊子外篇》云：「黃帝遊乎赤水之北，登乎昆侖之丘，南望還鄉，遺其玄珠。使智索之而不得，使離朱索之而不得，使喫詬索之而不得，乃使罔象罔象得之。黃帝曰：『異哉！罔象乃可以得之乎！』」說者謂絕思慮故智索不得，離聲色故離朱索不得，離言辨故喫詬索不得。罔象無心義無心乃得珠。喫詬，上枯駕反，下苦候反，巧言也。(《維摩經略疏垂裕記》卷八，據《大正藏》第 38 冊）

　　離婁不辨正色：不能辨青黃赤白，正是瞎。離婁，黃帝時人。百步外能見秋毫之末，其目甚明。黃帝遊於赤水沈珠，令離朱尋之不見。令吃詬尋之亦不得，後令象罔尋之方獲之。故云。象罔到時光燦爛，離婁行處浪滔天。這個高處一著，直是離婁之目亦辨他正色

不得。師曠豈識玄絲：周時絳州晉景公之子。師曠，字子野（一云晉平公之樂太師也。）善別五音六律，隔山聞蟻鬪。時晉與楚爭霸，師曠唯鼓琴，撥動風弦，知戰楚必無功。雖然如是，雪竇道，他尚未識玄絲在。不聾卻是聾底人，這個高處玄音，直是師曠亦識不得。雪竇道，我亦不作離婁，亦不作師曠。（《佛果圜悟禪師碧岩錄》卷九，據《大正藏》第 48 冊）

離朱：司馬云：離朱，一名離婁，黃帝時人。百步能見秋毫之末。一云見千里針鋒。（《祖庭事苑》卷二，據《續藏經》第 64 冊）

「離婁」無疑就是最銳利的目光的象徵，自然而然就可以代表銳利的目光，修辭學上，稱之為借代或代稱。

1.3 人名代物名的借代

古人以人名代物名的借代，頗為常見，如：

何以解憂？唯有杜康。（曹操《短歌行》）

蚩尤塞寒空，蹴踏崖谷滑。（杜甫《自京赴奉先縣詠懷五百字》）

閒理阮咸尋舊譜，細傾白墮賦新詩。（陸游《初夏遊凌氏小園》）

凌陽侯之氾濫兮，忽翱翔之焉薄。（《楚辭‧九章‧哀郢》）

新姑車右及門柱，粉項韓憑雙扇中。（溫庭筠《會昌丙寅豐歲歌》）

天邊趙盾益可畏，水底武侯方醉眠。（張耒《大旱詩》）

若是有情爭不哭，夜來風雨葬西施。（韓偓《哭花》）

杜康造酒，故代稱酒；蚩尤弄霧，故代稱霧；阮咸造月琴，故代月琴；白墮善釀酒，故代稱酒；凌陽侯為波神，故代波浪；韓憑魂化鴛鴦，故代鳥；趙盾被喻為日，故代稱日；武侯人稱臥龍先生，故代稱龍；西施是美女象徵，故代稱花。沈括《夢溪筆談》卷二三：「吳人多謂梅子為『曹公』，以其嘗望梅止渴也；又謂鵝為『右軍』。以其好養鵝也。有一士人遺人醋梅與燖鵝，作書云：『醋浸曹公一甕，湯燖右軍兩隻，聊備一饌。』」可見，這種以人名代物名的借代用法，古人甚至到了有點濫用的程度。

1.4「离婁相擊」即「目光相擊」

「離婁」的典故，禪林廣為流傳，禪僧拈提也非常多，用最銳利的目光象

徵的「離婁」代稱目光，應該是水到渠成。所以，「離婁相擊」其實就是「目光相擊」。離婁一個人固然無法「相擊」，但「目光相擊」則就言之成理了。如：

鶃：三蒼云：蒼鶃也，善飛似雁，目相擊而孕，吐而生子。其色蒼白。《莊子》所謂白鶃相視，眸子不運而風化者也。蓋萬物以風動以風化，故《國風》取名焉。（《古今圖書集成・博物彙編禽蟲典》卷四五）

若人者，目擊而道存焉。謂目相擊觸已達道意。（《肇論新疏》卷三，據《大正藏》第 45 冊）

呆日當空照大千，迷雲俱盡頓超然。法王據坐目相擊，贓露情真不用鞭。（《何一自禪師語錄》卷二，據《嘉興藏》第 39 冊）

1.5「离婁」代稱目光的其他用例

「離婁」代稱銳利的目光，其實也不乏其例。如：

汝這漢，閒多管！見人便勸學菩提，更解談長與說短。松江月，誰能識？今宵皎皎懸空碧。無限魚龍吸影忙，江濤滾滾渾泥出。阿庵努眼石灰湯，水晶庵內離婁窟。（《紫柏尊者全集》卷一八，據《續藏經》第 73 冊）

人心忘岱嶽，鷹眼快離婁。（宋・韓琦《臘日出獵》，據《安陽集編年箋注》）

薑、橘、細辛補之宜。芎、芍、大黃瀉之可。目勝離婁，君神曲而佐磁石。明開瞽瞳，搗羊肝以丸連末。（明・楊繼洲《針灸大成》）

掃落秕稊養空浮，行矣眾盲失離婁。（清・邵懿辰《贈伯言南歸》，據《晚清簃詩匯》）

瞽目符咒曰：「日月陰陽，二精炁生。七星上應，離婁金針。今蒙太上法，速與開光明。急急如上帝律令。（右符太一號神將，降聖開眼，睹見光明。）」（宋・金尤中《上清靈寶大法》，據《正統道藏》）

「離婁窟」應該是眼窟窿。「鷹眼快離婁」「目勝離婁」都是「眼」「目」跟「離婁」相比的差比句，「離婁」無疑是「眼」「目」同類，指像離婁一樣的目光，代稱銳利的目光。「失離婁」意思是失去了銳利的目光。「七星上應，離婁

金針」，是說針灸之法精微玄妙，對應著北斗七星，適應人體的眾多穴位，想要目光明亮銳利，正需要這種蠲邪扶正的金針治療。金元時期著名針灸醫家竇默《標幽賦》云：「觀夫九針之法，毫針最微，七星上應，眾穴主持。本形金也，有蠲邪扶正之道；短長水也，有決凝開滯之機。定刺象木，或斜或正；口藏比火，進陽補羸。循機捫塞以象土，實應五行而可知。」可資參證。

更多的情況是，「離婁」到底是代稱「目光銳利的人」還是「銳利的目光」，很難確定。因為「目光銳利的人」和「銳利的目光」所帶的修飾成分和謂語動詞成分都差不多，如：

> 回向真人並大士，變教師冕作離婁。何時眸子重清朗，短策隨身處處遊。（宋·劉克莊《病中九首》，據《劉克莊集箋校》）

> 離婁視千里，盲不見咫尺。（唐·李觀《帖經日上侍郎書》，據《全唐文新編》卷五三三）

> 年年正月十七，空中現出鳥跡。雖然遍界不藏，離婁覷之不及。畢竟如何委悉？（《為霖禪師旅泊庵稿》卷二，據《續藏經》第 72 冊）

「變教師冕作離婁」從詩意來看，應該是「變失明的眼睛為銳利的目光」，但理解為「變盲人為目光銳利的人」似乎也不錯。餘 2 例亦兩可。不過，此並不影響「離婁」可以代稱「銳利的目光」的證明。

2.「离婁」與「不側耳」

再看第二個問題：「離婁」是「古之明目者」，為什麼下文說「不側耳者如何」？

這個問題與前一問題密切相關，「離婁相擊」其實是「目擊」「目光相擊」，這又涉及到禪錄拈提得特別多的一個用典：「目擊道存」。這一典故出自《莊子·田子方》：「仲尼見之而不言。子路曰：『吾子欲見溫伯雪子久矣，見之而不言，何邪？』仲尼曰：『若夫人者，目擊而道存矣，亦不可以容聲矣。』」聖人相見，無需言語，目光相擊，便可以傳道。禪宗強調不立文字，以心傳心，禪師交流，目光相接，便心有靈犀，悟禪解道。如：

> 若僧若俗，若貴若賤，悉皆受賜其福其壽，可勝道哉！既沐光臨，且寬尊抱。故我佛如來云：「夫說法者，無說無示。其聽法者，

無聞無得。」又聞仲尼與溫伯雪，久欲相見，一日稅駕相逢於途路間，彼此無言，各自回去。洎後門人問曰：「夫子久欲見溫伯雪，及乎相見，不交一談，此乃何意？」仲尼曰：「君子相見，目擊道存。」且道古人相見，目擊道存，山僧今日鳴鼓升堂，特地忉忉，一場失利。(《黃龍慧南禪師語錄》卷一，據《大正藏》第 47 冊)

如有學人問忠國師：「和尚，如何是解脫心？」答：「解脫心者，本來自有。視之不見，聽之不聞，搏之不得，眾生日用而不知。此之是也。此乃直指，目擊道存，今古常然，凡聖共有。」(《宗鏡錄》卷一〇〇，據《大正藏》第 48 冊)

示眾云：「聲前薦得，分明鶻過新羅；句外承當，已是不快漆桶。待汝開口動舌堪作甚麼？還有目擊道存者麼？《林泉老人評唱丹霞淳禪師頌古虛堂集》卷一，據《續藏經》第 67 冊)

「目擊道存」「不可以容聲」「無說無示」「無聞無得」「本來自有」「聽之不聞」「聲前薦得」「句外承當」，所以才有「不側耳者如何」之問。

3.「不側耳」與「哲」

最後看第三個問題：「不側耳者如何」，為什麼用「哲」來回答？

這個問題，其實對第二個問題的分析已經幫我們解決。不管是孔子、溫伯雪子這樣的大聖人，還是禪宗歷代禪師都以目擊道存、不容言說、心領神會、心心相印為大智慧，所以，目相擊觸，無需側耳傾耳者，無疑就是知音，就是哲人，就是充滿大智慧的人。《說文》：「哲，知也。」《爾雅》：「哲，智也。」禪錄裏批評側耳傾聽者的公案隨處可見。如：

時有僧問：「寶座先登於此日，請師一句震雷音。」師云：「徒勞側耳。」(《明覺禪師語錄》卷一，據《大正藏》第 47 冊)

問：「不涉思量處，從上宗乘，請師直道。」師良久。僧曰：「恁麼，即聽響之流，徒勞側耳。」(《景德傳燈錄》卷二四，據《大正藏》第 51 冊)

諸方達道者，那個是咸言上上機？承虛接響。所以道向自己胸中流出，蓋天蓋地。不是知音，徒勞側耳。(《宗範》卷二，據《續藏經》第 65 冊)

設有問如何是聲不是聲？但云山青水綠。如何是色不是色？犬吠驢鳴。或云和尚何得顛倒聲色？便與劈脊一棒云：不是知音，徒勞側耳。（《宗門拈古彙集》卷三一，據《續藏經》第 66 冊）

上堂云：「敲空作響，誰是知音？擊物無聲，徒勞側耳。」（《建中靖國續燈錄》卷一二，據《續藏經》第 78 冊）

問：「如何是密傳底心？」師良久。僧曰：「恁麼則徒勞側耳也。」（《五燈會元》卷一三，據《續藏經》第 80 冊）

胡家曲子韻出青霄，寫向無孔笛中，未知誰人側耳。（《投子義青禪師語錄》卷上，據《續藏經》第 71 冊）

僧云：「有一人不會唐言、梵語來時，師還接也無？」師云：「舉意便知有，何勞側耳聽。」（《古尊宿語錄》卷八，據《續藏經》第 68 冊）

4. 結語

概括起來說，三個問題，第一個是借代問題，第二個是用典問題，第三個是禪義問題。解決了這三個問題，「利婁」為「離婁」之誤應該比較容易理解了。

（九）「裏」作語氣詞新探[註100]

（溈山）又云：「汝三生中，汝今在何生？實向我說看。」仰山云：「想生、相生，仰山今時早已淡泊也。今正在流注裏。」（《祖堂集》卷一八，仰山和尚，第 688 頁）

「今正在流注裏」，曹廣順在《近代漢語助詞》一書中引此例作「今正流注裏」，漏一「在」字，視「裏」為語氣詞，不過曹文又說：「《祖堂集》中『在』用例較多，『裏』僅此一見，同時此例文義也不太明白，是否為語氣助詞，還在疑似之間。」[註101]徐晶凝在《情態表達與時體表達的互相滲透——兼談語氣助詞的範圍確定》一文中，不加懷疑地直接引作了語氣詞[註102]。

〔註100〕原題《〈祖堂集〉語法問題考辨數則》，發表在《語言科學》，2012 年第 4 期，有改動。

〔註101〕曹廣順：《近代漢語助詞》，北京：語文出版社，1995 年，第 17 頁。

〔註102〕徐晶凝：《情態表達與時體表達的互相滲透——兼談語氣助詞的範圍確定》，《漢語學習》，2008 年第 1 期，第 28～36 頁。

毫無疑問，此處的「裏」是否是語氣詞，理解「流注」的意義最為關鍵。如果我們能確定這裏的「流注」是動詞，那麼句末「裏」就應該是語氣詞；如果「流注」是名詞，那麼句末「裏」就應該是方位名詞。問句「汝三生中，汝今在何生」，「在」是動詞，「在何生」意思是「在三生中的哪一生」，「三生」即為山靈祐為接引學人證得大圓鏡智，達到自由無礙之境地而設的三種機法，即「想生」「相生」「流注生」（「想生」，指主觀思惟，意謂能思之心散亂；「相生」，指所緣之境，即客觀世界；「流注生」，意謂微細之煩惱塵垢不斷生起），所以答句的「在」也應是動詞，「流注」是「在」的賓語，是「流注生」所省，無疑就是名詞，那句末「裏」就不可能是語氣詞，只能是方位名詞了。禪宗認為，要證得圓明之鏡智，達到自在之境地，需要遠離、否定，乃至直視而伏斷「三生」，正如《佛果圓悟禪師碧巖錄》卷八所說：「相生執礙，想生妄想，流注生則逐妄流轉。若到無功用地，猶在流注相中，須是出得第三流注生相，方始快活自在。」仰山和尚認為自己已經遠離了「想生」「相生」，但還沒有出離「流注生」。

（十）「個」的助詞用法新探〔註103〕

> 盡乾坤都來是你當人個體，向什處安眼耳鼻舌？（卷九，九峰
>
> 和尚，第355頁）

曹廣順在論文《說助詞「個」》中〔註104〕、曹廣順在著作《近代漢語助詞》中〔註105〕，石毓智、李訥在《漢語發展史上結構助詞的興替──論「的」的語法化歷程》中〔註106〕，趙日新在論文《說「個」》中〔註107〕都認為這裏的「個」以及《祖堂集》「早個相見」「分明個底」「綿密個」都已經演變為結構助詞。曹廣順、梁銀鋒、龍國富在《〈祖堂集〉語法研究》中認為：將這些「個」，「全部看作結構助詞還不太典型」，「『分明個底』，如果『個』相當於『底』，那後面怎麼又有一個『底』呢？」「『早個相見』恐怕還不能譯為『早底相見』。可見『個』和『底』的功能還是有區別的。不過，鑒於宋代以後反映南方方言的文獻中確

〔註103〕原題《〈祖堂集〉語法問題考辨數則》，發表在《語言科學》，2012年第4期，有改動。

〔註104〕曹廣順：《說助詞「個」》，《古漢語研究》，1994年第4期，第28～48頁。

〔註105〕曹廣順：《近代漢語助詞》，北京：語文出版社，1995年，第175頁。

〔註106〕石毓智、李訥：《漢語發展史上結構助詞的興替──論「的」的語法化歷程》，《中國社會科學》，1998年第6期，第165～179頁。

〔註107〕趙日新：《說「個」》，《語言教學與研究》，1999年第2期，第36～52頁。

已有很多『個』演變為結構助詞，故不排除《祖堂集》中個別『個』有演變為結構助詞的趨勢。如大家舉下例作為『個』已是結構助詞的例證：盡乾坤都來是你當人個體，向什處安眼耳鼻舌？『是你當人個體』是『X個NP』形式，可以理解為『是你當人底體』，『個』相當於『底』，如果此例沒有顛倒之誤或衍字，把『個』看作結構助詞應該沒有問題。」〔註108〕

應該說曹廣順、梁銀鋒、龍國富的《〈祖堂集〉語法研究》上的看法是比較謹慎的，但我們認為「是你當人個體」的「個」仍然不能看作結構助詞，儘管此例應該可以確定「沒有顛倒之誤或衍字」，因為《景德傳燈錄》《五燈會元》等禪錄也都作「是汝當人個體」。這裏的「個」應該還是一個量詞，只不過其前面的數詞「一」脫落了而已。

禪錄常用「盡乾坤是一個NP」句式，「盡」與「一個」對舉，表示整個世界都包容於一個具體事物之中，每一個個體都是一個自足的世界，自性平等，萬法一如，天下萬物並無大小之分別。如：

盡乾坤大地只是一個自己。(《佛果圜悟禪師碧巖錄》卷四，《大正藏》48冊第178頁)

盡乾坤星辰日月，盡大地草木叢林，都作一個出入遊戲之場。(《續開古尊宿語要集》卷三，《卍續藏》68冊第403頁)

盡乾坤大地只是一個自己。(《佛果圜悟禪師碧巖錄》卷四，《大正藏》48冊第178頁)

盡乾坤大地是一個棋局。(《天岸升禪師語錄》卷四，《嘉興藏》26冊第678頁)

盡乾坤世界總是一個無字。(《岳旭禪師語錄》卷一，《嘉興藏》38冊第502頁)

量詞「個」前面的數詞「一」往往脫落變成「盡乾坤是個NP」，如：

盡乾坤大地是個熱鐵團。(《嘉泰普燈錄》卷八，《卍續藏》79冊第339頁)

盡乾坤是個屋。(《雲門匡真禪師廣錄》卷三，《大正藏》47冊第

〔註108〕曹廣順、梁銀鋒、龍國富：《〈祖堂集〉語法研究》，開封：河南大學出版社，2001年，第91頁。

567 頁）

　　盡乾坤是個解脫門。(《明覺禪師語錄》卷二,《大正藏》47 冊第
682 頁）

　　盡乾坤大地只是個真實人體。(《圓悟佛果禪師語錄》卷一三,
《大正藏》47 冊第 772 頁）

　　盡乾坤都來是個眼。(《景德傳燈錄》卷一○,《大正藏》51 冊第
279 頁）

　　盡乾坤大地都盧是個主人公。(《真歇清了禪師語錄》卷二,《卍
續藏》71 冊第 782 頁）

　　盡乾坤大地是個槌。(《建中靖國續燈錄》卷五,《卍續藏》78 冊
第 667 頁）

　　盡乾坤剎海都盧是個自己。(《圓悟佛果禪師語錄》卷八,《大正
藏》47 冊第 748 頁）

「一個」前面也可以增加一個名詞或代詞「X」變成「盡乾坤是 X 一個 NP」
句式,如:

　　盡乾坤世界是你一個眼睛。(《普庵印肅禪師語錄》卷一,《卍續
藏》69 冊第 372 頁）

　　蓋十方是當人一個清淨法身。(《淨土生無生論親聞記》卷二,
《卍續藏》61 冊第 862 頁）

　　窮天地亙古今即是當人一個自性。(《五燈會元》卷一六,《卍續
藏》80 冊第 342 頁）

　　「盡乾坤是 X 一個 NP」句式中「個」前的數詞「一」也仍然常
脫落作「盡乾坤是 X 個 NP」,如:

　　遍界當人個坐具。(《不會禪師語錄》卷八,《嘉興藏》32 冊第 360
頁）

　　盡乾坤都來是汝當人個自體。(《禪林僧寶傳》卷五,《卍續藏》
79 冊第 502 頁）

　　三千世界都來是汝個自己。(《指月錄》卷一○,《卍續藏》83 冊

第 511 頁）

　　盡乾坤大地都來是汝當人個體。（《景德傳燈錄》卷一六，《大正藏》51 冊第 329 頁）

「盡乾坤是一個 NP」句式脫落「一」變成「盡乾坤是個 NP」時，「個」絕對不會被看成結構助詞，如「盡乾坤都來是個眼」不可能理解為「盡乾坤都來是底眼」。同樣，「盡乾坤是 X 一個 NP」句式中「一」變作「盡乾坤是 X 個 NP」，增加一個「X」也並沒有改變「個」量詞性質，儘管「盡乾坤大地都來是汝當人個體」，把「個」替換成「底」也通，但「三千世界都來是汝個自己」，把「個」改成「底」就不通了。而且「是 X 個 NP」禪錄也寫作「是 X 個 NP」，如「直得盡虛空遍法界都盧是個當人正體」（《百愚禪師語錄》卷一三，《嘉興藏》36 冊第 676 頁），這裏的「個」也無論如何不能替換為結構助詞「底」。

　　有意思的是，這類句式中的其他量詞前面「一」也有脫落的現象，如：

　　盡乾坤都盧是沙門一隻眼。（《圓悟佛果禪師語錄》卷三，《大正藏》47 冊第 725 頁）

　　盡乾坤是學人一隻眼。（《萬松老人評唱天童覺和尚頌古從容庵錄》卷一，《大正藏》48 冊第 229 頁）

　　盡大地是當人隻眼。（《北京楚林禪師語錄》卷四，《嘉興藏》37 冊第 544 頁）

「盡大地是當人隻眼」中的「隻」也可以替換為「底」，但似乎沒有人將「隻」理解為結構助詞，所以，換個量詞變成「盡大地是當人個眼」，「個」也毫無理由就變成結構助詞了。

　　總之，「盡乾坤是 X 個 NP」只是「盡乾坤是 X 一個 NP」脫落數詞「一」而已，原來的數量詞「一個」的意義，由量詞「個」充當。「一個」或「個」與「盡」對應，突出萬法一如，宇宙法性與個體自性並無分別的禪宗理念，如果將「X 個 NP」中的「個」理解為結構助詞，這種對比強調的色彩就體現不出了。

（十一）「有時」副詞用法新探

　　選得幽居愜野情，終年□□□□□。有時直上孤峰頂，月下披雲笑一聲。（卷四，藥山和尚，第 167 頁）

　　曹廣順、梁銀峰、龍國富在《〈祖堂集〉語法研究》中研究《祖堂集》表不定時的時間副詞「有時」時，僅引這一例，並說：「只有 1 例『有時』似是表示不定時的時間副詞，但因文句殘缺，且是讚頌，不能斷定。」〔註109〕

　　引例文句殘缺處較多，的確給我們理解文句帶來了很大的麻煩，不過《宋高僧傳》《景德傳燈錄》《五燈會元》等引用沒有殘缺，可資參照。僅看詩偈，「有時」似乎解釋為「有一次」或者「有時候」都可以，如果聯繫此詩偈前面的背景材料來看，則只能解釋為「有一次」。《祖堂集》詳文如下：

　　　　師因一□□□上□□□□夜而大笑一聲，澧陽東來去□□九十
　　　□□□人其夜同聞笑聲，盡曰：「是東家聲來。」□□□□□□□東
　　　推，直至藥山。徒眾曰：「夜聞和尚山頂□□。」李相公讚曰：「選
　　　得幽居愜野情，終年□□□□□。有時直上孤峰頂，月下披雲笑一
　　　聲。」

　　《祖堂集》的背景材料也有不少脫落的地方，聯繫《宋高僧傳》《景德傳燈錄》《五燈會元》等，其意應該還是比較清楚的：

　　　　一夜明月，陟彼崔嵬，大笑一聲，聲應澧陽東九十許里，其夜
　　　澧陽人皆聞其聲，盡云是東家。明辰展轉尋問，迭互推尋，直至藥
　　　山。徒眾云：「昨夜和尚山頂大笑是歟？」翱……又偈：「選得幽居
　　　愜野情。終年無送亦無迎。有時直上。孤峯頂。月下披雲笑一聲。」
　　　（《宋高僧傳》卷一七，《大正藏》50 冊第 816 頁）

　　　　師一夜登山經行，忽雲開見月大笑一聲，應澧陽東九十許里，
　　　居民盡謂東家。明晨迭相推問，直至藥山。徒眾云：「昨夜和尚山頂
　　　大笑。」李翱再贈詩曰：「選得幽居愜野情，終年無送亦無迎。有時
　　　直上孤峯頂，月下披雲笑一聲。」（《景德傳燈錄》卷一四，《大正藏》
　　　51 冊第 312 頁）

　　　　師一夜登山經行，忽雲開見月，大嘯一聲，應澧陽東九十里許。
　　　居民盡謂東家。明晨迭相推問，直至藥山。徒眾曰：「昨夜和尚山頂
　　　大嘯。」李贈詩曰：「選得幽居愜野情，終年無送亦無迎。有時直上

〔註109〕曹廣順、梁銀峰、龍國富：《〈祖堂集〉語法研究》，開封：河南大學出版社，2001年，第 130 頁。

孤峰頂，月下披雲嘯一聲。」（《五燈會元》卷五，《卍續藏》80 冊第
109 頁）

這則公案是說藥山惟儼禪師有一夜，在登山途中，忽然雲開見月，於是大
笑一聲，遍於澧陽東九十餘里，居民均聞其聲，朗州刺史李翺因此贈詩云：「有
時直上孤峰頂，月下披雲笑一聲。」「有時」對應於「一夜」，仍然是「有一次」
的意思，應該可以肯定它不是表示不定時的時間副詞。

（十二）「著」助詞用法新探〔註110〕

　　師定坐次，肅宗問：「師得何法？」師曰：「陛下見空中一片雲
　　不？」皇帝曰：「見。」師曰：「釘釘著？懸掛著？」（卷三，慧忠國
　　師，第 114 頁）

　　問著宗門中事，有什摩難道？恰問著老僧鼻孔。頭上漫漫，腳
　　下底漫漫，教家喚作什摩？（卷一九，陳和尚，第 724 頁）

許多學者都視「釘釘著，懸掛著」中的「著」為典型的持續體標誌，如太田
辰夫〔註111〕、曹廣順〔註112〕、袁賓〔註113〕、向熹〔註114〕、劉堅、江藍生〔註115〕、
俞光中〔註116〕、曹廣順、梁銀峰、龍國富〔註117〕等，這幾乎成了學界公認的看
法。其實這裏還是動補結構，「著」與「住」同，表示動作的結果。《景德傳燈錄》
《五燈會元》等就寫作「住」，如：

　　師曰：「汝道空中一片雲，為復釘釘住，為復藤纏著？」（《景德
　　傳燈錄》卷八，《大正藏》51 冊第 258 頁；《五燈會元》卷三，《卍續

〔註110〕原題《〈祖堂集〉語法問題考辨數則》，發表在《語言科學》，2012 年第 4 期，有改
　　　　動。
〔註111〕〔日〕太田辰夫著、江藍生、白維國譯：《漢語史通考》，重慶：重慶出版社，1991
　　　　年，第 126 頁。
〔註112〕曹廣順：《〈祖堂集〉中的「底（地）」「卻（了）」「著」》，《中國語文》，1986 年第
　　　　3 期。
〔註113〕袁賓：《近代漢語概論》，上海：上海教育出版社，1992 年，第 206 頁。
〔註114〕向熹：《簡明漢語史》下冊，北京：高等教育出版社，1993 年，第 188 頁。
〔註115〕劉堅、江藍生、白國維、曹廣順：《近代漢語虛詞研究》，北京：語文出版社，1992
　　　　年，第 99 頁。
〔註116〕俞光中：《動詞後的「著」及其早期歷史考察》，胡竹安、楊耐思、蔣紹愚等編《近
　　　　代漢語研究》，北京：商務印書館，1992 年，第 332 頁。
〔註117〕曹廣順、梁銀峰、龍國富：《〈祖堂集〉語法研究》，開封：河南大學出版社，2001
　　　　年，第 209 頁。

藏》80 冊第 74 頁）

「著」「住」前面可以加「不」字，更容易看出其為動補結構，表示動作的結果。如：

此事如空中一片雲，釘釘不住，藤纜不著。（《內紹種禪師語錄》卷二，《嘉興藏》第 34 冊第 417 頁）

《虛堂錄》「釘釘著」作「丁釘著」。無著道忠《虛堂錄犁耕》曰：「丁與釘通，言以釘而釘著也。」〔註118〕「懸掛著」意即用絲、藤等繫住，義同「藤纜著」。《大乘本生心地觀經淺注》卷二：「以無垢繒繫頂者，乃菩薩之供物也。『繒』謂繒續，即紬帛綾羅之類；『無垢』即白色；『繫』謂懸掛，即如素帛，或為幢幡，或為寶蓋。」（《卍續藏》20 冊第 941 頁）《漢語大字典》：「纜，拴，繫。」「釘釘著，懸掛著」是慧忠禪師描繪禪法的公案，意思是說禪法就如空中一片雲，既不是被釘子釘住了，也不是用繩子繫住了，而是自由自在、任運逍遙、隨意東西，沒有被任何東西束縛住。禪法一切現成、一切具足，只有擺脫一切情塵欲累，了無牽掛，無事而為，把持自然之心，才能真正體悟禪法。

同樣，張美蘭認為此處「著」為句末語氣詞〔註119〕，也依然理解有誤。

「恰問著老僧鼻孔」，曹廣順、梁銀峰、龍國富的《〈祖堂集〉語法研究》標點作「恰問著〔註120〕老僧鼻孔頭上漫漫」，王興才《漢語辭彙語法化和語法辭彙研究》也是如此〔註121〕。張美蘭《〈祖堂集〉語法研究》只引了後半句作「老僧鼻孔上漫漫」，脫一「頭」字〔註122〕。這樣斷句應該是有問題的。因為《古尊宿語錄》卷六引作：「師云：『問著宗門事』有什麼難道？恰問著老僧鼻孔。你頭上漫漫，腳下漫漫，教家喚作什麼？」（《卍續藏》68 冊第 35 頁）倘在「恰問著」處點斷，後面又沒法讀通了。禪語常用「鼻孔」比喻領悟禪法的著手處、關鍵處，「恰問著老僧鼻孔」意即正好問到了老僧的領悟禪法的關鍵。此處的「著」的用法未見有人解釋，其實也可以解釋為「住」「到」，也是表動作結果的動詞。

〔註118〕〔日〕無著道忠：《虛堂錄犁耕》，禪文化研究所，1990 年，第 672 頁。

〔註119〕張美蘭：《〈祖堂集〉校注》，商務印書館，2009 年，第 95 頁。

〔註120〕曹廣順、梁銀峰、龍國富：《〈祖堂集〉語法研究》，開封：河南大學出版社，2001年，第 209 頁。

〔註121〕王興才：《漢語辭彙語法化和語法辭彙研究》，人民出版社，2009 年，第 49 頁。

〔註122〕張美蘭：《〈祖堂集〉語法研究》，北京：商務印書館，2003 年，第 346 頁。

（十三）「啄生」新探〔註123〕

有不少語法研究著作將《祖堂集》中的「僧見雀兒啄生」的「生」看作唐代新生詞綴，何小宛在《中國語文》2009年第3期《禪錄詞語釋義商補》一文中認為這種說法不妥，指出「啄生」應是動賓結構，這無疑是正確的。不過該文認為「啄生」義為啄食蟲兒〔註124〕，這仍是可以商榷的。我們認為「啄生」的「生」是指禪典中常用的術語「生飯」。

禪林僧堂中，進食前為眾生留出少許食物，稱作「生飯」。並於「靜僻人稀處設臺案，聚著大眾生飯，而恣禽蟲嗷啄」（參見《禪林象器箋》卷十四「生飯」條、卷二十「生臺」條）。唐宋禪錄中有時詳稱「生飯」，有時簡稱「生」。如：

（1）師在南泉造第一座。南泉收生次，云：「生。」師云：「無生。」泉云：「無生猶是末。」（《祖堂集》，卷一四，杉山和尚）

（2）師吃飯次，南泉收生飯。云：「生。」師云：「無生。」南泉云：「無生猶是末。」（《景德傳燈錄》，卷六，據《大正藏》51冊）

（3）師問院主：「什麼處來？」對云：「送生來。」師云：「鴉為什麼飛去？」院主云：「怕某甲。」（《景德傳燈錄》，卷一〇，據《大正藏》51冊）

（4）師因見院主送生飯，鴉子見，便總飛去。師云：「鴉子兒見你為什麼卻飛去？」院主云：「怕某甲。」（《古尊宿語錄》，卷一四，據《續藏經》68冊）

（5）賊奉肉食，師如常齋，出生畢。（《五燈會元》，卷一八，據《續藏經》80冊）

（6）昔趙州訪一庵主值出生飯。（《禪林寶訓》，卷三，據《大正藏》48冊）

《禪錄詞語釋義商補》一文所舉的唯一的語證「啄生鴉憶啼松梺，接果猿思嘯石崖」中「生」也是指「生飯」。因為這也是一首禪詩，從題目《題宗上人舊院》就可看出，寫鴉啄食蟲兒，與禪理不符，佛教禪宗是反對殺生的。

《全唐詩》中「生」指「生飯」的詩句還有不少，如：

〔註123〕原題《〈禪錄詞語釋義商補〉商補》，發表在《中國語文》，2011年第5期，有改動。
〔註124〕何小宛：《禪錄詞語釋義商補》，《中國語文》，2009年第3期，第269～271頁。

（7）開講宮娃聽，拋生禁鳥餐。（李洞《題新安國寺》，《全唐詩》，卷七二一）

（8）拋生臺上日，結座履中塵。（張祜《題贈仲儀上人院》，《全唐詩》，卷五一〇）

（9）題像閣人漁浦叟，集生臺鳥謝城烏。（劉乙《題建造寺》，《全唐詩》，卷七六三）

（10）塹蟻爭生食，窗經卷燒灰。（貫休《湖頭別墅三首》，《全唐詩》，卷八三二）

（11）載土春栽樹，拋生日餧魚。（杜荀鶴《題戰島僧居》，《全唐詩》，卷六九一）

錢鍾書早就指出了例（10）、例（11）句中的「生」就是「生飯」的意思。他在《管錐編》中說：「《五燈會元》之『生飯』，即『出生』、『生剩』也；貫休《湖頭別墅》之二：『塹蟻爭生食』，亦其義。」〔註125〕又在《〈管錐篇〉增訂》中說：「杜荀鶴《題戰島僧居》：『載土春栽樹，拋生日餧魚。』下句即指『出生』之飯也。」〔註126〕

《祖堂集》中的「見雀兒啄生」的公案，後來也有類似故事，我們不妨比較一下：

（12）僧見雀兒啄生，問師：「為什摩得與摩忙？」師便脫鞋打地一下。僧云：「和尚打地作什摩？」師云：「趁雀兒。」（《祖堂集》，卷六，南泉和尚）

（13）王山見雀子啄生臺飯，乃拍手一下，雀飛去。（《宗門拈古彙集》，卷四五，據《續藏經》45冊）

可見，《祖堂集》「啄生」的「生」指「生飯」應毫無疑義。至於為什麼叫做「生飯」，亦有多種說法，或曰「生是熟之對，未下筯之新飯是生義」，或曰「出於施眾生之食」等等（參見無著道忠，《禪林象器箋》，卷一四「生飯」條）〔註127〕。錢鍾書說：「未食而撥出少許謂之『生』，吾鄉今語稱未食而先另留者

〔註125〕錢鍾書：《管錐編》第2冊，北京：中華書局，1979年，第675頁。

〔註126〕錢鍾書：《管錐編增訂》，北京：中華書局，1982年，第55頁。

〔註127〕〔日〕無著道忠：《禪林象器箋》，中華全國圖書館文獻縮微複製中心，1996年。

曰『生剩飯』『生剩菜』，以別於食後殘餘之『剩飯』『剩菜』。」〔註128〕這種說法應該最有理據。

〔註128〕錢鍾書：《管錐編》第 2 冊，北京：中華書局，1979 年，第 675 頁。

第五章　宋代詞語研究

一、《古尊宿語錄》詞語研究

「相當去」新探 〔註1〕

《古尊宿語錄》卷一六：

> （1）閻羅王聞說，呵呵大笑云：「者個師僧相當去，不奈你何；
>
> 若不相當，總在我手裏。」（《古尊宿語錄》卷一六，286頁）〔註2〕

曹秀玲、呼叙利等都舉有此例。曹秀玲認為「宋代『相當』做狀語的用例大量增加，但為形容詞性『合適』義，並不表程度」，並舉此唯一例證「者個師僧相當去」予以證明〔註3〕。呼叙利指出這個例句中的「相當」為「相配、相符、相稱」義，仍為動詞，做謂語，而非做狀語，這應該是正確的。但呼文認為「相當」與「去」之間應點斷，「去」獨立成一小句〔註4〕。似乎視「去」為動詞，這是可以商榷的。不妨看呼文引的另幾個例子：

〔註1〕原題《「相當」一詞考釋中的斷句問題》，發表在《漢語史學報》，2019年第1期，有改動。

〔註2〕〔宋〕賾藏主：《古尊宿語錄》，中華書局，1994年。

〔註3〕曹秀玲：《「相當」的虛化及相關問題》，《中國語文》，2008年第4期，第317～321頁。

〔註4〕呼叙利：《〈「相當」的虛化及相關問題獻疑〉》，《中國語文》，2013年第4期，第371～373頁。

（2）（瑞州末山尼了然禪師）因灌溪閑和尚到，曰：「若相當，即住；不然，即推倒禪床。」（《五燈會元》卷四，249 頁）

（3）閑老子知得，乃曰：「賢上座，你若相當去，不妨奇特；或不相當，總在我手裏。」（《五燈會元》卷二〇，1317 頁）

（4）雲門道：「汝若相當去，且覓個入路。微塵諸佛，在爾腳跟下；三藏聖教，在爾舌頭上。不如悟去好！」（《佛果圓悟禪師碧巖錄》卷七，據《大正藏》第 48 冊）

（5）你若不相當，且覓個入頭處。微塵諸佛，在你舌頭上；三藏聖教，在你腳跟底。不如悟去好！（《五燈會元》卷一五，931 頁）

以上例句，如果「去」獨立成句，理解為動詞的話，句子的意思就沒法解釋圓通。

首先，呼文認為例（1）、例（3）、例（4）都應在「相當」與「去」之間點斷，「去」字獨立成句，可這就使結論句變成了「去」，「相當」就「去」（離開），後面的結論句「不奈你何」「不妨奇特」「且覓個入路」變得多餘了。而且「去」跟「不妨奇特」「不奈你何」也自相矛盾。因為「去」是叫人家滾開，「不妨奇特」「不奈你何」是對人家讚美佩服。

其次，呼文的「相當就去」理解也明顯有違事理禪理。常言道：「酒逢知己千杯少，話不投機半句多。」遇到志同道合、情投意合的朋友，想多與人家交流一下，乃人之常情。禪宗不立文字，教外別傳，直指人心，見性成佛，更強調心領神會、心有靈犀、心心相印，禪師當然希望契合禪法的參學者留下來，所以《碧巖錄》卷四說：「一言相契即住，一言不契即去。」（據《大正藏》第 48 冊）這裏的「住」「去」無疑是動詞，因為前面有副詞「即」修飾。一般都是「相當」「即住」，「不相當」「即去」，絕對沒有「相當」「即去」的。如：

（6）灌溪游方時，到山，乃云：「若相當，即住；不然，即推倒禪床。」（《聯燈會要》卷一〇，據《續藏經》第 79 冊）

（7）（鄂州灌溪志閑禪師）後到末山，先自約曰：「相當則住，不然則推倒禪床。」（《萬松老人評唱天童覺和尚拈古請益錄》卷二，據《續藏經》第 67 冊）

（8）師（五洩和尚）便辭，到石頭，云：「若一言相契則住，若

不相契則發去。」(《祖堂集》卷一五，562 頁)

（9）五泄初參石頭，才到門，便云：「一言相契即住，一言不契即去。」(《建中靖國續燈錄》卷二七，據《續藏經》第 78 冊)

（10）侍郎張公孝祥致書謂楓橋演長老曰……公之出處，人具知之；啐啄同時，元不著力。有緣即住，緣盡便行。若禪販之輩，欲要此地造地獄業，不若兩手分付為佳耳！(《禪林寶訓》卷四，據《大正藏》第 48 冊)

（11）公之或出或處，領眾行道，人咸知之。如雞喚雛，母啐子啄，一呼百應，元不著力，到處皆然，豈靠此耶？有緣即住，無緣即撒手便行。若這等禪販如來之流，要楓橋造地獄業，公不若恒順眾生兩手分付，實為佳美矣！(《禪林寶訓順朱》卷四，據《續藏經》第 64 冊)

以上都是表達「相當」「即住」，「不相當」「即去」相反相成的兩方面意思的。又如：

（12）師（福州雪峰義存禪師）問：「闍梨近去返太速生？」僧曰：「某甲到彼問佛法，不相當乃回。」(《景德傳燈錄》卷一六，據《大正藏》第 51 冊)

（13）（竹庵珪和尚）諸人尋常上來，一言不相當，拽拄杖打出三門外，直是棒折也不放。(《續古尊宿語要》卷六，據《續藏經》第 68 冊)

（14）（德山和尚）若有學者，你將取學得底來，呈似老僧看，一句不相當，須吃痛棒始得。(《正法眼藏》卷一，據《續藏經》第 67 冊)

（15）（如淨和尚）無明業識幢，豎起漫天黑，一句不相當，拳頭飛霹靂咦，老婆心切血滴滴。(《如淨和尚語錄》卷二，據《大正藏》第 48 冊)

以上則是表達「不相當」「即去」的意思，但其實也有隱含「相當」「即住」的意思。

檢索包括 CBETA 電子佛典所有的佛教典籍，僅有例（4）這 1 例似乎有「相

當」就「去」的意思。但呼文舉這一例用以證明自己的觀點，其實是有問題的。因為這段話也是表達相反相成的兩方面意思的，後面是「悟」，前面應該「不悟」或「不相當」才對。此則公案更早出處和後來的引用，如《雲門匡真禪師廣錄》《五燈會元》《明覺禪師語錄》《宗門拈古彙集》《林泉老人評唱丹霞淳禪師頌古虛堂集》《古尊宿語錄》《聯燈會要》《五家語錄》等，「相當去」都作「不相當」。如：

（16）（雲門）又云：「爾若不相當，且覓個入頭路。微塵諸佛盡在爾舌頭上，三藏聖教在爾腳跟下。不如悟去好。」（《雲門匡真禪師廣錄》卷二，據《大正藏》第 47 冊）

（17）（雲門）示眾云：「你若不相當，且覓個入頭處。微塵諸佛，在儞舌頭上；三藏聖教，在儞腳跟底。不如無事去好！還有人悟得麼？出來對眾道看。」（《聯燈會要》卷二四，據《續藏經》第 79 冊）

（18）雲門大師示眾云：「爾若不相當，且覓個入頭處。微塵諸佛在爾舌頭上，三藏聖教在爾腳跟底。不如誤（悟）去好。」（《明覺禪師語錄》卷二，據《大正藏》第 47 冊）

（19）雲門示眾：「你若不相當，且覓個入頭處。微塵諸佛在你舌頭上，三藏聖教在你腳跟底。不如悟去好。」（《宗門拈古彙集》卷三五，據《續藏經》第 66 冊）

（20）雲門一日上堂道：「你若不相當，且覓個入路。微塵諸佛在你舌頭上，三藏聖教在你腳跟底。不如悟去好。」（《林泉老人評唱丹霞淳禪師頌古虛堂集》卷六，據《續藏經》第 67 冊）

以上「你若不相當，且覓個入頭處」意思是「你如果不能契合禪法，就先出去找一個悟入的門徑吧」，都仍是「相當」即住，「不相當」即去。而例（4）所引《碧巖錄》「汝若相當去，且覓個入路」意思恰恰相反，應該是漏掉了一個「不」字。《碧巖錄》的版本很多，我們隨手查了身邊的幾個版本，大都作「若不相當」。如吳平《新譯〈碧岩集〉》所據底本〔註5〕，1942 年日本禪學權威鈴木大拙將藏在金澤大乘寺中的《碧岩集》重新考定命名為《佛果碧岩破關擊節》，

〔註5〕吳平：《新譯〈碧岩集〉》，臺北：三民書局：2005 年，第 655 頁。

日本學者伊藤猷典又以此校定為《碧岩集定本》，這是眾多禪學研究者認為最好版本，也都作「若不相當」。日岐陽方秀注《碧巖錄不二鈔》曰：「蜀、福兩本『若』字下有『不』字。《雪豆錄》舉雲門語亦有『不字』。」〔註6〕日景聰興勘注《碧岩集景聰臆斷》：「『若』字下有『不』字，而猶可也。《不二》曰：福本『若』字下有『不』字。《雪豆錄》舉雲門語亦有『不字』云云。」〔註7〕日實統注的《碧巖錄種電鈔》「你若不相當」下解釋曰：「你若不相當去：不適當去之謂。」〔註8〕我們現在引用《碧巖錄》仍作「你若相當去」，疑是不明句義而以訛傳訛。

以上「相當」後面的「去」字應該是一個事態助詞，置於句尾，表示行為動作假設出現。「去」字用在句尾，作事態助詞，置於句尾，表示行為動作假設出現，在唐宋禪錄中頗為常見，其行為動作也不只局限於「相當」一詞，也見於其他動詞。如：

（21）問：「承師有言，若便悟去，亦不分外；若便不悟去，亦不分外。未審如何是不悟底事？」（《祖堂集》卷一一，413 頁）

（22）曰：「為什麼佛法不現前？」師曰：「只為汝不會，所以成不現前。汝若會去，亦無佛道可成。」（《景德傳燈錄》卷四，據《大正藏》第 51 冊）

（23）直饒會得十分去，笑倒西來碧眼胡。」（《嘉泰普燈錄》卷一○，據《續藏經》第 79 冊））

（24）師云：「汝若不會，世尊有密語；汝若會去，迦葉不覆藏。」（《禪林類聚》卷一，據《續藏經》第 67 冊）

（25）挂杖子是礙，那個是覺？若也會去，解礙為礙而不自在；若也不會，歸源性無二，方便有多門。（《正法眼藏》卷六七，據《續藏經》第 67 冊）

〔註6〕見日岐陽方秀（1361～1424）注《碧巖錄不二鈔》，慶安 34 年（1650）刊本，禪文化研究所 1993 年影印本，第 217 頁。

〔註7〕見日景聰興勘（1508～1592）注《碧岩集景聰臆斷》，室町末戰國期清泰寺藏手寫本，第 302 頁。

〔註8〕見日實統注《碧岩錄種電鈔》，元文 4 年（1739）刊本，花園大學國際禪學研究所藏，第 426 頁。

（26）且道，謦訛在什麼處？若知有去，始見全提半提；倘或
未知，布袋裏老鴉雖活如死。（《圓悟佛果禪師語錄》卷二，據《大
正藏》第 47 冊）

上述表示行為動作假設出現的事態助詞「去」，只是「去」字助詞用法的一
個方面。呂叔湘早就指出，近代漢語裏，「去」字除了動詞用法外，還有助詞用
法，用以「表事象之將然，不復可循去字本義為解」〔註9〕。李崇興〔註10〕、劉
堅等〔註11〕、曹廣順〔註12〕等對助詞「去」也較有全面地研究。

二、《五燈會元》詞語研究

「好不」肯定式用法新探〔註13〕

關於「好不」肯定式出現的時間，袁賓認為是明代下半葉即十六世紀〔註14〕；
何金松則認為「至遲在十四世紀元代口語中便已產生」〔註15〕；曹澂明認為何金
松所舉例證皆為元曲賓白，皆為明代人所加〔註16〕；曹小雲認為金朝滅亡（1234
年）之前成書的《五代史平話》中已有肯定式「好不」用例出現〔註17〕；孟慶章
認為「南宋末年即公元十三世紀時已經出現」。經過眾多學者的考察，「好不」肯
定式出現的時間最早追溯到了南宋末年〔註18〕。不過，最近何小宛指出孟文兩例
中「歸好不知行路難」中根本不存在「好不」一詞，應讀作「歸好、不知行路難」，
并認為孟文另一例「好不著便」的「好不」也不是肯定式用法〔註19〕。「南宋末
年」之說，又引起了懷疑。我們認為「好不」肯定式用法出現於南宋末年還是可

〔註9〕 呂叔湘：《〈釋景德傳燈錄〉中在、著二助詞》，《華西協合大學中國文化研究所集刊》，
1984 年第 1 期，第 44～58 頁。

〔註10〕李崇興：《〈祖堂集〉中的助詞「去」》，《中國語文》，1990 年第 1 期，第 71～74 頁。

〔註11〕劉堅等：《近代漢語虛詞研究》，北京：語文出版社，1992 妳，第 129～138 頁。

〔註12〕曹廣順：《近代漢語助詞》，北京：語文出版社：1995 年，第 107～118 頁。

〔註13〕原題《近代漢語幾個語法問題考辨》，發表在《漢語史學報》，2015 年第 1 期，有
改動。

〔註14〕袁賓：《近代漢語「好不」考》，《中國語文》，1984 年第 3 期。袁賓：《「好不」續
考》，《中國語文》，1987 年第 2 期。

〔註15〕何金松：《肯定式「好不」產生的時代》，《中國語文》，1990 年第 5 期。

〔註16〕曹澂明：《〈肯定式「好不」產生的時代〉質疑》，《中國語文》，1992 年第 1 期。

〔註17〕曹小雲：《〈五代史平話〉中已有肯定式「好不」用例》，《中國語文》，1996 年第 1
期。

〔註18〕孟慶章：《「好不」肯定式出現時間新證》，《中國語文》，1996 年第 2 期。

〔註19〕何小宛：《禪錄詞語釋義商補》，《中國語文》，2009 年第 3 期。

以確證的。不妨先看孟慶章所舉的「好不著便」例：

> 遂寧府香山尼佛通禪師，因誦蓮經有省。往見石門，乃曰：「成
> 都吃不得也，遂寧吃不得也。」門拈拄杖打出，通忽悟曰：「榮者自
> 榮，謝者自謝。秋露春風，好不著便。」門拂袖歸方丈，師亦不顧而
> 出。由此道俗景從，得法者眾。」（《五燈會元》卷一四，尼佛通禪師）

首先，何文認為「不著便」是個唐代口語詞，并舉多例為證，似乎不承認
「不著便」是「著便」的否定用法，恐怕不符合客觀事實。唐宋文獻中諸如「今
日著便」「為什麼著便」「异同著便」「彼此著便」「一時著便」「各自著便」的例
子頗為多見。如：

> 師一日從方丈出，有僧過拄杖與師，師接得却過與僧，僧無語。
> 師云：「我今日著便。」僧云：「和尚為什麼著便？」師云：「我拾得
> 口吃飯。」（《雲門匡真禪師廣錄》卷下，據《大正藏》第 47 冊）

> 師上堂，良久，云：「總似今日，彼此著便，彼此不著便？還辨
> 得麼？若辨得，目視雲霄；若辨不得，一日了一日。久立，珍重！」
> （《天聖廣燈錄卷》卷二五，據《續藏經》第 78 冊）

> 師以拂子擊之，復曰：「更有問話者麼？如無，彼此著便。」（《五
> 燈會元》卷一四，投子義青禪師）

> 首白槌了，師乃云：「便與麼觀得，一時著便；若論玄微，見與
> 不見一時戳瞎。」（《古尊宿語錄》卷一九，據《續藏經》第 68 冊）

> 上堂：「我於先師一掌下，伎倆俱盡，覓個開口處不可得。如今
> 還有恁麼快活不徹底漢麼？若無，銜鐵負鞍，各自著便。」（《五燈
> 會元》卷一四，真歇清了禪師）

日本室町期的手寫本《五燈拔萃》注曰：「著便，言若非透徹，却墮异類中，
得其便宜也。」〔註20〕《唐五代語言詞典》〔註21〕、《漢語大詞典訂補》〔註22〕、

〔註20〕《五燈拔萃》是《五燈會元》的注釋書，是日本室町期的手寫本。書中引用最多的
　　　　是中國宋代入日禪僧一山一寧（1247～1317）的注釋。除此之外，還有宋代入日禪
　　　　僧大休正念（1215～1289）、入宋日僧約翁德儉（1244～1320）的注釋。該書對禪
　　　　錄難解俗語、諺語的注釋非常珍貴。其原本保存在日本京都大德寺龍光院。
〔註21〕江藍生、曹廣順：《唐五代語言詞典》，上海：上海教育出版社，1997 年，第 459 頁。
〔註22〕漢語大詞典編纂處：《漢語大詞典訂補》，上海：上海辭書出版社，2010 年，第 1069
　　　　頁。

《禪籍方俗詞研究》〔註23〕都立有「著便」條。「不著便」是「著便」的否定用法應該沒什麼疑問。

其次，何文認為佛通禪師的悟道偈「大意謂悟者乃自心悟；自心以外的種種修行門徑（用『秋露春風』為喻），都是很不契合禪法的」，其將草木「榮謝」這一自然更替現象理解為正面的「心悟」，却將同是自然更替現象的「秋露春風」理解為反面的「自心以外的種種修行門徑」，似乎讓人難以理解。

其實「榮者自榮，謝者自謝」是拈提唐代藥山惟儼禪師的一則公案：

> 道吾、雲岩侍立次，師指按山上枯榮二樹問道吾曰：「枯者是，榮者是？」吾曰：「榮者是。」師曰：「灼然一切處光明燦爛去。」又問雲岩：「枯者是，榮者是？」岩曰：「枯者是。」師曰：「灼然一切處放教枯淡去。」高沙彌忽至，師曰：「枯者是，榮者是？」彌曰：「枯者從他枯，榮者從他榮。」（《五燈會元》卷五，藥山惟儼禪師）

顯然，其表達的意思是要順應自然，應時應節，萬事隨緣。這在後世拈頌中表達得更明白，有詩為證：

> 雲岩寂寂無窠臼，燦爛宗風是道吾。深信高禪知此意，閒行閒坐任榮枯。（《禪宗頌古聯珠通集》卷一四，據《續藏經》第 65 冊）

> 萬緣放下任枯榮，應節隨時物外情。（《普明香嚴禪師語錄》卷一，據《嘉興藏》第 38 冊）

跟草木「枯榮」相關聯的「秋露春風」則比喻時節因緣成熟。如：

> 如春風秋露，時節因緣，自然成熟，不可強也。（《宗統編年》卷二三，據《續藏經》第 86 冊）

不僅如此，禪錄中「春」「秋」相連的短語都有比喻時節因緣成熟的意思。如：

> 春松秋菊順時節，蓋地蓋天現鏡空。（《永平元和尚頌古》，據《大正藏》第 82 冊）

> 時節因緣誰愛憎，春松秋菊任騰騰。（《義雲和尚語錄》卷上，據《大正藏》第 82 冊）

〔註23〕雷漢卿：《禪籍方俗詞研究》，成都：巴蜀書社，2010 年，第 444 頁。

如春蘭秋菊，社燕賓鴻等，各因其時。(《華嚴原人論解》卷上，
據《續藏經》第 58 冊)

忽然一日時節到來，或遇因緣觸發，心目方得開悟。古云:「是
花各有開時節，春蘭秋菊不同途。」(《皇明名僧輯略》卷一，據《續
藏經》第 86 冊)

春蘭秋菊不失其時，岸柳江梅各得其所。(《雲溪俍亭挺禪師語
錄》卷一六，據《嘉興藏》第 33 冊)

南宗禪強調頓悟，時節因緣成熟，自然明心見性，直了成佛。禪錄裏到處
都顯耀著這種思想，如:

欲識佛性義，當觀時節因緣，時節既至，如迷忽悟，如忘忽憶，
方省己物不從他得。(《五燈會元》卷九，溈山靈佑禪師)

時節因緣到來，自然築著磕著，噴地省去耳。(《大慧普覺禪師
書》卷二五，據《大正藏》第 47 冊)

只要時節因緣成熟，就如上面例中所說，「築著磕著」也會悟道。佛通禪師
在被石門禪師無厘頭的「拈拄杖打出」中悟道，也正是這種情況。她在悟道偈
中表達的正是她所領悟了禪的真諦以及悟道後的欣喜之情:原來佛法一切現成，
無需刻意尋覓，只要順應自然，萬事隨緣;一旦時節因緣成熟，那該多麼幸運
啊!「好不著便」無疑就是多麼著便、很著便的意思。

蔣紹愚、曹廣順也說孟慶章文中「《五燈會元》例確像是肯定式」〔註24〕，
從上面的分析看來，蔣紹愚、曹廣順的推測應該是正確的。

同時代「好不」肯定式用法的其他實際例子也是存在的〔註 25〕，曹小雲
(1996)所舉的十三世紀初年成書的《新編五代史平話》「好不」例，其為肯定
式用法，學界似乎沒有異議:

當日劉知遠與三娘子成親之後，怎知他三娘子兩個哥哥名做李
洪信、李洪義的，終日肚悶，背後道:「咱爺娘得恁地無見識!將個
妹妹嫁與一個事馬的驅口，教咱弟兄好不羞了面皮。

〔註24〕蔣紹愚、曹廣順:《近代漢語語法史研究綜述》，北京:商務印書館，2005 年，第
138 頁。

〔註25〕感謝《漢語史學報》匿名審稿專家提出再補充同時代「好不」肯定式用法的實際例
子的意見。以下幾例是尊匿名審稿專家意見補出，錯誤之處仍由本人負責。

《明刻話本四種》裏的《李亞仙》和《王魁》一般都認為是的宋人話本〔註26〕。下面幾例,無疑也是肯定式:

> 好也,你看這風流公子、大嫖客下場頭,結局好受用哩!好快活哩!這個所在好不貴著,鄭元和費了數千銀子,才買得那屋檐下安身哩!(《明刻話本四種·李亞仙》)

> 是日,眾道士齊集在壇前,吹的吹,打的打,好不熱鬧。(《明刻話本四種·王魁》)

> 王魁父母妻兒好不凄慘。寮友聞知,都來探喪弔奠。(《明刻話本四種·王魁》)

三、《宏智禪師廣錄》詞語研究

「吃嘹舌頭」新探〔註27〕

何小宛《禪錄詞語釋義商補》認為「吃嘹」「乞嘹」「吉獠」「咭嘹」和「吉了」等實為異形同詞,這無疑是正確的。不僅如此,禪籍中出現的「犵獠」「吉撩」等也是「吃嘹」的異形詞。該文將「吃嘹舌頭」釋為「用來譏斥不明心地、只知背誦經文或公案機語的問法僧人」,認為「吃嘹」是一種能模仿人語的鳥〔註28〕。我們以為這個解釋還是可以商榷的。因為「吃嘹」在宋代的禪籍裏不僅出現「舌頭」前,也可出現在「舌頭」後,還可以重疊,甚至前面還可加副詞「不」,如:

> (1)咭嘹舌頭,話盡平生心事;累垂鼻孔,何妨摩觸家風。(《宏智禪師廣錄》,卷五,據《大正藏》48冊)

> (2)點頭言語丁寧,擺手舌頭猺獠。不猺獠,人人腳下長安道。(《宏智禪師廣錄》,卷四,據《大正藏》48冊)

〔註26〕路工、譚天(1984:63)認為《李亞仙》為宋元間話本,《王魁》為宋人話本。歐陽健和蕭相愷(1987:344)、歐陽代發(1994:80)、田漢雲(1996:1)、陳桂聲(2001:80,91)、張兵(2005:25,55)都有類似觀點。胡士瑩(1980:332,515)認為《王魁》為宋人話本,而《李亞仙》因其中「鄭元和之名晚出」,當為明人話本。然晚出之說無據,歐陽代發(1994:80)說《醉翁談錄》癸集卷一『不負心類』即有『李亞仙不負鄭元和』,說明鄭元和之名已見於宋;歐陽健和蕭相愷(1987:344)說「鄭元和之名,高文秀雜劇《鄭元和風雪打瓦罐》中已見」,都力證《李亞仙》也是宋人作品。
〔註27〕原題《〈禪錄詞語釋義商補〉商補》,發表在《中國語文》,2011年第5期,有改動。
〔註28〕何小宛:《禪錄詞語釋義商補》,《中國語文》,2009年第3期,第269~271頁。

（3）築築磕磕分鼻孔累垂，哆哆和和分舌頭猞獠。（《宏智禪師廣錄》，卷七，據《大正藏》48 冊）

（4）舌頭猞獠明無骨，鼻孔累垂暗有香。（《宏智禪師廣錄》，卷八，據《大正藏》48 冊）

（5）僧問雲門大師：「如何是超佛越祖之談？」門云：「胡餅。」師云：「雲門老子能施設，胡餅佛祖俱超越。哆哆和和兩片皮，猞猞獠獠三寸舌。不是特地展家風，也非投機應時節。生鐵鑄成無孔錘，忒團團分難下楔。諸禪德，且道：天童今日是下楔不下楔？明眼人辨取。」（《宏智禪師廣錄》，卷四，據《大正藏》48 冊）

「猞獠」同「咭嘹」一樣都是「吃嘹」的異文。「猞」與「吃」中古聲母相同，都是「見」母，又都是入聲字，韻母也相近，前者為「屑」部，後者為「迄」部。以上例句中的「猞獠」或放在「舌頭」二字之前，或重疊，或加副詞「不」修飾，均不能解釋為「一種能模仿人語的鳥」。所以，「咭嘹」或「猞獠」的釋義應該要另求新解。宋代睦庵善卿在《祖庭事苑》對《雲門錄》一章中的「咭嘹」做的解釋值得我們重視：

（6）吉嘹：下音料。北人方言，合音為字。吉嘹，言繳。繳，糾戾也。繳其舌，猶縮卻舌頭也。如呼窟籠為孔，窟駝為窠也。又或以多言為吉嘹者。嶺南有鳥似鸜鵒，籠養，久則能言，南人謂之吉嘹。開元初，廣州獻之，言音雄重如丈夫，委曲識人情性，非鸚鵡、鸜鵒之比。雲門居嶺南，亦恐用此意。（《祖庭事苑》，卷一，據《續藏經》64 冊）

睦庵善卿所看到的《雲門錄》版本，「吃嘹」寫作「吉嘹」。從善卿的解釋可以看出，「吉嘹」在宋代時就已經是一個難解之詞了，睦庵善卿頗為謹慎，他為我們保留了兩種解釋，其中一種就是《禪錄詞語釋義商補》一文對「吃嘹」的解釋，說吉嘹是一種鳥。這種解釋也曾被十八世紀的日本學者桂洲道倫（1714～1794）等編的《諸錄俗語解》採用〔註29〕。這個解釋最大的問題是缺乏廣泛性，它解釋不了唐宋禪錄中不少含有「吃嘹」或「吃嘹」的異形詞的句

〔註29〕〔日〕桂洲道倫、〔日〕湛堂令椿他（撰）、〔日〕芳澤勝弘（編注）：日本：《諸錄俗語解》，禪文化研究所，1999 年，第 7～31 頁。

子。睦庵善卿顯然是不怎麼贊同此說的，所以把這種解釋放到後面，並用「又或」「亦恐」等詞表達模棱兩可的態度。他認同的是，「吉嘹」為「繳」的分音詞，「繳其舌」即「吉嘹舌頭」，意即「縮卻舌頭」。《祖庭事苑》是我國最早的一部禪宗詞典，它的作者睦庵善卿本人也是禪僧，又離《雲門錄》成書時間不遠，他的理解無疑是有一定道理的。從例（1）至例（5）中「咭嘹」或「猞獠」多與「累垂」對應來看，睦庵善卿的「縮卻舌頭」之說是站得住腳的。而且有不少地方的方言事實可以證明。陝西、山西、內蒙、河北、河南等地方方言都把物體彎曲翹卷叫做「吉嘹」，大部分地方志或方言志都寫作「圪料」。如王克明說，陝北話裏「不平整，彎曲，兩頭兒翹起，就叫做『吉獠』，音若『葛聊』。」〔註30〕 侯精一，溫端政〔註31〕、邢向東〔註32〕等人都認為「圪料」是「翹」的分音詞，李藍則認為「圪料」是「蹺」的分音詞〔註33〕。睦庵善卿說「咭嘹」是「繳」的分音詞。「圪」與「吃」都是入聲字，都是舌根音，「料」與「嘹」同音，所以「圪料」也同樣可以看成「吃嘹」的異形詞。

我們再回到「吃嘹舌頭」的最早出處唐雲門文偃撰、宋守堅編的《雲門匡真禪師廣錄》，該書中「吃嘹舌頭」共有4處：

（7）問：「如何是教意？」師云：「吃嘹舌頭，更將一問來！」（《雲門匡真禪師廣錄》，卷上，據《大正藏》47冊）

（8）問：「承古有言：一塵遍含一切塵。如何是一塵？」師云：「吃嘹舌頭，更將一問來！」（《雲門匡真禪師廣錄》，卷上，據《大正藏》47冊）

（9）問：「生死根源即不問，如何是目前三昧？」師云：「吃嘹舌頭三千里！」（《雲門匡真禪師廣錄》，卷上，據《大正藏》47冊）

（10）僧問：「如何是轉處實能幽？」師云：「吃嘹舌頭，老僧倒

〔註30〕王克明：《聽見古代——陝北話裏的文化遺產》，北京：中華書局，2007年，第228頁。

〔註31〕侯精一、溫端政：《山西方言調查研究報告》，太原：山西高校聯合出版社，1993年，第75頁。

〔註32〕邢向東：《神木方言研究》，中華書局，2002年，第264頁。

〔註33〕李藍：《方言比較、區域方言史與方言分區——以晉語分音詞和福州切腳詞為例》，《方言》，2002年第1期，第41～59頁。

走三千里！」(《雲門匡真禪師廣錄》卷中，據《大正藏》47 冊)

以上 4 例中的「吃嘹舌頭」都是雲門禪師回答僧徒問法時的答語，基本句式只有兩種，一是「吃嘹舌頭，更將一問來」，一是「吃嘹舌頭三千里」。在唐宋其他禪錄裏「吃嘹舌頭」或作「乞嘹舌頭」「咭嘹舌頭」「吉嘹舌頭」「吉獠舌頭」等，基本上也都是這兩種句式。如：

（11）進云：「兩頭俱坐斷，八面起清風。」師云：「吃嘹舌頭三千里！」(《大慧普覺禪師再住徑山能仁禪院語錄》，卷六，據《大正藏》47 冊)

（12）問：「承古有言：一塵遍含一切塵。如何是一塵？」師云：「乞嘹舌頭，更將一問來！」(《古尊宿語錄》，卷四○，據《續藏經》15 冊)

（13）進云：「斬釘截鐵本分宗師，朕兆未分請師速道。」師云：「咭嘹舌頭三千里。」(《圓悟佛果禪師語錄》，卷九，據《大正藏》47 冊)

（14）問：「如何是鹿苑一路？」師曰：「吉嘹舌頭問將來。」(《景德傳燈錄》，卷一三，據《大正藏》51 冊)

（15）上堂：「普賢行，文殊智，補陀岩上清風起。瞎驢趁隊過新羅，吉獠舌頭三千里。」(《古尊宿語錄》，卷四○，據《續藏經》68 冊)

「吃嘹舌頭，更將一問來」這類句式，在唐宋禪錄裏又作「縮卻舌頭，致將一問來」或「倒轉舌頭，答我一問來」，顯見其意義相近之處。如：

（16）僧問：「離四句，絕百非，請師道。」師云：「縮卻舌頭，致將一問來。」(《佛海瞎堂禪師廣錄》卷一，據《續藏經》69 冊)

（17）如何是最初一燈？或道：山河大地，日月星辰，此正是他影子。向光未發已前，倒轉舌頭，答我一問來。(《石溪和尚語錄》，卷上，據《續藏經》71 冊)

（18）喝一喝，則日照天臨；打一棒，乃雲行雨施。拈卻面前案山子。倒轉舌頭，試為我道一句看！若道不得，三十年後莫道見鴻

福來。(《嘉泰普燈錄》，卷一五，據《續藏經》79 冊)

（19）拈云：「縮卻舌頭，別舉來看！」(《真歇清了禪師語錄》，據《續藏經》71 冊)

《祖堂集》類似的句式作「並卻咽喉唇吻，速道將來」，如：

（20）師索大顛曰：「並卻咽喉唇吻，速道將來。」對曰：「無這個。」(《祖堂集》，卷四，石頭和尚)

（21）問：「並卻咽喉唇吻，請師道！」師曰：「汝只要我道不得。」(《祖堂集》，卷六，投子和尚)

（22）師垂語云：「並卻咽喉唇吻，速道將來。」有人云：「學人道不得，卻請師道。」(《祖堂集》，卷一四，百丈和尚)

《景德傳燈錄》類似的句式又作「不涉唇鋒，問將來」，如：

（23）問：「不涉唇鋒，乞師指示。」師曰：「不涉唇鋒，問將來。」(《景德傳燈錄》，卷二〇，據《大正藏》51 冊)

可見，「吃嘹舌頭」其實就是禪錄中常見的「縮卻舌頭」，意義類似於「並卻咽喉唇吻」「不涉唇鋒」。禪宗理論核心就是不立文字，它強調以心傳心，見性成佛，超離言辭知解。所以，「吃嘹舌頭，更將一問來」是禪師批評問法僧人拘泥於言語知解，並希望禪人能有截斷語言障礙，見性成佛的問頭來。《祖堂集》卷一〇，鏡清和尚：「又問：『只如從上祖德豈不是以心傳心？』峰云：『是。兼不立文字語句。』師曰：『只如不立文字語句，師如何傳？』峰良久。遂禮謝起，峰云：『更問我一傳，可不好？』對云：『就和尚請一傳問頭。』」可資參照。

第二種句式，「吃嘹舌頭三千里」或「吃嘹舌頭，老僧倒走三千里」(《密菴語錄》作「咭嘹舌頭，老僧倒退三千里」)在唐宋禪錄裏比較接近的，如：

（24）垂示云：「坐斷天下人舌頭，直得無出氣處，倒退三千里，是衲僧氣宇。」

「三千里」或「倒走（退）三千里」，唐宋禪錄中常用，比喻禪家的機鋒銳不可當（參《佛學大辭典》及《佛光大辭典》「倒退三千」條）〔註34〕。禪法直指人

〔註34〕丁福保：《佛學大辭典》，北京：文物出版社，1984 年。茲怡：《佛光大辭典》，台灣：佛光文化事業有限公司，1988 年。

心，參禪者當截斷一切言語情識，令人無理路可循，畏之而退。所以，「吃嘹舌頭三千里」是說截斷一切言語情識、直指人心的機鋒，銳不可當。正所謂：「一種機截眾流，透過祖師關，若是明眼人，已透過三千里。」（《圓悟佛果禪師語錄》，卷六，據《大正藏》47 冊）「吃嘹舌頭，老僧倒走三千里」則更進一步，意思是說，參禪者若能截斷言語，本分相見，就連老僧這樣的宗師也得退讓三千里。

四、《圓悟佛果禪師語錄》詞語研究

「風后先生」新探〔註35〕

禪宗語錄中的方俗語詞，需要細細品味，稍有不慎就會理解錯誤。《圓悟佛果禪師語錄》卷一八裏面的「風后先生」就頗難理解，如：

> （1）舉，僧問馬大師：「離四句絕百非，請師直指某甲西來意。」
> 大師云：我今日勞倦，不能為汝說，問取智藏去。」師著語云：「錯。」
> 僧問智藏，藏云：「我今日頭痛，不能為汝說。問取海兄。」師著語
> 云：「錯。」僧問海，海云：「我到這裏卻不會。」師著語云：「錯。」
> 僧回舉似馬大師。大師云：「藏頭白，海頭黑。」師著語云：「錯錯。」
> 師拈云：「若是明眼漢，一舉便知落處。」白雲先師道：「這僧擔一
> 擔蒙懂，換得個不安樂。」馬大師道：「藏頭白，海頭黑。」白雲拈
> 云：「風后先生——只知其一，不知其二。」（《大正藏》47 冊）

鞠彩萍《禪錄俗語詞「風后先生」解讀》（以下簡稱為《解讀》）認為：「此處的『風后』當與禪籍經常出現的『風前』一詞相對，『風』與『鋒』通用，又寫作『封』。禪籍『鋒』指尖銳或犀利的言辭，『鋒（風）前』即言語之前，禪籍特指『第一機』『第一義』或『第一句』，這是超越一切言句知解，無法用語言表述的宗門妙語，須靠學人自己去體悟。一旦形之於語言文字，就是『風后』，也就是『第二機』『第二義』或『第二句』了。因此『風后先生』用來稱呼以慈悲為懷，用言辭說略等方便法門接引中下根機的禪師。」〔註36〕此解釋最大問題，是沒有分清「前後」的「後」和「君後」的「後」，因而頗顯牽強。王長林、

〔註35〕原題《「風后先生」再商》，發表在《勵耘語言學刊》，2021 年第 1 期，有改動。
〔註36〕王長林、李家傲：《禪錄俗語詞「風后先生」商詁》，《勵耘語言學刊》，2016 年第 3 期。

· 169 ·

李家傲《禪錄俗語詞「風后先生」商詁》(以下簡稱為《商詁》)認為「禪錄『風后先生』就是傳說的黃帝之臣」,這固然沒錯,但又認為借指「伶俐漢」。〔註37〕仍有可商之處,因為在禪錄中「伶俐漢」指機靈、有悟性的學人,沒有一處有諷刺、貶斥之義,《解讀》認為借指「伶俐漢」,「似與語境不合」,也不是沒道理。

我們覺得,《解讀》和《商詁》二文都犯了一個大錯誤,即欠缺對故訓的搜集。王力在談「訓詁學上的幾個問題」時說:「訓詁學的價值,正是在於把故訓傳授下來。」〔註38〕吳孟復也說:「古人是根據他們當時所用的字形、字音、字義,根據他們當時遣詞行文的習慣而『著之竹帛』亦即寫成書的。因而,離作者時代越近的人對書中語義知道得越清楚,其對書中語義的解釋也往往較多。」〔註39〕雖然,禪宗經典不像先秦儒家經典那樣,歷代留下了大量的故訓,但唐宋禪錄語言玄奧難懂、口語性強,禪僧師徒教學過程中,也免不了作出必要的解釋。但禪宗的宗旨是不立文字,禪師們有自己的底線,不能正面得作出解釋,只得繞路說禪。這無疑給我們搜集故訓增大了難度。好在日本在室町時代、江戶時代留下了大量的禪錄抄物、冠注、句雙紙、禪林方語等唐宋禪錄的注釋書。這些注釋書裏保留了許多禪錄疑難方俗語詞的解釋,而這些解釋或來自入日的中國僧人的解釋,或來自入中的日本僧人的解釋,都有極重要的參考價值。所以,在禪錄口語資料相對欠缺的情況,尊重故訓,是解決禪錄疑難方俗語詞的一個最有效的途徑。

1.「風后先生」為歇後語

1.1 前人的釋義都視為歇後語

我們不妨先看看室町、江戶時期日人如何解釋的。如:

(2)封后先生:只知其一,不知其二。(無著道忠抄本《禪林方語》,清僧雷音帶去日本)〔註40〕

(3)風后先生:黃帝之臣,善談兵法。伶俐漢。(《宗門方語》

〔註37〕鞠彩萍:《禪錄俗語詞「風后先生」解讀》,《勵耘語言學刊》,2015 年第 2 期。
〔註38〕王力:《王力文集》第 19 卷,濟南:山東教育出版社,1990 年,第 200 頁。
〔註39〕吳孟復:《訓詁通論》,安徽教育出版社,1983 年,第 4 頁。
〔註40〕〔日〕無著道忠:《禪林方語》,禪文化研究所藏,無著道忠自寫本。

元祿刊本）〔註41〕

（4）封后先生：方語「善談兵法，知而不用。」《不二抄》引《帝王世紀》。（據大藏院藏《諸錄俗語解》寫本翻譯）〔註42〕

（5）風后先生：黃帝之臣。善談兵法，伶俐漢，知而不用。《代醉》二十（四丈）。《丹鉛》十六（十丈左）：「軒轅氏之風后、力牧。」《事文·後集》廿一（八丈）：「黃帝得風后。」《說郛》百八《風后握奇經》注。《抱朴子》三（十丈）：「黃帝講占候，則詢風后。」《前漢》廿五下（三丈）注：「黃帝臣。」《後漢·匡衡傳》：「風后察三辰於上，然後天步有常，周公錄職，黃帝受命風后受圖，割地布九州也。」《李白集》一（五十四丈）引之。《通鑒綱目·前篇》一（十丈）：「風后明乎天道，故為當時。」《路史後記》十三（廿三丈）注《詩含神霧》：「注：墨，力墨；風，風后。皆黃帝臣。」又《路史後記》五（二丈）、《廣事記》四（十二丈）。《碧岩》八（五丈）作「封后先生」。《續說郛·寶櫝記》（一丈）：「風后。」（《禪林方語》無著道忠自寫本）〔註43〕

（6）風后先生：方語，善談兵法，知而不用。《帝王世紀》云：「黃帝夢大風吹，天下之塵垢皆去。後多人執千鈞之弩，驅羊數萬群。帝歎曰：『風，天號令；詬，去土後。豈有姓風名後者哉？千鈞之弩，異力能遠；驅羊數萬群，牧民為善。豈有姓力名牧者哉？』乃得風后於海隅，得力牧於大澤。」《通鑒》：「黃帝舉風后、力牧、太山稽、常先、大鴻，得六相，而天地治，神明至。」（慶安三年刊刻本《碧岩錄不二抄》）〔註44〕

（7）封后先生者，封，或作風，音相通。《史記·五帝本紀》注：「《帝王世紀》云：『黃帝夢大風吹，天下之塵垢皆去。又夢人執千鈞之弩，驅羊萬群。帝寤而歎曰：「風為號令，執政者也。垢去土，

〔註41〕〔日〕佚名：《宗門方語》，禪文化研究所藏，元祿刊本。
〔註42〕〔日〕桂洲道倫、湛堂令椿、大藏院主：《諸錄俗語解》，大藏院藏，江戶時代寫本。
〔註43〕〔日〕無著道忠：《禪林方語》，禪文化研究所藏，無著道忠自寫本。
〔註44〕〔日〕岐陽方秀：《碧岩錄不二抄》，禪文化研究所藏，慶安三年刊刻本。

後在也。天下豈有姓風名後者哉？夫千鈞之弩，異力者也。驅羊數萬群，能牧民為善者也。天下豈有姓力名牧者哉？」於是依二占而求之，得風后於海隅，登以為相；得力牧於大澤，進以為將。』」云云。又《通鑒》：「黃帝舉風后、力牧、常先、大鴻，得六相，天地治，神明至。」（花園大學國際禪學研究所藏大智實統《碧岩錄種電鈔》寫本）〔註45〕

（8）封后先生者，封，或作風，音相通也。方語，得其一，不藏其二。又前講云，方語，只許老胡知，不許老胡會。又善談兵法，知而不用。此外，方語「封后先生」為五祖拈語，多用來表前面「得其一，不藏其二」之義，用來解釋「藏頭白，海頭黑」頗為準確。《不二抄》：風后先生，《帝王世紀》云：「黃帝夢大風吹，天下之塵垢皆去。後多人執千鈞之弩，驅羊數萬群。帝歎曰：『風，天號令；詬，去土後。豈有姓風名後者哉？千鈞之弩，異力能遠；驅羊數萬群，牧民為善。豈有姓力名牧者哉？』乃得風后於海隅，得力牧於大澤。」《資治通鑒》：「黃帝舉風后、力牧、太山稽、常先、大鴻，得六相，而天地治，神明至。」六相，六人宰相。（據清泰寺藏《碧岩集景聰臆斷》寫本翻譯）〔註46〕

日本人的注釋值得我們重視。這些眾多的解釋，有一個共同的地方，幾乎都視「風后先生」為歇後語：風后先生——只知其一，不知其二；風后先生——得其一，不藏其二；風后先生——只許老胡知，不許老胡會；風后先生——善談兵法，知而不用等。所以將「風后先生」看作歇後語，應該是可靠的。

1.2《人天眼目》也視之為歇後語

中國古代對禪錄方俗語詞的解釋，也並非一片空白。宋睦庵善卿的《祖庭事苑》可算是最早的一部禪語詞典。而南宋晦岩智昭編《人天眼目》，是著者花費了20年的時間收集的中國禪宗五家宗旨的綱要書，全書共6卷，列舉了中國禪宗五家各派一些重要祖師的語句、偈頌等，搜集相關拈提與偈頌，以助讀者理解，明顯起著注釋的作用。有些地方甚至就是方俗語詞的直接解釋。如：

〔註45〕〔日〕大智實統：《碧岩錄種電鈔》，花園大學國際禪學研究所藏，江戶時代寫本。
〔註46〕〔日〕景聰興勗：《碧岩集景聰臆斷》，清泰寺藏，元祿2年寫本。

興化驗人（四碗四唾四瞎）

莫熱碗鳴聲（中下二機用）碗脫丘（無底語）碗脫曲（無緒續
語）

碗（向上明他）當面唾（鬼語）望空唾（精魂語）背面唾（罔兩
語）

直下唾（速滅語）不似瞎（記得語不作主）恰似瞎（不見前後
語）

瞎漢（定在前人分上）瞎（不見語之來處）（《人天眼目》卷一，
《大正藏》48 冊）

括弧裏的文字，顯然就是注釋文字。更為重要的是，《人天眼目》卷五、卷六收錄補遺事項與考證禪宗史上問題的宗門雜錄、龍潭考等，卷六還特地整理了一批「禪林方語（新增）」。

「風后先生」一詞就收入了《人天眼目·禪林方語》裏，這些被收入的詞幾乎都是歇後語，其收入其他全部四字詞「蠟人向火」「大象渡河」「趁狗跳牆」「德山羅漢」「封后先生」「徐六簷板」「清平渡水」「把鬚投衙」「半夜教化」「金山塀岸」「質庫典牛」「木匠簷枷」「嘉州石像」「湖南長老」「簷枷過狀」「矮子泥壁」「常州打耶」「闊角水牛」「尼寺裏髮」「青平賣油」「臘月扇子」「急水打球」「鞏縣茶瓶」「澧州魚羹」「水浸金山」「石人腰帶」「昌州海棠」「簡州石匠」「雲居羅漢」「鳳林吒之」「紙馬入火」「張良受書」「太公釣魚」「梁山頌子」「貓兒帶槌」「李靖三兄」「乞兒拄杖」「狗咬枯骨」「波斯持呪」「新昌石佛」「馬喫菜子」「矮子看戲」「黃犬渡河」「兔子望月」「羅公照鏡」「波斯落水」「蕭何制律」「驢唇先生」「新羅草鞋」「矮子渡河」「茆山土地」「雲居土地」「道士打槌」「秀才使牛」「壁上棋盤」「果州飯布」「火燒香船」「蛇入竹筒」「投子道底」「雲門道底」「興化道底」「汾陽道底」「溈山道底」「雪峰道底」「仰山道底」「玄沙道底」「趙州道底」「金牛道底」「普化搖鈴」「洞庭秋月」「江天暮雪」「煙寺晚鐘」「山市晴嵐」「平沙落雁」「漁村夕照」「遠浦帆歸」「瀟湘夜雨」「君子可八」都是歇後語，如如「蠟人向火——薄處先穿」「大象渡河——截流而過」「趁狗跳牆——沒去處」「德山羅漢——見小失大」「封后先生——只知其一不知其二」「徐六簷板——只見一邊」等。

1.3 宋以來的禪錄都視為歇後語

前人的注釋中，例（2）清僧雷音帶去日本的《禪林方語》「封后先生——只知其一，不知其二」，與例（1）宋人的解釋同，可見宋人也是視為歇後語。此外，還有後人的解釋也可以為證，如：

（9）五祖演云：「馬大師無著慚惶處，只道得個『藏頭白，海頭黑』，也是風后先生———只知其一，不知其二。」（《宗門拈古彙集》卷八，《續藏經》66冊）

（10）昭覺勤云：「若是明眼漢，一舉便知落處。」白雲先師道：「這僧擔一簷懵懂，換得個不安樂。」馬大師道：「藏頭白，海頭黑」。白雲拈云：「風后先生———只知其一，不知其二。」（《教外別傳》卷五，《續藏經》84冊）

歇後語，也叫俏皮話，是老百姓在日常生活中創造，具有鮮明的民族特色和濃郁的生活氣息的一種特殊漢語語言形式。它把一句話分成兩段來表達某個含義，前一段是隱喻，起引子作用，後一段是釋義，起後襯作用。之所以稱它為歇後語，因為在一定的語言環境中，通常只說出前半截，「歇」去後半截，如同樣是評論「藏頭白，海頭黑」，表達同樣的意義，也可以只要前半段：

（11）所以道，末後一句，始到牢關。把斷要津，不通凡聖。若論此事，如當門按一口劍相似，擬議則喪身失命。又道，譬如擲劍揮空，莫論及之不及，但向八面玲瓏處會取。不見古人道：這漆桶。或云：野狐精。或云：瞎漢。且道與一棒一喝，是同是別？若知千差萬別，只是一般，自然八面受敵。要會「藏頭白，海頭黑」麼？五祖先師道：「封后先生。」（《佛果圓悟禪師碧岩錄》卷八，《大正藏》48冊）

（12）今只管向語上作活計，白是明頭合，黑是暗頭合，不知古人一句截斷意根，須向正眼裏看始得。此事如當人按一口劍，擬議則喪身失命。要會「藏頭白，海頭黑」麼？五祖道：「封后先生。」（《宗範》卷二，《續藏經》65冊）

（13）且道與一棒一喝，是同是別？若知千差萬別，只是一般，

自然八面受敵。要會「藏頭白，海頭黑」麼？五祖先師道：「封后先
生。」（《指月錄》卷五，《續藏經》83 冊）

都是針對「藏頭白，海頭黑」的答語，例（1）（9）（10）說「風后先生——
只知其一，不知其二」，把歇後語的前後兩段都說了；例（11）（12）（13）說「風
后先生」，只說了前段，歇去了後端。

2. 正確的釋義

2.1 清雷音帶到日本的《禪林方語》可信度高

知道「風后先生」是歇後語，那釋義就變得簡單了。歇後語的意思，說的
人是最清楚的，所以宋以來的釋義應該是最可靠的。

無著道忠自寫本《禪林方語》、清泰寺藏《碧岩集景聰臆斷》、花園大學國
際禪學研究所藏大智實統《碧岩錄種電鈔》寫本等都作了比較詳盡的考釋，特
別是無著道忠引證最為詳盡。一般情況下，我們比較傾向於無著道忠的解釋。
但方俗語比較特殊，無著道忠沒有到過中國，他的語感遠沒有中國人的語感厲
害。入矢義高認為無著道忠：「在引用一山的時候差不多都是不加批判地引用。
他一味相信一山的釋詞，其中稍欠批判性的事例也明顯可見。」〔註47〕其實也
怪不得，一山一寧是入日宋僧，他對唐宋口語的理解，無疑要可靠一些。無著
道忠對自己的看法，也並非很自信，首先他保留了幾種意見：善談兵法，伶俐
漢，知而不用。其次，他晚年撰寫的《葛藤語箋》也沒有收錄。因為方語的意
義，說的人是最清楚的。而例（2）是清僧雷音帶到日本的解釋，是中國歷代流
傳下來的解釋，應該頗為可靠的。清僧雷音將來本《禪林方語》跟日本各種方
語詞典比較，有一個突出的特點就是其所有的方語釋義都有且僅有一個釋義，
不會像日人的方語詞典那樣有多個把握不定的解釋或無解釋，這也可以看出雷
音將來本《禪林方語》對自己釋義的自信。如：雷音將來本《禪林方語》「大象
渡水——截流而過」「水銀落地——大小皆圓」「馬吃菜子——咬嚼不得」，而無
著道忠自寫本分別為「大象渡水——截流而過（又一踏到底）」「水銀落地——
大底大圓，小底小圓（又大小作圓）」「馬吃菜子——嚼不得（又著口不得、又
咬不著、又提不著）」。

〔註47〕入矢義高著、邢東風譯：《無著道忠的禪學》，《佛學研究》，1998 年第 1 期。

2.2「頭白頭黑」的來源也是說只知其一

「頭白頭黑」的來源，據吳經熊《禪的黃金時代》說：「這裏所謂白和黑，是指的白帽和黑帽，這本是一個典故，據說有兩個強盜，一個戴白帽，一個戴黑帽，戴黑帽的強盜最後用詭計又搶走了戴白帽強盜所搶來的東西。這是說戴黑帽的比戴白帽的更為無情，更為徹底。同樣，百丈比西堂也更為無情，更為徹底。因為西堂只是推說頭痛，好像是假如他不生病的話，可能會有確切的答案。但百丈的拒絕卻是非常乾脆和坦率的。依百丈的看法，這個問題是超乎肯定和否定，不是言語所能表達的，正如老子所謂的：『道可道，非常道。』」〔註48〕所以，從「頭白頭黑」來源看，例（1）是說對「西來意」的理解，大家一個比一個透徹，但仍偏執一端，只知其一，不知其二。這就是例（9）五祖點評「藏頭白，海頭黑」時，說「也是風后先生——只知其一，不知其二。」加一「也」字，表明儘管馬祖機鋒更為俊烈，但也跟智藏、懷海一樣，只知其一，不知其二。例（9）說「只道得個」，例（10）說「若是明眼漢，一舉便知落處」，說明即便是馬大師也有未知處，或者說還不知落處。

這個典故來源，《佛光大辭典》〔註49〕以及寬忍的《佛學詞典》〔註50〕也有引用。李壯鷹《禪語解讀——「頭白」與「頭黑」》一文認為來源「侯白侯黑」：「在唐時的閩北，所謂『頭白、頭黑』與『侯白、侯黑』二者，實屬同義而異寫也。」又舉下例：

（14）師（投子大同）後攜一瓶油歸庵。趙州曰：「久向投子，到來只見個賣油翁。」師曰：「汝只見賣油翁，且不識投子。」曰：「如何是投子？」師曰：「油！油！」趙州問：「死中得活時如何？」師曰：「不許夜行，投明須到。」趙州曰：「我早侯白，伊更侯黑。」（《景德傳燈錄》卷一五，《大正藏》51冊）

（15）閩有侯白，善陰中人以數，鄉里甚憎而畏之，莫敢與較。一日，遇女子侯黑於路，據井傍佯若有所失。白怪而問焉，黑曰與。」因許之，脫衣井旁，繼而下。黑度白已到水，則盡取其衣函去，莫

〔註48〕吳經熊著、吳怡譯：《禪的黃金時代》，海南出版社，2014年，第60頁。
〔註49〕慈怡：《佛光大辭典》第1冊，佛光文化事業有限公司，1988年，第6611頁。
〔註50〕寬忍：《佛學辭典》，中國國際廣播出版社、香港華文國際出版公司，1993年，第1411～1412頁。

知所塗。故今閩人呼相賣曰:「我早侯白,伊更侯黑」。(秦觀《淮海集》卷二五《傳說‧二侯說》)

並指出趙州說「我早侯白,伊更侯黑」意思就是「我會算計,他比我更會算計;我聰明,他比我更聰明」。隱喻趙州「只見到我的形色,而未曾見到我的真性」,實際上就是說趙州「只知其一,不知其二」。馬祖說「藏頭白,海頭黑」也一樣,「謂智藏聰明,而懷海則比他更聰明也。」〔註51〕禪不可說,但一旦你說了「不可說」,就等於說了。所以智藏、懷海仍然是都偏執一端,揀了芝麻,丟了西瓜,只知其一,不知其二。五祖批評馬祖為「風后先生」,也表達類似的意思,也是說馬祖雖然更高明,沒有說破,但依然老婆心切,只知其一,不知其二。

2.3 禪錄中「風后先生」都是「只知其一」義

(16)問:「當陽佛法似地擎天,正與麼時,請師高唱。」曰:「紅梅與綠柳爭妍。」曰:「者是體,如何是用?」曰:「玄鳥共白猿鬥富。」曰:「嶺頭昨夜秋聲靜,別有疏鐘透。」北垣曰:「封后先生。」(《重修曹溪通志》卷二,《大藏經補編》30冊)

(17)歐陽泰延生請上堂:一陽復始日初長,特地登堂為舉揚。昨夜東風行正令,西園梅放兩三行,拈起挂杖云:會麼?喚作挂杖,則觸;不喚作挂杖,則背。若也識得,荊棘林中直過,紅塵堆裏橫身。風后先生,即今現在,汝眉毛尖上,一一重添算籌。福亦如是,壽亦如是,我今為汝保任,終不虛也。擲挂杖下座。(《灤州萬善暉州昊禪師語錄》卷二,《嘉興藏》39冊)

(18)舉:睦州因秀才相看,云會二十四家書。師以挂杖空中點一點,云:「會麼?」秀才罔措。師云:「又道會二十四家書,永字八法也不識?」……頌:睦州一點問來端,封后先生眼自瞞。既到班門休弄斧,被他八法累尼山。(《憨休禪師語錄》卷一一,《嘉興藏》37冊)

例(16)說「紅梅與綠柳爭妍」只說了「體」,說「玄鳥共白猿鬥富」只說

<hr>

〔註51〕李壯鷹:《禪語解讀──「頭白」與「頭黑」》,《北京師範大學學報》(社會科學版),1996年第2期。

了「用」，皆只知其一，不知其二。「嶺頭昨夜秋聲靜」，也是只知其一，不知其二，因為「別有疏鐘透」，寺廟裏稀疏鐘聲，依然那樣清透。所以北垣說：「封后先生。」

例（17）《解讀》與《商詁》均有引用，但解說得很複雜，不得要點。其實很簡單，一方面說「若也識得」，就會「荊棘林中直過，紅塵堆裏橫身」；另一方面，若只知其一，不知其二，則「即今現在，汝眉毛尖上，一一重添算籌」。可見「風后先生」就是「只知其一，不知其二」的意思。

例（18）秀才會二十四家書，結果「永字八法也不識」，所以說他是「封后先生眼自瞞」，只知其一，不知其二。

禪錄中「風后先生」或「封后先生」，都是「只知其一，不知其二」的意思。除了以下兩例，用的是「風后先生」的本義，即指黃帝手下的那個精通兵法、天文、曆法、占卜的大臣。如：

> （19）居士問：「煉石補天，劫火洞然還壞不壞？」師云：「問取封后先生。」士云：「太極未分前，且這一著，從何安立？」師云：「畫蛇添足了也。」（《雲溪俍亭挺禪師語錄》卷七，《嘉興藏》33 冊）

> （20）上堂：「月生一，上下四維無等四。月生二，千手大悲難指注。月生三，海底蝦麻解指南。垂釣新月無香餌，分付魚龍莫放憨。封后先生忍俊不禁將六十花甲一時抖擻，曰：一是一，二是二，三是三，四是四，數目甚分明，從頭數不及。」（《北京楚林禪師語錄》卷四，《嘉興藏》37 冊）

3.「只知其一」義的來源

「風后先生」為黃帝大臣，在室町、江戶時代日人的釋義中，已經考釋得非常清楚，特別是無著道忠幾乎把我們現在能找到的材料都羅列殆盡，所以這一結論十分可靠，根本無需再考。但日本人因為語感問題，對「風后先生」的引申義的理解，就眾說紛紜，莫衷一是了。

其實，例（6）（7）（8）引《帝王世紀》「乃得風后於海隅，得力牧於大澤」，引《資治通鑒》：「黃帝舉風后、力牧、太山稽、常先、大鴻，得六相，而天地治，神明至」等，也暗含有「只知其一，不知其二」的意思，假若風后先生事事精通，就一人足矣。當然，這不明顯。

禪錄「風后先生」最早用例在宋代，就是例（1）。而「風后」的事蹟先秦就有，除了日人注釋中的例子外，我們再看幾例，如：

（21）論道養則資玄素二女，精推步則訪山稽力牧，講占候則詢風后，著體診則受雷岐，審攻戰則納五音之策，窮神奸則記白澤之辭，相地理則書青鳥之說，救傷殘則綴金冶之術。（《抱朴子內篇》一三）

（22）風力上宰，內敷文教；方邵重臣，外揚武節。（隋·盧思道《勞生論》）

（23）廟堂有風力之臣，征鎮有方召之老。（唐·李華《盧郎中齋居記》）

（24）帝精推步之術於山稽、力牧，著體診之訣於岐伯、雷公，講占候於風后先生。（唐·佚名《軒轅黃帝傳》）

（25）《御覽》七十九引《尸子》曰：「子貢問孔子曰：『古者黃帝四面，信乎？』孔子曰：『黃帝取合己者四人，使治四方，不謀而親，不約而成，大有成功，此之謂四面也。』」案此蓋雜記其君臣事蹟，為後來言風后、力牧、太山稽等所本。（清·王先謙《漢書·補注》）

以上例子都表明，儘管風后在天文、曆法、兵法、占卜等方面無所不通，但黃帝卻只是「講占候則詢風后」，其他方面則要問別的大臣。例（24）是世俗文獻「風后先生」出現最早的用例，也只是「講占候於風后先生」，都因為「風后先生」只知其一，不知其二。

五、《宋高僧傳》詞語研究

「杙載絕岳」新探〔註52〕

石頭希遷（700～790）是唐代著名禪師，俗姓陳，端州高安人（今屬廣東），初從六祖慧能出家學禪，後依止行思，行思又命其往參南嶽懷讓，91歲無疾而終，諡號無際大師。著有《參同契》《草庵歌》。關於其法號「石頭和尚」的來

〔註52〕原題《石頭希遷「杙載絕嶽」再辨》，發表在《法音》，2021年第5期，有改動。

歷，《宋高僧傳》記載說：

> 釋希遷，姓陳氏，端州高安人也……當時思公之門學者麕至，
> 及遷之來，乃曰：「角雖多，一麟足矣。」天寶初，始造衡山南寺。
> 寺之東有石，狀如臺，乃結庵其上。杼載絕岳，眾仰之，號曰石頭
> 和尚焉。（《宋高僧傳》卷九）

這段文字中的「杼載絕岳」頗難理解。賴永海、張華翻譯這段文字時，直接省略了「杼載絕岳，眾仰之」句。〔註53〕蔡日新考釋說：「『絕岳』蓋『絕於岳』之義，謂希遷之行止不出現於岳中，亦即禪門中所謂的『閉關』。『杼載』二字，辭書均不詮解，今查《經籍纂詁》《說文通訓定聲》，參合二家之義，取『杼，長也』之義（見《小爾雅·廣言》）。『杼載』者，乃『長年』之意。由此推論石頭結庵後，曾有過一段較長時間的閉關修持。」〔註54〕習罡華認為，蔡日新之說與歷史事實不符，而且「杼載」釋為「長年」也頗為牽強，「載」應是「軸」音近形似之訛誤，「杼載絕岳」當為「杼軸絕岳」，意思是石頭希遷「文采冠絕南岳諸和尚」〔註55〕。誠然，習罡華文對蔡日新文的某些評論可謂中肯，但「載」「軸」訛誤之說仍有可商之處。

首先，「載」與「軸」形體和讀音都不相近。在形體上，只是有同一個偏旁「車」而已，且「載」字「車」旁只占一角，「軸」字「車」旁在左，聲旁「戈」和「由」相差更為懸殊；語音上，就如習罡華文所引，軸，《廣韻》《正韻》直六切，《集韻》《韻會》仲六切，並音逐；載，《廣韻》《集韻》《韻會》《正韻》並作代切，音再。聲韻皆不相同：軸，澄母屋韻，載，精母代韻，澄母與精母，屋韻與代韻，相差皆遠。「載」與「軸」在形體和讀音上都無相訛的理據。我們檢索最新版 CBETA 電子佛典，「載」訛作「戴」32 例，訛作「再」5 例，訛作「裁」3 例，沒有一例訛作「軸」；「戴」訛作「載」的 34 例，「再」訛作「載」的 6 例，「截」訛作「載」的 2 例，沒有一例「軸」訛作「載」。

其次，「寺之東有石，狀如臺，乃結庵其上。杼載絕岳，眾仰之，號曰石頭

〔註53〕賴永海，張華釋譯：《宋高僧傳》，佛光文化事業有限公司，2012 年，第 196 頁。

〔註54〕蔡日新：《石頭希遷行狀繫年考略》，載《船山學刊》1994 年增刊（湖湘佛文化論叢）第二、三輯，第 95 頁。

〔註55〕習罡華：《石頭希遷「杼載絕嶽」考辨》，載《法音》，2020 年第 1 期，第 34～36頁。

和尚焉」，是說希遷禪師法號「石頭和尚」的來歷，是因其結庵於衡山南寺東面形狀如臺的石頭上，「杼載絕岳，眾仰之」，應該還是描述石頭，倘是說其文采，那緊接其後的「號曰石頭和尚」，恐怕為「號曰文曲和尚」更準確。從「石頭和尚」最早出處及後人的引用，似有所提示。如：

　　師著麻一切了，於天寶初方屆衡嶽。遍探岑巒，遂頓息於南臺。寺東有石如臺，乃庵其上，時人號石頭和尚焉。(《祖堂集》卷四)

　　師於唐天寶初，薦之衡山南寺。寺之東有石狀如臺，乃結庵其上，時號石頭和尚。(《景德傳燈錄》卷一四)

　　師於唐天寶初，薦之衡山南寺。寺之東有石狀如臺，乃結庵其上，因是號石頭和尚焉。(《林泉老人評唱投子青和尚頌古空谷集》卷一)

　　天寶中，居衡山南寺。寺東有石其狀如臺，乃結庵其上，時號石頭和尚。(《隆興編年通論》卷一九)

　　自天寶初，來衡山南寺。寺東有石如臺，乃結庵其上，時號石頭和尚。(《釋氏通鑒》卷九)

　　師天寶間之衡山。南寺之東。有石狀如臺。乃結菴其上。時號石頭和尚。(《五家正宗贊》卷一)

　　師於唐天寶初，薦之衡山南寺。寺之東有石，狀如臺，乃結庵其上。時號石頭和尚。(《五燈會元》卷五)

　　南岳石頭希遷禪師，於唐天寶薦之衡山南寺。寺之東有石狀如臺，乃結菴其上，時號石頭和尚。(《禪苑蒙求瑤林》卷二)

　　天寶中，居衡山南寺。寺東有石其狀如臺，乃結菴其上，時號石頭和尚。(《佛祖歷代通載》卷一四)

　　玄宗天寶初，薦之衡山南寺。寺東有石，狀如臺，乃結庵其上，時號之曰石頭和尚。(《釋氏稽古略》卷三)

以上自唐至元金文獻，相應文字皆在說明，希遷禪師法號「石頭和尚」的來歷，是因其結庵於衡山南寺東面狀如臺的石頭上，都沒有提到其文采。

最後，禪宗不立文字，炫辭弄墨、囿於名言，恰恰是禪宗所反對的，將「杼

載絕岳」理解為石頭希遷「文采冠絕南岳諸和尚」，或有違禪宗宗旨。而且，石頭希遷僅著有《參同契》《草庵歌》兩篇詩偈，也談不上「文采冠絕南岳諸和尚」。

《永樂北藏》《乾隆大藏經》《大正藏》等各版本的《宋高僧傳》都無異文，我們也對照了國內外目前僅存的宋刻本《磧砂藏》本以及日本慶安四年（1651）刊本《宋高僧傳》，也都一樣。從版本入手，恐怕也沒法解決「杓載絕岳」的理解問題。所以，還需要另闢蹊徑。本文試著用最笨的辦法，一步一步地、循序漸進地來做探討。

第一，「絕岳」應該沒什麼問題，古詩文中常用，如：

其國人常行於水上，逍遙於絕岳之嶺，度天下廣狹，繞八柱為一息，經四軸而暫寢，拾塵吐霧，以算歷劫之數，而成阜丘，亦不盡也。（〔晉〕王嘉《拾遺記‧移池國》）

息煩焰於塵途、瑩戒珠於岩岫。曾遊絕嶽，墜地無傷。（〔唐〕沙門知宗《盤山上方道宗大師遺行碑》）

絕嶽倚空排寶戟，斜暉轉樹繞雌蜺。（〔元〕呂思誠《桂林八景‧西峰晚照》）

殊方此日逢重九，絕嶽高吟散遠愁。（〔明〕楊祐《九日登泰山》）

橋在治東八里，巉岩絕嶽，幹霄插天。（清嘉慶刻本《四川通志‧輿地志》）

以上例中「絕岳」都是形容山岳高峻，既非蔡日新文所說的「絕於岳」，絕跡於南岳，也非習罡華文所說的「冠絕南岳」，這裏「絕」同唐杜甫《望岳》詩「會當凌絕頂，一覽眾山小」的「絕」。後人引《宋高僧傳》也表達與此類似的意思，可證此言不虛。如：

希遷，陳氏子，瑞州高安人……思公之門，學者駢集；及遷之來，思曰：「眾角雖多，一麟足矣。」天寶初，始造衡山南寺。寺之東有石，狀如臺，遷結庵其上，俯臨眾峰，時人因號石頭和尚。（《武林理安寺志》卷一）

按《宋高僧傳》：希遷，姓陳氏，端州高安人也……當時思公之門學者麇至，及遷之來，乃曰：「角雖多，一麟足矣。」天寶初，始造衡山南寺。寺之東有石狀如臺，乃結庵其上，登臨絕嶽，眾仰之，

號曰石頭和尚焉。(《古今圖書集成選輯》卷一七一)

> 唐・希遷，姓陳氏，端州高要人……當是時，思公之門，學者莫之計，思公指遷語人曰：「眾角雖多，一麟足矣。」天寶初，造衡山南寺。寺東有石如臺，絕出物表，遷就結庵，以居其上，世因號石頭和尚。(《新修科分六學僧傳》卷五，《續藏經》第 77 冊)

三例分別用「俯臨眾峰」「登臨絕嶽」「絕出物表」來代替「杼載絕岳」，明顯可見都是描述山的挺拔險峻。

第二，「載絕岳」也頗好理解，顧名思義，就是承載高聳險峻的山岳的意思，應該是化用典故「載華嶽」而來。如：

> 天地之道，可一言而盡也。其為物不貳，則其生物不測。天地之道，博也、厚也、高也、明也、悠也、久也。今夫天，斯昭昭之多，及其無窮也，日月星辰繫焉，萬物覆焉。今夫地，一撮土之多，及其廣厚，載華嶽而不重，振河海而不泄，萬物載焉。今夫山，一卷石之多，及其廣大，草木生之，禽獸居之，寶藏興焉。今夫水，一勺之多，及其不測，黿鼉蛟龍魚鱉生焉，貨財殖焉。(《中庸》第 26 章)

「載絕岳」本指大地山川，由一撮一撮土、一塊一塊石、一勺一勺水不斷積累，變得越來越廣博深厚，能夠承載崇山峻嶺、江河湖海，以致世間萬物，也不覺得沉重，也不會洩漏。後人亦常引此典，如：

> 怪石小如拳，方盆水一勺。突兀踞其中，儼如載華嶽。盤空生雲氣，勢欲騰碧落。幽曲羅浮姿，本是蓬萊腳。衡山聳天南，八九峰如削。往往動仰止，未及攀岵嶁。對此徑寸觀，振觸雲山約。安得十日遊，使我胸懷闊。(〔清〕吳夫人家楣《題盆中小石山》) 〔註56〕

> 馬二先生心曠神怡，只管走了上去，又看見一個大廟門擺著茶桌子賣茶，馬二先生兩腳酸了，且坐吃茶。吃著，兩邊一望，一邊是江，一邊是湖，又有那山色一轉圍著，又遙見隔江的山，高高低低，忽隱忽現，馬二先生歎道：「真乃『載華嶽而不重，振河海而不

〔註56〕〔清〕鄧顯鶴編纂：《湖湘文庫・沅湘耆舊集》第 6 冊，嶽麓書社，2007 年，第 368 頁。

　　泄，萬物載焉！』」（〔清〕吳敬梓《儒林外史》第十四回）

　　載華嶽；挾泰山。（清·梁章鉅《楹聯叢話全編》）〔註57〕

　　稟靈娥德，葉景軒度。道載華嶽，化洽汾陰。（〔南梁〕沈約《竟陵王解講疏》，《廣弘明集》卷一九）

　　公（林則徐）身體不逾中人，端凝嚴重，行止如載華嶽，眉目疏朗，光奕奕出數步外，神采威秀，顧盼風生。（李元度《林文忠公事傳》）〔註58〕

「載華嶽」既可以形容山，也可以形容人的道德品行。不少文獻中完整地引用了《宋高僧傳》「眾角雖多，一麟足矣」之語，這是行思禪師對石頭希遷的讚揚語，意思是長雙角的獸類很多，不如一隻角的麒麟更珍貴，是說像石頭希遷這樣的禪僧難得。所以《宋高僧傳》中的「載絕岳」語帶雙關，既是形容山的高峻，也是形容石頭和尚峻烈的機鋒品性。同樣，「眾仰之」也語帶雙關，既是抬頭仰望，又是內心仰慕。

　　第三，「杼載」不詞，「絕岳」和「載絕岳」都沒問題，那問題恐怕出在「杼」上。「杼載」若為主謂結構，「載絕岳」的主語其實很明確，是指石頭和尚結庵的石山，「杼」沒有這個意思，它的義項為織機的梭子、削薄、梭子形、土木工程中的泥工，通「芧」、櫟木，通「序」，通「抒」等，都不相干。〔註59〕所以，「杼載」很有可能是同義並列結構的詞，「杼」或為「持」所訛。「持載」一詞，《漢語大詞典》收錄，如：

　　持載（zài）：承載。謂地能承載萬物。《禮記·中庸》：「辟如天地之無不持載，無不覆幬。」《隋書·禮儀志一》：「《記》云：『至敬不壇，掃地而祭。』於其質也，以報覆燾持載之功。」清惲敬《〈姚江學案〉書後》：「然其大則如天地之持載覆幬焉。」〔註60〕

〔註57〕〔清〕梁章鉅等編著，白化文、李鼎霞點校：《楹聯叢話全編》，北京出版社，1996年，第359頁。

〔註58〕李元度：《林文忠公事傳》，載中國史學會編《鴉片戰爭》第6冊，上海：神州國光社，1954年，第327頁。

〔註59〕漢語大詞典編纂委員會編纂：《漢語大詞典》，上海：漢語大詞典出版社，1995年，第886頁。

〔註60〕漢語大詞典編纂委員會編纂：《漢語大詞典》，上海：漢語大詞典出版社，1995年，第552頁。

「載」，承載的意思，網上「百度漢語」「漢典」注音為「zǎi」，非。「持載」也是承載的意思，出處也與「載華嶽」同，都出自《中庸》。

「持」與「杼」形近。「持」，晉王羲之、宋趙佶、宋孫過庭分別作「持」「持」「持」等，「杼」，晉王羲之、宋李淦、宋孫過庭分別作「杼」「杼」「杼」，難辨細微。古籍中「持」「杼」混用，不乏其例。如：

少陽之陽，名曰樞杼（一作持），視其部中有浮絡者，皆少陽之絡也。（〔晉〕皇甫謐《甲乙經》）〔註61〕

【原文】少陽之陽，名曰樞持，上下同法。視其部中有浮絡者，皆少陽之絡也。【疑義】《甲乙》「持作杼」。《太素》「持作特」。（李國清等：《內經疑難解讀》）〔註62〕

八萬四千由旬海，今欲以杓抒令幹，困乏徒自喪一生，所抒（宋本、元本皆作「持」）未多命便盡。（《佛本行集經》卷三一）

金銀男女，在門左右，持寶缽滿中七珍，晝夜持（宋本、元本皆作「抒」）去，轉滿如故。（《經律異相》卷三三）

「持」作「杼」或「杼」作「持」，皆形近而混。漢魏六朝至於唐宋「手」旁和「木」旁最易相混，有些書甚至全部的「木」旁字都會混作「手」旁字，如敦煌本《棋經》〔註63〕，故「抒」「持」相混的也特別多。所以「杼載絕岳」是「持載絕嶽」所訛，應該是可信的。

我們再回到文章開頭所引《宋高僧傳》原文。石頭希遷來到行思門下，深受器重，又往參南嶽懷讓，受請住衡山南寺。寺東有大石，平坦如臺，希遷就石上結庵而居。因為石頭高峻挺拔，且能承載萬物；住在上面的人，也像石頭一樣，機鋒峻烈，品性剛強，所以時人多稱他為石頭和尚。「石頭和尚」的稱號，既體現了住庵的地方險峻，也表現了住庵的和尚機鋒峻烈，同時也包含了時人的仰慕之情，這正是「持載絕嶽」「眾仰之」的雙關義所在。事實上，石頭和尚的品性也的確如石頭一般，沉毅果斷，《宋高僧傳》說其「雖在孩提，不煩保母。既冠然諾自許，未嘗以氣色忤人」；石頭和尚的機鋒也如石頭一般，簡捷峻烈，

〔註61〕〔晉〕皇甫謐：《甲乙經》卷之二，明古今醫統正脈全書本，第49頁。
〔註62〕李國清等：《內經疑難解讀》，北京：人民衛生出版社，2000年，第415頁。
〔註63〕張湧泉：《敦煌寫本文獻學》，蘭州：甘肅教育出版社，2013年，第220頁。

《宋高僧傳》說「彼石頭真師子吼」，馬祖說「石頭路滑」，行思禪師認為像石頭和尚這樣的禪師，「一麟足矣」。所以，知道「杼載絕岳」是「持載絕岳」所訛，使我們對石頭和尚的認識更清晰明瞭，對石頭和尚相關公案的理解也更深刻透徹。

六、《古林清茂禪師語錄》詞語研究〔註64〕

配對型「也好」新探

盧烈紅（2012）把兩個或多個「也好」隔開配對使用的表示無論在何種情況下都如此的句型稱為「配對型『也好』」，並考察其源流。該文認為「配對型『也好』的確切用例出現在清代中期」，我們認為這還可以商榷，因為從宋代到清初都有配對型「也好」的用例，舉例如下：

閒也好，忙也好，看來總不干懷抱。(《古林清茂禪師語錄》卷五，據《續藏經》第71冊)

信也好，不信也好，三十年後，遇著本色道流，莫道白雲門風峭峻！(《古林清茂禪師語錄》卷一，據《續藏經》第71冊)

諸人信也好，不信也好，三千里外遇著本色道流，輒不得道徑山從來柳下惠！(《愚庵和尚語錄》卷第五，據《續藏經》第71冊)

現佛也好，現眾生也好；現天堂也好，現地獄也好；現羅剎也好，現菩薩也好；總是者個面目。(《紫竹林顒愚衡和尚語錄》卷四，據《嘉興藏》第28冊)

隨人欺凌也好，委曲也好，詬罵也好，苦觸也好，何必貪愛而生嗔耶？(《紫竹林顒愚衡和尚語錄》卷四，據《嘉興藏》第28冊)

銀碗裏盛雪也好，秤錘裏捉汁也好，破沙盆裏煬羹也好，珠砂鉢裏括殘也好，者個總不問你！(《嵩山野竹禪師錄》卷三，據《嘉興藏》第29冊)

第一例和第二例都出自宋末元初《古林清茂禪師語錄》，意思分別是：不管閒還是忙，都不會影響悟禪的心境；無論你信不信，三十年後碰到本分當行的

〔註64〕原題《近代漢語幾個語法問題考辨》，發表在《漢語史學報》，2015年第1期，有改動。

禪僧都不要說我白雲道法嚴厲〔註65〕。第三例出自元末明初《愚庵和尚語錄》，句式與第二例大同小异，意思是：無論你們信不信，三千里外遇到本分當行的禪僧就不要說我徑山不顧你們〔註66〕。後三例都是明末清初的例子，意思分別是：不管現出什麼身相，都是這個面目，也就是禪語所說的「身心世界全是一個面目」的意思；任憑別人怎麼屈辱你，你都不必貪愛而生氣〔註67〕；不管是銀碗裏盛雪，秤錘裏捉汁，破沙盆裏煬羹，還是珠砂鉢裏括殘，這個都不問你。

　　上述 6 例應該都是比較典型的配對型「也好」的用例，都表示無論在哪一種情況下，其結果都一樣。而且也都有一些形式上的標志：或後句有「總」字與前句呼應，或用在含有叱責語氣的語段中，或用在反詰句中。

　　配對型「也好」在明代戲曲中也有。例如〔註68〕：

　　　〔外〕夫人，這個人，他的公公做五經博士。他的父親同我隨
　　父在任，那時皆是舍人，與我十分契合。此人若存，已登廊廟了。
　　如今他的兒子韋皋來見，我想是幹索甚麼東西。夫人，見他也好，
　　不見他也好。（明．楊柔勝《玉環記》第 10 齣）

　　　〔淨〕好大雪。大哥今日酒也好，嗄飯也好，下次還到他家去
　　吃。（明．徐《殺狗記》第 12 齣）

　　可見，盧文認為「配對型『也好』的確切用例出現在清代中期」，有點過於謹慎。

〔註65〕「白雲」，古林清茂禪師初住平江府天平山白雲禪寺，故自稱「白雲」。
〔註66〕徑山，愚庵和尚再住徑山興聖萬壽禪寺，故自稱「徑山」。「從來柳下惠」，日本江戶時代僧人學者無著道忠（1990：130）釋曰：「爾為爾，我為我。」此釋義源自《孟子・公孫丑上》：「柳下惠不羞污君，不辭小官。進不隱賢，必以其道。遺佚而不怨，厄窮而不憫。與鄉人處，由由然不忍去也。『爾為爾，我為我，雖袒裼裸裎於我側，爾焉能浼我哉？』故聞柳下惠之風者，鄙夫寬，薄夫敦。」無著道忠也引另一說，如《禪林方語》釋「從來柳下惠」為「無可無不可」，出《論語・微子》：「逸民：伯夷、叔齊、虞仲、夷逸、朱張、柳下惠、少連。子曰：『不降其志，不辱其身，伯夷、叔齊與？』謂：『柳下惠、少連，降志辱身矣；言中倫，行中慮，其斯而已矣。』謂：『虞仲、夷逸，隱居放言，身中清，廢中權。我則异於是，無可無不可。』」無著道忠指出此說恐非，此處「無可無不可」是孔子自謂，不是說柳下惠，并舉禪錄用例證明其都是「爾是爾，我是我」的意思。無著道忠之說可信。
〔註67〕貪愛，「即貪著愛樂五欲之境而不能出離生死輪回」。（據《佛光大辭典》「貪愛」條）
〔註68〕以下例證是匿名審稿專家提供，特此鳴謝。

第六章　元明詞語研究

一、劉基詩文詞語研究

（一）「瑤與羽」用典新探 [註1]

劉基詩《詠史二十一首》其五：「食壽偶不死，謂言菫可餐。墮河偶不溺，謂是天所完。佻心不自顧，利欲紛多端。百勝困一躓，名滅軀體殘。君子戒徼幸，小人樂災患。不見瑤與羽，千載遺悲酸。」（據《誠意伯文集》卷一二）其詩語言淺顯，通俗易懂，唯「瑤與羽」頗為難解。

劉基此詠史詩借史事以總結歷史經驗教訓，當寫於入明以後。明朝初期，政權剛剛建立，根基未穩，但統治者缺乏憂患意識，被勝利沖昏了頭腦，利欲薰心，劉基認為這樣最終會招致身敗名裂、千古遺恨。所以「不見瑤與羽」應該是說統治者沒有吸取「食壽」「墮河」等歷史教訓。「食壽」「墮河」應該也有出典，「食壽」後言「菫」，當是「置菫」一典，語本《國語・晉語二》：「驪姬受福，乃寘鴆於酒，寘菫於肉。」韋昭注：「菫，烏頭也。」烏頭含烏頭鹼，有劇毒。置菫，就是下毒。「墮河」，疑是用「公無渡河」一典。語出晉崔豹《古今注・音樂》：「《箜篌引》，朝鮮津卒霍里子高妻麗玉所作也。子高晨起刺船而櫂，有一白首狂夫，披髮提壺，亂流而渡，其妻隨呼止之，不及，遂墮河水死。

〔註1〕原題《明詩用典考釋三則》，發表在《漢語史學報》，2021 年第 1 期，有改動。

於是，援箜篌而鼓之，作《公無渡河》之歌。聲甚淒愴，曲終自投河而死。霍里子高還，以其聲語妻麗玉。玉傷之，乃引箜篌而寫其聲，聞者莫不墮淚飲泣焉。麗玉以其聲傳鄰女麗容，名曰《箜篌引》焉。」

「瑤與羽」應該也是類似這樣的典故，所以我們認為「瑤」「羽」分別是「瑤岸」與「羽郊」的簡稱。

先看「瑤岸」。《山海經》卷二：「又西北四百二十里，曰鍾山，其子曰鼓，其狀如人面而龍身，是與欽䲹殺葆江於昆侖之陽，帝乃戮之鍾山之東曰瑤崖，欽䲹化為大鶚，其狀如雕而黑文白首，赤喙而虎爪，其音如晨鵠，見則有大兵；鼓亦化為鵕鳥，其狀如鴟，赤足而直喙，黃文而白首，其音如鵠，見則其邑大旱。」「帝乃戮之鍾山之東曰瑤崖」的「瑤崖」，王念孫云：「張衡傳注、御覽妖異三作瑤岸。」郝懿行亦校為「瑤岸」。三國魏阮籍《清思賦》：「鄧林殪於大澤兮，欽䲹悲於瑤岸。」（據《漢魏六朝百三家集》卷三四）又同「瑤溪」。《後漢書·張衡傳》：「瞰瑤溪之赤岸兮，弔祖江之見劉。」李賢注：「瑤溪，瑤岸也。」漢陳琳《馬腦勒賦》：「托瑤溪之寶岸，臨赤水之朱陂。」（據《全後漢文》卷九二）瑤岸、瑤崖、瑤溪，皆為欽䲹神被天帝誅殺的地方。

再看「羽郊」。《山海經》第十八：「洪水滔天。鯀竊帝之息壤以堙洪水，不待帝命。帝令祝融殺鯀於羽郊。鯀復生禹。帝乃命禹卒布土以定九州。」唐柳宗元《永州龍興寺息壤記》：「昔之異書，有記洪水滔天，鯀竊帝之息壤以湮洪水，帝乃令祝融殺鯀於羽郊，其言不經見。」（據《柳河東集》卷二八）或曰「羽山」。羽山，山名，舜殺鯀之處。《尚書·虞書·舜典》：「流共工於幽州，放驩兜於崇山，竄三苗於三危，殛鯀於羽山。」孔傳，幽州，北裔；崇山，南裔；三危，西裔；羽山，東裔。晉王嘉《拾遺記·夏禹》：「海民於羽山之中，修立鯀廟。四時以致祭祀，常見玄魚與蛟龍跳躍而出，觀者驚而畏矣。」又與「羽淵」有關，傳說鯀死後化黃熊處。《左傳·昭公七年》：「昔堯殛鯀於羽山，其神化為黃熊，以入於羽淵。」漢趙曄《吳越春秋·越王無餘外傳》：「乃殛鯀於羽山。鯀投於水，化為黃能，因為羽淵之神。」宋劉克莊《江西詩派小序·三洪》：「有《懷駒父詩》云：『欣逢白鶴歸華表，更想黃龍出羽淵。』」可見，羽郊、羽山為舜殺鯀的地方，羽淵為鯀死後化黃熊的地方。

「瑤岸」「羽郊」分別為欽䲹、鯀被殺的地方，且皆出自《山海經》，又與

全詩意旨相關，「瑤與羽」與這兩個典故有關，應該沒什麼疑問了。

（二）「三盧」用典新探〔註2〕

劉基《寄贈懷渭上人》詩：「老來耗毷百事違，況俾三盧宅愁眼。」（據《誠意伯文集》卷一四）其「三盧」一語不明。我們認為這裏比喻富貴或權貴。

「盧」為古時樗蒲戲彩名，擲五子全黑者稱盧，得彩十六，為頭彩。《晉書·劉毅傳》：「後於東府聚樗蒲大擲，一判應至數百萬，餘人並黑犢以還，唯劉裕及毅在後。毅次擲得雉，大喜，褰衣繞床，叫謂同坐曰：『非不能盧，不事此耳。』裕惡之，因接五木久之，曰：『老兄試為卿答。』既而四子俱黑，其一子轉躍未定，裕厲聲喝之，即成盧焉。毅意殊不快，然素黑，其面如鐵色焉，而乃和言曰：『亦知公不能以此見借！』既出西藩，雖上流分陝，而頓失內權，又頗自嫌事計，故欲擅其威強，伺隙圖裕，以至於敗。」又《周書·王思政傳》：「大統之後，思政雖被任委，自以非相府之舊，每不自安。太祖曾在同州，與群公宴集，出錦罽及雜綾絹數段，命諸將樗蒲取之。物既盡，太祖又解所服金帶，令諸人遍擲，曰：『先得盧者，即與之。』群公將遍，莫有得者。次至思政，乃斂容跪坐而自誓曰：『王思政羈旅歸朝，蒙宰相國士之遇，方願盡心效命，上報知己。若此誠有實，令宰相賜知者，願擲即為盧；若內懷不盡，神靈亦當明之，使不作也，便當殺身以謝所奉。』辭氣慷慨，一坐盡驚。即拔所佩刀，橫於膝上，攬樗蒲，拊髀擲之。比太祖止之，已擲為盧矣。徐乃拜而受。自此之後，太祖期寄更深。」劉毅失盧，失去百萬，也失去了權貴；王思政得盧，被授金帶。

三盧，即三擲盡盧。《晉書·慕容垂》：「初，寶在長安，與韓黃、李根等因讌樗蒲，寶危坐整容，誓之曰：『世云樗蒲有神，豈虛也哉！若富貴可期，頻得三盧。』於是三擲盡盧，寶拜而受賜，故云五木之祥。」慕容寶少無大志，三擲盡盧，拜而受賜，最終還當上了皇帝。

「老來耗毷百事違，況俾三盧宅愁眼」，意思是說人老了，衰老昏瞶，什麼事都做不好了，即使得到榮華富貴，也只能在家裏愁眉苦眼。

又劉基詩《病眼作》：「三彭上誶三盧聞，乘時作孽何其速。」（據《誠意伯文集》卷一六）這裏「三盧」代指上帝，因為慕容寶因為三擲盡盧，最終當上

〔註2〕原題《明詩用典考釋三則》，發表在《漢語史學報》，2021年第1期，有改動。

了皇帝。三彭，即三尸神。唐張讀《宣室志》卷一：「契虛因問梣子曰：『吾向者謁觀真君，真君問我三彭之仇，我不能對。』梣子曰：『夫彭者，三尸之姓，常居人身中，伺察功罪，每至庚申日，籍於上帝。故凡學仙者，當先絕其三尸，如是則神仙可得，不然雖苦其心無補也。』」道教說每人身上皆有三尸神（即三彭），能記人過失，每逢庚申日，乘人睡時將人之過惡稟奏上帝。

（三）劉基詩文中疾病新探〔註3〕

十九世紀廣泛流傳著這樣一種思想，即創造性和天才往往與疾病連在一起。馬賽爾‧普魯斯特患哮喘病，卡夫卡患肺結核，海涅患卟啉病，而彼特拉克、莫里哀、福樓拜、陀思妥耶夫斯基等顯赫的名字卻和癲癇病連在一起。德國浪漫主義詩人、哲學家諾瓦利斯認為患病是「刺激豐富多采的生活的強有力的興奮劑」，尼采將藝術家稱為「患病動物」。奧地利著名心理學家阿德勒在其名著《自卑與超越》中指出，「幾乎在所有傑出者的身上，我們都能看到某種器官上缺陷。」〔註4〕二十世紀以後，這種思想仍有廣泛的影響。錢鍾書先生在其《管錐編》裏舉了大量的例證說明有口吃、失明、失聰等疾患的人在文學、音樂、藝術領域卻做出了傑出的成就，認為這正類似近世西方心理學家阿德勒氏所謂「補償反應」。〔註5〕國外的文學評論界有人專門宣導以所謂「病跡學」方法研究作家，即通過研究作家的異常性格特徵、疾病史或引起精神病理學者興趣的精神活動過程的一個側面，來揭示它對作家個人生活、創作活動及作品所起的作用和意義。西方病跡學研究了歌德、荷爾德林、梵高等第一流的詩人、作家和畫家。日本的病跡學也在 20 世紀 50 年代迅速發展起來，研究了波多萊爾、果戈理、但丁、莫泊桑、王爾德、井鶴西原、夏目漱日、石川啄木、凡高、芥川龍之介、川端康成等詩人、作家和畫家。中國不少作家、藝術家都值得從此方面作深入研究，遺憾的是我們缺乏這樣的研究。本人在研究劉基的過程中很想就此作一嘗試，以期拋磚而引玉。

研究古人的病歷頗有一定難度，首先古人的治病記錄沒有保留下來，其次古人似乎也很少有記日記的習慣，即使有，也很少有保存下來。但劉基的病歷，

〔註3〕原題《劉基的病及對其詩文的影響》，發表在《船山學刊》，2008 年第 3 期，有改動。

〔註4〕A‧阿德勒著、黃光國譯：《自卑與超越》，北京：作家出版社，1986 年。

〔註5〕錢鍾書：《管錐篇》，北京：中華書局出版，1979 年。

我們根據其詩文和其他一些史料，似乎可以理出一些線索。

1. 劉基的肝病考

劉基在《送龍門仙子入仙華辭（並序）》一文中說：「予弱冠嬰疾，習懶不能事，嘗愛老氏清靜，亦欲作道士，未遂。」這應該是劉基提到自己最早的染病記錄，時年二十歲，具體時間當是元文宗天曆三年，即 1330 年。所患何病，作者雖未明說，但還是可以推測出來。

首先可以肯定這不是感冒之類的小毛病，並且也不是很快就能治好的急性病，否則斷不至於「亦欲作道士」。

其次，其所述症狀「習懶不能事」與肝炎最像。肝炎最主要的症狀就是疲乏無力、懶言少動，下肢酸困不適，稍加活動則難以支持。這種懶倦的病態，在劉基其他的詩文中亦多有描繪。《愁鬼言》寫岑峰先生「筋懶肉緩，體倦志瓵，形神枯瘁，精氣消鑠」，「發言遲滯，舉趾局促」，實寫劉基自己的病態。《帝春臺》：「鏡掩懶重開」極寫自己的懶態。劉基詩文中還多次提到自己的病足，亦與此症有關。

再次，肝炎的另一些症狀，如食欲不振、厭油、噁心、嘔吐及腹脹等在劉基詩文或史籍中也有提及。劉基喜素厭肥，戲作《菜窩說（並序）》一文，表達了對蔬菜的特殊感情。在《題盡菜戲呈石末公》詩中云：「列鼎羔羊厭脂肥，園官菜把莫嫌微。年來騎士工窯突，此物人間亦見稀。」在《旅興五十首》云：「蔬菜可以飽，肥甘乃鋒刃。」更直接的表達了喜素厭肥的心情。作者四十一歲時，脫落二齒，作《答鄭子享問齒》一文以自嘲。文中借牙蟲蟯蚑之口亦全盤道出自己不食大肉大藏的實情：「且先生之齒三十有四，而未嘗以之嚌大肉，截大藏。芹藻蒪菲，柔脆軟美，餂之以舌可使成膏，又惡用是三十二齒為哉？」這裏的大肉大藏無疑是比較油膩的大塊肉，並非是從不吃肉，精細不肥的肉劉基還是喜歡吃的，正如作者在《雪鶴篇贈詹同文》詩中所說，「食之神爽肉不肥」。

最後，從年齡來看，20 歲是發現肝炎的一個重要界限。醫學專家告訴我們，感染乙肝病毒之後，在 20 歲以前由於處於免疫耐受期而不表現出炎症反應。20歲以後，人體免疫功能增強，開始殺滅體內的乙肝病毒。如果免疫力足夠強大，能夠徹底清除病毒，則可以痊癒；如果免疫力不足以清除乙肝病毒，則表現出炎症反應。劉基「弱冠嬰疾」，只是說他 20 歲才有肝炎炎症反應，其感染病毒

應當更早，也可能先天就有。

慢性肝炎往往會發展成肝硬化，其標誌則是肝臟出血。劉基的肝硬化也有史可考的。

> 羈管公於紹興。公發憤慟哭，嘔血數升，欲自殺，家人葉性等力沮之。門人密理沙曰：「今是非混淆，豈公自經於溝瀆之時耶？且大夫人在堂，將何依乎？」遂抱持公得不死，因有痰氣疾。（黃伯生《誠意伯劉公行狀》）

羈管一事發生於至正十三年，即 1353 年，劉基時年 43 歲。「嘔血數升」一語給我們提供了一些病歷資訊。「嘔血」不同於「咳血」。咳血者，血來自於肺或氣管，而且也不可能有數升之多，所以劉基為肺病或支氣管擴張的可能性可以排除。嘔血是上消化道（包括食道、胃、十二指腸）出血的一個症狀，常見於慢性胃炎、胃及十二指腸潰瘍、肝硬變等疾病，出血量常常較多。《素問‧陰陽應象大論》云：「怒傷肝，喜傷心，思傷脾，恐傷腎，悲傷肺。」《素問‧舉痛論》又云：「怒則氣逆，甚則嘔血及飧泄。」劉基羈管於紹興，其心情主要應該是憤怒，所以說是「發憤慟哭」；怒則傷肝，所以應該是肝方面的問題。而且我們在劉基的詩文中也確實找不到劉基有慢性胃炎、胃及十二指腸潰瘍的證據，而劉基有慢性肝炎我們前面已作了考證，因此，這裏的「嘔血數升」正是其肝硬變的標誌。現代醫學告訴我們，慢性肝炎炎症反應，受病毒損害的肝細胞發生壞死，隨之生成膠原纖維加以修復，這種膠原纖維漸漸增多，肝臟的質地也由軟變硬，最終發展為肝硬化，這一過程往往需要數十年。劉基二十歲患慢性肝炎，到 43 歲肝硬變，時間上也相符。

肝硬變又極易發展成肝癌，劉基臨終前的症狀正是肝癌的症狀。

關於劉基的死因，《明史‧劉基傳》、黃伯生的《行狀》、張時徹的《神道碑銘》等皆認為劉基是被胡惟庸毒死的。此說貌似有理，其實有諸多疑點，不足為信。郝兆炬[註6]、留葆祺[註7]、呂立漢[註8]等先生對此都有較為詳盡的考證，歸結起來主要有以下幾個方面的原因：一是毒死之說最早見於《誠意伯次子閤門使劉仲璟遇恩錄》，出自於朱元璋之口，而朱元璋則是聽信了胡惟庸的同

〔註6〕郝兆炬：《增訂劉伯溫年譜》，鄭州：中州古籍出版社，1990 年。
〔註7〕留葆祺：《劉基散論》，北京：作家出版社，2001 年。
〔註8〕呂立漢：《千古人豪──劉基傳》，杭州：浙江人民出版社，2005 年。

黨涂節的告發，塗節的告發，乃是因為謀反不成，想立功保命才這樣說的，其故意誣陷的可能性很大，而另一個重要的知情人汪廣洋，不管朱元璋如何逼供，至死都不承認是胡下毒，所以毒死之說自始至終都無確證；二是劉基這時已是風燭殘年、百病纏身、行將就木，且已徹底歸隱，對胡已構不成一點威脅，胡沒有下毒動機；三是劉基為人謹慎，對胡早有防範，又深諳醫理，胡亦無下毒時機；四是如果真是如朱元璋所說，劉基吃胡「下了蠱」，「蠱」乃劇毒，以劉基那樣的病體也斷難拖數月之久。所以郝、留、呂等學者都認為劉基是病死。早在明宣德五年，即 1430 年，翰林侍讀學士、奉訓大夫、兼修國史金陵李時勉就表達了此種觀點。他在《犁眉公集序》中說劉基「及其功成名遂，引身而退，卒以壽終，而其術亦不傳。」何謂「壽終」？《釋名》曰：「老死曰壽終。」所以劉基是正常的病死頗為可信。

那麼，劉基到底死於什麼病呢？《行狀》載：「正月，胡丞相以醫來視疾，飲其藥一服，有物積腹中如卷石。公遂白於上，上亦未之省也，自是疾遂篤。」其他史籍記載大同小異，《明史·劉基傳》云：「有物積腹中如拳石。」《神道碑銘》：「有物積腹中彭彭如拳石。」《劉仲璟遇恩錄》：「只見一日來和我說：上位，臣如今肚內一塊硬結，怛諒著不好，我著人送他回去，家裏死了。後來宣得他兒子來問，說道：脹起來，緊緊的，後來瀉得鱉鱉的，卻死了。」如此等等。所有的文獻記載劉基臨死的症狀都與肝癌症狀相合。「有物積腹中如拳石」顯然是腫瘤；「脹起來，緊緊的，後來瀉得鱉鱉的」則是肝癌在消化道上的主要症狀。食欲下降、飯後上腹飽脹、噯氣、消化不良、噁心等是肝癌常見的消化道症狀，其中以食欲減退和腹脹最為常見。腹瀉也是肝癌較為常見的消化道症狀，國內外均有報導，發生率較高，易被誤認為慢性腸炎。

現在不少人將肝炎到肝硬化到肝癌稱之為「三部曲」，這固然有點絕對化，但它們之間因果關係的存在卻不容否定。劉基 20 歲患慢性肝炎，43 歲肝硬變，其間經過 23 年，到洪武八年（1375），劉基 65 歲肝癌，又經過了 22 年。大部分患者都是到肝癌晚期才被發現肝癌，古代甚至到了晚期仍不知是肝癌。所以，此時劉基的病已無回天之力了，頑強地支持了三個多月，便溘然長逝了。

2. 劉基的中風病考

我們在前部分引用過黃伯生《誠意伯劉公行狀》，提到劉基被羈管於紹興，

欲自殺，幸虧門人抱持，才未遂，卻因此染上了痰氣疾。這裏的「痰氣疾」到底是什麼病呢？查《漢語大詞典》「痰氣」條，共有兩個義項，第一個義項是指精神性疾病。依我們的理解，這裏的精神性疾病是不包括抑鬱症的，應該是我們普通意義上的精神病，我們現在所說的抑鬱症古代與稱為「鬱症」的肝病症狀同，並沒有單獨列出作一種疾病。從《漢語大詞典》所舉的兩個例子也可看出。《儒林外史》第四七回：「一縣的人都說他有些痰氣，到底貪圖他幾兩銀子，所以來親熱他。」《官場現形記》第七回：「大家曉得他有痰氣的，也不同他計較。」「因有痰氣疾」說明劉基因此染上比較嚴重的疾病，現代仍有不少人拿抑鬱症不當病，古人更是不當一回事，所以這裏的「痰氣」不是抑鬱症這樣的精神性疾病應該可以肯定。傳統意義上的比較嚴重的精神病或神經病與一代偉人劉基沾上邊，是難以令人置信的，劉基詩文中也毫無跡象。所以這個義項可以排除。第二個義項指中風，《漢語大詞典》沒有舉例，我們查檢《四庫全書》發現「痰氣疾」有 4 例，其中 3 例是劉基這件事的不同書籍的記載，另一例見於明代周是修撰的《芻蕘集》：「先生以六月二十二日戊申得痰氣疾，自午及酉無一語及家事，忽攬衣起坐，曰：『吾其止於是乎？』言終倏然而逝。」此處的「痰氣疾」指的就是中風。《四庫全書》「痰氣病」有兩例，都指中風。元代朱震亨撰的《格致餘論》：「吳子方年五十，形肥味厚，且多憂怒，脈常沉牆，自春來得痰氣病，醫認為虛寒，率與燥熱香竄之劑。至四月間，兩足弱氣上沖，飲食減召。予治之。予曰：此熱鬱而脾虛痿厥之證作矣。」明代江瓘編《名醫類案》也引有此例。《四庫全書》「得痰氣」「患痰氣」有多例，亦指中風。

從劉基染此病後還活了 20 多年看，應該是小中風。小中風也叫短暫性缺血發作，顧名思義，其症狀表現歷時短暫，每次發作僅持續幾秒鐘、幾分鐘或幾個小時，最多不超過 24 小時。「小中風」主要表現為手足無力、麻木、失語、單眼視朦或失明等。從劉基的詩文中可知，劉基也有上述症狀。劉基在《送宋仲珩還金華序》說自己「左手頑不掉，耳聵，足躄踔不能趨。」這裏的「頑」就是麻木的意思。「不掉」就是不能擺動的意思。「躄.踔」是跛行貌。在《愁鬼言》中描寫岑峰先生的病態，實為自己的病情，說是「口不能言，心意迷惑」「發言遲滯，舉趾局促」也像是小中風症狀。《病眼作》還描述了自己病眼的症狀：「淚漬紅桃浥露開，眵昏丹雀披煙宿」，紅腫、多淚、多眼屎、眼昏花如此。

而且視力也幾近失明，所以期望「天公若復可憐生，乞與寸光分粟菽」。《愁鬼言》更像是記敘一次小中風的過程，病發作時，「筋懶肉緩，體倦志，形神枯瘁，精氣消鑠，頹乎岸塌，湝爾冰泐，口不能言，心意迷惑，眊眊泯泯，若有求而不得……若陽非陽，若陰非陰，沒沒淫淫，倏浮忽沉。其來無蹤，其去無跡。吐之不出，下之不泄，汗之不液。針不能刺，艾不能灼。」仿佛鬼纏身一般，龍門子命左右挺劍擊鬼，「其鬼黝然而消」。岑峰先生「汁然汗出，妯然而知。詰旦，魂返魄定，歸神聚氣，筋骨植立，不知沉屙之去體也。」《愁鬼言》的寫作時間文中說是「歲次玄枵，律中林中」，採用的是歲星紀年法，根據記錄的病情看來，當是羈管紹興之後，即至正二十三年（1363 年）六月。

臨床資料顯示，90%以上的中風發生在 40 歲以上，劉基患痰氣疾時已 43歲。所以這裏的「痰氣疾」應是指中風無疑。

3. 劉基的抑鬱症與狂氣考

抑鬱症是一種常見的心理疾病，許多身體疾病都會導致抑鬱症。中醫肝病和抑鬱症不分，都叫做鬱症。二者症狀的外在表現都是疲倦無力、懶言少動。抑鬱症和肺病有時也難以區分，中醫上二者都有痰氣鬱結的症狀。中風則更是導致抑鬱症的高危病症，很大部分中風病人病後兩三月就併發抑鬱症。劉基是百病交加，肝炎、肺病、中風這三種身體疾病都不幸染上了，併發抑鬱症似乎是在劫難逃了。在劉基的詩文有關劉基的史籍中也的確能找到其抑鬱症的一些表現。

第一，抑鬱症常表現為懶言少動、困倦乏力、食欲不振、失眠早醒、體重減輕等症狀。劉基這些方面的症狀，在其《愁鬼言》一文中描述很具體，前文我們在分析劉基的肝炎病狀時已作分析，故不再重複。這裏只對其失眠狀況再簡單地分析一下。

抑鬱症病人什九伴以失眠早醒。劉基是否有失眠，史籍雖然未見有載，但在劉基的詩文中卻有大量的表現。

寒冷不能眠：

> 朱閣綺疏瓊作戶，明月照人秋獨苦。桂花吹冷眠不成，誰家高
> 樓弦管聲。(《明月子》)

> 紫桂飄香九萬里，三山地色如凝水。水妃骨冷不能眠，金簪素

指敲冰弦。《神弦曲》)

　　青缸冷暗愁眠怯，樓外頻移北斗杓。(《寒夜》)

　　良夜悠悠，星河滿天。風吹窗櫺，聲如管弦。無酒可飲，寒不能眠。枯腸饑鳴，百慮交煎。人生一世，不滿百年。寤寐懷思，曷維其然！內省不疚，有愧聖賢。(《寒夜謠（二首）》)

戰事不能眠：

　　三更悲風起，樹上烏鵲鳴。枕戈不能眠，荷戈繞城行。(《從軍五更轉》)

聲音不能眠：

　　蛙黽一何樂，喧呼聒宵眠。(《旅興（五十首）》)

　　松露滴階星在天，草蟲相吊響如弦。寶公塔上西風急，半夜林鴉不得眠。(《鍾山作十二首》)

　　征雁將愁，分付與寒螿。窗外聲聲啼到曉，人不寐，夜何長。(《江神子》)

　　聽盡殘鐘成不寐，那無飛羽入玄間。(《石末公再賦元夕見寄用韻酬之》)

光影不能眠：

　　掛壁青缸照不眠，相看到此亦堪憐。《秋日即事（十五首）》

　　木落山寒，江空歲暮。明鏡飛上青天，照無眠。(《怨王孫》)

　　雲淡淡，月娟娟，雲月朦朧照不眠。寧是不眠休作夢，夢時歡喜覺時憐。(《搗練子》)

　　夜何其，星移漏轉，涼蟾照無睡。(《花犯（秋夜）》)

憂愁不能眠：

　　黃昏雨，滴瀝四簷聲。陡為衾綢添宿潤，都來肺腑作愁城。惟覺寐難成。(《望江南》)

　　相思迢迢隔天河，長夜不眠愁奈何。(《長相思》)

喜事不能眠：

　　回虛報喜，誤妾不成眠。(《閨詞（六首）》)

疲倦不能眠：

　　羈人倦遙夜，明月光在帷。展轉不成寐，披衣步前墀。(《秋懷
八首》)

想眠不能眠：

　　欲眠深恐寐難成，強起看星影。悄不覺、天回斗柄。(《霜葉飛》)

老病不能眠：

　　細雨冥冥晝掩扉，更無芳草有垣衣。人生一世邯鄲夢，老病無
眠夢亦稀。(《春日雜興（八首）》)

因驚而早醒：

　　冰澌著樹成雲朵，林稍白月欹將墮。戶下有啼鳥，如悲良夜徂。

　　蘭芳銷翠被，淒惻驚眠起。起坐待天明，飛霜入鬢清。(《菩薩蠻》)

　　曉光搖帳驚眠起，鶯簧猶澀。《花心動》

　　劉基詩文中的失眠的描寫應該是劉基生活的真實寫照。儘管古今中外的不
少詩人都描寫過失眠，的確也有一些詩人只是將失眠的描寫作為烘托自己心境
的藝術手法而已，自己可能並不失眠，但如果沒有真情實感的話，恐怕其作品
是難有生命力的。劉基的詩自成一家，成績之巨大，在明初只有高啟可與之抗
衡，如果是矯揉造作、無病呻吟恐難以有如此成就。劉基還專門寫了一首以《無
寐》為題的詩，其詩云：「夜長無寐待鳴雞，及至雞鳴夢卻迷。驚起朝陽斜照屋，
一眉殘月在天西。」倘不是因為經常失眠，卻寫出這樣的命題作文，恐讓人難
以想像。

　　幾乎人人都有過偶爾失眠的經歷，所以倘若一兩次失眠的確也算不上抑鬱
症。從上面劉基詩文中大量的（當然仍然是不完全的）描寫自己失眠的例子可
以看出，劉基絕非偶爾失眠，而是經常性的失眠，即使有時很疲倦了，或者很
想睡了，也仍然無法入睡。劉基也非常明白這一點，所以「欲眠深恐寐難成，
強起看星影」。失眠的程度也比較嚴重，常常是整夜無眠，正如其在《感興》一
詩中所說，「不寐坐聽雞唱盡」，或如《長相思》詞中所說，「長夜不眠愁奈何」。
又容易早醒，醒後就再也不能入睡，只得「起坐待天明」。所以這應該很明顯是
抑鬱症的失眠表現。

　　第二，抑鬱症更表現為心情抑鬱，消極避世，失去生活興趣，對前途悲觀

失望，甚至有自殺的想法和行為。劉基心情抑鬱與其所受壓力有關，20 歲患慢性肝炎，身體疲乏，懶言少動，不能勞作，再加上考取功名的壓力（雖然其習舉業和考取功名頗為順利，但從其《春秋明經》準備了那麼多的範文來看，可知其壓力應該是很大的），劉基幾乎心灰意冷，對生活失去了興趣，這時就有了消極避世的思想，想歸隱作道士，可能是家長阻止而最終未遂。後來多種疾病纏身，數次官場沉浮，心情孤寂落寞。作《薤露歌》：「人生無百歲，百歲復如何？誰能將兩手，挽彼東逝波？古來英雄士，俱已歸山阿。有酒且盡歡，聽我薤露歌。」感歎人生短促。又羨慕起宋濂的隱士生活，作《送龍門子入仙華山辭（並序）》，想「亦從此往」，「他日道成為列仙」。又作《寄宋景濂（四首）》表露消極避世、歸故隱居的心態。晚年在朱元璋身邊，「伴君如伴虎」，小心謹慎、誠惶誠恐，只得嗟衰歎老，抒悲寫愁。可以說劉基一生幾乎都在憂鬱中度過。

劉基抑鬱最嚴重的還有自殺的念頭和行為。至正十三年十月，劉基因建議捕殺方國珍與朝廷相左，被羈管於紹興，劉基有過輕生的念頭，並且也付諸了行動，幸虧被門人密裏沙緊緊抱住才自殺未遂。門人以孝道溫言相勸，劉基因此打消了輕生念頭。有意思的是，門人這些道理應該還是從劉基這裏學到的，劉基肯定比門人懂得多，而且羈管紹興也不是特別嚴重的挫折，羈管期間還頗為自由，甚至可以放浪山水，劉基為什麼這次作出自殺的舉動，如果不是抑鬱症，恐很難解釋劉基這次舉動。

這又讓我們想起一個民間傳說。傳說劉基一日，陪太子遊玩誤說「殺豬」，朱元璋疑心劉基影射殺朱家王朝，欲除掉劉基，馬皇后知後贈基以棗和桃，暗示劉基早逃，劉基逃回故里，吞金自殺而亡。這個傳說固然荒誕不經，但卻有病理基礎。劉基自殺的舉動或許還不止羈管紹興這一次，所以人們才附會出劉基自殺而亡的故事來。

值得注意的是，劉基的抑鬱症似乎又是雙向的，有時也表現出狂氣。宋濂曾這樣敘述過：

> 濂之友御史中丞劉基伯溫負氣甚豪，恒不可一世士，常以屈強書生自命。一日，侍上於謹身殿，偶以文學之臣為問。伯溫對曰：「當今文章第一，輿論所屬實在翰林學士臣濂，華夷無間言者；次

即臣基，不敢他有所讓；又次即太常丞臣孟兼。孟兼才甚俊而奇氣
燁然。」既退，往往以此語諸人，自以為確論。（《宋學士文集‧跋
張孟兼文稿序後》）

劉基把自己文學地位擺在宋濂之後，雖然不像現代學者李敖所說的「白話文第一名李敖，第二名李敖，第三名李敖，第四名空缺」那樣狂，但在古代這樣贊自己，已經是夠狂了。自命不凡、狂妄自大如謝靈運也不過說：「天下才有一石，曹子建獨佔八斗，我得一斗，天下共分一斗。」所以宋濂說他「負氣甚豪」「不可一世」，在《張孟兼傳》又說「基氣豪，不妄下人」。

黃伯生《行狀》曾描寫劉基一次近乎癲狂的舉動：

嘗遊西湖，有異雲起西北，光映湖水。時魯道源、宇文公諒諸
同遊者，皆以為慶雲，將分韻賦詩，公獨飲不顧，乃大言曰：「此天
子氣也，應在金陵，十年後有王者興，我當輔之。」時杭城猶全盛，
諸老大駭，以為狂，且曰：「欲累我族滅乎？」悉去之。惟西蜀趙天
澤奇之。

西湖望雲的故事，後經野史、小說的渲染附會，幾近荒謬。但此事《神道碑銘》有載，甚至明武宗《賜諡太師文成誥》亦有載，應該不會是子虛烏有，特別是其癲狂的舉動不像是虛構，只不過原話是否如此倒很難說了。即使原話確實如此，也只是癲狂時隨意說出，最後神奇地應驗不過是巧合而已。

4. 劉基的病對其詩文的影響

疾病對人的影響應該是雙重的。一方面它給病人帶來了痛苦，埋沒了天才，埋沒了創造力。比如在劉基病重的時候，就很難說有什麼創造力。劉基在《雪中有懷章三益葉景淵》一詩中寫道：「歲莫懷人雪滿天，饑烏病客對淒然。地爐無火同誰坐，石硯生冰盡日眠。」真是「病身只與睡相宜」（《睡起》），病嚴重起來，什麼事也幹不了，寫作幾無可能，以致「石硯生冰」。劉基的長詩《二鬼》，學者有認為是元末所作，也有認為洪武元年、洪武四年、洪武五年、洪武六年所作，多種說法，各有自己的理由，如果沒有更為過硬的材料來證明的話，各種說法都有可能。不過有一點是可以肯定，它絕非作於洪武八年，因為這一年他已是肝癌晚期，痛苦難堪，勉強支持病體，是沒法寫出這樣的詩的。又比如其抑鬱症，嚴重時幾乎要自殺，這時恐難有什麼建樹，而輕微時則又可能激發

其靈感，寫出很好的詩文來。所以，這有一個時段性甚或是週期性的問題，它需要結合劉基的病歷，對劉基的詩文進行全方位的分析，從而作出一個結論。筆者曾經設想先把劉基詩文中所有的涉及時令、數字、地名、人名都找出來，聯繫其題名、所在的集子名和劉基的經歷及史籍、地方志、地理志，把劉基所有詩文作出完全繫年，遺憾的是，時間和能力所限，此一工作尚未著手做起來。否則的話，真可以像研究歌德等人一樣，也可以分析出劉基詩文的時段性或週期性來。我們目前只是將劉基的詩文簡單的分為前後兩期，應該是很不夠的。

另一方面疾病也可能給病人提供了某方面的補償，刺激了天才，刺激的創造力。疾病儘管給劉基帶來了巨大的痛苦，但也給劉基提供了某些便利。

首先，因為有病，所以要通過寫作來宣洩生病的痛苦，對抗疾病，克服苦痛，體驗生命，同時像肝炎、失眠、足疾又給了足夠多的構思、想像和寫作的時間。劉基收入《誠意伯文集》的散文 300 餘篇，詩近 1000 首，詞 200 餘首，詩文的數量和成就之高，明初都鮮有人與之抗衡，這與劉基的病不無關係。

其次，某方面的疾病也常常在另一方面會得到彌補，眼花耳聵固然使劉基視力和聽力喪失了部分功能，卻因此使其想像力變得更豐富和奇特；口齒遲緩固然使劉基口頭表達出現了障礙，卻因此使劉基的書面語言表達變得更為清晰和清爽。以《二鬼》一詩為例，該詩從開天闢地到宇宙變異，從天上到人間，從神話到現實，豐富的想像，詭異的誇張，藝術手法之成熟已到了一種無與倫比的境界。典故雅語、方言俗語隨手拈來，清新活潑之至。另外抑鬱和狂氣等精神疾病又激發了劉基的藝術幻覺，劉基不少作品甚至直接描繪出了這種藝術幻覺。如《愁鬼言》、《答鄭子享問齒》、《送窮文》等都幻覺奇異、妙趣橫生。

再次，生病又是一種生活體驗，作家出於一種職業的敏感，常常記錄自己的病情，疾病又變成了作者寫作的素材。作家更清楚自己身上發生的事情，並更強烈地感受到一種表達與呈現的迫切需要。劉基的詩文中直接以病為題材的特別多，僅是作為標題的就能隨便列出數篇來，如《病眼作》、《老病歎》、《病足戲呈石末公》、《夏中病瘧戲作呈石末公》等。其詩文內容上寫病的則更多，如《愁鬼言》、《答鄭子享問齒》等。而《二鬼》詩也有可能源於病痛寫作出來的，詩中說日月兩眼「勞逸不調生疾患」恐怕就是說自己的眼病。《二鬼》詩很有可能寫於《秋日即事（十五首）》和《病眼作》的同一年，應是洪武三

年，聯繫到《二鬼》全文，筆者以為也是最合理。因限於篇幅，這裏不詳加分析。

疾病幾乎是劉基取之不盡，用之不竭的題材。在劉基詩文中以病來設喻作譬，亦隨處可見。更重要的是，他還把個人疾病引伸到到社會之病，並對症下藥，構建出自己的治國方略，具有強烈的憂患意識和志士情懷。其詩文感時述事，憤世嫉俗，又有了更深刻的時代意義。

最後，疾病又激發了作家對寫作的常規反抗。百病纏身本來就不同於常人，在普通人的意識中應該是劣於常人，所以更想在其他方面超越常人，因而其作品往往能推奇出新。《明史‧劉基傳》稱劉基詩文「氣昌而奇」，徐一夔在《郁離子‧序》中稱其文章「辨博奇詭」。呂立漢先生對劉基作品的特徵就用一個「奇」字概括，並作詳細的論述。〔註9〕的確，劉基的詩文，特別是其散文，處處充滿了奇思妙想，構思奇，立意奇，手法奇，語言亦奇。長詩《二鬼》和寓言集《郁離子》可算是這一方面的典範之作。

（四）劉基散文中字詞理據新探〔註10〕

中國傳統語言文字學叫做小學。它包括文字學、音韻學、訓詁學三方面內容。生活於元末明初的一代偉人劉基，其成就涉及到政治、哲學、軍事、文學、經濟、管理等多項領域。在小學領域，劉基也頗有些建樹，值得後人研究。如他重視語言規範的重要作用，他在《郁離子》的一則寓言中，刻畫了「東甌之人」因語言不規範，方言「火」「虎」不分，火災時本應請撲火專家，卻請來了搏虎專家馮婦，釀成馮婦「火灼而死」悲劇。音韻學上，曲韻的南派創始著作《洪武正韻》，編撰者「恐拘於方言，無以達於上下」而質正於劉基〔註11〕；竹川上人的《集韻》劉基為之作序，序中肯定了該書音韻學的價值和獨具特色的編排，還指出了辨「聲之輕重清濁」具有「窮天地事物之變」「造前人之微妙」的意義，把音韻學和訓詁學融為一體。文字學上，劉基雖以測字作為表達意見的手段，但其中亦不乏對漢字體形結構的獨到的分析。訓詁學上成就更大，其《春秋明經》完全可以看成一部闡述經義的訓詁學著作；據傳，他還整理並注

〔註9〕呂立漢：《劉基考論》，鄭州：中州古籍出版社，2000 年。
〔註10〕原題《劉基散文中的理據研究》，發表在《麗水學院學報》，2004 年第 6 期，有改動。
〔註11〕《洪武正韻‧宋濂序》。

解了不少天文術數之書，其中《靈棋經注》是能確證的；而散見於劉基散文中探求詞源，說明詞和事物命名的理據及遣詞造句理據的理據，已具語源學特色。下面本文試圖從語源學的角度重點分析劉基散文中理據。

聲訓是說明詞和事物命名的理由和根據的訓詁方法，這種訓詁方法最早可追溯到春秋時代的孔子，孔子所說的「政者，正也」，雖然目的是兜售自己的政治主張，但客觀上開創了以聲訓探語源的訓詁方法。劉基散文中聲訓正是繼承和發展這一傳統。

1. 單名理據

聲訓是探求單名理據的最主要的方法，聲訓的目的就是是為了探源。判斷聲訓是否合理，王力提出了兩個嚴格的標準。一是語音標準，要求讀音相同或相近，且以先秦古音為依據。一是意義標準。被釋詞和聲訓詞意義上是互相聯繫的〔註12〕。劉基對單名理據的探求集中在《菜窩說（並序）》一文中，其聲訓基本符合這兩條標準。

> 夫菜也者，采也，君子之所采也。或謂之蔬焉。蔬也者，疏也，食粱肉者之所疏也……韭者，久也，所以久吾生也。致久必慎其搇，故植之以葵。葵者，搇也，搇得其道則視明而聽聰，故植之以蔥。聰達則得算多，故植之以蒜。蒜，算也。算不失，家必豐，故植之以薑。豐則強矣，故植之以薑。薑，強也。物大強則過剛，剛過則折君子戒焉，故植之以芥。芥者，戒也。戒事者思必苦，思苦則毒，故植之以荼。荼毒罹於中，而用力勤，故植之以芹。勤極則病，故植之以蒲，蒲，痛也，病之劇也。病劇必弱，故植之以荏，荏，柔而弱也。弱則微矣，故植之以薇，骭瘍也。骭微則羸其行，故植之以蔞。蔞者，僂也。愈病必以藥，故植之以芍藥。藥攻病不可失其養，故植之以鞠。鞠，養也。得其養而後蘇，故植之以蘇。蘇則起矣，故植之以芑。起必慎以保其後，故植之以瓠。瓠者，護也。護不違乎道則難舒而福生焉，故植之以芷。芷者，祉也。引祉莫大乎育德，故植之以蓄。蓄必有濟，故植之以薺。薺者，濟也。濟自近而之遠，自卑而底高也，故植之以菘。菘者，高也。高極必窮，故

〔註12〕王力：《同源字典》，北京：商務印書館，1999 年，第 12～38 頁。

植之以芎藭。慮窮者必早計，故植之以薊。薊者，計也⋯⋯

上述聲訓雙聲疊韻的占大多數，它們大都選用韻書上的直音字，如「芹」《集韻》、《韻會》並音「勤」；「瓠」《正韻》、《廣韻》、《集韻》、《韻會》並音「護」；「芑」《唐韻》、《正韻》、《韻會》並音「起」；「芥」《正韻》、《集韻》、《韻會》並音「戒」等，古音一般相同。少數古音相近。如「荼」訓「毒」，「荼」，定母魚部，「毒」，定母覺部，定母雙聲，魚覺旁對轉；「鞠」訓「養」，「鞠」古音見母覺部，「養」喻母陽部，覺陽旁對轉；「荏」訓「柔」或「弱」，同屬日母，雙聲；「蓄」訓「育」，「蓄」曉母覺部，「育」喻母覺部，疊韻；「菘」訓「高」，「菘」，心母東部，「高」，見母宵部，東宵旁對轉。

從意義上看，我們把上述聲訓分以下幾種情況來說明。

本字相訓一般能正確地反映詞義的引申關係。引文中本字相訓 2 處。一是以「蘇醒」之「蘇」訓一年生唇形科草本植物「蘇」。李時珍《本草綱目》上說，「蘇性舒暢，行氣和血」，類似人蘇醒後的感覺。可證劉基以「蘇醒」之「蘇」作為這種植物名理據不誤。二是以「藥物」的「藥」訓「芍藥」的「藥」。羅願《爾雅翼》言：芍藥，「制食之毒，莫良於勺，故得藥名。」芍藥的得名倘真如此，劉基以「藥物」的「藥」當作「芍藥」的類名同樣不虛。

典籍通假通用字相訓，也可看成一種本字訓，一般也能很好地揭示所釋詞的理據。引文中通假通用字相訓的，如，「菜」與「采」通，《漢孔子耽碑》有云「躬菜薐藕」；「蔬」通「疏」，《周禮春宮》有云「臣妾聚斂蔬材」；「葵」與「揆」通，《爾雅・釋詁》：「葵，揆也。」《詩小雅》：「天子葵之。」《詩大雅》：「莫我敢葵。」

諧聲字聲旁表義，漢代的許慎、劉熙都已意識到了。宋代王紹美明確地提出了右文說，並舉例說，從「戔」得聲的字皆有「小」義，水之小者曰「淺」，金之小者曰「錢」，歹之小者曰「殘」，貝之小者曰「賤」。可見，諧聲字多有的共同意義類別。劉基的上述引文中諧聲字相訓的聲訓大多如此。如：

以「聰」訓「蔥」，都從「悤」得聲，都有中空、通達之義。「蔥」，一種有圓筒狀中空葉的植物。《韻會》：「蔥，氣通達也。」《方氏禮記解注》：「氣達為蔥。」《莊子・外物》：「耳徹為聰。」《詩・王風・兔爰》：「尚寐無聰。」

以「痡」訓「蒲」，都有「柔弱」之義，《考工記》注「今人謂蒲本在水中者

為弱，是其類也。」故質性柔弱且又樹葉早落的植物叫蒲柳，並用來比喻衰弱的體質。《爾雅・釋詁》孫注：「痡，人疲不能行之病。」

「薺」訓「濟」，皆有「齊」義，李時珍《本草綱目》也說，「薺」得名於「薺菜濟濟」。

「薇」訓「微」皆有「小」義，王安石以為「薇」得名於「微賤所食」，雖不足信，但也指明了二字的聯繫。

「藭」訓「窮」皆有「盡」義，《本草綱目》引他說云：「人頭穹窿窮高，天之象也。此藥上行，專治頭痛諸疾，故有穹藭之名。」

「薑」訓「強（疆）」，皆有「強」義，《本草綱目》引王安石《字說》云：「薑能強禦百邪，故謂之薑。」，雖有點牽強，但「薑」的「強」義還是可信的。

意義上有各種關係的字相訓。「韭」訓「久」，得名於其生長期的長久。《說文》：「菜名，一種而久者，故謂之韭。」《齊民要術》：「韭，久長也，一種永生。」

「麴」訓「養」，得名於其可以生養出酒的作用。說文：「麴，酒母也。」《本草綱目》曰：「酒非麴不生，故曰酒母。」《爾雅・釋言》：「麴，生也。」《方言》：「麴，養也，陳楚韓鄭之間曰麴。」

「荼」訓「毒」，得名於其性質苦毒。《書湯誥》：「弗忍荼毒。」傳：「荼，毒苦也。」

「蓄」訓「育」，得名於其為冬蓄以養人之菜。《廣韻》：「蓄，冬菜。」《文選・曹植・七啟》「芳菰精粺，霜蓄露葵。」張銑注：「蓄，菜名。此物與葵，宜於霜露之時。」《晉語》：「蓄力一紀可以遠矣。」注：「蓄，養也」《爾雅・釋詁》：「育，養也。」《說文》：「育，養子使善也。」

「荏」訓「柔」，得名於其特性「柔弱」。《詩小雅》：「荏，柔也。」傳：「荏染柔木，荏染，柔意也。」

「菘」訓「高」，得名於其品性高潔。《埤雅》：「菘性隆冬而不凋，四時常見，有松之操，故其字會意。」

「蒜」訓「算」，得名於其根的形狀似算珠。《本草綱目》云：「『蒜』字從𡿧，音祘，諧聲也。『算』又像蒜根之形。」

清代張汝瑚稱《菜窩說》為「小題作大文章」，我們以為，主要是指其以百

姓日稱之物為題作探語源，找理據的大學問，實際上也是對孔子、荀子的正名思想的具體解讀。《釋名》是中國古代第一部理據詞典，遺憾的是，它不語草木蟲魚，劉基的《菜窩說》可補其不足。它對稍後的《本草綱目》的「釋名」也不無影響。《本草綱目》的此類「釋名」多與劉基的《菜窩說》中的「釋名」相同或相似。

　　除《菜窩說》比較系統的探求了部分蔬菜的單名理據外，其他散文也偶見一些單名理據。如：

　　　　「按：萱，草名也。《詩》曰：『焉得諼草，言樹之背？』『萱』
　　與『諼』同音，而『諼』之義為忘，故草名『萱』亦取其忘憂。」
　　（《壽萱堂記》）

　　　　「能尊能行，是謂君子。」（《尊聞堂銘》）

　　　　「蒲盧也者，果蠃是也。」（《雜解》引《中庸》）

　　以「諼」釋「萱」、以「尊」釋「君」、以連綿字「果蠃」釋連綿字「蒲盧」等都是聲訓探源。

2. 複名理據

劉基散文中複名理據的探求，主要有以下一些方式：

以顏色為名，如：

　　　　（1）雙清軒者……有水一泓，有竹一林，上人日與之為徒，故
　　遂以名其軒也。（《雙清詩序》）

　　　　（2）山與水皆以碧為色，故命其名曰橫碧。《橫碧樓記》

以典故出處為名，如：

　　　　（3）悅茂堂者……上人性好菊，故種菊環其居，取《菊譜》之
　　語，名之曰悅茂。（《悅茂堂詩序（並詩）》）

　　　　（4）尚友齋者……尚友之云，出自《孟子》，其義則習章句者
　　能言之矣。（《尚友齋記》）

　　　　（5）盧陵張生名其詩曰「大勇」。大勇之云，蓋出自《孟子》。
　　（《大勇齋記》）

以形狀命名，如：

（6）龍虎臺……以其有龍盤虎踞之形，故名耳。（《龍虎臺賦》）

（7）經上有石帆山，狀如張帆……其中有峰，狀如傘，名曰石傘之峰……其上有山，狀如香爐，名曰香爐之峰（《出越城之平水記》）

以位置命名，如：

（8）名曰溪麓，以其在溪之上也，山之足也。（《出越城之平水記》）

以名人或活動命名，如：

（9）其前山曰陶山，華陽外史弘景之所隱居；其東南山曰日鑄之峰，歐陽子之所鑄劍也。《活水源記》

以居名命人名，如：

（10）因目其居曰「徒冷」，謂其人曰「徒冷先生」。《徒冷先生》

複名都是合成詞，其理據的探求比單名相對容易一些。但也絕非一件輕而易舉的事，因為合成詞的理據不是其幾個語素的簡單相加，它需要分析語素入詞後其義項發生變異的複雜情況，還需要借助對歷史、文化、習俗、地理等情況的考察。因此，複名的理據的探求也需要比較淵博的知識和認真、求實的精神。劉基的對複名的理據的探求方式，對我們目前的語言理據研究還有較高的價值。

3. 句法修辭理據

劉基散文中句法修辭理據主要體現在其對經義闡釋的《春秋明經》上。《春秋》一書，「微言大義」，其敘事的外在形式表現為對事件的直接呈現，其中既沒有因果、過程，也沒有評判。但《春秋》能通過它所特有的「筆法」，不動聲色地表達出至深至隱的「大義」。劉基的《春秋明經》從以下幾個方面揭示了《春秋》的句法修辭理據。

不書而書的理據，如：

（11）夫春秋常事不書，惟異而後書之。震電、雨雪常有之物，而以為異，何耶？蓋周之三月，乃夏時之正月，陽氣未大發也，而大雨震電，陽失節矣。震電既發，則雨雪不當復降，越八日而又大雨雪，是陽稚而陰復肆也。陰陽之交失若是，安得不以為異乎？天人一理，有感則有其應。觀《春秋》之所書，而隱公之失政可知矣。

（《三月癸酉大雨震電，庚辰大雨雪》）

（12）夫考宮，常事也，其得為者不書，而「考仲子之宮」則

書，以其亂夫婦之倫也。（《考仲子之宮，築王姬之館於外》）

《春秋》一個重要的筆法是「常事不書」，如果書了，那一定是有原因的。劉基在《春秋明經》中對其不書而書的理據都有揭示。例（11），震電、雨雪為常事，但冬天大雨震電異常，書之，可知隱公之失政。例（12），考宮，常事也，書「考仲子之宮」，因為其亂夫婦之倫。

《春秋》另一筆法是，「為尊者諱，為親者諱，為賢者諱」。〔註13〕《春秋》文字簡古，一段只有寥寥數字，最長的一段不過四十五字，最短的只有一個字，並沒有指明何者為諱，何者為不諱。劉基在《春秋明經》中對其諱書的理據也都有揭示。如：

（13）春秋不言其戰與敗，所以為王諱，而存天下之大防也。

（《齊人、鄭人入郕，蔡人、衛人、陳人從王伐鄭》）

（14）時楚使宜申來獻捷……不曰「來獻宋捷」，為魯諱也。《至

順癸酉會試春秋義》

「春秋筆法」，還表現為某些特殊的表達規則和用詞規則。主要有如下兩個方面的特異：一是稱謂，即通常所說的「爵號名氏褒貶說」；二是特殊用詞，即所謂「一字褒貶說」。劉基在《春秋明經》中對這類理據也都有揭示。如：

（15）時楚使宜申來獻捷我莊公之二十三年，來聘而以「人」

書者，以其能慕義而聘魯也；僖公四年，來盟於師而書其「大夫」

者，以其能服義而從魯也；是皆所以與之也。自是而後，楚日以強，

至僖公二十一年之獻捷而稱人以「使者」，非與之也，惡其恃強而猾

夏也。（《至順癸酉會試春秋義》）

（16）故《春秋》因其始祀，而書曰「考仲子之宮」。「考」者始

成而祀也；不曰「夫人」，而曰「仲子」，正其名也。而隱公之以非

禮為禮可知矣。（《考仲子之宮，築王姬之館於外》）

（17）凡書「伐」者，皆惡其檀兵以為暴也；伐而圍人之邑，則

又甚矣。凡書「救」者，皆善其恤患而解紛也；救而遂入人邑，則

救不足言而入為罪矣。是故蕞爾莒國，敢伐我而圍邑，患自外至者
也，君子固為魯憂之；季氏強臣，因救邑而生事，患自內作者也，
魯國之憂至是始大矣。(《莒人伐我東鄙，圍臺。季孫宿帥師救臺，
遂入鄆》)

（18）觀「衛人立晉」之文，繼於「衛人殺州籲於濮」之後，其
為深惜之可知矣。是故衛人書「立」，「立」者，不宜立也，所以著
擅其君之罪也。於晉，絕其公子，言其內無所承也，所以明專有其
國之非也。晉也既立，卒於不令，以亂衛國。大抵不正其始者，必
不能善其終，蓋亦必然之理矣。(《衛人立晉》)

例（15）（16），書「人」「大夫」「使者」「夫人」「仲子」等，不同的稱謂，
其褒貶不同；例（15）（16）書「伐」「救」「立」不同的字，皆寓不同褒貶於其
中。

當然，以上語法修辭及用字理據，並非劉基創造。劉基只是繼承《春秋三
傳》的訓詁傳統，並對之加以發揚光大而已。

劉基是個奇才、偉才，他既能運籌於帷幄，又能著書立言。他博學多才，
興趣廣泛，凡所涉及的領域，無所不精，無所不深。他在小學領域的研究，我
們也只是很膚淺的探討了其中的某一方面，目的是想拋磚引玉，以拓寬劉基研
究的領域。

（五）劉基《二鬼》詩中複音詞新探〔註14〕

劉基的詩歌成就之高，明代除高啟外，恐難有人可與之抗衡；影響之大，
朱彝尊稱其詩「開三百年之風氣」〔註15〕亦毫無誇張。劉基的詩歌「沉鬱頓挫，
自成一家」〔註16〕的詩歌風格，又與其推陳出新，點石成金，搖曳多姿的語言
特色息息相關。劉基的詩歌風格，學者多有研究，而其語言特色卻鮮有人論及，
這無論如何都是一大遺憾。筆者很想在此方面用力，又不想泛泛而談，故打算
從給其詩歌作注開始，循序漸進地研究其語言特色。在作注的過程中，我們發
現收詞最多也最全面、權威的《漢語大詞典》的諸多問題。下面，我們僅以《二

〔註14〕原題《從劉基〈二鬼〉詩複音詞管窺〈漢語大詞典〉的缺失》，發表在《麗水學院
　　　　學報》，2008 年第 3 期，有改動。
〔註15〕〔清〕朱彝尊《靜志居詩話》。
〔註16〕《四庫全書·誠意伯文集·提要》。

鬼》詩的複音詞為例，管窺《漢語大詞典》（為節省篇幅，以下簡稱為《漢典》）的缺失，以供其修訂時參考，亦可因此反觀劉基詩歌的詞彙學貢獻。

　　《二鬼》詩是劉基所有的詩歌中的壓卷之作。全詩共 1218 字（不含標題和標點），其中複音詞 264 個，共 535 個字，占全詩的 44%，我們在考釋這些複音詞的過程中發現《漢典》至少有以下幾個方面的缺失。

1.《漢典》失收《二鬼》的詞目

　　劉基《二鬼》詩云：「然後請軒轅，邀伏羲、風后、力牧、老龍告（吉）、泰山稽。」由於《漢典》只收了「軒轅」「伏羲」「力牧」「風后」而未收「老龍吉」「泰山稽」，故此句最難理解，以至各種版本的標點都有。徐朔方的斷句為：「然後請軒轅，邀伏羲、風后、力牧、老龍告泰山稽，」〔註17〕林家驪的標點為：「然後請軒轅，邀伏羲，風后、力牧、老龍告泰山稽，」〔註18〕留葆祺則點交為：「然後請軒轅，邀伏羲、風后力牧老龍告，泰山稽。」〔註19〕這些斷句，我們感覺一是讀起來失去了詩的味道，二是覺得仍然難以理解詩意。考「老龍告」，《明詩綜》改作「老龍吉」，「告」「吉」形近而誤，頗為可信。這樣，斷句也容易了：「然後請軒轅，邀伏羲、風后、力牧、老龍吉、泰山稽，命魯般，詔工倕，使豐隆，役黔嬴，礪斧鑿，具鑪鎚，取金蓉收，伐材尾箕，修理南極北極樞，斡運太陰太陽機。」全句「請軒轅」對「邀伏羲」，「風后」對「力牧」，「老龍吉」對「泰山稽」，「命魯般」對「詔工倕」……都是兩兩相對，詩的節奏韻律感就體現出來了。我們再補出《漢典》失收的詞目，詩意也很好理解了。

　　【泰山稽】亦作「太山稽」，相傳為黃帝之臣。《淮南子·覽冥訓》：「黃帝治天下，而力牧、太山稽輔之。」唐歐陽詢《藝文類聚類·卷八十五》引作：「黃帝治天下，力牧、泰山稽輔之。」宋鄭樵《通志》卷一：「或言《內經》後人所作，而本於黃帝。舉風后、力牧、泰山稽、常先、大鴻以治民。」

　　【老龍吉】傳說中的懷道真人。語出《莊子·知北遊》：「妸荷甘與神農同學於老龍吉。神農隱几闔戶晝瞑，妸荷甘日中㐰戶而入曰：「老龍死矣！」神農隱几擁杖而起，嚗然投杖而笑，曰：「天知予僻陋慢訑，故棄予而死。亡矣夫子！

〔註17〕徐朔方：《劉基對宋濂的友誼及其二鬼詩索隱》（收於 2002 年延邊大學出版社《劉基文化論叢》）。

〔註18〕林家驪：《劉基集》，杭州：浙江古籍出版社，1999 年。

〔註19〕劉葆祺：《劉基散論》，北京：作家出版社，2001 年。

無所發予之狂言而死矣夫！」唐陸元朗《經典釋文》卷二十七：「老龍吉，李云：懷道人也。」王維《哭褚司馬》詩「誰言老龍吉，未免伯牛災。

《二鬼》詩：「東岩鑿石取金卯，西岩掘土求瓊葳。」《漢典》無「瓊葳」一詞，他書也未見有載。但《漢典》「要重視實際的語言資料。凡見於古代著作的語彙應儘量收錄；有的詞語儘管在歷史上只有一個作者使用過一次（即通常所說的「孤證」），也要廣予收列。」〔註20〕所以此詞《漢典》也應收錄。僅有上例，此詞義準確的意義，頗難確定。我們結合劉基詩文中另外一例，補釋如下：

【瓊葳】玉漿，比喻甜美的清泉。明劉基《雪鶴篇贈詹同文》：「滕六驂乘虹霓駢，蕊宮仙娥頊帝妃。鎔雲煉雨成瓊葳，眩晃畫奪扶桑輝。」明劉基《二鬼》詩：「東岩鑿石取金卯，西岩掘土求瓊葳。」

《二鬼》詩：「一鬼乘白豕，從以青羊青兔赤兔兒。便從閣道出西清，入少微，浴鹹池。身騎青田鶴，去採青田芝。」《漢典》收「白豕」「白狗」「青羊」而不收「青兔」「赤鼠」，收「青田鶴」而未收「青田芝」。

【青兔】黑色的兔，後以為珍奇之物。唐白居易《病偶吟所懷》：「裘新青兔褐，褥軟白猿皮。」宋李昉《太平廣記》卷二百三十六：「茂陵富人袁廣漢，藏鏹巨萬，家童八九百人。於北芒山下築園，東西四里南北三里，引流注其內，搆石為山，高十餘丈，連延數里，養白鸚鵡、紫鴛鴦、旄牛、青兔，奇禽怪獸，積委其間。」

【赤鼠】紅色的鼠，後以為祥異之物。唐盧肇《謫後再書一絕》：「崆峒道士誤燒丹，赤鼠黃牙幾許難。」明《禮部志稿》卷八十八：「慕容超郊祀之時，有赤鼠大如馬之異。太史成公綏占之，以為信用奸佞、殺害賢良、賦斂太重所致。是則妖孽之召，實由人興。我嘗以此自警。如公孫五樓之輩，吾安肯用之。」

【青田芝】仙芝名。元王逢《梧溪集》卷三：「啄青田芝，飲瑤池，冠朱衣縞玄裳，乎神仙中人。」元顧瑛《玉山璞稿·借鶴》：「天家有騏驥，振迅超遊龍。朝啄青田芝，暮宿蓬山松。飛章拜金闕，白簡朱書封。冥心昭孔格，藉以三十雙。長身簫浮靄，圓吭唳層空。遲遨不離羣，兩兩青鸞從。」明童冀《尚絅齋集·次則中見贈韻》：「海鶴東遊久未還，青田芝老白雲。寒前身己悟三生，石大藥難逢九轉丹。」

〔註20〕陳增傑：《漢語大辭典論集》，長春：吉林人民出版社，2001年。

另外，《漢典》收「珣玗琪」而不收「珣玗琪」，收「結璘」「結鱗」而不收其異體「結隣」和「結鄰」，收「遺餘」而不收「餘遺」，收「祺祥」而不收「祥祺」等互為異體形式的情況更為多見。而這些異體形式不只見於《二鬼》，也見於其他古籍，如果不加收錄給讀者閱讀古籍勢必增添不少麻煩。

2.《漢典》漏收的義項

《漢典》「金夘」一詞只收一個義項，即「劉」姓的隱語。劉基《二鬼》詩：「東巖鑿石取金夘，西巖掘土求瓊葳。」這裏的「金夘」顯然不是此意，據文意當是「金玉」的意思。元耶律楚材《又和柳丁梅韻》詩：「可笑人心自短長，誰知箇事不囊藏。化成柳丁舌虼味，幻作梅英鼻覺香。金夘似真隨變滅，冰魂元假卻芬芳。唯心識破同根旨，何必臨風再舉觴。」《八旬萬壽盛典》卷一百十八：「臣戶部員外郎趙秉沖聞玉英貢采有開金夘之祥，璽澤呈華，尚溯蒼牙之瑞臣。」

《漢典》「少微」有「星座名」和「稱處士」兩義項。劉基《二鬼》詩：「便從閣道出西清，入少微，浴鹹池。」這裏的「少微」可取第一個義項，但劉基詩文中還有8處「少微」，則是指地名。《辭源》有一義項云：「山名。一名大括山，在浙江麗水縣東南，因所處之郡與少微星對應，故名。」此地名頗有來頭，又見於不少名人詩文中，《漢典》無此義項，恐無道理。

《漢典》「籠絡」義項有三：一是「圍繞，纏絡」；二是「拉攏，控制」；三是「包羅，統括」。劉基《二鬼》詩：「莫教突出籠絡外，踏折地軸傾天維。」此處的「籠絡」顯然是個名詞，而《漢典》的三個義項都是動詞，所以應該增加一義項：「拉攏或控制的範圍」。宋周紫芝《太倉稊米集·飲酒三首》：「高皇掃強秦，縱橫成妙畧。三傑豈不雄，曾不出籠絡。曹參晚為相，痛飲事杯酌。」《明史》卷二百九十：「是陛下之耳目，皆賊嵩之奴隸也。科道雖入籠絡，而部寺中或有如徐學詩之輩，亦可懼也。」

3.《漢典》誤釋的詞義

《漢典》「蚍蚑」有三義：一是「蟻，蟻卵」，亦指白蟻；二是「喻輕微之物」；三是「蝗卵」。第三個義項舉《二鬼》詩「螟蝗害禾稼，必絕其蚍蚑」為例。按《漢典》「螟蝗」釋為「螟和蝗」，「蚍蚑」卻釋為「蝗卵」，難道螟卵就不需要根絕了？考《爾雅·釋蟲》：「蚳，飛螱，其子蚔。」郭璞注：「蚔，蟻卵。」

又《爾雅・釋蟲》：「蝝，」郭璞注：「蝗子未有翅者。」故「蝝蚔」應該不單是指「蝗卵」。《漢典》「蚔蝝」釋為：「螞蟻卵和蝗蟲子。亦泛指幼蟲。」「蝝蚔」和「蚔蝝」當為同一詞，也應該可釋為「亦泛指幼蟲」。

《二鬼》詩：「眇眇末兩鬼，何敢越分生思惟。」這裏的「思惟」應是《漢典》第一個義項：「思量」，但「思量」又有多義，《漢典》有六義，《現代漢語詞典》也有兩義，這樣解釋意義仍不明確，故應釋為「思慮」為好。

4.《漢典》誤引的書證

作者及書名錯誤。《漢典》「蝝蚔」第三個義項引書證說：「明宋濂《潛溪錄》卷五：螟蝗害禾稼，必絕其蝝蚔。」此語應該是出自劉基的《二鬼》詩，宋濂《潛溪錄》並無此語。估計這是源於沿襲其他辭書的錯誤。筆者檢索查找發現，《中文大字典》、《漢語大字典》、《辭源》以及《中華線上大字典》亦有多處將劉基《二鬼》詩中的詩句出處誤寫成宋濂的《潛溪錄》。

引證文字錯誤。《漢典》「珣玗琪」釋為「玉石名」「夷玉」，首證引《淮南子・墬形訓》：「東方之美者有醫毋閭之珣玗琪焉。」，旁證引了明劉基《歌行・二鬼》：「手摘桂樹子，撒入大海中，散與蚌蛤為珠璣，或落巖谷間，化作珣玗琪」。」按：晉郭璞注宋邢昺等疏《爾雅注疏》卷六：「東方之美者有醫無閭之珣玗琪焉。石經玗作玗。」古籍中作「珣玗琪」和「珣玗琪」的用例都比較多。《御製佩文韻府》：「珣玗琪：淮南子東方之美者有醫巫閭之珣玗琪焉。劉基詩：手摘桂樹子，撒入大海中，散與蚌蛤為珠璣，或落巖谷間化作珣玗琪。」劉基《郁離子・玄豹》：「崑崙之紫白英，合浦之珠，蜀之犀，三韓之寶龜，醫無閭之珣玗琪，合永鉛而錬之。」也用的是「珣玗琪」，考劉基集各種版本，也都作「珣玗琪」，因此《漢典》改作「珣玗琪」，過於主觀。

5.《漢典》滯後的書證

《二鬼》詩云：「兩鬼各借問，始知相去近不遠，何得不一相見敘情詞。情詞不得敘，焉得不相思。」此處的「情詞」應是「感情與言詞」的意思，《漢典》這一義項舉的首證是明謝榛的《四溟詩話》卷一：「二賦情詞悲壯，韻調鏗鏘，與歌詩何異。」謝榛（1499～1579），明「後七子」之一，比劉基晚了近200年。所以《漢典》「情詞」這一義項的首證當以《二鬼》詩中的上述詩句為好。

《二鬼》詩云：「飛天神王得天帝詔，立召五百夜叉帶金繩，將鐵網，尋蹤

逐跡，莫放兩鬼走逸入嶮巇。」《漢典》有四義項：一是「險峻崎嶇」，二是「指險峻崎嶇的山地.」，三是「喻人事艱險或人心險惡」，四是「比喻心地險惡的人」。顯然，這裏的「嶮巇」應該是「指險峻崎嶇的山地」。《漢典》這一義項首證是清曹寅的《巫峽石歌》：「鏟削嶮巇作平地，周行萬里歌砥京。」曹寅（1658～1712）比劉基晚生300多年，所以《漢典》「嶮巇」這一義項的首證也當以《二鬼》詩為好。

以上是本該以《二鬼》詩為首證的，卻以較晚的用例為首證。還有一種書證滯後的情況，即《漢典》也有以《二鬼》詩為首證，卻仍不是較早的用例。

《二鬼》詩：「自可等待天帝息怒解猜惑，依舊天上作伴同遊戲。」《漢典》「猜惑」釋為「猜忌，疑惑」，並以此為首證。其實此詞更早的時候就出現了。北齊魏收《魏書》卷十一：「廣陵廢於前，中興廢於後，平陽猜惑，自絕宗廟。」五代後晉《舊唐書》卷八十四：「況福信兇暴，殘虐過甚，餘豐猜惑，外合內離，鴟張共處，勢必相害。」宋薛居正《舊五代史》：「邦國大事皆聽其謀，繇是漸多猜惑，不欲大臣典兵。」

《二鬼》詩：「三百六十骨節，八萬四千毛竅，勿使淫邪發洩生瘡痍，兩眼相逐走不歇。」《漢典》釋「毛竅」為「毛孔」，並以此詩為首證。按「毛竅」一詞南齊時代已出現。南齊褚澄《褚氏遺書》：「在上為痰，伏皮為血，在下為精，從毛竅出為汗，從腹腸出為瀉，從瘡口出為水。」宋孔武仲《宿天池》詩：「僧房得棲宿，爽氣冰毛竅。」《東坡全集》卷九十五：「孰知毛竅八萬四千。」

《二鬼》詩：「自可等待天帝息怒解猜惑，依舊天上作伴同遊戲。」「息怒」一詞，《漢典》釋為「止怒」，並以此詩為首證。宋朱子《晦菴集》卷四十五：「今必欲抑之而尊《論語》復何說乎？竊恐此意未必為大學壓論語發恐，又只是景迂作祟，意欲擯斥《孟子》耳。萬一揣料失當，所言非是，亦告且為平心息怒，子細見教，使得反復以究實，是之歸。」另「等待」一詞，《漢典》第一個義項釋為：「不採取行動，直到期望或意料中的人、事物或情況出現。」舉了元宮天挺《范張雞黍》楔子：「哥哥，您兄弟在家殺雞炊黍，等待哥哥相會。」和劉基《送醫士賈思誠還浙東》詩之二：「還山須種千株杏，等待仙華道士來。」為例。其實「等待」這一用法宋代也已有。宋朱鑑《文公易說》卷七：「這道理也只是如此看，須是自家自奮迅做去始得。看公大病痛只在箇懦弱，須是便改

向勇猛果決。合做便做，不要安排，不要等待，不要靠別人，不要靠書籍言語，只是自家自檢點，公曾看易，易裏說陽剛陰柔，陰柔是極不好。」宋袁燮《絜齋家塾書鈔》：「當為便為，既無疑惑，更無等待，是之謂蔽。」

6. 孤證

辭書編撰力求避免孤證，原因很簡單，一是孤證難以確定詞義，二是一旦孤證有誤，恐為此作的所有工作都白費。見於《二鬼》的複音詞，《漢典》為孤證的不少。前面提到的「猜惑」「毛竅」等詞都只舉了《二鬼》詩為例，我們舉了幾個更早的例子，不僅可使之源流明瞭，更可以彌補其孤證的缺陷。下面再看幾個例子。

《二鬼》詩：「蓬萊宮倒水沒楣，攙搶枉矢爭出逞妖恠，或大如甕盎，或長如蟒蚰，光爍爍，形蹔蹔。」《漢典》釋「蹔蹔」為「盤曲貌」，只舉了上例。按元遺老胡布《白雲謠》：「昔觴瑤池八駿蹔蹔，惟皇壽穀以冀後來。」

《二鬼》詩：「仙都赤城三十六洞主，騎鸞騶鳳來陪隨。」《漢典》釋「陪隨」為「陪侍，隨從」，僅舉了南朝梁蕭統《和武帝遊鍾山大愛敬寺》：「伊臣限監國，即事阻陪隨。」為例。為體現源流還可舉下面的例子。北齊魏收《魏書》卷二：「為臣奉主，扶危救亂。若處不諫諍，出不陪隨，緩則耽寵，急便竄避，臣節安在？」唐魏徵等《隋書》卷六十三：「將軍宿心素志，早同膠漆，久而敬之，方成魚水。近者陪隨鑾駕，言旋上京。」

7. 相關詞目而無參見

《二鬼》詩：「巖帠洞舂石梁折，驚起五百羅漢半夜撥剌衝天飛。」《漢典》有「撥剌」一詞目，也有「拔剌」詞目，「跋剌」詞目，三詞都有「彎弓彈射聲」「鳥飛魚躍聲」之義，音近詞形也相近，顯然是同一詞之異體，但《漢典》找不到「參見」之類的關聯語。

《二鬼》詩：「跳下黃初平，牧羊羣，烹羊食肉口吻流膏脂。」《漢典》不收「黃初平」「皇初平」，而收「赤松」「赤松子」「初平」。據晉葛洪《神仙傳》載：丹溪人皇初平十五歲時外出牧羊，被道士攜至金華山石室中，四十餘年不復念家。其兄初起行山尋索，歷年不得。後經道士指引於山中見之。問羊何在，初平叱白石成羊數萬頭。初起乃棄家從初平學道，「共服松脂、茯苓，至五百歲，能坐在立亡，行於日中無影，而有童子之色。後乃俱還鄉里，親族死終略盡，

乃復還去。初平改字為赤松子，初起改字為魯班」。宋張淏《雲穀雜記》卷二引作「黃初平」，並云：「今婺州金華山赤松觀乃其飛昇之地。」宋羅泌《路史・餘論二・赤松石室》：「酈氏《水經》亦謂赤松子遊金華山，自燒而化……乃皇初平爾，初平亦赤松子也。」可見「初平」與「赤松子」為同一人，卻未見有互為關聯之語，並且引源也各不相同：前者引唐曹唐《小遊仙》詩，後者則引晉葛洪《神仙傳》，解釋也有差異。

劉基用語以奇聞名，很雅的詞，很俗的詞都有。其詩文中的語詞值得深入考釋，這對詞彙學和辭書編撰都大有裨益。

（六）《漢語大詞典》引劉基詩文詞語 [註21]

《漢語大詞典》（以下簡稱《大詞典》）是迄今為止收詞最多，在釋義、溯源、書證諸方面都最具權威性的漢語語文辭書，因此，《大詞典》對某個作者作品的引用狀況也基本能反映出該作者的詞彙學成就。劉基博學多才，涉獵廣泛，其在政治、軍事、天文、地理等方面有很深的造詣，是中國著名的政治家、思想家和軍事家。他詩文俱佳，是元末明初屈指可數的文學家。學界對劉基涉足的以上諸方面都有不少的研究，而對其詩文的辭彙卻鮮有研究。元末明初時期的近代漢語辭彙研究主要集中在小說與戲曲方面，而對劉基等作家的詩文辭彙關注度不夠，無疑也是一件遺憾的事。基於此，本文試著對《大詞典》引用劉基詩文的全部辭彙進行定量分析，以期管窺劉基詩文的詞彙學成就。

1.《大詞典》引劉基詩文總量分析

《大詞典》共 1905 處引用劉基詩文，這當然不包括《誠意伯文集》所附的書、史、誥碑銘、實錄以及他人所作的各種序文，《大詞典》引用這些附錄亦有數百條。下面是元末明初重要作家或作品在《大詞典》的引用情況：

作家作品	引 次	作家作品	引 次	作家作品	引 次
劉基	1905	宋濂	1543	高啟	1237
戴良	93	劉知遠	83	荊釵記	249
白兔記	62	拜月亭	89	殺狗記	82
幽閨記	96	水滸傳	6411	西遊記	3235
三國演義	1660				

〔註21〕原題《〈漢語大詞典〉引劉基詩文詞語定量研究》（一、二），發表在《浙江工貿職業技術學院學報》，2012 年第 2 期、第 3 期，有改動。

《大詞典》引用《水滸傳》《西遊記》的次數最多，分別為 6411 次和 3235 次；其次就是引用劉基詩文，共 1950 次，比三國演義及宋濂、高啟詩文引次都高出數百次，比南戲四大傳奇《荊釵記》《白兔記》（又名《幽閨記》）《拜月亭》《殺狗記》引次總和 578 次還多 2.4 倍，比戴良、劉知遠引次多十多倍。

再看看元明清其他有影響的作家作品《大詞典》的引次：

作家作品	引　次	作家作品	引　次	作家作品	引　次
劉基	1905	關漢卿	1896	馮夢龍	964
紅樓夢	7173	金瓶梅	1970	凌蒙初	35
湯顯祖	1278	方苞	595	劉大魁	5
姚鼐	888	朱彝尊	316	孔尚任	1224
洪升	838	儒林外史	3309		

同樣，也是小說引次高，《紅樓夢》《儒林外史》《金瓶梅》最高，分別為 7173 次、3309 次和 1970 次；其次就是劉基的詩文，跟《金瓶梅》引次少 60 多次，比孔尚任、湯顯祖、馮夢龍、姚鼐、洪升、方苞、朱彝尊都高，是凌蒙初的 54.4 倍、劉大魁的 381 倍。

可以看出，除了《水滸傳》《西遊記》《紅樓夢》《儒林外史》《金瓶梅》等幾部非常著名的小說外，《大詞典》對劉基詩文引用最多。近代漢語研究元曲、明清小說辭彙是熱點，卻對劉基詩文辭彙卻鮮有研究，反映了近代漢語語言研究重白話、輕文言的傾向，其實這也是一種偏見，對某一作品的辭彙研究，新詞研究應該更為重要，《大詞典》對劉基詩文的高頻引用，最主要原因也是因為劉基詩文的新詞特別突出。

2.《大詞典》獨引劉基詩文

《大詞典》整個詞條獨引劉基詩文的無疑就是新詞。所謂新詞，簡單地說就是新產生的詞語。這樣的新詞，《大詞典》共 284 個。如：

【奧穢】茂密的荒草。明劉基《艾如張》詩：「孰是奧穢，而不剪除。」明劉基《菜窩說》：「鑱其萊蕪，芟去奧薉。」

【百廢咸舉】同「百廢俱興」。明劉基《杭州路重修府治記》：「公受命來杭未及朞月，威惠大行，百廢咸舉。吏民順令，如臂使指。」

【池魚幕燕】比喻處境危險極易遭殃的人。明劉基《驛傳杭臺消息石末公有詩見寄次韻奉和並寓悲感》之一：「池魚幕燕依棲淺，軒鶴冠猴寵渥新。」參見「池魚之殃」。

【大肆厥辭】鋪張辭藻，大展文才。明劉基《〈宋景濂學士文集〉序》：「先生天分至高，極天下之書無不盡讀，以其所蘊，大肆厥辭。其氣韻沉雄如淮陰出師，百戰百勝，志不少懾。」參見「大放厥辭」。

【虺】毒蛇名。蝮蛇的一種。明劉基《郁離子·玄豹》：「客喜，侑主人以文虺之脩，主人吐舌而走。」

【山枯石死】極言年代久遠。明劉基《沁園春》詞：「任龍蛇歌怨，桑榆煙盡，山枯石死，畢竟何成。」

【莊周蝶】同「莊周夢」。明劉基《睡起》詩：「覺來卻悵莊周蝶，繞盡殘枝過別枝。」

【幢葆】幢幡羽葆。猶幡蓋。明劉基《松風閣記二》：「蓋閣後之峰獨高於群峰，而松又在峰頂，仰視如幢葆臨頭上。」

【戇僻】愚直怪僻。明劉基《氣出唱》詩：「七情交煎，一觸百抽；又病戇僻，無藥可瘳。」

【鶾】鳥名。明劉基《郁離子·九難》：「鳥則白鶾、黃鶯、翠鷸、錦雞。」參見「白鷴」「鶾雉」。

【鰌鱸】小雜魚。明劉基《題仲山和尚群魚圖》詩：「鰌鱸不作霄漢夢，潛心泳暖何悠哉。」

限於篇幅，詞典解釋不一一列舉，其他我們僅列詞條：

一字詞：

蝓　翑　殈　虺　鶾

二字詞：

鰌鱸　戇僻　幢葆　奧穢　作哲　塂圻　碧秀　砭剗　靜祕

猜惑　采捋　惻傷　儌婦　產植　鷗革　癡妬　黐黏　馳駸　牺豪

揣力　踔行　辭禍　翠袚　岱泰　憚劬　搗虛　抵牛　詆異　陆死

釣水　毒滲　愕睨　繁思　蜚梁　誹言　分贏　風戒　豐蠲　扶生

鸕鷀　俯聆　腐鮑　附贏　富叟　骨解　鼓亂　故尚　怪恚　官情

龜折　海圻　醢醢　寒雅　皓皜　灝露　和淳　恒守　斛觫　懷琰

謹設　豢犧　潢海　恍恍　虺螣　悔恕　卉煒　穧蕢　畸窮　韉鑣

韉鞈　嘉朋　跉躓　瘕症　械素　簡訟　鍵閣　降班　交隱　交譜

儌福　金翮　浸溜　九閽　窶叟　涓溜　俊郎　枯塹　誆取　躨躨

閽司　濫泛　稂秕　累離　粟房　蠣蠔　連纏　廉循　燎輝　烈禍

淋潦　凌冽　旒紞　盧秦　慮佚　霾蒙　邁景　嫚法　毛竅　貌肖

么人　蒙瞍　面革　邈永　民寄　眅眅　溟瀛　牡驚　木俑　凝

惆　凝澌　獰猶　葩髿　咆號　噴浸　漂覆　頟顏　憑中　撲天

溥溥　曝巫　漆椀　岐跗　幹條　潛戢　潛籟　潛生　曉躍　趫捷

誚嗤　青缸　清嫋　穹圓　呋呀　闇默　蜷蜿　舐舐　髯夫　戎甗

柔舌　塞叟　桑畦　鎩翅　上貨　省敵　史編　世耳　世勳　首竄

疏茹　翰供　樹核　帥職　水鼠　順躔　私禁　肆淫　松淚　松髯

碎芳　諝諠　騰沖　涕欷　洪涵　挺卓　通禁　突崔　託興　駝毳

踠蹄　囧闐　謂為　文舫　霧幄　惜愛　錫佑　嬉爛　系族　下替

相乖　宵警　雄梁　修森　宿計　歘霍　恤患　玄宵　衙外　雪穈

涯津　陽公　夭殍　窈窅　暍疾　遺弛　抑豈　懌懌　陰畎　淫怒

鶯華　永慨　湧溜　踴冶　黝顏　玉缸　飫肥　寓人　籲告　籲號

遠躅　怨海　暈暈　箟簜　噪聒　甃蓋　湛冽　召僥　真儀　軫望

重褋　眾覿　軸杼　足爪　鑽攻　醉醇　百廢

三字詞：

　　郁金絲　簞瓢士　黃金芝　笯鼓人　客星槎　蓮花腮　龍象會
陌上兒　身外事　鐵石腸　熊虎將　不暖席　莊周蝶

四字詞：

　　鑄甲銷戈　炳炳琅琅　蟾逃兔遁　乘隙而入　翠蕩瑤翻　戴玄
履黃　飯糲茹蔬　蜚潛動植　蠡合豕突　海涯天角　禍稔惡積　矜
牙舞爪　舉手相慶　澇疏旱溉　露螢風蟬　濃抹淡妝　噴雨噓雲
寢苫枕戈　神逝魄奪　束椽為柱　碎瓦頹垣　星移漏轉　軒鶴冠猴
移風易尚　造惡不悛　植善傾惡　北轅適粵　池魚幕燕　百廢咸舉

大肆厥辭　山枯石死

《大詞典》整個詞條獨引劉基詩文的詞語音節數量如下：

音節	單音節	雙音節	三音節	四音節	四音節以上
數量	5	235	19	31	0

劉基詩文多為文言，但雙音節新詞的趨勢仍沒法改變，占絕對優勢，是單音節新詞的 47 倍，三音節、四音節數量分別約為雙音節的 1/12 和 1/8，四音節以上的這類新詞為 0，這反映了劉基詩文語言簡約精煉的特點。

《大詞典》某個義項獨引劉基詩文共 186 條。這類詞既有新詞，也有新義，即在舊詞的基礎上新產生的意義。如：

【廩粟】1. 公家庫藏之糧。《韓非子‧外儲說右上》：「於是反國發廩粟以賦眾貧，散府餘財以賜孤寡。」2. 特指公家供給官吏和在學生員的糧食。唐韓愈《進學解》：「猶且月費俸錢，歲靡廩粟。」3. 謂食廩。明劉基《沙班子中興義塾詩序》：「廩粟之外，無他用心。」

【崆巄】1. 山高貌。晉陸機《感時賦》：「山崆巄以含瘁，川蜿蛇而抱涸。」2. 指丘壟。明劉基《雜詩》之二：「但見灌莽間，顱骨成崆巄。」

【赤堇】1. 即赤堇山。明劉基《紹興能仁寺鐘銘》：「赤堇之金，耶溪之銅，弗鍔弗鋒，而以為吾鐘。」2. 借指寶劍。唐駱賓王《兵部奏姚州道破逆賊諾沒弄楊虔柳露布》：「橫玉弩以高臨，搋金鉦而直進。玄雲結陣，影密西郊，赤堇揮鋒，氣沖南斗。」參見「赤堇山」。

【貶稱】1. 降格稱呼。明劉基《春秋明經‧晉人執衛行人石買》：「《春秋》先書於戚之會，既出林父之名，而繼於衛侯出奔之後，後書晉執石買而貶稱人。」2. 含有貶義的稱謂。任繼愈等《中國佛教史》第三章第二節：「所謂『小乘』是西元前後興起的大乘佛教對原始佛教和部派佛教的貶稱。」

【倒行】1. 走回頭路。明劉基《書為善堂卷後》：「是故欲求道者必先定其所向，如將適燕，先舉轅而指北，然後訪而取途，則無倒行之悔矣。」2. 做事違反常規或違背情理。清余增遠《雪夜呂半

隱太常談蜀中遺事》詩：「從來朋黨能賜禍，可恨羣儒多倒行。」

【電視】1. 猶瞪視，怒視。明劉基《述志賦》：「開明怒目而電視兮，貔豹吼而山裂。」2. 利用無線電波傳送物體影像的裝置。由發射台把實物的影像變成電能信號傳播出去，電視接收機把收到的信號再變成影像映在螢光屏上。電視除了用於文化娛樂和教育方面外，也廣泛用於其他技術和軍事方面。3. 用上述裝置傳送的影像。

「廩粟」「崆巃」「赤堇」是新義，它們的詞形在劉基之前早就產生，這類新義 165 例，其他如「愚庸」「鼻」「碧雞」「鷩」「瘝」「腹」「徹」「闞」「行奸」「鴻蒙」「昏」「甲楯」「列仙」「鏐鐵」「嘍囉」「鉛黛」「欠」「式」「天遊」「險澀」「鏽」「薰灼」「愚樸」「窾」「遮羅」「嬌寵」「銍艾」「岸岸」「熬煎」「拔起」「本根」「出出」「垂垂」「垂光」「蠢蠢」「丹元」「典教」「工用」「涫沸」「巨室」「俊捷」「枯蔓」「礧碨」「亂常」「破量」「瓊枝」「盛集」「士氣」「肆虐」「韜精」「天權」「同情」「頑梗」「邀取」「燁煜」「淫德」「裕如」「致人」「轉旋」「澄澄」「黯默」「百身」「般匠」「報禮」「並肩」「蠐」「岑岑」「巢居」「忱」「宸聰」「成案」「垂珠」「刺耳」「翠濤」「東陸」「廢典」「反復手」「房帷」「飛灰」「分處」「分方」「饋餾」「風清月朗」「浮穢」「拊石」「高圓」「膏澤」「告罪」「官況」「何者」「和沖」「熇熇」「鴻路」「後舉」「化身」「化石」「寂漻」「剪裁」「今昔」「緊緊」「菁莪」「居廬」「可矜」「枯籜」「儼然」「理訴」「陵軼」「流徙」「冥跡」「鳴玉」「年侵」「攀緣」「飄搖」「貧夫」「淒而」「潛逸」「青娥」「傾城」「人舞」「戎機」「榮盛」「山性」「善道」「韶顏」「神爽」「神霄」「石鱗」「時習」「燧象」「天祥」「帖妥」「圖報」「外牧」「望國」「未應」「吻角」「翁繹」「罅漏」「仙掌」「相事」「向晨」「邪淫」「雄偉」「續貂」「衙衙」「雅重」「炎沴」「要緊」「一眉」「遺榮」「斁壞」「鶯啼燕語」「永安」「有生」「愚瞀」「餘論」「巉」「諸君」「自失」「草廬」「石關」「貝」等；「貶稱」「倒行」「電視」儘管也有多個義項，但以劉基詩文中出現的義項為最早，所以也是新詞，其他如「重購、」「蚵蚾」「枯黃」「利火」「馬角」「靡漫」「青殷」「全材」「神闕」「聲兵」「爽颯」「聳壑」「謏言」「童角」「銅篆」「尾尾」「迤揚」「洞朗」等，共 21 例。

3.《大詞典》首例引劉基詩文

僅一個義項的詞，一般都是新詞，共 103 條，如：

【庸君】平庸之君；昏君。明劉基《嘉興路重修陸宣公書院碑銘》：「蓋其智足以識事機，其誠足以動人心，故能出入危邦，扶持庸君。」清唐甄《潛書·遠諫》：「奄妾蠱志，權奸蔽聰，濫賞淫刑，善惡倒置，似亦庸君之常。」

【負屈】猶抱屈。明劉基《贈周宗道六十四韻》：「負屈無處訴，哀號動穹蒼。」明無名氏《精忠記·聞訃》：「恨奸臣太毒，排陷忠良，負屈何時報取。」清孔尚任《贈萬季野》詩：「舉掌拍我肩，負屈莫留臆。大丹亦易成，行吟須早息！」

【桂闕】指月宮。明劉基《霜葉飛·七夕》詞：「堪恨桂闕姮娥，乘雲駸霧，便踏龍尾先去。」清蒲松齡《聊齋志異·白於玉》：「移時，見白生候於門，握手入，見簷外清水白沙，涓涓流溢；玉砌雕闌，殆疑桂闕。」

【寒信】嚴寒將到的資訊。明劉基《長相思》詞：「鴈南歸，人未歸。寒信先來家信遲，容顏只鏡知。」清陳維崧《百字令·庚申長安閨中秋》詞：「萬里鄉愁，五更寒信，幽恨憑誰說？」

【濟弱扶傾】救助弱小危難者。明劉基《沁園春·和鄭德章暮春感懷呈石末元帥》詞：「江左夷吾，關中宰相，濟弱扶傾計甚長。」《初刻拍案驚奇》卷二十：「但學生自想，生平雖無大德，濟弱扶傾，矢志已久。」孫中山《民族主義》第六講：「所以，我們要先決定一種政策，要『濟弱扶傾』，才是盡我們民族的天職。」

其他如「水鴞」「翕伏」「相業」「小幅」「倖存」「修慝」「陰世間」「憂時」「自侈」「磈礧」「背呂」「變生肘腋」「不擬」「廛居」「趁衙」「赤郭」「蕩地」「燈龕」「東方生」「番案」「債車」「馮夷宮」「狗偷鼠竊」「古茂」「鼓枻」「鴟鴞」「鬼磷」「過化」「闟坐」「筶籠」「怙惡」「花街柳市」「畫癖」「槐根夢」「歡聲雷動」「剪屠」「戒警」「金玉其外，敗絮其中」「矜念」「驚世駭俗」「絜度」「踞峙」「枯莖」「狂談」「狂猘」「濫殺」「浪猜」「里鄰」「力倍功半」「連繩」「臨揚」「龍韜豹略」「脈脈含情」「密訪」「蝒」「莫可名狀」「沐雨梳風」「墓廬」「排甲」「強食弱肉」「秦炬」「窮荒絕徼」「戎壘」「辱國殃民」「山澗」「尚方劍」「甚而至於」「手胼足胝」「守分安常」「圖治」「微忱」「惟其」「文彥」「無間可

乘」「無賴子」「息怒」「喜人」「洩憤」「欣懌」「酗罵」「引魂」「應辟」「庸君」「迂狂」「冤號」「孳孳汲汲」「自憀」「艾蕭」「垂亡」「喋呷」「舵工」「負屈」「桂闕」「寒信」「虎略龍韜」「激箭」「羈靮」「濟弱扶傾」「狂猾」「饋謝」「勵世」「衰暮」「沙燕」等。

多個義項的詞條，共 18 條，它們是：「廟廊」「興奮」「萱草」「猿鶴」「陙籜」「等待」「分攤」「嬌冶」「枯乾」「撒網」「芰蔪」「巧婦」「水遠山長」「騰達」「萬微」「微材」「祖訓」「人間天上」等，基本上都是新詞。如：

【分攤】1. 分派；攤派。明劉基《感時述事》詩之九：「高牙開怨府，積貨重奸權。分攤算戶口，滲漉盡微涓。」清朱克敬《瞑庵雜識》卷四：「伏乞憲臺據情入告，借發帑金四十萬兩，遣官浚修。工竣後，按畝分攤，代征歸款。」溥傑《回憶醇親王府的生活》：「由於期限緊迫而且非到期交貨不可，所以裁縫鋪不但必須晝夜趕製，還得向外分攤任務才能勉強完成。」2. 猶分享，分得。鄭逸梅《書報話舊·天主教學校的教科書與鄒翰飛之死》：「於是決計自行編著，規定凡天主教系統的各中學統一採用，賣書的利潤大家分攤。」茹志鵑《百合花》：「孩子們急切的盼那炷香快些焚盡，好早些分攤給月亮娘娘享用過的東西。」

【嬌冶】1. 豔麗；妖媚。明劉基《浣溪沙·詠雞冠花》詞：「絳幘雞人紫綺裘，形墀欲報五更籌，不勝嬌冶立清秋。」茅盾《創造》三：「可是理性逼迫他離開這個嬌冶的誘惑。」2. 指美女。《初刻拍案驚奇》卷八：「只因此一去，有分教：綠林此日逢嬌冶，紅粉如今遇險危。」

【撒網】1. 拋出並張開魚網。元揭傒斯《漁父》詩：「夫前撒網如飛輪，婦後搖櫓青衣裙。」明劉基《送姚伯淵之清溪河泊所任》詩：「侵晨漁艇浮空來，千夫撒網雲煙回。」周立波《山鄉巨變》上一：「水深船少的地方，幾艘輕捷的漁船正在撒網。」2. 一種用於淺水地區的小型圓錐形網具。元關漢卿《望江亭》第三折：「活計全別，俺則是一撒網，一蓑衣，一箬笠。」

【祖訓】1. 祖先的遺訓。語本《書·五子之歌》：「皇祖有訓，

民可近，不可下。」孔傳：「皇，君也。君祖禹有訓戒。」明劉基《次
韻和石末公開讀有感》：「廟謨可使歸權幸，祖訓由來重變更。」蔡
東藩《清史通俗演義》第六三回：「順治後頗謹遵祖訓，傳到咸豐時
候，已是年深月久，把祖訓漸漸忘懷。」2. 祖父的訓戒。清曾國藩
《日記・問學》：「余之不信僧巫，不信地仙，頗能謹遵祖訓父訓，
而不能不信藥。」《兒女英雄傳》第二九回：「到了孫述祖訓，筆之
於書，想要垂教萬世。」

「祖訓」語本《書・五子之歌》：「皇祖有訓，民可近，不可下。」但尚未成
詞，「撒網」首例引元揭傒斯《漁父》詩，跟劉基時代接近，所以也算是劉基詩
文的新詞。

4. 非首例引劉基詩文

上古就有的詞或義項，共 574 條，分別是「坐」「征斂」「暴」「跕」「挺」
「遺法」「象罔」「安富尊榮」「安流」「芨芨」「百靈」「百載」「包藏禍心」「薄
軀」「抱關」「秉心」「並育」「博望」「不極」「不親」「不孫」「不寤」「不有」「常
禮」「城下之盟」「馳騁」「出辭」「出言」「畜牧」「春事」「從而」「摧堅」「翠蓋」
「大駕」「大禁」「大音」「得人」「德令」「登高」「帝命」「鄂渚」「惡物」「發身」
「蕃昌」「奉教」「俘邑」「高歌」「高光」「恭行天罰」「共事」「顧瞻」「行李」
「好奇」「何以」「恒德」「乎哉」「懷德」「懷古」「皇恩」「活人」「積惡」「積善
餘慶」「佳人」「嘉穀」「嘉樹」「交集」「交親」「交頤」「盡善」「徑寸珠」「恪恭」
「枯死」「寬衍」「來往」「勞生」「老饕」「利便」「良藥苦口」「裂地」「令政」
「亂倫」「美稱」「溟涬」「莫不」「莫如」「盤樂」「佩纕」「匹儔」「前夫」「虔虔」
「清潔」「輕身」「秋氣」「趨走」「攘奪」「肉角」「上馬」「上乘」「上刑」「聲色」
「聖君」「失節」「世士」「誓言」「受教」「束薪」「衰老」「貪夫」「天弧」「塗泥」
「兔魄」「危邦」「委棄」「委巷」「未嘗」「未已」「文行」「滃鬱」「無為」「晞露」
「下位」「相時」「刑劇」「虛名」「軒轅」「玄冬」「玄陰」「炎帝」「一葦」「伊邇」
「已矣」「以紫亂朱」「殷阜」「罌缶」「遠利」「云乎哉」「云胡」「柞薪」「蚶斯」
「真一」「正當」「知德」「智力」「重寶」「周垣」「主人翁」「酌言」「祖送」「左
個」「安居」「安榮」「籍」「黯黮」「白鴉」「百慮」「百務」「百戰百勝」「柏梁」
「包羞」「豹關」「豹褒」「悲愁」「被甲據鞍」「備患」「篳門」「變法」「不該」

「不共」「不覺」「不惄」「步景」「殘賊」「憯淒」「操舟」「草茇」「草木」「曾青」「朝不謀夕」「充腹」「沖天」「出家」「出疆」「楚雀」「春雨」「淳精」「祠祀」「聰明」「從欲」「從臣」「徂征」「瘯蠡」「存亡繼絕」「大奸」「待時」「倒影」「盜道」「迭起」「獨醒」「度朔」「奪倫」「惡乎」「惡德」「邇人」「發榮」「發蹤」「廢職」「伐國」「髮膚」「蕃屏」「蕃屏」「蕃昌」「繁華」「非類」「飛蓬」「飛羽」「肥鮮」「肺腸」「風霆」「蜂房」「鋒旗」「鋒刃」「諷諭」「弗庭」「扶輿」「拂拭」「拊翼」「輔車相依」「覆載」「感物」「高」「膏物」「羹藿」「攻剽」「恭己」「供奉」「穀穀」「觀遊」「洸洸」「廣莫風」「圭華」「規旋矩折」「龜貝」「國」「還望」「害義」「駭膽」「含華」「寒暄」「豪俊」「耗眊」「何異」「恒言」「乎」「胡寧」「化心」「渙然」「黃泥」「揮戈回日」「回顧」「魂魂」「機檻」「機心」「激烈」「齎咨」「佳冶」「嘉木」「郊社」「郊藪」「姣服」「驕逸」「角勢」「解網」「今茲」「錦衾」「勁疾」「浸淫」「禁暴」「禁語」「驚風」「九衢」「舊章」「舉行」「涓涓」「決疑」「沈寥」「鷟」「開明獸」「可愛」「孔艱」「枯骨」「枯臘」「枯樹」「苦」「姱麗」「狂」「況」「曠野」「虧缺」「鯤鮞」「郎署」「勞民」「離立」「離憂」「驪馬」「理物」「立事」「良弼」「良珠」「涼涼」「量能」「療饑」「列鼎」「靈宇」「流霞」「六翮」「鷅」「漉漉」「論刺」「綠綺琴」「慮始」「勸」「鋩鍔」「莽蒼」「毛衣」「茂育」「美利」「昧幽」「靡莽」「湎淫」「杪秋」「廟筭」「蠠沒」「明君」「鳴雞」「鳴鳩」「鳴球」「鳴嚶」「木索」「牧豎」「牧圉」「墓域」「能無」「逆施」「逆祀」「年歲」「農畝」「飄風」「溥博」「岐陽」「棄命」「器量」「愆」「遷舍」「黔突」「淺事」「巧婦」「切直」「且復」「寢訛」「青春」「輕翼」「觕」「驅馳」「權度」「犧牛」「人生」「仁聲」「榮泉」「柔軟」「肉林」「顙沘」「山根」「山藪」「邵平瓜」「攝相」「慎終如始」「生育」「聖制」「失人」「世治」「噬犬」「授鉞」「壽昌」「壽母」「書法」「淑德」「疏食」「稅畝」「思心」「斯人」「死命」「肆好」「藪澤」「素食」「隨分」「隨化」「所思」「所在」「太蒙」「逃難」「天表」「天馬」「恬」「跳踉」「帖帖」「偷惰」「退耕」「脫卒」「外交」「蜿」「萬夫」「罔民」「往事」「威弧」「威力」「委國」「溫風」「文敝」「文竿」「文犀」「文鷁」「文魚」「沃若」「握符」「無比」「無俾」「無補」「無敵於天下」「無然」「五丁」「五精」「溪毛」「習俗」「細微」「颭颭」「遐遺」「遐征」「下陵上替」「下情」「仙槎」「顯名」「縣泉」「祥風」「翔舞」「協睦」「心悅誠服」「凶歲」「朽鈍」「虛妄」「虛語」

「須女」「玄夜」「旋淵」「璿室」「珣玕琪」「迅焱」「延曼」「掩捕」「偃兵」「陽和」「養賢」「妖服」「窅窱」「也哉」「一言以蔽之」「一之謂甚」「屹屹」「抑強扶弱」「抑志」「藝事」「飲泉清節」「嚶鳴」「應律」「應天」「饕」「永鑒」「憂愁」「遊目」「有容」「有身」「於是乎」「於焉」「禹湯」「育德」「裕蠱」「豫防」「豫形」「原情」「遠遊」「怨恨」「殞身」「孕孳」「沾纓」「張罔」「奢」「貞利」「貞資」「振鐸」「振旅」「爭強」「征夫」「征繕」「拯」「正黑」「知命不憂」「知一而不知二」「秪」「職貢」「蹠犬噬堯」「中乘」「眾狙」「誅暴」「祝禽」「轉危為安」「卓魯」「阻兵」「庇」「邊人」「勃窣」「乘」「澄澈」「從橫」「麤穢」「得其所」「度」「肥」「扶疏」「拂」「拱」「赫」「華」「獲」「將」「就」「局」「劉」「律」「滿」「沒」「萌」「猛」「畦」「搴」「強力」「親」「窮途」「甚」「綰」「文質彬彬」「惜」「熄」「熺」「犧」「逞邁」「緊」「幼」「雨」「怨」「雲」「蘊」「載」「宅」「哲」「征」「蒸」「趾」「躅」「擢」「斬喪」「足」「強聒」等。《大詞典》釋詞舉例如：

【文質彬彬】1. 文華質樸配合得宜，既有文采，又很樸實。《論語·雍也》：「質勝文則野，文勝質則史，文質彬彬，然後君子。」何晏集解引包咸曰：「彬彬，文質相半之貌。」《後漢書·章帝紀》：「敷奏以言，則文章可采；明試以功，則政有異跡。文質彬彬，朕甚嘉之。」《南史·庾杲之劉懷珍等傳論》：「懷珍宗族文質斌斌，自宋至梁，時移三代，或從隱節取高，或從文雅見重。」明劉基《梅頌》：「文質彬彬，德之儀兮。」章炳麟《論式》：「如向者一二者秀，皆浮華交會之材，嘩世取寵之士，噓枯吹生之文，非所謂文質彬彬者也。」2. 形容人舉止文雅有禮貌。元費唐臣《貶黃州》第三折：「見如今御史臺威風凜凜，怎敢向翰林院文質彬彬。」毛澤東《湖南農民運動考察報告》：「革命不是請客吃飯，不是做文章，不是繪畫繡花，不能那樣雅致，那樣從容不迫，文質彬彬，那樣溫良恭儉讓。」楊沫《青春之歌》第二部第三四章：「陳教授文質彬彬從容不迫地說。」

【人生】1. 人出生；人類產生。《禮記·曲禮上》：「人生十年曰幼，學。」明劉基《醫說贈馬復初》：「天地闢而人生，蠢蠢焉；聖

人出而後異於物。」2. 指人的一生。《左傳·襄公三十一年》:「人生幾何,誰能無偷?朝不及夕,將安用樹?」唐韓愈《合江亭》詩:「人生誠無幾,事往悲豈那。」亦指人。毛澤東《采桑子·重陽》詞:「人生易老天難老。歲歲重陽,今又重陽,戰地黃花分外香。」3. 人的生存和生活。《左傳·成公二年》:「人生實難,其有不獲死乎?」《後漢書·張霸傳》:「人生一世,但當畏敬於人,若不善加己,直為受之。」唐杜甫《送殿中楊監赴蜀見相公》詩:「人生在世間,聚散亦暫時。」葉聖陶《隔膜·苦菜》:「勞動是人生的真義,從此可得精神的真實的愉快。」

這些詞條同時引用上古文獻次數如下:

書　名	引　次	書　名	引　次	書　名	引　次
漢書	136	詩	133	史記	111
左傳	116	書	79	禮記	59
易	56	楚辭	54	莊子	49
國語	46	孟子	42	論語	41
荀子	32	老子	12		

這應該也可以管窺先秦兩漢重要文獻對劉基詩文的影響。

中古就有的詞或義項,共 308 個詞條,分別是:「摘」「避盈」「不情」「潮汐」「沖波」「崇阿」「崇丘」「垂綸」「翠霞」「大機」「丹崖」「丹辰」「鼪鼠」「膚見」「覆水難收」「割雞」「歸塘」「海湄」「悍夫」「和風」「胡雛」「華月」「皇家」「激湍」「寄音」「嘉實」「交善」「徼利」「絕巘」「峻嶺」「峻宇」「浚谷」「枯瘁」「枯榮」「離歌」「涼溫」「列序」「留舍」「六塵」「內視」「牽攀」「謙慎」「竊弄」「清光」「輕霞」「仁澤」「三珠樹」「山陽笛」「盛禮」「條答」「婉娩」「違常」「尾箕」「臥鼓」「無與為比」「退祉」「掩取」「豔舞」「遙情」「伊餘」「夷蠻」「怡情」「詣門」「義旅」「憶蓴鱸」「玉葉」「雲樹」「縱誕」「坐制」「愛賞」「百感」「謗罵」「悲慘」「悲淒」「迸水」「別鶴」「博貫」「步虛」「殘花」「殘陽」「慘懍」「滄海桑田」「蟾蜍」「長風」「超騰」「琤琤」「乘屋」「乘虛而入」「馳光」「馳逐」「愁辛」「黜免」「觸處」「大冠」「丹木」「倒」「倒流」「鐙」「砥平」「雕輪」「蝶」「獨酌」「頯」「鈍拙」「頓兵」「廢市」「翻動」「煩黷」「方尺」「芳醴」「芳時」「飛電」「憤憤」「風中燈」「扶傾」「拂雲」「浮榮」「俯拾」「感思」「高

標」「耕夫」「苟言」「鼓劍」「故林」「顧畏」「冠羣」「還復」「海童」「蒿蓬」「濠梁」「浩瀁」「恒訓」「訇礚」「弘益」「後夫」「華表鶴」「華茂」「揮袂」「翬翟」「火雲」「禍機」「羈心」「見譏」「漸變」「矯假」「傑出」「結璘」「解憂」「金銀臺」「金奏」「兢業」「驚噪」「究極」「糾結」「九旻」「九陽」「巨蠹」「柯亭」「可恨」「客舟」「枯池」「枯荄」「枯葉」「愧懼」「雷响」「連染」「煉氣」「良儔」「輶」「靈變」「靈關」「隆暑」「龍鱗」「螻蟻」「綠筠」「茫昧」「美刺」「猛志」「藐然」「模楷」「末伎」「木偶」「慕利」「難為情」「排雲」「朋附」「飄然」「屏障」「軿車」「蹂田」「跂望」「啟運」「器異」「千態萬狀」「慫殃」「潛發」「嶔岑」「圖溷」「清朝」「輕寒」「情思」「槃」「窮魚」「瓊蕤」「劬心」「若非」「散馬」「掃滌」「沙鴇」「少男風」「紹隆」「申明」「深夜」「神妙」「勝地」「聖明」「失愛」「時禽」「世難」「世語」「事外」「疏林」「樹碑」「私忿」「搜索」「素石」「歲序」「汀濘」「危礙」「維繫」「慰問」「無事」「無位」「蕪穢」「晞陽」「戲弄」「狹邪」「遐覽」「遐邈」「霞綺」「纖翳」「閒花」「閒園」「湘妃竹」「象白」「蕭散」「欣戚」「欣榮」「秀木」「虛景」「虛日」「虛中」「學」「炎赫」「炎燎」「炎燠」「灔灔」「謠歌」「野戍」「一生」「遺封」「遺身」「音容」「陰靈」「銀甕」「庸愚」「汙隆」「餘波」「餘馨」「玉軿」「玉質」「御床」「元緒」「園林」「攢心」「沾臆」「掌握」「招撫」「照膽」「振策」「征鴻」「症瘕」「征書」「眾惑」「珠露」「紫極」「自顧」「自薦」「自酌」「縱意」「阻隔」「金盤」「飆輪」「賓鴻」「發采」「何由」「徽纆」「加」「琅玕」「目連」「蛆」「疏懶」「噭」「消」「蟻穴」「異能」「爪」「抱痛」等。《大詞典》釋詞如：

【蟻穴】1. 螞蟻的巢穴。晉干寶《搜神記》卷十：「夏陽盧汾，字士濟，夢入蟻穴，見堂宇三間，勢甚危嶢，題其額曰『審雨堂』。」唐杜甫《寄劉峽州伯華使君四十韻》：「林居看蟻穴，野食待魚罾。」明劉基《感時述事》詩之一：「戎機一以失，蟻穴償臺殿。」清張岱《〈陶庵夢憶〉自序》：「今當黍熟黃粱，車旅蟻穴，當作如何消受？」

2. 比喻可以釀成大禍的小漏洞。語出《韓非子·喻老》：「千丈之堤，以螻蟻之穴潰；百尺之室，以突隙之煙焚。」三國魏應璩《雜詩》：「細微可不慎，堤潰自蟻穴。」陳三立《孟樂大令出示紀憤舊句和答》之二：「蟻穴河山他日淚，龍樓鐘鼓在天靈。」

【發采】1. 放出光彩。晉潘岳《夏侯常侍誄》:「如彼隋和,發采流潤。」南朝齊謝朓《杜若賦》:「夕舒榮於溽露,旦發采於春風。」《南史·齊紀上·高帝》:「有虞揖讓,卿雲發采。」2. 指開花。晉張載《安石榴賦》:「仰青春以啟萌,晞朱夏以發采。」明劉基《擬連珠》之十七:「故良珠夜光,不假焰於明燭;秋華發采,不爭榮於春風。」

【賓鴻】1. 即鴻雁。南朝梁元帝《言志賦》:「聞賓鴻之夜飛,想過沛而沾衣。」《水滸傳》第一一○回:「我想賓鴻避暑寒,離了天山,銜蘆度關,趁江南地暖,求食稻粱,初春方回。」明劉基《感懷》詩之二:「淒淒候蟲鳴,嚦嚦賓鴻驚。」清納蘭性德《滿庭芳·題元人蘆洲聚雁圖》詞:「似有猿啼,更無漁唱,依稀落盡丹楓,濕雲影裏,點點宿賓鴻。」參見「賓雁」。2. 喻信使或羈客。唐李咸用《別所知》詩:「閨牽寒氣早,何浦值賓鴻。」元尚仲賢《柳毅傳書》第二折:「暗修下訴控雙親書一封,哭啼啼盼殺賓鴻。」清徐永宣《舟行即事用香山韻》:「貴人翁仲蓺荒草,浮世賓鴻逐斷蓬。」

近古就有的詞或義項,共 411 條,分別是「筆意」「畢竟」「碧梧」「冰繭」「兵燹」「不禁」「蟾影」「纏縈」「塵凡」「塵昏」「塵間」「逞力」「淬礪」「翠管」「翠衾」「得似」「對立」「燔肉」「反掌」「飛潛」「風絮」「奉朔」「扶植」「腹心之患」「官書」「過電」「過談」「忽漫」「璜溪」「揮揮」「兼天」「疆理」「降液」「九地」「卷舌」「絕島」「絕奇」「空中」「枯根」「狂譎」「嵐彩」「爛柯人」「勒石」「冷雨」「離世絕俗」「櫪馬」「蓮沼」「凌風」「綠莎」「美滿」「摩揣」「磨牙吮血」「怒浪」「怒水」「排風」「媲德」「瀑練」「輕雷」「瓊柯」「入梓」「賞心亭」「深宏」「桃花臉」「特書」「天眼」「推己及人」「王正」「巫娥」「徙家」「朽殼」「盱眙」「玄夷」「延世」「炎埃」「眼花耳熱」「遙岑」「燁然」「一絲」「英靈」「橋」「語不驚人」「雲瀚」「造釁」「爭鳴」「正本澄源」「朱方」「縱掠」「佐戎」「坐令」「疲痾」「愛恩」「百結愁腸」「百刻」「斑裳」「保愛」「抱才」「敝裘」「避凶趨吉」「波光」「彩服」「殘角」「草市」「側畔」「岑寂」「嶒崚」「差異」「瘥癘」「孱懦」「長歎」「長籟」「朝暾」「朝陽」「赤熛」「舛差」「春輝」「春曉」「春原」「摧折」「翠麓」「村歌社舞」「待選」「丹趾」「彈絲」「蕩汩」「蕩磨」

「道傍李」「滌慮」「顛躓」「斷蓬」「鵝鼻」「發鮮」「翻身」「煩疴」「芳意」「非關」「飛梭」「吠厖」「憤世疾邪」「封識」「風鬐」「鳳麟」「浮嵐」「浮豔」「鬴辰」「赴敵」「感悔」「感事」「高風」「孤直」「古戍」「骨肉親」「故將」「故情」「關情」「觀感」「桂影」「過翼」「酣飫」「函首」「悍婦」「何庸」「恒規」「橫戈」「輴輚」「厚待」「華滋」「荒陋」「灰塵」「昏黝」「藿菽」「佳會」「剪薙」「江海客」「江練」「教墨」「接跡」「解語」「金獸」「金粟」「矜色」「晶光」「鯨濤」「驚心」「舉」「舉族」「卷屈」「倦鳥」「絕憐」「筠簟」「俊良」「駿功」「慨傷」「刻琢」「孔威」「枯草」「枯荷」「枯籬」「枯蓬」「枯蒲」「闑外」「困踣」「來昆」「懶拙」「離魂」「連床」「亮察」「淋淫」「鱗羽」「凜溧」「領事」「柳綠花紅」「隆古」「龍吟」「露珠」「旅魂」「律己」「茅廬」「茂烈」「民牧」「明蟾」「明鏡」「冥冥」「鳴櫓」「鳴蛙」「模刻」「末照」「怲怲」「旋旎」「孽芽」「穠華」「穠豔」「弄法舞文」「攀陟」「盤旋」「烹燀」「鬒鬒」「漂蕩」「漂淪」「撇捩」「憑高」「淒唳」「其那」「千村萬落」「千條萬縷」「褰舉」「潛形匿跡」「繾綣」「青螺髻」「清淑」「晴嵐」「屈子」「拳石」「容匽」「弱肉強食」「颯飀」「散愁」「山嵐」「傷心」「少年子」「身世」「慎檢」「生態」「盛心」「與」「十八姨」「十分」「石磩」「時魚」「釋然」「首亂」「舒榮」「疏慵」「鼠璞」「衰朽」「霜髯」「霜葉」「雙魚」「爽和」「私刑」「死灰」「四鄙」「四垣」「松影」「素指」「歲晏」「泰清」「坦坦」「韜跡」「題名」「天闔」「恬不為意」「同心」「吐茹」「兔影」「駝茸」「嘩訐」「縮束」「萬戶千門」「望眼」「違時」「畏慕」「畏奢」「無支祁」「無似」「無所不備」「舞法」「物換星移」「鷞」「喜見於色」「系胄」「細綠」「鮮服」「賢嗣」「險惡」「獻凱」「相吊」「相間」「湘筠」「小郎」「猩猩屐」「惺惺」「腥風」「袖椎」「宣使」「軒裳」「暄涼」「玄華」「玄聞」「玄珠」「衒容」「學取」「雪鶴」「循次」「言外之意」「掩關」「陽曜」「楊柳曲」「耀芒」「野人」「移節」「遺」「遺魂」「蟻集」「陰電」「迎來送往」「營緝」「應是」「壅滯」「油壁香車」「迂疏」「興情」「玉色」「玉樹花」「玉筍」「欲蓋而彰」「御診」「援毫」「圓光」「齋沄」「雲宮」「雲杪」「崘男」「真珠」「砧聲」「榛荊」「振肅」「爭霸」「爭知」「只如」「朱戶」「誅鋤」「竚立」「篆香」「自合」「自滿」「自外」「觜骸」「足兵」「纘緒」「邊戎」「蒼涼」「吃」「創作」「盜竊」「峨」「泛灩」「皐比」「古怪」「廣漠」「衰」「昏蒙」「決壅」「爝」「枯腸」「龍慫」「掠」「謾」「撲」「琪花」「樵」「趨向」「森」「疏

拙」「踈襹」「峴」「相覓」「鸁贔」「燄」「燁」「背馳」等。

《大詞典》釋例如：

【古怪】1. 奇異；異常。宋張世南《遊宦紀聞》卷六：「筆法高妙，相貌古怪。」明劉基《題王元章梅花圖》詩：「春憁走筆生古恠，中有窈窕傾城姿。」清沈復《浮生六記・閒情記趣》：「剪去雜枝，以疏瘦古怪為佳。」何其芳《畫夢錄・獨語》：「他屋裏有一個古怪的抽屜。」2. 奇怪。表示出乎意料，難以理解。《京本通俗小說・錯斬崔寧》：「卻又古怪！我自半路遇見小娘子，偶然伴他行一程，路途上有甚皂絲麻線，要勒揹我同去？」《醒世恒言・薛錄事魚服證仙》：「好古怪！好古怪！我們一向緊緊的守定在此，從沒個貓兒在他身上跳過，怎麼就把死屍吊了起來？」老舍《全家福》第二幕：「新英這個傢伙，說來還不來，是有點古怪！」

【鸁贔】1. 強壯有力；堅固壯實。宋蘇軾《桃榔庵銘》：「百柱鸁贔，萬瓦披敷。」明劉基《松風閣記》一：「土石鸁贔，雖附之不能為聲。」清陳田《〈明詩紀事丁籤〉序》：「明中葉有李何，猶唐有李杜，宋有蘇黃。空同詩如巨靈鸁贔，鑿石開山。」清趙翼《右手患風痹》詩：「回憶年少時，作力何鸁贔。」2. 蟲龜的別名。金劉從益《搗金石砦作建除體》詩：「破碑字仍在，鸁贔臥深荊。」明沈德符《野獲編・列朝一・賜外國詩》：「鸁贔宏文，昭回雲漢。」

【燁】1. 明亮；燦爛。宋沈遘《奉祠西太乙宮賦》：「金碧之光兮，燁焉而眩於目。」明劉基《朱鷺》詩：「朱鷺來，燁煌煌。」2. 明瞭。明胡應麟《少室山房筆叢・經籍會通一》：「百代墳籍，燁如指掌。」

5.《大詞典》引劉基詩文詞字形詞形分析

《大詞典》共有 1905 處引了劉基詩文，共 1880 個詞條，其中單字詞 115 個，雙字詞 1599 個，三字詞 52 個，四字詞 110 個，五字詞 2 個，六字 1 個，八字詞 1 個，雙音節詞占 85%，占絕對優勢。

這 1880 個詞條共 3933 個單字，除掉重複的單字共 1974 個。重複字數最多的是「枯」字，23 次，這些詞分別是「山枯石死」「枯死」「枯池」「枯草」「枯

荄」「枯骨」「枯莖」「枯荷」「枯根」「枯黃」「枯乾」「枯葉」「枯臘」「枯蓬」「枯蒲」「枯腸」「枯瘁」「枯蔓」「枯堲」「枯榮」「枯樹」「枯釋」「枯籬」；其次是「不」字，21 次，這些詞分別是「不共」「不有」「不孫」「不情」「不極」「不禁」「不暖席」「不愆」「不該」「不寤」「不親」「不擬」「不覺」「知一而不知二」「知命不憂」「恬不為意」「莫不」「造惡不悛」「朝不謀夕」「語不驚人」等；再次是「風」字和「人」字，分別是 21 次和 20 次；10 次以上的還有「天」，16 次，「心」，15 次，「無」，14 次，「世」，13 次，「百」，12 次，「事」，12 次，「華」「榮」「身」「生」「石」「文」「相」都是 10 次。表明這些字都是常用字，都屬於基本詞彙，構詞能力強。「枯」構詞最多，這與劉基詩文「沉鬱頓挫」「悲窮歎老，咨嗟幽憂」的風格有關。

1974 個單字中，不見於常用字表和次常用字表的有 540 個，占 27.4%。特別偏僻的字包括俗字也有不少，如「髼」「蕤」「櫨」「輘」「磤」「瀹」「闉」「踔」「躓」「蹜」「蚎」「蝓」「蟟」「嶒」「暠」「顄」「嵡」「獝」「塵」「頹」「鸐」「縹」「憎」「翎」「窆」「鬇」「稂」「薤」「槃」「輟」「翩」「醢」「嗷」「默」「鏐」「醇」「簣」「縢」「謏」「誼」「瘝」「熻」「燠」「燔」「欻」「焬」「懍」「褰」「鶢」「穎」「髟」「摘」「輇」「闒」「蹊」「蠨」「斀」「鐙」「罅」「黏」「齨」「簟」「簽」「鶒」「徹」「贙」「鶉」「繡」「龗」「巇」「翮」「鵾」「礧」「躅」「罍」「蠿」「鑢」「饋」「韜」「飆」「鷄」「犧」「蠱」「黰」「爝」「縲」「鯬」「蠡」「鬟」「鷟」「巘」「儃」「籠」「蠲」「纕」「謹」「褄」「轑」「躞」等。這無疑也能反映劉基詩文師古復古、用字追求奇崛險怪的詩文風格。

6. 小結

《大詞典》引劉基詩文之多，在元明清三代作家中都算是非常突出的，所引詞目中新詞新義之多更是十分罕見。遺憾的是，我們對劉基詩文的辭彙上缺乏研究，劉基詩文仍有不少用典自造詞，方言詞和口語詞不見於《大詞典》，以致理解起來仍有一定的難度，這對正在蓬勃興盛的劉基研究熱潮不相適應。

對劉基詩文的詞語研究可以管見《漢語大詞典》失收詞目，漏收義項，誤釋詞義，誤引書證等缺失，在辭書編撰上具有十分重要的意義。我們曾分析了劉基《二鬼》的複音詞，發現《大詞典》失收「泰山稽」「老龍吉」「瓊葳」「青兔」「赤鼠」「青田芝」等詞目；漏收「金卯」「少微」等的部分義項；誤釋「蠓

蚔」等的詞義；誤引了劉基詩文的書證，將「螟蝗害禾稼，必絕其蟓蚔」當作明宋濂《潛溪錄》之語；還有不少滯後的書證、孤證以及相關詞目而無參見等缺失〔註22〕。

對劉基詩文的詞語研究，不僅可以拓寬劉基研究的領域，而且也能給目前如火如荼的劉基研究增添新的活力。同時劉基又是浙江地區十分重要的歷史文化名人，劉基詩文的詞語研究有利於挖掘和整理地方文史典籍，對我們提升文化品位，構建文化大省不無好處。劉基詩文的詞語研究還可以幫助我們正確地理解劉基詩文的內容，對劉基的政治、哲學、經濟、軍事、文學等方面的研究也大有裨益。

近代漢語研究很少涉及到劉基詩文，從《大詞典》大量引用劉基詩文以及劉基詩文中大量的新詞新義可以看出，劉基詩文的確有十分重要的詞彙學研究價值。劉基詩文中有不少口語詞和方言詞，對劉基詩文辭彙研究也能豐富近代漢語研究範圍。

（七）《懊憹歌》異文新探〔註23〕

劉基的樂府詩數量之多、題材之廣、立意之新，在明初作家中堪稱首屈一指，無與倫比。崇禎本《劉基文集》中的無名氏墨批稱其「開有明三百年風氣」，的確是毫無誇飾，深中肯綮。《懊憹歌》是樂府吳聲歌曲名，也作《懊儂歌》、《懊惱歌》，產生於南朝江南民間，抒寫男女愛情受到挫折的苦惱。《南齊書王敬則傳》載王仲雄在齊明帝前鼓琴作《懊憹曲》，這是南朝樂府民歌從民間走上殿堂，得到王公貴人正式肯定，成為雅俗共賞的藝術的一個重要標誌。《懊憹歌》現存十四首，據《古今樂錄》記載，「唯《絲布澀難縫》一曲而已，後皆隆安初民間訛謠之曲。」後世擬作的，宋人郭茂倩編的《樂府詩集》裏也只有唐溫庭均《懊憹曲》一首而已。劉基的樂府詩《懊憹歌》是對這一珍貴的藝術形式的繼承和發展，具有較高的思想藝術價值，值得我們深入的研究和探討。但目前尚只有呂立漢教授的專著《劉基考論》對此有所論及。鑒於此，筆者不嫌淺薄，想就劉基的樂府詩《懊憹歌》談談自己的看法，並就其中某些問題與呂立漢教授商榷。

〔註22〕王閏吉：《從劉基《二鬼》詩複音詞管窺〈漢語大詞典〉的缺失》，《麗水學院學報》，2008 年第 3 期。
〔註23〕原題《劉基的樂府詩《懊憹歌》小考——兼與呂立漢教授商榷》，發表在《麗水師範專科學校學報》，2002 年第 6 期，有改動。

1. 關於劉基的樂府詩《懊儂歌》的主題

不妨讓我們先錄下章培恒等主編的《全明詩》所載的劉基的樂府詩《懊儂歌》：

> 白惡養雛時，夜夜啼達曙。如何羽翼成，各自東西去？昨夜霜風起，入戶復吹帷。兒啼母心酸，母愁兒不知。養兒圖養老，無兒生煩惱。臨老不見兒，不如無兒好。食檗苦在口，食蓮苦在心。苦心無人知，苦口淚沾襟。男兒初生時，蓬矢桑弧弓。老大卻思家，懊惱無終窮。

該詩題，古樂府是五言四句。劉基仍採用五言，但句數已擴大為二十句。立意已明顯不同於古樂府的抒寫愛情之苦惱，但表達苦惱的主題不但沒變，而且還有所深化。該詩第一句到第四句，以親鳥哺養幼鳥勞心勞力，夜不能眠，而幼鳥翅膀一長成，又離親鳥而去，各奔東西作比；第五句至第十六句寫母親照顧幼兒的辛酸愁苦和兒不在身邊的煩惱苦楚。第十七句到第二十句寫男兒志在四方（古時男子出生，以桑木作弓，蓬草為矢，使射人射天地四方，以寓志在四方之義），年老了還是想家而懊惱無窮。由此可見，這裏既有母親哺育孩兒的愁苦和兒不在身邊的煩惱也有兒子的未能盡孝心的苦惱與懺悔。同時，這些煩惱裏面都包含著一種矛盾的心理：母親一方面盼望兒子成家立業，一方面又希望兒子廝守自己身邊，孝順自己，為自己養老送終；兒子一方面想馳騁四方，建功立業，一方面又想家念家。可以說，這是劉基設身處地的想像自己母親綿綿不盡的苦惱和自己思家的苦惱以及自己不能減輕母親的苦惱的苦惱。

劉基出生在一個遠祖尚武、近世修文的家庭，際會於元明鼎革的特殊時代。父親劉瀹「蘊設施之才」〔註24〕，頗具聲望；母親為富弼之後，劬勞樸質，貞資婉範。家庭的薰陶以及中國傳統儒家思想的影響，劉基勢必要走上一條立功立名的道路。因此，劉基十四歲就第一次走出了清幽但又偏僻的故里去括城求學。二十二歲赴杭鄉試，得中舉人。二十三歲赴京會試，高中進士。以後就是坎壈仕元路以及輔佐朱元璋成就帝業的馳騁沙場。這中間除了約一年時間的隱居青田外，幾乎都是在外奔波，不能陪伴父母。朱元璋在《（劉基）母永嘉郡夫人富氏誥》中稱劉基母劬勞，並將其與孟軻之母、王珪之母相提並論。劉母所忍受

〔註24〕②朱元璋：《（劉基）父永嘉郡公誥》，見《誠意伯文集》卷一。

的苦楚也是可想而知的。因此劉基對母親深懷歉疚，朱元璋也理解他的心情，所以他在《〈劉基〉母永嘉郡夫人富氏誥》中說「為人子者思報罔極之恩」，同時又為劉基解脫，說「惟立身揚名，以顯其親，斯亦可為孝矣」。樂府多是「緣事而發」，劉基這首樂府詩也正是如此。

古樂府詩多是抒寫個體生命的悲歌，表達個人生活的困苦愁緒。古樂府詩《懊儂歌》原本就是抒寫愛情受到挫折的苦惱。「懊儂」，就是吳語「懊惱」的意思。劉基固然不同於南朝樂府詩的作者，他不會侷限於個人狹小的生活圈子，而僅僅抒發一個人的喜怒哀樂。他寫詩是要憂國恤民、傷時憫世或諷時譏世。但是，不管怎樣，他還是有個人的七情六欲，它的思想感情也還是隨著個人的境遇的變遷而起伏變化。反映在作者詩篇裏面也有不少抒發個人情緒的內容，在其樂府詩中更為突出。不過，即使是個人的情緒，也有廣泛的現實意義。像這首詩就表達了天下所有望子成龍的父母的艱辛與苦楚。的確是「可憐天下父母心」！

2. 關於劉基《懊儂歌》的寫作時間

劉基絕大部分樂府詩的寫作的具體年代已無從可考，我們只能從其大多編入了《覆瓿集》推知其一般作於元末。劉基《懊儂歌》最早也是編入《覆瓿集》，作於元末也應該是無疑的。但詩中沒有地名人名等線索，因而無法根據其行狀來確定其具體寫作時間。所以至今尚無人給《懊儂歌》編入詩文年譜。線索固然是難找，但通過仔細研究還是能夠找到了一些蛛絲馬跡，並從這些細微的線索推斷該詩的寫作年代。我們經過認真的研究分析認為此詩大約寫於元至正二十一年（1361 年）。

首先，我們從作者選用南朝樂府《懊儂歌》這一形式來分析。徐師曾《詩體明辨》云：「放情長言雜而無方者曰歌。」「雜而無方」雖不盡然，「放情長言」倒是說出了其多抒發強烈感情的特點。古題《懊儂歌》乃愛情悲歌，詩中多悲切之語。由此可以看出，劉基選用這一形式肯定是有十分強烈的感情欲借此迸發出來。古題《懊儂歌》一般只有四句，就遠遠不夠了，作者把它擴充為二十句。十三至十六句連用四個「苦」字句更是將感情推到了高潮。因而我們完全可以憑此線索推測，作者寫此詩時心情極不平靜或此前經受了強烈的刺激。

其次，我們又回到這首詩的內容上來。我們在前面已經論述了，這首詩實

際上就是抒寫詩人母親的苦惱以及自身痛苦。詩中至少表明了以下三個方面的事實：一是兒子尚年輕就離母親而去。該詩三四句「如何羽翼成，各自東西去？」中的「羽翼成」當是「翅膀才長成」的意思，劉基十四歲括城求學，正與此吻合。二是兒子長期在外，母親臨老都不能見兒。第十一句「臨老不見兒」又和劉基求學、應考、仕元、佐朱以及母卒卻不能及時歸裏營葬等事略吻合。三是詩中兒子也已開始步入老年。第十九句「老大卻思家」，也與劉母病卒時劉基已五十多歲了吻合。這些吻合正表明了詩人寫此詩前經受的刺激與母卒有關。

最後，再來看至正二十一年對劉基個人影響極大的事件——劉基母親逝世對劉基的震動。是年，正值朱元璋西征陳友諒之時，劉基母親富氏病逝。劉基意欲歸里營葬，朱元璋誠摯慰留，親撰《御製慰書》，言辭悲切誠懇，希望劉基「以寬容加餐，以懷才抱道之體」先助他成功，再回鄉葬母。劉基雖然答應了，但內心還是非常難受的。中國傳統觀念以「孝」為「百行之首」。作為思想家的劉基雖然對古代的孝敬觀念有所發展，但以我們現在的觀點看，劉基的骨子裏仍是近乎「愚孝」的思想。如他在《女兒割股詞為徐勉之作》中讚美割股救母的行為；在《維澤有蒲》詩中欣賞陳生在雙親既歿之後，多次欲自盡的孝情；在《梁孝子盧墓詞並序》中對梁天民欲終身結廬在父母墓前的行為表示敬佩。更突出的事例是至正十三年（1353 年），劉基在對方國珍問題上與朝廷相左，被羈管於紹興，遭受了出仕以來最為沉重的打擊。劉基「發憤痛哭，血嘔數升，欲自殺」，後因門人以「太夫人在堂，將何依」之孝道溫言相勸，這才打消了輕生念頭〔註25〕。母病，劉基未能照顧已經很內疚了，母亡，又不能迅速歸里營葬，劉基肯定難受極了，回想起母親辛勤操勞的一生，一種的負罪感油然而生。作為詩人的劉基，對這種如此強烈的感情不會無動於衷，他一定會抒發出來的。這首詩正表達了這種感情。

因此，我們可以肯定該詩寫作時間在至正二十一年（1361 年）母病卒以後。至正二十二年（1362 年）劉基回鄉葬母，葬母之後寫此詩的可能性不大，因為他已經完成這樁心願，心情已趨於平靜。所以很有可能此詩就寫於至正二十一年（1361 年）到至正二十二年（1362 年）之間。劉基喪母正值朱元璋西征陳友諒之時。據史載，至正二十一年七月陳友諒將張定邊陷安慶，八月，朱元璋自

〔註25〕③明過庭訓《本朝分省人物考》卷五十六。

將舟師征陳友諒。那麼，劉基大約於是時喪母。劉基《懊憹歌》詩中有「昨夜霜風起，入戶復吹帷」之語，估計該詩大約寫於至正二十一年九月，西曆1362年10月23日霜降前後。

3.「惡」的異文

劉基《懊憹歌》首句「白惡養雛時」有的版本作「白鵶養雛時」。呂立漢教授在《劉基考論》一書中對此作了考證，大意是認為「白」和「惡」相連不通，應該是「白鵶」，懷疑二字因形似音近而誤刻。初看起來確實是很有道理，也怪不得後出的文集、文選甚至大型的語文辭書多改為「鵶」字。但仔細研究還是有一些疑點。

第一，「白鵶」是否就是白色的烏鴉。呂教授雖沒有明說，但在說這句詩的詩意的時候，他認為該詩句「以『白鴉養雛』寓人類慈母之愛，以雛鴉一旦羽翼豐滿即高飛遠逝，去影射現實社會當中無情無義之輩」，似乎就是理解為白色的烏鴉。雖然俗語說「天下烏鴉一般黑」，「烏」和「鴉」也因此都有「黑」的意思，但是白烏鴉也確實是有，儘管十分罕見。即便如此，但在古代，烏鴉是孝的象徵。《說文解字烏部》云：「烏，孝鳥也。」理由是：「謂其反哺也。」明代李時珍《本草綱目·禽部》說得更詳盡：「慈烏，此鳥初生，母哺六十日，長則反哺六十日。」現代動物學家研究發現小鴉長大後，不但不離娘而去，還對父母十分孝敬，它們會寸步不離的守在身邊，老烏鴉衰老了，飛不動了，小烏鴉便到處覓食，銜回來一口一口的喂老烏鴉，當它們發現食物時，總是大聲叫喚，讓長輩先吃。真可謂孝敬之至。既然如此，此詩用「鴉」來作比，不是太不恰當了？

第二，即便白鴉不等於烏鴉，但因其罕見，古人把它當成鳳凰一樣的祥瑞之物，這也不與詩的意境相符合。白鳥，《宋書·符瑞志》有載，認為是烏之白者，古以為瑞。白鴉，晉王嘉《拾遺記》云：「晉文公焚林以求介子推，白鴉鳴煙，或集之於介子推前，火不得焚。晉人嘉之，因起高臺，謂之思煙臺。」可見，白鴉是一種靈鳥、神鳥、祥瑞之鳥。倘若僅僅比喻慈母也未嘗不可，但「各自東西去」的雛鴉也應該是白鴉，以之作比就不恰當了。

第三，也是更重要的一點是，既然早期的劉基文集版本諸如劉貊刻本、成化本、正德本都清一色的作「白惡」，那麼離最早的版本一百多年後的樊獻科本

又根據什麼而改的呢？只能是根據文意而改。假若是文意不通，不會一百多年竟無人發現。後出的版本採用「白鴉」的多是一些選本和類編本。而在文字校訂方面最有權威的四庫全書本就比較謹慎，不採用「白鴉」而仍用「白惡」。現代著名古代文學研究專家章培恒等主編的《全明詩》也仍用「白惡」，儘管該書也有不少地方據樊獻科本校正的。

　　第四，「鵶」是「鴉」的俗體，詩詞中很少有見。劉基全部的詩詞中「烏」字 72 見，「鴉」字 47 見，表示烏鴉的「雅」字 2 見（「雅」是「鴉」的本字，《說文》只有「雅」字而無「鴉」字），而「鵶」字一字未見。倘若這裏真是「白鴉」的話，作者寫成「鴉」字的可能性豈不更大？如果不是寫成「鵶」字而是寫成「鴉」字，那誤刻的可能性就不大了。而且，即使寫成「鵶」字，它仍跟「惡」字字形相差較大，一個是左右結構，另一個是上下結構。「鴉」的中古音也只是與「惡」字的某些義項的讀音相同，而與「惡」字的最常用的義項讀音不相同，「鴉」，影部麻韻，「惡」，影部鐸韻。劉基家鄉南田「惡」讀作〔u？〕，「鴉」讀作〔u41〕，音也不相同。誤刻之說也根據不足。

　　所以，我們以為「白惡」本身就是一種鳥名。首先，「白」和「惡」組合並非不通。「白惡」一詞雖然詞典上未見，但詞典有「白堊」一詞。據李時珍《本草綱目》第七卷解釋，「土以黃為正色，則白者為惡色」，可見「白堊」的本字就是「白惡」。指鳥的，固然未見，但以「白小」指銀魚，以「白老」指貓，在古詩文中倒很常見。由此可見，這種組合本身是沒有問題的。其次，古樂府詩常融進許多方言詞甚或是自造詞等成分使得其詩難以理解，劉基的擬古樂府似乎也有這樣的傾向。

　　既然這樣，那麼，白惡是一種什麼鳥呢？我們以為「白惡」就是我們現在所說的白胸苦惡鳥。此鳥俗名白胸秧雞，又名苦惡鳥、姑惡鳥，俗以為此鳥乃婦被其姑苦死所化。蘇軾、陸游、龔自珍等都有詩詠之。葉聖陶有小說就名《姑惡鳥》。劉基是寫鳥的大家，據我們統計，在劉基的 1300 多首詩詞中共約有 1100 多處用了鳥的意象，涉及到的鳥名共 80 多種。我們通過分析發現，劉基所寫的鳥意象多與以往傳說相關（關於劉基詩詞中鳥的意象，我們還要另文論述）。姑惡鳥是劉基家鄉頗為常見的鳥，而且又有一個悲切的傳說，劉基應該會寫到。劉基的《懊懷歌》的主題和意境又與這個傳說接近，因而極有可能就是指姑惡鳥。

二、吳寬詩文詞語研究

「質矯」用典新探 〔註26〕

「質矯」一語出自明吳寬《鍾馗元夜出遊圖》「荼壘左執鞭，質矯右屬橐。」（據《列朝詩集》丙集第六）吳寬（1435～1504），字原博，號匏庵、玉亭主，世稱匏庵先生。直隸長州（今江蘇蘇州）人。明代名臣、詩人、散文家、書法家。《鍾馗元夜出遊圖》全詩346字，用典頗多，「荼壘左執鞭，質矯右屬橐」一句，容易弄清楚的有三個典故：一是「荼壘」，出自漢蔡邕《獨斷》卷上：「海中有度朔之山，上有桃木，蟠屈三千里。卑枝東北有鬼門，萬鬼所出入也。神荼與鬱壘二神居其門，主閱領諸鬼。其惡害之鬼，執以葦索，食虎。故十二月歲竟，常以先臘之夜逐除之也。乃畫荼壘，並懸葦索於門戶以禦凶也。」荼壘，應該是神荼、鬱壘二神的並稱。二、三是「左執鞭」「右屬橐」，出自《左傳·僖公二十三年》：「若不獲命，其左執鞭弭、右屬橐鞬，以與君周旋。」唯「質矯」無人解得，應該也是用典。

「質矯」與「荼壘」對應，「荼壘」為二神並稱，「質矯」應該也是如此。唐張讀《宣室志》卷一：「契虛因問桱子曰：『吾向者謁觀真君，真君問我三彭之讎，我不能對。』桱子曰：『夫彭者，三尸之姓，常居人身中，伺察功罪，每至庚申日，籍於上帝。故凡學仙者，當先絕其三尸，如是則神仙可得，不然雖苦其心無補也。』」唐段成式《酉陽雜俎·玉格》：「三尸一日三朝：上尸青姑，伐人眼；中尸白姑，伐人五臟；下尸血姑，伐人胃命。」宋張君房《雲笈七籤》卷之六十：「此三尸毒流，噬嗑胎魂，欲人之心，務其速死，是謂邪魔生也。尸化為鬼，遊觀幽冥，非樂天庭之樂也。常於人心識之間，使人常行惡事，好嗜欲、增喜怒、重腥穢、輕良善，或亂意識，令蹈顛危其於一日之中，念念之間不可絕想。每於甲子庚申日，上白天曹，下訟地府，告人陰私，述人過惡，十方刺史受其詞，九泉主者容其對，於是上帝或聽，人則被罰，輕者人世世迍邅，求為不遂；重者奄歸大夜，分改身成，殃異而出。今俗傳死次直符，雄雌殃注，破在煞星，此之是也。都由人不能絕百穀，五味誠嗜欲，禁貪妄而自致其殞歿。」清《談征·事部·三尸神》：「修真家言身中有三尸神，常以庚申日將本人罪過奏聞上帝，減其祿命。上尸名彭倨，次名彭質，下名彭矯。每遇庚申日，徹夜

〔註26〕原題《明詩用典考釋三則》，發表在《漢語史學報》，2021年第1期，有改動。

不臥，守之至曉，則三尸不得上奏。余想此身本空洞洞地，安得有三尸在內？蓋彭字之義，字書一訓作近，而倨傲之性，質見之性、矯戾之性，人人有之……其所謂守庚申者，正欲人斷除此三種性情，方可入道也。」道家稱在人體內作祟的三神「彭倨」「彭質」「彭矯」為「三尸」或「三彭」，《鍾馗元夜出遊圖》「荼壘左執鞭，質矯右屬橐」句，為了與「荼壘」對仗更工整，只得用「彭質」「彭矯」各一字並稱。

《詩·大雅·板》：「小子蹻蹻」。李富孫異文釋曰：「蹻」與「矯」通。王先謙三家義集疏曰：矯、嶠、蟜，三字古皆通作。《爾雅·釋訓》：「矯矯，勇也。」郝懿行義疏曰：通作蹻。所以「彭質」古籍不少地方作「彭蹻」，如《太上老君說常清靜妙經》：「人身之中有三尸之神，其名曰彭琚、彭躓、彭蹻。」明龍遵敘《食色紳言》：「下尸彭蹻，居人足。」

「質」「矯（蹻）」連用，作為三神代表，早見於宋人艾性夫《贈族子治鬼疾》：「瞠獰電目頭蒙倛，兩手握斷青桃枝。丹符落火六丁走，白晝破柱神雷飛。何物尸蟲作妖魅，敢上天庭聒天耳。坐俘心腹三彭仇，生馘膏肓雙孺子。君不見大巫擒鬼先擒王，質蹻猥瑣不足當。請君為我祓不祥，疾驅威霆行鬼方，餘力熙河鋤鬼章。」（據《永樂大典》卷二萬三百）這裏的「質蹻」上承「坐俘心腹三彭仇」，很明顯是彭質、彭蹻的合稱。

第七章　清代詞語研究

一、《子弟書》詞語研究

（一）語氣詞「嚜」新探 [註1]

「嚜」不見任何辭書收錄，子弟書各家整理本亦未見注釋。從版本異文來看，「嚜」應該是與「啊」「呀」類似的語氣助詞。如：

（1）猶疑了半晌歎了口氣，說：「兒嚜，將軍不下馬。」英雄他

又不哼。（《千金全德》頭回，故本 400／2）

（2）若不然便將我這人頭交與蘇烈，兒嚜，你找找為父的屍靈，

算你忠孝全。（《周西坡》第二回，故本 698／183）

（3）李世民，我的心肝娘的肉，兒嚜，你可來了，看看哀家，

你也疼不疼？（《望兒樓》第二回，俗本 391／155）

例（1），車本（52／333b）、俗本（388／502）、《清車王府鈔藏曲本子弟書集》[註2]、《子弟書叢鈔》[註3]「嚜」皆如字。《清蒙古車王府藏子弟書》[註4]、

〔註1〕原題《子弟書釋字二例》，發表在《中國語文》，2017 年第 5 期，有改動。

〔註2〕劉烈茂、郭精銳、《清車王府鈔藏曲本子弟書集》，南京：江蘇古籍出版社，1993 年，第 486 頁。

〔註3〕關德棟、周中明：《子弟書叢鈔》，上海：上海古籍出版社，1984 年，第 162 頁。

〔註4〕北京市民族古籍整理出版規劃小組輯校：《清蒙古車王府藏子弟書》，北京：國際文化出版公司，1994 年，第 1089 頁。

《子弟書選》〔註5〕均作「呀」。例（2）俗本（386／341）作「嚜」，車本（52／42b）作「啊」。例（3）車本（52／174b）作「呀」。

子弟書中，與「嚜」相同的語言環境裏，用語氣助詞「啊」「呀」亦不鮮見。如：

（4）說：「杏兒啊，這膽大的丫頭何處去？」公子低聲說：「我不知。」（《俏東風》第五回，車本54／388b）

（5）可是呀，上次那個桃紅褲紗的尺寸甚短，交與東邊兔兒李，直至如今尚未裁。（《逛護國寺》第二回，車本54／449b）

可見，「嚜」是語氣助詞，應該毫無疑問。它與「啊」「呀」有何區別呢？我們先不妨看看「嚜」的語言分佈情況。經窮盡性調查，「嚜」在子弟書中共出現18次，分別用於「兒」後16次、「是」後1次和「事」後1次。姑略舉例於下。

第一，用於「兒」之後。除前引例句外，於《千金全德》尚見6次，如：

（6）悲切切兩手拉住賢孝女，說：「罷了麼，兒嚜，這是桂英的命苦，為父的無能！」（《千金全德》頭回，故本400／2）

除《千金全德》外，「嚜」在其他子弟書作品裏亦見用例，其中《罵城》1次，《馬上聯姻》2次，《雪梅弔孝》3次，《昭君出塞》1次，亦用於「兒」後。如：

（7）罷了麼，兒嚜，你心中別怨含冤的母，這是你那無倫禮的爹爹他不肯留。（《罵城》第三回，俗本387／368）

（8）誰的孩兒誰不想？像我們作父母的恩情，兒嚜，你未必知勞。（《馬上聯姻》第十回，車本52／138a）

（9）那時節流乾血淚誰顧你，我的兒嚜，常言道，死節容易守節難。（《雪梅弔孝》頭回，車本54／44b）

（10）北番空對南朝的月，哎，月兒嚜，我怎麼望不見家鄉故土的城？《昭君出塞》第二回，俗本384／525）

第二，用於「是」後，如：

（11）可是嚜，他的名字難說，你也不曉？茗煙說：「提起他的名字甚罕然。」（《玉香花語》第二回，車本54／274a）

〔註5〕中國曲藝工作者協會遼寧分會編：《子弟書選》，內部發行本，1979年，第140頁。

第三，用於「事」後，如：

（12）何事嚀，清晨就有這般的興致，莫不是又有奇事來告聞？

（《續鈔借銀》第二回，車本 53／413a）

以上是子弟書中「嚀」的全部用例，都用在音素〔ㄣ〕、〔ㄦ〕、〔ㄗ〕之後，沒有例外。此字僅見於「兒」「是」「事」之後，一是該三字於子弟書裏高頻使用，二是受韻文文體及表達需要的限制，其他同韻母的文字未被使用，故未見其他用例。子弟書中，語氣助詞「呀」「哪」則多用於「兒」「事」以外的「爹爹、夫人、老爺」等詞語之後。如：

（13）誰想道半路途中遭了拐騙，爹爹呀，我從無出外可那會

提防？（《千金全德》第七回，故本 400／18）

（14）夫人哪，念我糊裏糊塗才十幾歲，老爺呀，念我離父無

娘苦到個可憐。（《千金全德》第三回，故本 400／8）

基本上，「呀」用在〔i〕、〔e〕等音素之後，「哪」用在〔n〕音素後。

呂叔湘先生早在上世紀四十年代就注意到了「啊」的音變，他在《中國文法要略》中說：「啊，阿，呀，哇，哪。──這些是一個詞，代表 a 音和他的變化，看前面一個字的韻母而定。前字收音與 ï（中文拼音字母作 i：知，癡，是，日，子，次，四）即 er（兒）：音 a，寫作『啊』或『阿』。」〔註6〕黃伯榮、廖序東亦認為語氣詞「啊」用於前字尾音- i〔ㄣ〕、- i〔ㄦ〕後，讀為〔zA〕或〔ʐA〕〔註7〕。

據此，「嚀」應該為「啊」的條件音變記音詞。「嚀」用在「兒」「事」「是」後，前字尾音是- i〔ㄦ〕／r，讀音為 ra〔ʐA〕，在現代漢語裏寫為「啊」。該字在近代漢語裏短暫出現後，隨即於現代漢語消失，卻在語言演變中留下了彌足珍貴的歷史足跡。

（二）音譯詞「鍟」新探〔註8〕

「鍟」亦未被大型辭書收錄，文獻用例稀見，但在子弟書裏用例甚夥，各家整理本意見不一。如：

（1）出言不遜無禮之甚，送你到兵馬司中打而且枷。齊人說：

〔註6〕呂叔湘：《中國文法要略》，瀋陽：遼寧教育出版社，1945 年，第 260 頁。

〔註7〕黃伯榮、廖序東：《現代漢語》（增訂四版），北京：高等教育出版社，2007 年，第 89 頁。

〔註8〕原題《子弟書釋字二例》，發表在《中國語文》，2017 年第 5 期，有改動。

「你提的是喧鬧哇，打在我的窖兒裏，要是打官司，還得成車家的
找給我二十字兒鏒。」（《齊陳相罵》，車本 51／178a）

上例中「鏒」，俗本（384／339）作「鏒」，《清蒙古車王府藏子弟書》〔註9〕
作「鏒」，不誤。「鏒」「鏒」「鏒」實同一字，不誤。《字彙·戈部》、《正字通·
戈部》皆於「戔」下曰：「俗戔字。」又偏旁「钅」為「金」的草書楷化。《子
弟書叢鈔》〔註10〕、《清車王府鈔藏曲本子弟書集》〔註11〕均錄作「錢」，《子弟
書選》〔註12〕奪該字。《子弟書叢鈔》注曰：「二十字兒錢，北京土語，即兩吊
錢。」〔註13〕釋作「錢」固然正確，但徑改為「錢」就有問題了。子弟書押韻頗
為嚴格，改作「錢」後，顯然與例（15）的「枷」不押韻，因為「錢」屬言前
轍，而「枷」屬發花轍。

此外，以下四例《清蒙古車王府鈔藏曲本子弟書集》均徑改為「錢」，在需
要押韻的地方，造成不押韻了。如：

（2）恨殺容顏不似舊，面皮蒼老皺紋加。到而今總要風騷誰愛
我，果然是人無顏色不值鏒。（《鴇兒訓妓》頭回，車本 55／492b）

（3）整和人家咕嘟了一日，惱的人連輸贏不顧把腦袋搭拉。寫
了個帖子送下來了，平地古堆倒來要鏒。（《鴇兒訓妓》頭回，車本
55／493b）

（4）鴇兒說：「人有高低不是一樣，若要是一例而瞧可就差。
倘然來個正經的嫖客，這們打發可不票了鏒？」（《鴇兒訓妓》第二
回，車本 55／496a）

（5）春花就問：「摸什麼？」鴇兒說：「撒，你的〔得〕摸他腰
裏碎零咯雜。邆了籃兒裏就是菜，摟羅了手裏就是鏒。」（《鴇兒訓
妓》第二回，車本 55／496a～b）

「鏒」分別與「加」「拉」「差」「雜」押發花轍韻。「錢」為言前轍，與上述

〔註9〕北京市民族古籍整理出版規劃小組輯校：《清蒙古車王府藏子弟書》，北京：國際文
　　　化出版公司，1994 年，第 227 頁。

〔註10〕關德棟、周中明：《子弟書叢鈔》，上海：上海古籍出版社，1984 年，第 44 頁。

〔註11〕劉烈茂、郭精銳、《清車王府鈔藏曲本子弟書集》，南京：江蘇古籍出版社，1993 年，
　　　第 399 頁。

〔註12〕中國曲藝工作者協會遼寧分會編：《子弟書選》，內部發行本，1979 年，第 107 頁。

〔註13〕關德棟、周中明：《子弟書叢鈔》，上海：上海古籍出版社，1984 年，第 47 頁。

四字沒法押韻。《「子弟書」用韻研究》〔註14〕一文因不明錄「鏹」為「錢」的錯誤，以為「錢」兒化後，音近發花，無理。

通觀子弟書作品，當「錢」用作韻腳時，無一例外都押言前轍。如：

（6）我可信了那寧可聞名別見面的話，活咧托兒咧又像那一天。哎！老大呀，你瞧這兔兒精他嘎不嘎，這小子他是變著方兒潰我的錢。（《鬚子論》，俗本 397／429）

（7）這都是教習名公指點的到，也搭著老爺們只求像樣，不怕花錢。有一等柴頭也要來排演，說一齣戲費了工夫四五年。（《票把兒上臺》，車本 54／455a）

例（20）（21）裏與「錢」押韻的是「天」「年」，均屬言前轍。可見「鏹」「錢」是兩個意義相同，而讀音不同的字。

「鏹」應該來源於滿語。《A Concise Manchu-English Lexicon》：「jiha：money，coppercoin.」〔註15〕《新滿漢大詞典》：「zhiha：錢，紙錢。」〔註16〕據此，滿語「jiha」就是漢語「錢」，直接譯音為「幾哈」。張綯伯解讀光緒十年銀幣（秦子幃藏）時，稱該幣「下一字為錢字，讀若幾哈 jiha，與滿文天命平錢之下一字，及天聰大錢之右一字相同。」〔註17〕北京童謠云，今日「三音阿不喀」（好天氣），閒來無事出「都喀」（門）；「阿補」（行走）必須穿「撒補」（鞋），要充朋友得「幾哈」（錢）〔註18〕。「鏹」應該為記音字，源於滿語 jiha（幾哈）的合音，讀若形聲字「鏹」的聲旁「戔」〔tɕia35〕音。無疑押發花轍。

《北京方言詞典》收詞條「鏹兒」，釋義為：「〈行〉錢。也可以不兒化。常用於各個行業數字隱語的後面。如『六塊錢』，舊貨業說『鰾字鏹』，蔬菜業說『吹字鏹』，魚業說『終字鏹』等。」〔註19〕可信。但其又認為「鏹」源於「陝西方言」，不確。

〔註14〕北京大學中文系《語言學論叢》編委會編：《語言學論叢》第 22 輯，北京市：商務印書館，1999 年，第 66～67 頁。

〔註15〕Jerry Norman.A Concise Manchu-English Lexicon.Washington ：University of Washington Press，1978：159.

〔註16〕胡增益主編：《新滿漢大詞典》，烏魯木齊：新疆人民出版社，1994 年，第 865 頁。

〔註17〕鄭家相編輯：《泉幣》第 1 期，上海：醫學書局，1940 年，第 71 頁。

〔註18〕關德棟：《曲藝論集》，北京：中華書局，1962 年，第 84 頁。

〔註19〕陳剛：《北京方言詞典》，北京：商務印書館，1985 年，第 88 頁。

二、《紅樓夢》詞語研究

「長天老日」詞義新探〔註20〕

《紅樓夢》中出現的「長天老日」和《老殘遊記》出現的「長天大日」二詞，最近頗是引起了一番爭鳴。以往辭書上最普遍的解釋，多釋為漫長的白天，如《漢語大詞典》釋為「漫長的白天」〔註21〕，《元明清文學方言俗語辭典》釋為「長長的白天」〔註22〕，《紅樓夢成語辭典》釋為「指白天的時間長」〔註23〕，《近代辭釋》釋為「日長之時，即白天」〔註24〕，《元明清白話著作中山東方言例釋》釋為「白天時間長」〔註25〕，《簡明漢語俗語詞典》「指日長的大白天」〔註26〕等等。白天時間長，是相對夜晚而言的，並非所有的時候白天時間都長，所以另一種解釋就說是夏天或夏至後的白天時間長，如《紅樓夢語言詞典》釋為「形容夏天白晝時間長」〔註27〕，《中華成語集韻》釋為「指夏季白天長的日子」〔註28〕，《漢語熟語大辭典》釋為「指夏季白晝時間很長」〔註29〕，《漢語成語考釋詞典》釋為「指夏至（陽曆6月21日或22日）以後的一段時間裏的白天」〔註30〕，《中國古典小說用語辭典》釋為「夏天晝長夜短，太陽老掛在天上，所以稱為『長天老日』。就是『大白天』的意思」〔註31〕，《漢語方言大詞典》「日照長的白天」〔註32〕等等。

〔註20〕原題《「長天老日」詞義商詁》，發表在《辭書研究》，2017年第5期，有改動。

〔註21〕漢語大詞典編委會：《漢語大詞典（縮印本）》，上海：漢語大詞典出版社，1997年，第6752頁。

〔註22〕岳國鈞：《元明清文學方言俗語辭典》，貴陽：貴州人民出版社，1998年，第322頁。

〔註23〕高歌東、張志清：《紅樓夢成語辭典》，天津：天津社會科學院出版社，1997年，第35頁。

〔註24〕曲守約：《近代辭釋》，臺北：千華出版公司，1986年，第239頁。

〔註25〕董遵章：《元明清白話著作中山東方言例釋》，濟南：山東教育出版社，1985年，第53頁。

〔註26〕許少峰：《簡明漢語俗語詞典》，中華書局，2007年，第46頁。

〔註27〕周定一：《紅樓夢語言詞典》，北京：商務印書館，1995年，第89頁。

〔註28〕譚文淼：《中華成語集韻》，長沙：湖南人民出版社，2012年，第217頁。

〔註29〕武占坤、馬國凡：《漢語熟語大辭典》，石家莊：河北教育出版社，1991年，第68頁。

〔註30〕劉潔修：《漢語成語考釋詞典》，北京：商務印書館，1989年，第144頁。

〔註31〕田宗堯：《中國古典小說用語辭典》，臺北：聯經出版事業公司，1985年，第612頁。

〔註32〕許寶華，宮田一郎：《漢語方言大詞典》，北京：中華書局，1994年，第870頁。

各種辭書上的解釋，儘管大同小異，但還是比較混亂，的確有必要重新研究整理。張曉英、譚文旗〔註33〕撰《〈紅樓夢〉詞語零札》一文，認為「長天老日」或「長天大日」跟「『長天夏日』所指皆同，即謂炎天烈日」。孟德騰、劉貴生〔註34〕發表《也談「長天老日」》一文，從語義透明度角度對《〈紅樓夢〉詞語零札》一文作了商榷，認為二詞中「長天」和「老日」（或「大日」）是「兩個偏正結構之間構成並列關係」，「偏正結構『長天』即指『白天時間長』」，偏正結構「老日」或「大日」也是指白天時間長，「日」也是白天的意思。所以「長天老日」或「長天大日」「就是指白天時間長，語義透明度很高，其整體意義可完全從其內部的各個構成要素上推導出來」。其得出的結論又重新回到了各種辭書的解釋上。所以，我們還有必要對各種辭書解釋和兩篇論文的討論作進一步商榷。

1.「長天老日」的用例

以上各種解釋的最大問題是例證不足，各種辭書基本上就是《紅樓夢上》的「長天老日」和《老殘遊記》上的「長天大日」兩個孤例，兩篇論文也同樣缺乏新的例證。其實二詞不乏用例，亦不乏比《紅樓夢》《老殘遊記》更早的用例，如：

（1）踐傷禾麥半成熟，征徭輸足無餘粟。**長天老日**蕎充飯，夜靜更深菜煮粥。農夫農婦相對哭：馬食白米犬食肉，可憐人反不如畜。」（明末清初陳佐才《農夫哭》）

（2）四月夏天來，四月夏天來，**長天老日**好難挨，一日如同三秋邁。館穀漸漸衰，館穀漸漸衰，早飯東南晌午歪。粗麵餅捲著曲曲菜，吃的長齋，吃的長齋，今年更比去年賽。南無佛從此受了戒。魚肉誰買，魚肉誰買，也無蔥韭共蒜薹。老師傅休把饞癖害。日合月，實是長，這年景，又饑荒，先生且休胡指望。杏花村又遠，市脯不堪嘗。東鄰也殺豬，西鄰也宰羊，酒肉不到口，天天光聞香。（清蒲松齡《蒲松齡集》）

〔註33〕張曉英、譚文旗：《〈紅樓夢〉詞語零札》，《紅樓夢學刊》，2013 年第 1 期，第 340～345 頁。

〔註34〕孟德騰、劉貴生：《也談「長天老日」》，《紅樓夢學刊》，2015 年第 5 期，第 72～81 頁。

（3）一時鳳姐兒來了。因說起初一日在清虛觀打醮的事來，約著寶釵、寶玉、黛玉等看戲去。寶釵笑道：「罷，罷，怪熱的，什麼沒看過的戲！我不去。」……賈母因向寶釵道：「你也去，連你母親也去；**長天老日**的，在家裏也是睡覺。」寶釵只得答應著。……單表到了初一這一日，榮國府門前車輛紛紛，人馬簇簇。那底下凡執事人等，聞得是貴妃作好事，賈母親去拈香，正是初一日乃月之首日，況是端陽節間，因此凡動用的什物，一色都是齊全的，不同往日。（清曹雪芹《紅樓夢》第二九回）

（4）侍自大考僥倖後，不復以考差為慮，曾經滄海難為水，除卻巫山不是雲，信然！信然！**長天大日**，仍復錄錄應酬，止三六九到館辦書，稍得習靜耳。（清何紹基《致李星沅手札冊》）

（5）看看秋分已過，病勢今年是不要緊的了。這日老殘吃過午飯，因多喝了兩杯酒，覺得身子有些困倦，就跑到自己房裏一張睡榻上躺下，歇息歇息。才閉了眼睛，看外邊就走進兩個人來，一個叫文章伯，一個叫德慧生，這兩人本是老殘的至友，一齊說道：「這們**長天大日**的，老殘，你蹲家裏做甚？」（清劉鶚《老殘遊記》第一回）

（6）春鴻見佳人獨對花兒歎，向佳人帶笑開言把玉齒分。說娘啊看這幾日春光就歸去也，恨只恨一種東風兩樣心。吹開紅紫還吹落，總使韶華不久存。奴昨日閒從湖上把花兒買，已沉沉。想此時湖頭景物真堪賞，怎麼得同和姨娘去散散心。佳人不語微一笑，說呆丫頭你我如何出得繡門。萬一叫奶奶聞知有好些不便，況女孩家豈可問柳把花尋。春鴻說這有何妨不過閒走走，要是這麼說像這**老日長天**豈不悶死人。（清末韓小窗《梅嶼恨》）

（7）農民家裏過春天，**長天大日頭**，沒草又沒糧，男女餓了蹲家哭連連。常老闆做好事，挨家挨戶送米糧。（《靖江寶卷》）

（8）順治在殿前站了一會兒，一陣風吹過，幾粒散雪飄灑下來，打在臉上，生疼生疼的，他不由打了一個寒噤，又回到殿內……從此蘇麻喇姑便跟了孝莊太后。太后**長天大日頭**地沒事，便逗著她玩，

教她識字、讀書，講《三國》故事給她聽……在廊下出了一會兒神，

一陣寒風過來，她打了個寒戰，便趕向月洞門去了。（二月河《康熙

大帝》）

上述例子中，例（3）和例（5）分別出自曹雪芹（約 1715～約 1763）《紅樓夢》和劉鶚（1857～1909）《老殘遊記》，這是各種辭書和上述相關的兩篇論文都普遍引用的例證。例（1）出自明末清初陳佐才（1627～1697，一說 1608～1678）的詩作，例（2）出自明末清初蒲松齡（1640～1715）的作品，二例比《紅樓夢》的例子早百年左右，比《老殘遊記》早兩百餘年，各種辭書包括《漢語大詞典》例證明顯偏晚。例（4）出自何紹基（1799～1873）的手箚，例（6）出自韓小窗（1830～1895）的作品，也都比《老殘遊記》用例早。例（7）出自從清代從江南傳入的《靖江寶卷》，例（8）是現代作品。

例（1）「長天老日」與「夜靜更深」對文，其白天的意思似乎很明顯，但白天時間長的意思似乎還看不出來。例（2）例（7）似乎有白天漫長的意思，但仍只是說大白天的日子難熬，難熬的原因是需要解決一日三餐的問題，而不是白天時間長的問題。例（3）鳳姐叫寶釵去看戲，寶釵本來就因為熱而不去，賈母勸寶釵去，當然不會以「炎天烈日」作為去看戲理由。這裏也看不出有白天漫長的意思，賈母說「長天老日的，在家裏也是睡覺」，意思是說，大白天的在家裏睡覺，多無聊，不如去看戲。例（4）是說自己白天忙於應酬，只有三六九日到館辦書，才稍得清靜，同樣也看不出有白天漫長的意思，也根本無關「炎天烈日」。例（5）例（6）分別是說，大白天「蹲家裏做甚？」不出去「閒走走」，「豈不悶死人？」例（8）是說，白天本來是做事的時間，太后大白天都沒事，這裏也引申出了「從早到晚」「整天」的意義。

可以看出，將「長天老日」或「長天大日」釋為漫長的白天，夏天或夏至後的白天時間長，或炎天烈日，都是語境意義，並非二詞的理性意義。

2.「長天老日」無關季節

上述 8 例，例（1）「禾麥半成熟」，說的是青黃不接的時候，在我國大致是四五月春夏之交的季節；例（2）說得很清楚是「四月夏天來」；例（3）也提到了是「端陽節間」，無疑是夏季；例（4）「秋分已過」，已經是晚秋季節；例（5）

據考是道光 23 年（1843）3 月 23 日前後〔註35〕，西曆 4 月 21 日穀雨節前後，還是春季；例（6）說「這幾日春光就歸去」，也是春夏之交的季節；例（7）交代得很明白是「春天」；例（8）說「幾粒散雪飄灑下來」，應該是冬季了。可見，「長天老日」或「長天大日」可以用於春夏秋冬四個季節，說是夏季、夏至後的白天，晝長夜短的白天，或「炎天烈日」，恐怕有點畫蛇添足，無中生有。即便是辭書都會引用的例（4）《老殘遊記》中的例子，也清楚地寫明了時間——「秋分已過」，已經進入晝短夜長的時節，此時我國絕大部的例分地區已進入涼爽季節，故事發生地山東尤其如此。

可見，「長天老日」或「長天大日」都無關季節，當然也無關「炎天烈日」，也不涉晝長夜短。上引各種辭書和兩篇論文的解釋都似乎沒意識到這個問題。

3.「長天老日」來源於「A₁ 天 A₂ 日」構式

「長天老日」「長天大日」，應該來源於「A_1 天 A_2 日」構式，A_1 和是 A_2 都是表空曠或亮麗的形容詞，如：

（9）漠漠輕陰晚自開，**青天白日**映樓臺。（唐韓愈《同水部張員外曲江春遊寄白二十二舍人》）

（10）覺即了不施功，**麗天杲日**印長空。淨五眼得五力，匝地清風有何極？（宋《圓悟佛果禪師語錄》）

（11）太史留題快閣詩，舊碑未必是真題。六丁搜出嚴家墨，**白日青天**橫紫霓。（宋楊萬里《題太和宰卓士直寄新刻〈山谷快閣詩真跡〉》）

（12）遠嶠青松音歷歷，**長天白日**印空空。分明獨露如何說，春至桃花依舊紅。（宋末惟白《建中靖國續燈錄》）

（13）出就藏鋒理事忘，**長天赫日**更無妨。雷公電母分明說，霹靂聲中石火光。（宋末智昭《人天眼目》）

（14）說國賊懷奸從佞，遣愚夫等輩生嗔；說忠臣負屈銜冤，鐵石心腸也須下淚。……談呂相青雲得路，遣才人著意群書；演霜林**白日長天**，教隱士如初學道。噇發跡話，使寒士發憤；講負心底，

〔註35〕錢松：《何紹基致李星沅信札冊考釋》，《文獻》，2015 年第 1 期，第 75～93 頁。

令奸漢包羞。（宋末元初羅燁《醉翁談錄·小說開闢》）

（15）如今這**青天白日**，關著鋪門，像什麼模樣？（元王曄《桃花女》第一折）

上述例中，「青天白日」「麗天杲日」「長天白日」「長天赫日」「白日長天」等都是「A₁ 天 A₂ 日」構式，這種構式最遲在唐代就已經出現，宋代的用例越來越多。而明清至現代，仍有旺盛的生命力，不斷擴展出新的辭彙，如：

（16）果然那廂有座城市，六街三市，萬戶千門，來來往往，人都在**光天化日**之下。（《西遊記》第三回）

（17）帶著四個小廝，**大清天白日**，提著兩對燈籠。（《儒林外史》第四二回）

（18）棱棱層層，無物可及。擢破乾坤，卓然獨立。信手拈來，非槍非戟。用去，體遍十方；收來，纖塵皆息。警惺，大地昏迷；撥出，**長天杲日**。提起，魔軍膽喪；放下，佛祖莫測。擊碎威音髑髏，穿過衲僧巴鼻。有問如何若何？驀頭便與三十。（明代寂蘊編《入就瑞白禪師語錄》）

（19）只見那一個紅衫大袖的女子，敲著檀板，接著《畫錦堂》詞尾，也唱道：「怪的是，鐵馬聲鬧炒，終朝**永日長天**。」（明代方汝浩《東度記》第六回）

（20）寧為**長天晴日**，無為盲風澀雨；寧為清渠細流，無為濁沙惡潦……導之於晦蒙狂易之日，而徐反諸言志、永言之故，詩之道其庶幾乎！（清錢謙益《徐元歎詩序》）

（21）一日，偶爾到春雲套間小房，見房門堅閉，笑道：「如此**長天夏日**，如何合了門？寂寂寞寞的，做了什麼？」因開門進去。（清無名子《九雲記》）

（22）在昔文成五利之徒，雖卒以詭誕見誅，而忝竊崇封，耗土木金銀至無算，儻生際聖朝，豈能一日姑容於**化日光天**之下。」（清陳康祺《郎潛紀聞》卷七）

（23）如今的時新，**黃天焦日**，男的女的在一起，嘻嘻哈哈，像

個什麼？（周立波《山鄉巨變》）

（24）**大天白日**火車暴露在外面，乾等著挨炸吧。（楊朔《三千里江山》）

例（16）到例（24），「光天化日」「清天白日」「長天杲日」「永日長天」「長天晴日」「長天夏日」「化日光天」「黃天焦日」「大天白日」等都是明代以來「A₁天A₂日」構式擴展出來的新詞匯。

以上所有例句中「A₁天A₂日」构式的詞語，有個共同點，那就是：它們都沒有涉及時間長或炎熱，它們都是表示光線光亮或大白天的意思，即便是例（21）的「長天夏日」、例（23）「黃天焦日」也不涉及炎熱，例（20）意思是：大白天的，怎麼關了門，一點聲音也沒有？例（23）的「黃天焦日」，《漢語大詞典》有解釋：「猶言大天白日。」而例（24）「大天白日」，《漢語大詞典》釋為：「猶言大白天」。上述「A₁天A₂日」構式的詞語，《漢語大詞典》有解釋的，還有例（9）和例（15）的「青天白日」分別釋為「青天和白日」和「謂大白天」，例（11）的「白日長天」釋為「白天」，例（16）「光天化日」釋為「清明光亮的場所」，例（17）「清天白日」釋為「白天」等。

這裡說的「A₁天A₂日」構式，A₁和A₂都是表空曠或亮麗的形容詞，如果是「X₁天X₂日」構式，X₁和X₂是其他類形容詞或動詞等，則其意義就不一樣。「炎天烈日」應該屬於這一類，它不是「A₁天A₂日」构式的詞語，「炎」和「烈」都是炎熱的意思，不是表空曠或亮麗的形容詞，所以它有酷熱的意思。「黑天白日」也屬於「X₁天X₂日」類，不屬於「A₁天A₂日」類，因為「黑」不是表示亮麗的形容詞。但不管怎麼樣，「X₁天X₂日」中的構成要素「天」和「日」都是不是時間概念「白天」，而都是空間概念「天空」和「太陽」，如「偷天換日」「堯天舜日」「指天誓日」「有天沒日」「有天無日」「殷天蔽日」「混天撩日」「無天無日」「移天徙日」「移天易日」「補天浴日」「誓天指日」「轉日回天」「回天挽日」「回天倒日」「遮天映日」「遮天蓋日」「遮天蔽日」等。所以《也談「長天老日」》一文認為「長天老日」構成要素「天」和「日」是時間概念是站不住腳的。「天」和「日」不是時間概念，那「長」和「老」就不可能是時間維度。

4.「長天老日」四個語素都與時間無關

誠如孟德騰、劉貴生《也談「長天老日」》一文所說,「長天老日」或「長天大日」二詞中「長天」和「老日」(或「大日」)是「兩個偏正結構之間構成並列關係」,但偏正結構「長天」並非指「白天時間長」,偏正結構「老日」或「大日」也並非指白天時間長,二詞的四個語素都與時間無關,「長」「老」(或「大」,「老」與「大」同義,《漢語大詞典》有釋)不是表時間長度,而是表空間的寬度或大小,「天」「日」也不是時間概念「白天」,而是空間概念「天空」和「太陽」。對照上舉例(9)到例(24)例,就可以很明顯看出來。「長天」與唐王勃《滕王閣詩序》「落霞與孤鶩齊飛,秋水共長天一色」中的「長天」是一樣的意思,指遼闊的天空。「白日」「赫日」「杲日」「永日」「晴日」都是描寫太陽的明亮,與「長天」「青天」等組合成四字短語,其詞素組合意義無疑就是亮麗的天空和太陽。下面的「長天老日」或「長天大日」的例句也可以明顯看出四個詞素組合意義指亮麗的天空和太陽:

(25)魯林仁兄先生方家教正:古畫清香**長天大日**,太常紀事內史書勳。鶴齡汪開祉。(清代汪開祉詩聯)

(26)你一路上敬**長天老日**、七山八水的。就是不敬我們這些為你潑汗使力的人,為你歌前曲後的人。(中子著長篇歷史小說《渥巴錫大汗》)

(27)浩渺湘江,只伴其右。**長天大日**,若出其中。這才是河西。(高漢武《行走大河西》)

例(25)例(26)例(27)的「長天大日」和「長天老日」的每個語素,無論如何,都不能理解時間概念,只能理解為空間概念。

5.「長天老日」的語義透明度

孟德騰、劉貴生《也談「長天老日」》一文認為:「『長天老日』就是指白天時間長,語義透明度很高,其整體意義可完全從其內部的各個構成要素上推導出來,處於完全透明這一梯級。」這是有問題的,原因在於他們錯誤地把「長」「老」二個語素理解為時間維度,把「天」「日」理解為時間的概念,事實上它們分別是空間的維度和空間的概念。從上面的分析來看,「長天老日」或「長天大日」的語義透明度至少有三個梯級:一個是完全透明的梯級,其意義是四個

語素的簡單相加，即遼闊的天空和巨大的太陽，例（25）例（26）和例（27）就是如此；另一個是比較透明的梯級，其意義不是是四個語素的簡單相加，而是其借代或隱指意義，遼闊的天空和巨大的太陽是白天的特徵，所以直接引申出「白天」「大白天」的意義來；還有一個比較隱晦的梯級，通過間接引申而來，由「白天」意義引申出「從早到晚」「整天」的意義來。這一意義的例句，上舉的例（8），下面再舉幾例：

（28）吳三根老鬼呀不害羞，青娘前行呀他跟後頭。滿寨的鮮花他想採呀，**長天老日**呀用計謀。（牛蕭整理編寫苗族民間傳說《石郎和青年》）

（29）費魯齊奧是三人中唯一一個能在羅馬四處轉悠的人，不過也得多加小心。而萊奧諾娜和喬萬尼最好要避免被人看見，更不能被認出來。他倆只得**長天老日**地守在家裏，漸漸地，兩人養成了長談的習慣。（馬爾蒂伊《999，最後的守護人》）

（30）這一笑，房間裏惱人的氣氛被沖淡了，柔曼敲著田恬的手笑著說不知害羞的丫頭，你想嫁人了是心裏憋得難受，**長天大日**地坐在保管室，天黑躺在草鋪上，想說的話沒有人聽，想做的事做不成，人生還有什麼意思？（羅灝白《被上帝遺棄的女兒》）

「A_1 天 A_2 日」這一構式的短語，其語義透明度似乎至少存在有兩個梯級，上面所舉的例（9）到例（24），有些是一個是完全透明的梯級，如例（9）的「青天白日」，例（10）的「麗天杲日」，例（12）的「長天白日」，例（13）「長天赫日」等；有些是比較透明的梯級，如例（11）「白日長天」，例「青天白日」指「青天和白日」，例（15）的「青天白日」，例（17）的「清天白日」，例（24）的「大天白日」等等。《漢語大詞典》中的「青天白日」，其「青天和白日」完全透明義和「謂大白天」比較透明義都有解釋。

6.「長天老日」指「白天」的方言證據

方言是語言的「活化石」。方言在一定程度上保留了古代漢語或近代漢語的詞義痕跡，古代漢語或近代漢語某些詞語的文獻不足，可以從方言上得到彌補，也就是說可以用方言來佐證這些詞義。從方言看，《海原方言詞語彙釋》[註36]

〔註36〕劉夢凡、劉永媛：《海原方言詞語彙釋》，銀川：寧夏人民教育出版社，2012 年，第

《涇源縣志》〔註37〕《六盤山下有人家：寧夏回族自治區固原市涇源縣冶家村調查報告》〔註38〕等都釋「長天大日頭」為「白天」。甘肅張掖方言常用此詞，也指白天，如「哎呀，這長天大日的拉住窗帘睡啥了？」〔註39〕四川方言「長天老日」，由「白天」引申出「從早到晚」的意義，例如：「這個娃長天老日的在網吧。」〔註40〕當然，還有不少地區方言，「長天老日」和「長天大日」本來也都是「白天」或「大白天」的意思，但由於受詞典解釋的影響，解釋者都增加了「漫長的」「日照長的」「晝長夜短的」「夏天的」「夏至後」等意義進去。

7. 結論

《紅樓夢》中出現的「長天老日」和《老殘遊記》出現的「長天大日」二詞，其實就是白天、大白天的意思。大量的語言文獻資料完全可以證明這一點。具體指出是夏季的白天或夏至後一段時間的白天或晝長夜短的白天，明顯是畫蛇添足。而漫長的白天，酷熱的白天，只是語境滋生出的意義，並非二詞的理性意義，儘管也不能排除二詞詞義會向此方向引申，但從《紅樓夢》和《老殘遊記》上下文，也只有解釋為「大白天」最為確切。上引各種詞典釋義也有必要加以修正。

三、《南史演義》詞語研究

「相當」斷句問題新探〔註41〕

《南史演義》一七回曰：

（1）隆昌初，明帝輔政，起為寧朔將軍，鎮壽春。服闋，除黃門侍郎，入直殿省，預定策勳。封建陽縣男，食邑三百戶。嘗舟行

298 頁。

〔註37〕涇源縣志編纂委員會編：《涇源縣志》，銀川：寧夏人民出版社，1995 年，第 381 頁。

〔註38〕于舒心：《六盤山下有人家：寧夏回族自治區固原市涇源縣冶家村調查報告》，北京：社會科學文獻出版社，2010 年，第 188 頁。

〔註39〕趙國強：《初探《老殘遊記》中的張掖方言詞語》，《現代交際》，2014 年第 5 期，第 57～59 頁。

〔註40〕巫英忠：《川話連篇，成就東方維納斯——〈石頭記〉》，百度文庫 http://wenku.baidu.com/link?url=5_C_lyg1mSzu-dt2UOEDBGN8aKK7wbv9qWbW0Zo4I0eSfl9P-4bypUhkrCHsj-41quR4tJXlOxaj2YKlweUA9PkogHQPZM2fePU6QGnzcYC

〔註41〕原題《「相當」一詞考釋中的斷句問題》，發表在《漢語史學報》，2019 年第 1 期，有改動。

牛渚，遇大風，入泊龍瀆。有一老人，衣冠甚偉，立於岸側，謂之曰：「君龍行虎步，相當極貴。天下方亂，安之者其在君乎！宜善自愛。」問其姓氏，忽然不見。衍既屢有祥徵，心益自負。尋為司州刺史。（《南史演義》，又名《南朝秘史》，一七回，511～512頁）

呼敘利〔註42〕指出，曹秀玲文〔註43〕證明「元明清時期『相當』用量不多，後期出現做程度狀語的個別用例」，所舉的唯一例證「君龍行虎步，相當極貴」中的「相當」並非一個詞，「相」為名詞，「貌相，面相」義；「當」為副詞，表示對未來情況的推測。這無疑也是正確的。但呼文認為「相」與「當」之間應該點斷，「相」應屬上，「當」應屬下，這也是可以商榷的。不妨先看呼文舉的相關例句：

（2）（蕭衍）累遷隨王鎮西諮議參軍。行經牛渚，逢風，入泊龍瀆。有一老人謂帝曰：「君龍行虎步，相不可言，天下方亂，安之者其在君乎？」問其名氏，忽然不見。（《南史·梁本紀上》，168頁）

（3）時父王問師言：「此中誰有王相，當紹我位？」時彼相師視諸王子，見阿育具有王相，當得紹位。（《雜阿含經》卷二三，據《大正藏》第2冊）

（4）年十餘歲，與其同輩，戲於路側。時有梵志過見戲童，人數猥多，遍觀察之，見殆咒子，特有貴相，應為王者。（《生經》卷一，據《大正藏》第3冊）

（5）（蒯）通曰：「相君之面，不過封侯，又危不安。相君之背，貴乃不可言。」（《史記·淮陰侯列傳》，2623頁）

例（3）（4）（5），呼文用來證明例（1）（2）不是「君龍行虎步，相當極貴」「君龍行虎步，相不可言」，而應是「君龍行虎步相，當極貴」「君龍行虎步相，不可言」。但呼文這樣點斷，語法和節奏都有問題。

首先，從語法上看，一般常說「某有……相」「某具……相」「某顯……相」，如例（3）（4），而不會直接說「某……相」，造成謂語殘缺。又如：

〔註42〕呼敘利：《〈「相當」的虛化及相關問題獻疑〉》，《中國語文》，2013年第4期，第371～373頁。

〔註43〕曹秀玲：《「相當」的虛化及相關問題》，《中國語文》，2008年第4期，第317～321頁。

（6）正（徐正）謂左右曰：「此兒有霸王相。」（《李贄文集》第
5 卷《初潭集》，220 頁）

（7）瑀召語親信，一日密語，瑀曰：「公有王侯之相。」（《古今
圖書集成》第 21 冊《方輿彙編・邊裔典》，24996 頁）

（8）男子則遠遊冠，絲革靴，而具帝王之相；女婦則望仙髻，
凌波棘，而備後妃之容。（《書畫記》，39 頁）

（9）顯諸法實相，不可言宣。（《法華玄論》卷二，據《大正藏》
第 34 冊）

其次，從節奏來看，古人寫文章即使不是寫韻文，也常常會湊成整齊的句
子，「龍行虎步，相當極貴」「龍行虎步，相不可言」就比較整齊，而在「相」
字處點斷，就有點不順了。三字句讀起來本來就有點不

順，所以常常會湊成四字音節。而且「相當極貴」「相不可言」之類的句子，
在古籍中也是十分常見的。如：

（10）妃與宦者唐文扆教相者上言，衍（王宗衍）相極貴。（《新
五代史》卷六三，791 頁）

（11）雄身長八尺三寸，容貌魁偉。少時廣漢太守辛冉見而奇
之，曰：「此相當貴。」（《中國野史集成・十六國春秋》，12 頁）

（12）張次公娶鄰巫女，卜工曰：「女相當貴。」公後位至丞相，
乃是次公亦貴，遂與女相合也。（《黃以周全集》第 9 冊，400 頁。）

（13）具無邊德，不可言一；融無二相，不可言多。（《宗鏡錄》
卷二八，據《大正藏》第 48 冊）

（14）君龍顏虎步，相不可言。天下方亂，四海未一，安蒼生
者，其在君乎？（《四庫家藏・抱朴子》，9 頁）

前三例說「衍相極貴」「此相當貴」或「女相當貴」，與「相當極貴」比較，
「相」增加了一個字的定語，故省略了「極」字，剛好湊成四字；沒有定語，
「極」字就不好省略了，也剛好四字。最後兩例前者「相」在前，「不可言多」
湊成四字；後者「君」後面都是四字句，「龍顏虎步，相不可言」絕不可點斷作
「龍顏虎步相，不可言」。

「龍行虎步」，喻威儀莊重，氣度不凡。語出《宋書·武帝紀上》：「劉裕龍行虎步，視瞻不凡，恐不為人下。」「相當極貴」「相不可言」表達的正是「視瞻不凡，恐不為人下」的意思，「相」近似於「視瞻」，「當極貴」「不可言」近似於「不凡，恐不為人下」。《南朝秘史》中的「龍行虎步，相不可言」，《建康實錄》卷一七、《通志》卷一三皆引作「龍行虎步，貴不可言」，無論如何不會在「貴」字處點斷。

此類的句式，後世也有仿造，如：

（15）士彠笑道：「果是女子，將來有何結果？」天綱道：「龍瞳鳳頸，相當極貴。」士彠道：「想是好作皇后了。」天綱道：「貴為皇后，還是意中事。我看來尚不止此。」（《唐史演義》，262 頁）

（16）這時，有一位老者對蕭衍說：「你走起路來龍行虎步，面相貴不可言。」（《二十四史人物精華》，870 頁）

清代學者史夢蘭對例《南朝秘史》所引《南史》事作詞曰：「龍行虎步相非常，早向嵩神卜世長。伐荻新洲傳吉語，斬蛇真似漢高皇。」（《全史宮詞》，172 頁）其首句無異於給「龍行虎步，相當極貴」「龍行虎步，相不可言」作注解，從此詞的節奏看，「相」無疑下屬作主語。

即使不考慮節奏，有時「相」也必須下屬作主語，如宋李昉編《太平廣記》引《廣異記》云：「有一村中王老女，相極貴。」（《〈太平廣記〉匯校》卷三二八，5507 頁）

參考文獻

1. 北京大學中文系《語言學論叢》編委會編：《語言學論叢》第 22 輯，北京：商務印書館，1999 年。

2. 北京市民族古籍整理出版規劃小組輯校：《清蒙古車王府藏子弟書》，北京：國際文化出版公司，1994 年。

3. 畢沅：《山海經集解》，上海：廣益書局，1926 年。

4. 蔡日新：《石頭希遷行狀繫年考略》，載《船山學刊》1994 年增刊（湖湘佛文化論叢）第二、三輯。

5. 曹澂明：《〈肯定式「好不」產生的時代〉質疑》，《中國語文》，1992 年第 1 期。

6. 曹廣順、梁銀峰、龍國富：《〈祖堂集〉語法研究》，開封：河南大學出版社，2001 年。

7. 曹廣順：《說助詞「個」》，《古漢語研究》，1994 年第 4 期。

8. 曹秀玲：《「相當」的虛化及相關問題》，《中國語文》，2008 年第 4 期。

9. 陳獨秀：《陳獨秀音韻學論文集》，北京：中華書局，2001 年。

10. 陳獨秀：《干支為字母說》，手稿。

11. 陳獨秀：《古音陰陽入互用例表‧附錄》，《陳獨秀音韻學論文集》，北京：中華書局，2001 年。

12. 陳獨秀：《連語類編》，《陳獨秀音韻學論文集》，北京：中華書局，2001 年。

13. 陳獨秀：《中國古代語音有複聲母說》，《陳獨秀音韻學論文集》，北京：中華書局，2001 年。

14. 陳獨秀：《中國拼音文字草案》，手稿。

15. 陳剛：《北京方言詞典》，北京：商務印書館，1985 年。

16. 陳寅恪：《金明館叢稿初編》，北京：三聯書店，2001 年。

17. 陳增傑：《漢語大辭典論集》，長春：吉林人民出版社，2001 年。

18. 陳子展：《楚辭直解》，南京：江蘇古籍出版社，1988 年。

19. 慈怡：《佛光大辭典》，台灣：佛光文化事業有限公司，1988 年。

20. 戴維清：《漢語音轉學》，北京：中國友誼出版社，1986 年。

21. 鄧文寬：《敦煌吐魯番學耕耘錄》，台灣：新文豐出版公司，1996 年。

22. 丁福保：《〈六祖壇經〉箋注》（第二版），台灣：新文豐出版公司，1984 年。

23. 丁福保：《佛學大辭典》，北京：文物出版社，1984 年。

24. 董志翹：《〈觀世音應驗記三種〉譯注》，南京：江蘇古籍出版社，2002 年。

25. 董遵章：《元明清白話著作中山東方言例釋》，濟南：山東教育出版社，1985 年。

26. 杜繼文、魏道儒：《中國禪宗通史》，南京：江蘇古籍出版社，1993 年。

27. 范文瀾：《中國通史簡編》，石家莊：河北教育出版社，2000 年。

28. 范祥雍：《釋迦方志·前言》，〔唐〕道宣撰，范祥雍校注《釋迦方志》，上海：上海古籍出版社，2011 年。

29. 方立天：《魏晉南北朝佛教論叢》，北京：中華書局，1982 年。

30. 方一新、王雲路：《中古漢語讀本（修訂本）》，上海：上海教育出版社，2006 年。

31. 方毅：《辭源續編》，上海：商務印書館，1931 年。

32. 馮淑儀：《〈敦煌變文集〉和〈祖堂集〉詞綴研究》，見宋紹年《漢語史論文集》，武漢：武漢出版社，2002 年。

33. 馮友蘭：《中國哲學史新編》（第 4 冊），北京：人民出版社，1986 年。

34. 符准青：《漢語詞彙學史》，合肥：安徽文教出版社，1996 年。

35. 高歌東、張志清：《紅樓夢成語辭典》，天津：天津社會科學院出版社，1997 年。

36. 高育花：《遞進表達的歷時演變與興替》《人民論壇·學術前沿》，2009 年第 3 期。

37. 關德棟、周中明：《子弟書叢鈔》，上海：上海古籍出版社，1984 年。

38. 關德棟：《曲藝論集》，北京：中華書局，1962 年。

39. 郭沫若：《郭沫若全集》，北京：人民文學出版社，1984 年。

40. 郭沫若：《釋祖妣》，《郭沫若全集·考古編》第 1 卷，北京：科學出版社，1982 年。

41. 郭朋：《〈壇經〉校釋》，北京：中華書局，1983 年。

42. 漢譯南傳大藏經編譯委員會翻譯：《漢譯南傳大藏經·第 37 冊·小部經典·十二》，高雄：元享寺妙出版社，1990 年。

43. 漢語大詞典編輯委員會：《漢語大詞典》，上海：漢語大詞典出版社，1993 年。

44. 漢語大詞典編委會：《漢語大詞典（縮印本）》，上海：漢語大詞典出版社，1997 年。

45. 漢語大詞典編委會：《漢語大詞典》，上海：漢語大詞典出版社，2001 年。

46. 漢語大詞典編纂處：《漢語大詞典訂補》，上海：上海辭書出版社，2010 年。

47. 漢語大字典編輯委員會：《漢語大字典》第 2 版，武漢：湖北長江出版集團，2010 年。

48. 郝兆炬：《增訂劉伯溫年譜》，鄭州：中州古籍出版社，1990 年。

49. 何金松：《肯定式「好不」產生的時代》，《中國語文》，1990 年第 5 期。

50. 何靖：《日字構形與商代日神崇拜及人頭祭》，《四川大學學報》（哲學社會科學版），1993 年第 3 期。

51. 何小宛:《禪錄詞語釋義商補》,《中國語文》,2009 年第 3 期。

52. 何新:《宇宙之問:〈天問〉新考》,北京:中國民主法制出版社,2008 年。

53. 賀昌群:《偉大的旅行家偉大的文化使者——論玄奘的西行在古代中國與西域諸國文化交流上的影響》,《賀昌群文集》(第 1 卷),商務印書館,2003 年。

54. 侯精一、溫端政:《山西方言調查研究報告》,太原:山西高校聯合出版社,1993 年。

55. 侯外廬:《中國思想通史》(第四卷上),北京:人民出版社,1959 年。

56. 侯占虎:《對同源字典的一點看法》,《古籍整理研究學刊》,1996 年第 1 期。

57. 呼敘利:《〈「相當」的虛化及相關問題獻疑〉》,《中國語文》,2013 年第 4 期。

58. 胡適:《胡適來往書信選》,北京:中華書局,1979 年。

59. 胡增益主編:《新滿漢大詞典》,烏魯木齊:新疆人民出版社,1994 年。

60. 許寶華,宮田一郎:《漢語方言大詞典》,北京:中華書局,1994 年。

61. 許少峰:《簡明漢語俗語詞典》,北京:中華書局,2007 年。

62. 華夫:《中國古代名物大典》,濟南:濟南出版社,1993 年。

63. 黃寶生:《梵漢對勘維摩詰所說經》,北京:中國社會科學出版社,2011 年。

64. 黃伯榮、廖序東:《現代漢語》(增訂四版),北京:高等教育出版社,2007 年。

65. 黃典誠:《訓詁學概論》,福州:福建人民出版社,1958 年。

66. 黃侃:《文字聲韻訓詁筆說》,上海:上海古籍出版社,1983 年。

67. 黃征、張湧泉:《敦煌變文校注》,北京:中華書局,1997 年。

68. 黃征:《敦煌俗字典》,上海:上海教育出版社,2005 年。

69. 駱禮剛:《〈壇經〉中「獦獠」詞義之我見》,《肇慶論叢》,2007 年第 5 期。

70. 江藍生、曹廣順:《唐五代語言詞典》,上海:上海教育出版社,1997 年。

71. 江藍生:《說「麼」與「門」同源》,《中國語文》,1995 年第 3 期。

72. 姜亮夫:《楚辭通故》,濟南:齊魯書社,1985 年。

73. 姜永興:《禪宗六祖慧能是越族人》,廣州:《廣東社會科學》,1987 年第 2 期。

74. 姜子夫主編:《維摩詰經》,北京:大眾文藝出版社,2005 年。

75. 蔣紹愚、曹廣順:《近代漢語語法史研究綜述》,北京:商務印書館,2005 年。

76. 涇源縣志編纂委員會編:《涇源縣志》,銀川:寧夏人民出版社,1995 年。

77. 景爾強:《關中方言詞語彙釋》,西安:陝西人民出版社,2000 年。

78. 靜筠編,孫昌武,衣川賢次,西口芳男點校:《祖堂集》,北京:中華書局,2007 年。

79. 靜筠編、張華點校:《祖堂集》,鄭州:中州古籍出版社,2001 年。

80. 鞠彩萍:《禪錄俗語詞「風后先生」解讀》,《勵耘語言學刊》,2015 年第 2 期。

81. 寬忍:《佛學辭典》,北京:中國國際廣播出版社、香港:香港華文國際出版公司,1993 年。

82. 藍吉富:《禪宗全書》,台灣:文殊出版社,1988 年。

83. 雷波搜集整理:《拉祜族神話三則》,《華夏地理》,1988 年第 3 期。

84. 雷漢卿:《〈臨濟錄疏瀹〉獻疑》,《漢語史研究集刊》,2016 年第 21 輯。

85. 雷漢卿：《禪籍方俗詞研究》，成都：巴蜀書社，2010 年。

86. 黎錦熙、劉世儒：《漢語語法教材・第二編：詞類和構詞法》，北京：商務印書館，1959 年。

87. 黎良軍：《漢語辭彙語義學論稿》，桂林：廣西師大出版社，1993 年。

88. 李崇興：《〈祖堂集〉中的助詞「去」》，《中國語文》，1990 年第 1 期。

89. 李格非：《釋芳棘》，《武漢大學學報》（社會科學版），1984 年第 4 期。

90. 李開：《〈釋名〉論》，《南開大學學報》，1989 年第 6 期。

91. 李茂康：《試論釋名中可取的聲訓》，《西南師大學報》，1997 年第 6 期。

92. 李艷琴：《中華本〈祖堂集〉點校辨正》，《暨南學報》，2011 年第 1 期。

93. 李一氓：《讀國殤今繹——評〈屈原九歌今繹〉的一章》，《人民文學》，1951 年第 4 期。

94. 李元度：《林文忠公事傳》，載中國史學會編《鴉片戰爭》第 6 冊，上海：神州國光社，1954 年。

95. 李振瀾、王樹英：《外國風俗事典》，成都：四川辭書出版社，1989 年。

96. 李壯鷹：《禪語解讀——「頭白」與「頭黑」》，《北京師範大學學報》（社會科學版），1996 年第 2 期。

97. 梁啟超：《梁啟超全集》，北京：北京出版社，1999 年。

98. 林漢達：《漢語的詞兒和拼號法》，北京：中華書局，1957 年。

99. 林家驪：《劉基集》，杭州：浙江古籍出版社，1999 年。

100. 留葆祺：《劉基散論》，北京：作家出版社，2001 年。

101. 劉楚群：《論「越 V 越 A」——兼論從「越 V 越 A」到「越來越 A」的語義虛化過程》，《河北師範大學學報》，2004 年第 4 期。

102. 劉堅、江藍生、白國維、曹廣順：《近代漢語虛詞研究》，北京：語文出版社，1992 年。

103. 劉堅等：《近代漢語虛詞研究》，北京：語文出版社，1992 年。

104. 劉潔修：《漢語成語考釋詞典》，北京：商務印書館，1989 年。

105. 劉烈茂、郭精銳、《清車王府鈔藏曲本子弟書集》，南京：江蘇古籍出版社，1993 年。

106. 劉夢凡、劉永媛：《海原方言詞語彙釋》，銀川：寧夏人民教育出版社，2012 年。

107. 劉瑞明：《禪籍詞語校釋的再討論》，《俗語言研究》，1996 年第 3 期。

108. 劉興均：《對〈釋名〉的重新認識與評價》，《南都學壇》，1996 年第 1 期。

109. 呂叔湘：《現代漢語八百詞》，北京：商務印書館，1980 年。

110. 呂叔湘：《中國文法要略》，瀋陽：遼寧教育出版社，1945 年。

111. 馬倡儀：《中國靈魂信仰》，上海：上海文藝出版社，2000 年。

112. 馬茂元：《楚辭選》，北京：人民文學出版社，1958 年。

113. 蒙默：《〈壇經〉中「獦獠」一詞的讀法——與潘重規先生商榷》，《中國文化》，1995 年第 11 期。

114. 孟德騰、劉貴生：《也談「長天老日」》，《紅樓夢學刊》，2015 年第 5 期。

115. 孟慶章：《「好不」肯定式出現時間新證》，《中國語文》，1996 年第 2 期。

116. 潘悟雲：《喉音考》，《民族語文》，1997 年第 5 期。

117. 錢松：《何紹基致李星沅信札冊考釋》，《文獻》，2015 年第 1 期。

118. 錢鐘書：《管錐編增訂》，北京：中華書局，1982 年。

119. 錢鐘書：《管錐篇》，北京：中華書局出版，1979 年。

120. 秦公、劉大新：《碑別字新編（修訂本）》，文物出版社，2016 年。

121. 曲守約：《近代辭釋》，臺北：千華出版公司，1986 年。

122. 饒宗頤：《敦煌俗字研究序》，《中國文化》，1995 年第 11 期。

123. 芮逸夫：《僚為仡佬試證》，《國立中央研究院歷史語言研究所集刊》（第 20 冊），上海：商務印書館，1948 年。

124. 石毓智、李訥：《漢語發展史上結構助詞的興替──論「的」的語法化歷程》，《中國社會科學》，1998 年第 6 期。

125. 宋一夫：《大藏經索引》（第二冊），長春：吉林文史出版社，1987 年。

126. 孫昌武、衣川賢次、西口芳男點校，靜、筠僧編：《祖堂集》，北京：中華書局，2007 年。

127. 孫昌武：《觀世音應驗記（三種）》，北京：中華書局，1994 年。

128. 孫德宣：《劉熙和他的〈釋名〉》，《中國語文》，1956 年第 11 期。

129. 譚介甫：《屈賦新編》，北京：中華書局，1978 年。

130. 譚文淼：《中華成語集韻》，長沙：湖南人民出版社，2012 年。

131. 陶智：《「芳判」「芳」考辨》，《中國語文》，2017 年第 6 期。

132. 王克明：《聽見古代──陝北話裏的文化遺產》，北京：中華書局，2007 年。

133. 王力：《同源字典》，北京：商務印書館，1999 年。

134. 王力：《王力文集》第 19 卷，濟南：山東教育出版社，1990 年。

135. 王閏吉：《無著道忠禪語考釋集錄與研究》，北京：中國社會科學出版社，2016 年。

136. 王閏吉：《北山錄校釋》，北京：中國社會科學出版社.2014 年。

137. 王閏吉：《祖堂集語言問題研究》，北京：中國社會科學出版社，2012 年。

138. 王閏吉：《諸錄俗語解》，北京：中國社會科學出版社，2020 年。

139. 王閏吉：《袁宏道《珊瑚林》《金屑編》校釋》，北京：中國社會科學出版社，2017 年。

140. 王閏吉：《〈釋名〉研究與整理》，北京：群言出版社，2005 年。

141. 王閏吉：《〈葛藤語箋〉校釋》，北京：中國社會科學出版社，2017 年。

142. 王閏吉、魏啟君：《明詩用典考釋三則》，《漢語史學報》，2021 年第 1 期。

143. 王閏吉、陳繆：《「風后先生」再商》，《勵耘語言學刊》，2021 年第 1 期。

144. 王閏吉、魏啟君：《石頭希遷「杼載絕嶽」再辨》，《法音》，2021 年第 5 期。

145. 王閏吉、魏啟君：《〈〈臨濟錄疏瀹〉獻疑〉獻疑》，《漢語史研究集刊》，2020 年第 2 期。

146. 王閏吉：《「芳判」之「芳」再辨》，《中國語文》，2020 年第 6 期。

147. 王閏吉：《「相當」一詞考釋中的斷句問題》，《漢語史學報》，2019 年第 1 期。

148. 王閏吉、魏啟君：《〈計量單位詞「日行」「日程」與時長表距離式的發展〉商榷》，《中國語文》，2018 年第 6 期。

149. 王閏吉、魏啟君：《釋「利妻」》，《語言學論叢》，2018 年第 1 期。

150. 王閏吉：《「長天老日」詞義商詁》，《辭書研究》，2017 年第 5 期。

151. 王閏吉、朱慶華：《〈祖堂集〉疑難語詞考校商補》，《漢語史學報》，2016 年第 1 期。

152. 王閏吉：《漢譯佛典中的兩個地獄名釋義辨正》，《漢語史研究集刊》，2015 年第 2 期。

153. 王閏吉：《近代漢語幾個語法問題考辨》，《漢語史學報》，2015 年第 1 期。

154. 王閏吉：《「獨獠」的詞義及其宗教學意義》，《漢語史學報》，2013 年第 1 期。

155. 王閏吉：《唐宋禪錄疑難語詞考釋四則》，《語言研究》，2013 年第 3 期。

156. 王閏吉：《夸父「道渴而死」新解》，《廣西民族師範學院學報》，2012 年第 5 期。

157. 王閏吉：《〈漢語大詞典〉引劉基詩文詞語定量研究續〉》，《浙江工貿職業技術學院學報》，2012 年，第 3 期。

158. 王閏吉：《〈祖堂集〉語法問題考辨數則》，《語言科學》，2012 年，第 4 期。

159. 王閏吉：《〈漢語大詞典〉引劉基詩文詞語定量研究》，《浙江工貿職業技術學院學報》，2012 年，第 2 期。

160. 王閏吉：《〈禪錄詞語釋義商補〉商補》，《中國語文》，2011 年第 5 期。

161. 王閏吉：《劉基的病及對其詩文的影響》，《船山學刊》，2008 年第 3 期。

162. 王閏吉：《從劉基〈二鬼〉詩複音詞管窺〈漢語大詞典〉的缺失》，《麗水學院學報》，2008 年第 3 期。

163. 王閏吉：《論〈荀子〉對〈釋名〉的影響》，《淮北煤炭師範學院學報哲學社會科學版〉》，2007 年第 4 期。

164. 王閏吉：《論陳獨秀的聯綿字觀》，《漢字文化》，2007 年第 2 期。

165. 王閏吉：《陳獨秀對〈釋名〉聯綿字的研究》，《麗水學院學報》，2007 年第 1 期。

166. 王閏吉：《「日」「月」形義新證》，《西北民族研究》，2006 年第 2 期。

167. 王閏吉：《「吳戈」新解》，《理論界》，2006 年第 4 期。

168. 王閏吉：《「餓其體膚」之「膚」解》，《語言研究》，2006 年第 1 期。

169. 王閏吉：《淺論〈荀子〉中的聲訓》，《麗水學院學報》，2006 年第 1 期。

170. 王閏吉：《「與時」類四字短語源流淺探》，《廣西社會科學》，2005 年第 2 期。

171. 王閏吉：《劉基散文中的理據研究》，《麗水學院學報》，2004 年第 6 期。

172. 王閏吉：《〈同源字典〉對〈釋名〉的引用》，《麗水師範專科學校學報》，2003 年第 6 期。

173. 王閏吉：《劉基的樂府詩〈懊　歌〉小考——兼與呂立漢教授商榷》，《麗水師範專科學校學報》，2002 年第 6 期。

174. 王閏吉：《〈釋名〉的理據類型分析》，《南京社會科學》，2002 年第 6 期。

175. 王衛峰：《試論〈釋名〉的語源學價值》，2000 年第 1 期。

176. 王興才：《漢語辭彙語法化和語法辭彙研究》，人民出版社，2009 年。

177. 王鍈：《犀裏》，《俗語言研究》，1996 年第 3 期。

178. 王長林、李家傲：《禪錄俗語詞「風后先生」商詁》，《勵耘語言學刊》，2016 年第 3 期。

179. 魏啟君、王閏吉：《子弟書釋字二例》，《中國語文》，2017 年第 5 期。

180. 聞一多：《楚辭校補》，成都：巴蜀書社，2003 年。

181. 聞一多：《詩經通義》，長春：時代文藝出版社，1996 年。

182. 聞一多：《聞一多全集》，長沙：湖南人民出版社，1994 年。

183. 吳經熊著、吳怡譯：《禪的黃金時代》，海南出版社，2014 年。

184. 吳辛丑：《〈釋名〉訓釋條例略說——兼談與「聲訓」有關的幾個問題》，《華南師範大學學報》（社會科學版），1998 年。

185. 習罡華：《石頭希遷「�載絕嶽」考辨》，載《法音》，2020 年第 1 期。

186. 向熹：《簡明漢語史》，北京：高等教育出版社，1993 年。

187. 項楚：《王梵志詩校注》，上海古籍出版社，1991 年。

188. 邢東風：《禪宗與「禪學熱」》，北京：宗教文化出版社，2006 年。

189. 邢福義：《「越 x，越 Y」句式》，《中國語文》，1985 年第 3 期。

190. 幸德秋水：《基督何許人也——基督抹煞論》，北京：商務印書館，1997 年。

191. 徐洪興：《孟子直解》，上海：復旦大學出版社，2004 年。

192. 徐晶凝：《情態表達與時體表達的互相滲透——兼談語氣助詞的範圍確定》，《漢語學習》，2008 年第 1 期。

193. 徐朔方：《劉基對宋濂的友誼及其二鬼詩索隱》（收於 2002 年延邊大學出版社《劉基文化論叢》）。

194. 楊曾文：《唐五代禪宗史》，北京：中國社會科學出版社，1999 年。

195. 楊琳：《〈觀世音應驗記三種譯注〉獻疑》，《漢語史學報》（第 8 輯），上海教育出版社，2010 年。

196. 于舒心：《六盤山下有人家：寧夏回族自治區固原市涇源縣冶家村調查報告》，北京：社會科學文獻出版社，2010 年。

197. 余冠英：《詩經選》，北京：人民文學出版社，1979 年。

198. 俞光中：《動詞後的「著」及其早期歷史考察》，胡竹安、楊耐思、蔣紹愚等編《近代漢語研究》，北京：商務印書館，1992 年。

199. 袁賓、康健：《禪宗大詞典》，武漢：崇文書局，2010 年。

200. 袁賓：《〈敦煌變文集〉詞語拾零》，《語文研究》，1985 年第 3 期。

201. 袁賓：《近代漢語概論》，上海：上海教育出版社，1992 年。

202. 袁珂：《山海經校譯》，上海：上海古籍出版社，1985 年。

203. 岳國鈞：《元明清文學方言俗語辭典》，貴陽：貴州人民出版社，1998 年。

204. 張志毅：《詞的理據》，《語言教學研究》，1990 年。

205. 張美蘭：《〈祖堂集〉語法研究》，北京：商務印書館，2003 年。

206. 張美蘭編著：《祖堂集校注》，北京：商務印書館，2009 年。

207. 張舜徽：《解釋帝字受義的根源答友人問》，張君和選編《張舜徽學術論著選》，武漢：華中師範大學出版社，1997 年。

208. 張曉英、譚文旗：《〈紅樓夢〉詞語零札》，《紅樓夢學刊》，2013 年第 1 期。

209. 張新民：《敦煌寫本〈壇經〉「獦獠」辭義新解》，《貴州大學學報》，1997 年第 3 期。

210. 張湧泉：《敦煌寫本文獻學》，蘭州：甘肅教育出版社，2013 年。

211. 趙日新：《說「個」》，《語言教學與研究》，1999 年第 2 期。

212. 趙家棟、付義琴：《敦煌變文識讀語詞散記》，《中國語文》，2008 年第 3 期。

213. 中國曲藝工作者協會遼寧分會編：《子弟書選》，內部發行本，1979 年。

214. 中文大辭典編纂委員會：《中文大辭典》，台灣：中國文化研究所，1974 年。

215. 周定一：《紅樓夢語言詞典》，北京：商務印書館，1995 年。

216. 周薦：《連綿詞問題零拾》，《語文建設》，2001 年第 2 期。

217. 周祖謨：《〈釋名廣義〉釋例》，《王力先生紀念論文集》編委會編《王力先生紀念論文集》，北京：商務印書館，1990 年。

218. 朱芳圃：《中國古代神話與史實》，鄭州：中州書畫社，1982 年。

219. 朱瑞玟：《佛家妙語》，北京：團結出版社，2007 年。

220. 祝敏徹：《釋名聲訓與漢代音系》，《湖北大學學報》，1988 年第 1 期。

221. 慈怡：《佛光大辭典》第 1 冊，佛光文化事業有限公司，1988 年。

222. 〔晉〕皇甫謐：《甲乙經》卷之二，明古今醫統正脈全書本。

223. 〔唐〕杜甫、〔清〕仇兆鰲注：《杜詩詳注》，北京：中華書局，1979 年。

224. 〔宋〕賾藏主：《古尊宿語錄》，北京：中華書局，1994 年。

225. 〔明〕朱橚：《普濟方》第 6 冊《諸疾》，北京：人民衛生出版社，1960 年。

226. 〔清〕鄧顯鶴編纂：《湖湘文庫·沅湘耆舊集》第六冊，長沙：嶽麓書社，2007 年。

227. 〔清〕胡克家：《〈文選〉考異》，王雲五主編，蕭統選，李善注《萬有文庫·第一集一千種·0784 文選》，北京：商務印書館，1985 年。

228. 〔清〕梁章鉅等編著，白化文、李鼎霞點校：《楹聯叢話全編》，北京出版社，1996 年。

229. 〔奧〕A·阿德勒著、黃光國譯：《自卑與超越》，北京：作家出版社，1986 年。

230. 〔日〕入矢義高著、邢東風譯：《無著道忠的禪學》，《佛學研究》，1998 年第 1 期。

231. 〔日〕大智實統：《碧岩錄種電鈔》，花園大學國際禪學研究所藏，江戶時代寫本。

232. 〔日〕荻原雲來：《漢譯對照梵和大辭典》，臺灣：新文豐出版社，1979 年。

233. 〔日〕二玄社編：《大書源》，二玄社，2007 年。

234. 〔日〕岡田自適：《臨濟錄贅辯》，柳田文庫，1925 年。

235. 〔日〕耕雲子：《臨濟錄摘葉抄》，柳田文庫.1698 年。

236. 〔日〕古帆周信：《臨濟錄密參請益錄》，柳田文庫，1570～1641 年。

237. 〔日〕古賀英彥：《禪語詞典》，思文閣出版，1992 年。

238. 〔日〕桂洲道倫、湛堂令椿、大藏院主：《諸錄俗語解》，大藏院藏，江戶時代寫本。

239. 〔日〕夾山：《臨濟錄夾山鈔》，柳田文庫，1654 年。

240. 〔日〕景聰興勰：《碧岩集景聰臆斷》，清泰寺藏，元祿 2 年寫本。

241. 〔日〕駒澤大學禪宗史研究會：《慧能研究》，日本：大修館書店，1978 年。

242. 〔日〕岐陽方秀：《碧岩錄不二抄》，禪文化研究所藏，慶安三年刊刻本。

243. 〔日〕山田龍城、許洋主譯：《梵語佛典導論》，臺灣：華宇出版社，1988 年。

244. 〔日〕山田孝道：《禪宗辭典》，日本：光融館，1915 年。

245. 〔日〕實統注《碧岩錄種電鈔》，元文 4 年（1739）刊本，花園大學國際禪學研究所藏。

246. 〔日〕太田辰夫著、江藍生、白維國譯：《漢語史通考》，重慶：重慶出版社，1991 年。

247. 〔日〕鉄崖道空：《臨濟錄撮要鈔》，柳田文庫，1691 年。

248. 〔日〕万安英種：《臨濟錄萬安抄》，柳田文庫，1632 年。

249. 〔日〕無著道忠：《禪林象器箋》，中華全國圖書館文獻縮微複製中心，1996 年。

250. 〔日〕無著道忠：《禪林方語》，禪文化研究所藏，無著道忠自寫本。

251. 〔日〕無著道忠：《禪語辭書類聚·禪林方語》，禪文化研究所，1991 年。

252. 〔日〕無著道忠：《大慧普覺禪師書栲栳珠》，龍華院藏，1729 年。

253. 〔日〕無著道忠：《葛藤語箋》，春光院藏，1744 年。

254. 〔日〕無著道忠：《臨濟慧照禪師語錄疏淪》，春光院，1726 年。

255. 〔日〕無著道忠：《五家正宗贊助桀》（附索引），日本：禪文化研究所，1991 年。

256. 〔日〕無著道忠：《虛堂錄犂耕》，龍華院藏，1727 年。

257. 〔日〕辛嶋靜志：《漢譯佛典的語言研究》，《俗語言研究》，1998 年第 5 期。

258. 〔日〕衣川賢次：《〈祖堂集〉異文別字校證——〈祖堂集〉中的音韻資料，日本：《東洋文化研究所紀要》第 157 輯。

259. 〔日〕佚名：《臨濟錄鈔》，柳田文庫，1630 年。

260. 〔日〕佚名：《五燈拔萃》，大德寺龍光院所藏，室町期。

261. 〔日〕佚名：《宗門方語》，禪文化研究所藏，元祿刊本。

262. 〔日〕景聰興勖（1508-1592）注《碧岩集景聰臆斷》，室町末戰國期清泰寺藏手寫本，第 302 頁。

263. 〔日〕佐野誠子：《陸杲〈系觀世音應驗記〉譯注稿》（2），《名古屋大學中國語學文學論集》，2017 年第 30 號。

264. Edward H. Schafer 1967 The Vermili on Bird: T'ang Imagines of the South, University of California Press.

265. Jerry Norman.A Concise Manchu-English Lexicon. Washington: University of Washington Press, 1978.: 159.